Wolf Schreiner
Bußpredigt

Ein Krimi
aus dem Bayerischen Wald

GOLDMANN

Dieses Buch ist auch als E-Book erhältlich

Verlagsgruppe Random House FSC® N001967
Das FSC®-zertifizierte Papier *Pamo House* für dieses Buch
liefert Arctic Paper Mochenwangen GmbH.

3. Auflage
Originalausgabe September 2013
Copyright © 2013 by Wilhelm Goldmann Verlag,
München, in der Verlagsgruppe Random House GmbH
Umschlaggestaltung: UNO Werbeagentur, München
Umschlagfoto: Copyright © mauritius images /
D. & M. Sheldon; Getty Images / Frank Krahmer
Redaktion: Karin Ballauff
KS · Herstellung: Str.
Satz: IBV Satz- u. Datentechnik GmbH, Berlin
Druck und Bindung: GGP Media GmbH, Pößneck
Printed in Germany
ISBN: 978-3-442-47916-0
www.goldmann-verlag.de

Besuchen Sie den Goldmann Verlag im Netz

1

Baltasar hörte – nichts. Es fehlte etwas, versteckt zwischen den Geräuschen, die sich von draußen durch die Mauern mühten und die Stille der Kirche infizierten. Er hätte nicht sagen können, was genau fehlte, aber etwas drängte an die Oberfläche seines Bewusstseins wie Sauerstoffperlen im Wasser. Das brachte sein inneres Gleichgewicht durcheinander, einem Kreisel gleich, der aus der Drehachse geraten war und nun torkelte und taumelte.

Er verteilte die Gesangbücher in den Bänken, entfernte Wachsflecken von den Messinghaltern, füllte Weihwasser nach. Dem Knurren seines Magens nach zu urteilen musste es längst Mittag sein. Im Pfarrheim erwarteten ihn die Reste vom Vortag, Kartoffelsuppe mit Speck und Zwiebeln, aufgewärmt, dazu eine Semmel, ebenfalls von gestern.

Wie spät es wohl sein mochte? Baltasar trug keine Armbanduhr, aus Prinzip nicht. Er ging in die Sakristei und schaltete das Radio an, bis eine Zeitansage kam.

Viertel nach zwölf.

Schlagartig wurde ihm bewusst, was fehlte: Die Kirchenglocke hatte um zwölf Uhr nicht geläutet. Baltasar ging zum Steuerkasten für das Geläut und überprüfte die Zeitschaltuhr. Alles war korrekt eingestellt, die Sicherungen in Ordnung. Erst im vergangenen Jahr hatte er die elektrische Anlage überprüfen lassen, obwohl die

Handwerkerrechnungen ein schmerzliches Loch in die Gemeindekasse gerissen hatten. Die Einheimischen arbeiteten heutzutage auch nicht mehr für den Gotteslohn, selbst wenn sie fleißige Kirchgänger waren, wie die meisten hier im Ort. Nicht einmal ein Rabatt war drin gewesen.

Vielleicht war die Mechanik des Antriebs oder der Elektromotor kaputt. Es blieb ihm nichts anderes übrig, als selbst nachzusehen. Die Tür zum Kirchturm stand offen. Hatte er vergessen, sie abzuschließen? Er konnte sich nicht erinnern, wann er den Turm zuletzt betreten hatte. Die Holztreppe knarrte unter seinen Füßen, als er an unverputzten Wänden vorbei nach oben stieg. Die Treppe endete in einem mit Brettern ausgelegten Zwischenstock. Eine Leiter führte zu einer Falltür in der Decke. Schmutzige Scheiben filterten mattes Licht, im Halbdunkel waren die Stufen fast nicht zu erkennen.

Baltasar ertastete mit den Füßen die Sprossen. In Zeitlupe hangelte er sich nach oben und drückte mit der Schulter gegen das Holz. Die Tür öffnete sich mit einem Quietschen, schwang nach oben auf und krachte gegen irgendetwas. Staub rieselte auf Baltasar herunter und vernebelte ihm die Sicht. Er hustete.

Das sind die Begleiterscheinungen, wenn man in einer kleinen Gemeinde im Bayerischen Wald seinen Dienst tut, dachte er, man muss selbst Hand anlegen. Für größere Ausgaben fehlte das Geld, die Diözese in Passau hielt ihre Angestellten kurz.

Er seufzte.

Die oberste Plattform des Kirchturms bestand aus einer unübersichtlichen Ansammlung von Balken, Bretterverschlägen und Metallgestängen. Der Boden war mit Taubendreck übersät. In der Mitte des Raumes hing die

»Dicke Martha«, die Bronzeglocke, die schon etliche Jahrhunderte überstanden hatte und noch immer rein und hell klang. Das kleine Exemplar daneben, das aussah wie das Baby der großen, war das Totenglöckchen, es wurde nur zu Beerdigungen geläutet.

Baltasar untersuchte die Halterungen. Soweit er es als Laie beurteilen konnte, schien alles in Ordnung zu sein. Oder stand der eine Balken vielleicht etwas schief? Er befühlte die Zahnräder, kontrollierte die Stromleitungen, klopfte gegen den Elektromotor. Nichts tat sich.

Er ging hinüber zur anderen Seite der Plattform. Ein Geräusch ließ ihn hochfahren. Hatte sich da im Schatten etwas bewegt? Direkt vor ihm flog ein Vogel auf. Er zuckte zurück. Jetzt ließ er sich schon von kleinen Tieren erschrecken.

Auf der anderen Seite versperrten leere Bierkisten und einige zerbrochene Hocker den Weg. Es sah aus, als ob jemand hier oben ein Picknick veranstaltet hätte. Baltasar stieg über die Hindernisse und arbeitete sich bis zur Ecke vor. Plötzlich hörte er hinter sich ein Knacken. Als er sich umdrehen wollte, traf ihn ein Schlag auf den Kopf.

Das Letzte, was er spürte, war etwas Nasses, das über seine Schläfe lief. Das Letzte, was er hörte, war das Totenglöckchen. Das Letzte, was er dachte, war, wie hässlich die Glocke doch klang.

2

Dunkelheit. Stille.

Ein Pochen. Es war wie in einem Bergwerk, tief verschüttet irgendwo am Mittelpunkt der Erde. Der Tod.

Wo blieb der Sensenmann mit seinem Knochenschädel, wie er auf alten Gemälden immer zu sehen war? Holte er einen ab? Wo war das Fegefeuer, das auf dem Weg zur Ewigkeit wartete? Wie lange dauerte die Wiederauferstehung, bis man endlich vor seinen Schöpfer treten durfte?

Das Ableben hatte sich Baltasar anders vorgestellt. Irgendwie dramatischer, ein großer Abgang, wie bei einer Wagner-Oper. Hatte er, Baltasar Senner, ein Mann in den besten Jahren, katholischer Priester von Beruf, nicht eine Sonderbehandlung verdient? Sozusagen ein Freiticket für eine Erste-Klasse-Reise, all-inclusive ins Paradies, eine Fünf-Sterne-Unterbringung mit Whirlpool? Konnte es wirklich sein, dass der liebe Gott seine Angestellten so schäbig behandelte? Das wäre keine Reklame für die Berufswahl Geistlicher. Kein Wunder, dass die Menschen der Kirche abhandenkamen.

Das Pochen wurde stärker. Ein Lichtstrahl traf die Höhle, als ob jemand einen Scheinwerfer auf ihn gerichtet hätte. Licht, gleißend und blendend. Ein Nachtkästchen materialisierte sich, ein Effekt wie beim Beamen in »Raumschiff Enterprise«. War er von Außerirdischen entführt worden? War der Allmächtige ein Alien?

»Herr Senner? Können Sie mich hören?«

Eine Männerstimme, die ihm bekannt vorkam.

»Aah, er schlagen die Augen auf.«

Eine Frau mit polnischem Akzent. Ihre Stimme war unverkennbar: Es war seine Haushälterin Teresa Kaminski.

Nun gab es keinen Zweifel mehr, er befand sich in seinem Schlafzimmer. Er lag auf seinem Bett. Er war in Sicherheit.

»Was … was ist passiert?«

»Du warst bewusstlos, mein lieber Herr Senner.« Die Stimme gehörte zu Anton Graf, einem Nachbarn und Freund, der oft bei Kleinigkeiten aushalf. Er hatte ein schmales Gesicht, das Haar war auf altmodische Weise zur Seite gekämmt. Seine Kleidung bestand aus einem Blaumann und Arbeitsschuhen.

»Ich werkelte gerade im Schuppen herum, als ich den Schlag hörte«, berichtete er. »Als ob eine Granate in den Kirchturm eingeschlagen hätte, und eine enorme Staubwolke quoll aus dem Dach. Und ein Lärm, wie wenn eine Glocke zu Boden gekracht wäre.«

»Stimmt, ich hab's auch gehört, es war das Jüngste Gericht.« Teresa bekreuzigte sich.

Baltasar befühlte seinen Kopf. Ein Verband war wie ein Stirnband um seinen Schädel gewickelt. Auf der Schulter klebte eine Kompresse. Seine Schläfe schmerzte. »Und? Weiter? Wie bin ich hierhergelangt?«

»Ich bin natürlich sofort rausgestürmt und hab mir das Ganze angesehen. Frau Kaminski kam ebenfalls gleich hinaus. Wir riefen nach dir, und nachdem niemand geantwortet hatte, sah Frau Kaminski im Haus nach.«

»Dann ich vorschlagen, in der Kirche zu suchen«, sagte sie. »Aber auch dort war niemand.«

»Deshalb bin ich auf den Turm gestiegen«, fuhr Anton Graf fort, »um den Schaden zu begutachten. Dort oben habe ich dich gefunden. Zuerst habe ich geglaubt, du seist tot, so reglos wie du da auf dem Boden gelegen hast.«

»Ich ... ich ... dachte ...« Baltasar richtete sich auf. »Ich weiß, es klingt albern ... aber ich habe geglaubt, jemand hätte mich niedergeschlagen. Das war das Letzte, an das ich mich erinnern kann. Danach wurde mir schwarz vor Augen. Wenigstens bin ich offensichtlich nicht tot.«

»Du hast tatsächlich einen Schlag bekommen – aber von einem herabstürzenden Trägerbalken. Es war Glück, dass er dich nicht erschlagen hat! Das sind massive Dinger.«

»Und die Jungfrau Maria hat Ihnen einen Schutzengel geschickt.« In Teresas Stimme schwang Pathos. »Herr Graf hat Ihnen das Leben gerettet.«

»Na, na, so schlimm war's nicht.« Anton Graf schüttelte den Kopf. »Dein Gesicht war blutüberströmt, da hab ich zuerst ein Papiertaschentuch auf die Wunde gedrückt, um die Blutung zu stoppen. Dann räumte ich die Balken beiseite und zog dich darunter hervor. Der anstrengendste Job war, dich zur Treppe zu bugsieren und nach unten zu tragen. Frau Kaminski hat mir geholfen. Gott sei Dank hast du nicht zu viele Pfunde auf den Rippen, sonst … So ein Körper kann ganz schön schwer sein, weißt du … Da zählt jedes Gramm, vor allem, wen man es vom Kirchturm hinunterschleppen muss.«

»Danke, da hab ich ja einen Retter gehabt.« Baltasar lächelte, auch wenn es schmerzte.

»Wir haben Sie ins Schlafzimmer gebracht, die Wunden gereinigt und notdürftig verbunden. Der Arzt müsste bald eintreffen, er hatte noch einen anderen Hausbesuch zu machen.« Teresa schüttelte das Kissen auf.

»Und wie sieht's oben aus? Die Glocke …?«

»Ein einziges Chaos, glaub mir. Ich habe es mir in der Hektik nicht genauer angeschaut. Aber es war wüst, wenn ich das so direkt sagen darf. Belaste dich momentan nicht mit solchen Fragen. Das hat Zeit für später.«

Baltasar sackte zurück aufs Kissen. Das hatte ihm gerade noch gefehlt. Eine neue Reparatur! Er wusste nicht, woher er das Geld nehmen sollte. Und die Diözese … Ihm wurde schwindelig, wenn er daran dachte.

Es klingelte. Teresa führte den Arzt herein.

»Ich geh jetzt«, sagte Anton Graf. »Ich komme später noch mal wieder. Und bei deiner Haushälterin bist du ja in besten Händen.«

Der Doktor diagnostizierte eine Platzwunde am Kopf, mehrere Schürfwunden, Prellungen an der Schulter und eine leichte Gehirnerschütterung. »Eine Woche absolute Bettruhe. Ich spritze Ihnen ein Antibiotikum und lasse Schmerztabletten da. Gute Besserung, Hochwürden.«

Nachdem Teresa den Arzt hinausbegleitet hatte, schlich sie um Baltasars Bett. »Was ich Ihnen soll zum Abendbrot machen? Vielleicht eine spezielle Krankenkost? Meine Oma in Polen hat in solchen Fällen immer ...«

Baltasar fuhr erschrocken hoch. »Bloß nicht! Ähm ... Ich meine, ich bin überhaupt nicht hungrig.« Er kannte die vielen Talente seiner Haushälterin – Kochen gehörte nicht dazu. Was sie nicht davon abhielt, ihre fatale Lust auszuleben und neue Rezepte auszuprobieren – mit ihm als Versuchskaninchen.

»Sie was essen müssen, Sie sind krank. Ich warten ein wenig, Sie später sicher Hunger bekommen. Ich werde Sie überraschen!« Teresa verschwand in die Küche.

Baltasar starrte an die Decke. Er kam sich vor wie ein Boxer, den man knocked-out auf die Bretter geschickt hatte. Der Kopf schmerzte, die Schulter schmerzte. Alles in allem hatte er Glück gehabt, denn wenn der Balken nur wenige Zentimeter ... Dank der Rettung durch seinen Nachbarn war er dort oben nicht verblutet.

Er wusste, dass er im Bett liegen bleiben sollte, doch die Unklarheit über den tatsächlichen Zustand der Kirchenglocke ließ ihm keine Ruhe. Er lauschte, ob er Teresa irgendwo hörte, aber das Pfarrhaus schien wie ausgestorben. Wahrscheinlich war die Haushälterin einkaufen gegangen. Baltasar stand auf. Ihm war ein wenig schwindelig.

Er suchte im Schrank nach einem Sweatshirt und zog es über. Leise öffnete er die Schlafzimmertür, lauschte nochmals, stahl sich durch die Haustür hinaus und ging hinüber in die Kirche.

Die Stufen bereiteten ihm mehr Mühe als gedacht. Ständig musste er innehalten, bis sich sein Kreislauf wieder stabilisiert hatte. Die Leiter zur obersten Plattform schaffte er erst im dritten Anlauf – es war ein Wunder, wie Anton Graf und Teresa es geschafft hatten, ihn nach unten zu hieven.

Oben angekommen setzte er sich erschöpft auf den Fußboden. Der Anblick trieb ihm Tränen in die Augen: Überall lagen Holzteile und Balken, ein Trümmerfeld. Der Verschlag war zusammengestürzt, die Reste überall im Raum verteilt. Am traurigsten jedoch war der Zustand der Glocken. Die Dicke Martha hing schief in ihrer Verankerung und sah aus, als würde sie jeden Augenblick nach unten stürzen. Die Totenglocke lag schräg auf dem Boden, die Halterung war gebrochen.

Baltasar befühlte das Holz. Es ließ sich an mehreren Stellen zerbröseln wie ein Stück Brot. Holzschwamm vermutlich. Sein Nachbar hatte recht gehabt – es war ein einziges Desaster. Wahrscheinlich war die ganze Dachkonstruktion zu erneuern.

Etwas anderes schlich sich in seine Gedanken: Wie hatte er nur annehmen können, jemand habe ihn niedergeschlagen? Das war ziemlich naiv gewesen. Wer klettert schon freiwillig einen Kirchturm hinauf, um einen Pfarrer anzugreifen. Was für ein Unsinn!

Jedenfalls musste er den Turm sperren, die Glocken würden für Wochen, wenn nicht Monate verstummen. Es hing ganz davon ab, wie schnell er Geld für die Sanierung auftreiben konnte.

*

Eine Woche später spürte er nichts mehr von seinem Unfall. Den Schaden hatte er der Diözese in Passau gemeldet, aber noch keine Antwort erhalten. Er wählte nochmals die Nummer vom Vorzimmer des Bischofs. Sein Sekretär meldete sich, und als er Baltasars Namen hörte, sagte er: »Einen Moment.«

Dann blieb die Leitung eine Minute still.

»Herr Senner, sind Sie noch dran?«

Baltasar bejahte.

»Tut mir leid, Seine Exzellenz ist nicht im Büro. Kann ich etwas ausrichten?«

»Danke, nein, ich melde mich wieder.«

Baltasar beschlich das Gefühl, dass der Bischof sich gerade hatte verleugnen lassen. Er probierte es beim Generalvikar. Dessen Assistent Daniel Moor war am Apparat.

»Meister Yoda, welche Macht führt Sie zu uns?« Moor liebte es, Filmzitate in seine Gespräche einzuflechten. »Ich habe schon von Ihrem Pech gehört, so was spricht sich bei uns schnell herum. Geht's Ihnen wieder besser?«

»Danke der Nachfrage, wenigstens einer, der sich für meine Gesundheit interessiert.«

»Haben Sie sich mit Ihrer speziellen Weihrauchkur selbst geheilt?«

Moor spielte auf Baltasars Leidenschaft für die Inhalation selbst komponierter Weihrauchmischungen an, die durch besondere Zutaten einen besonderen, nun ja, Kick erzeugten.

»Ich versuche schon seit Tagen, einen der leitenden Herren des Bistums an die Strippe zu kriegen.«

»Da können Sie sich die Finger wund wählen, für Sie sind die Oberen derzeit nicht zu sprechen, die bekommen schon Pickel, wenn Sie nur den Namen Senner hören.«

»Was habe ich denn verbrochen?«

»Sie wollen an den Heiligen Gral des Bistums – die Kasse.« Moor senkte seine Stimme zu einem Flüstern. »Das ist die achte Todsünde. Ich sag's Ihnen, als die das mit der Reparatur gehört haben, nahmen ihre Gesichter einen Ausdruck an, als habe Beelzebub persönlich seine Aufwartung gemacht.«

»Aber meine Kirche ist katholisches Eigentum und gehört sowieso der Diözese.«

»Theoretisch schon. Aber in der Praxis ... Der Bischof hat andere Präferenzen, wenn's ums Geldausgeben geht.«

»Und, kann ich jetzt mit dem Generalvikar reden? Er scheint ein vernünftiger Mensch zu sein.«

»Denken Sie nicht mal dran.« Die Stimme des Assistenten war kaum mehr zu verstehen. »Ich habe Anweisung, Sie auf keinen Fall durchzustellen. Tut mir leid.« Er sprach wieder in normalen Tonfall. »Lassen Sie uns zu einem anderen Thema kommen. Was macht Ihre kleine Kräuterproduktion? Wann kann ich wieder mit einer Lieferung von Ihnen rechnen? Meine Abnehmer werden langsam ungeduldig.«

»Tut mir leid.« Baltasar ahmte Moors Stimme nach. »Es gibt so lange nichts, bis ich den Bischof oder den Generalvikar sprechen kann.«

»Erpresser!« Moor gluckste. »Sie werden noch mal in der Donau landen – mit einem Betonklotz an Ihren Füßen. Aber ich werde sehen, ob ich einen Weg finde, wie Sie das imperiale Kommandozentrum knacken können. Auf bald!« Er legte auf.

Wenige Minuten später klingelte Baltasars Telefon. »Du, ich müsste dringend mit dir reden.« Anton Graf war in der Leitung.

»Wie eilig ist es? Und seit wann kündigst du deinen Besuch vorher telefonisch an?«

»Ich ... ich wollte dir etwas geben und ... Hast du einen Moment Zeit für mich?«

Als der Nachbar am Küchentisch saß, fiel Baltasar auf, wie nervös Anton Graf war.

»Also, was brennt dir auf der Seele? Du weißt, solche Fragen sind die Spezialität katholischer Priester.«

»Nun, wo soll ich anfangen? Ich hab mir was überlegt, wegen deiner Pechsträhne mit dem Dachstuhl und so ...« Er rutschte auf dem Stuhl hin und her. »Ich ... Ich ...«

»So schwer kann's doch nicht sein.« Baltasar schenkte seinem Gast Kaffee ein.

»Also gut. Ich hab was für dich.« Graf legte ein schmales Stück Papier auf den Tisch und schob es zu Baltasar hinüber. »Ein Geschenk.«

»Ein Geschenk? Ich habe erst am sechsten Januar Geburtstag.« Er nahm das Papier. Es war der Verrechnungsscheck einer Bank aus Regensburg, ausgestellt auf »Baltasar Senner« und mit dem Vermerk »nicht übertragbar« versehen, unterschrieben von Anton Graf. Die eingetragene Summe betrug 15.000 Euro.

»15.000 Euro?« Baltasars Finger zitterten leicht. »Bist du verrückt? Was soll das?«

»Ich wollte einen Beitrag dazu leisten, dass du dein Kirchendach reparieren kannst – das Ganze wird nämlich teuer werden.«

»Aber ... Das ist viel Geld. Du musst doch nicht ...«

Noch immer fühlte sich Baltasar überrumpelt. Damit hatte er nicht gerechnet. Vor allem nicht von Anton Graf. Seinen Nachbarn hatte er als bescheiden lebenden Menschen wahrgenommen, nie wäre er auf die Idee gekommen, dass Graf über ein größeres Vermögen verfügte und solche Geldbeträge übrig hatte.

»Du musst dich natürlich auch noch nach anderen Finanzquellen umsehen.« Sein Gegenüber sah ihn an. »Ich denke da an eine Spendenaktion oder etwas Ähnliches. Ich helfe dir gern, einen Schlachtplan zu entwickeln. Wäre doch gelacht, wenn wir die Summe nicht irgendwie zusammenkratzen könnten. Und wenn die Diözese ...«

Baltasar winkte ab. »Vergiss es.« Er berichtete von seinen vergeblichen Telefonaten.

»Dann ist es um so wichtiger, dass du Startkapital hast. Ich weiß, wovon ich spreche, wenn man was Neues beginnen will, braucht man Geld. Jetzt rede nicht länger und nimm den Scheck. Ich bestehe darauf.«

»Ich weiß gar nicht, wie ich dir danken soll.«

»Bete für mein Seelenheil.«

»Geht klar. Aber ich hatte am Telefon den Eindruck, dass du noch was auf dem Herzen hast.«

»Ich ... Ich wollte mit dir ein persönliches Problem besprechen.« Anton Graf sah auf die Uhr. »Aber dazu bräuchte ich mehr Zeit und Ruhe. Ich muss leider weg, was Dringendes erledigen. Wir sehen uns.«

Seine Haushälterin machte Besorgungen, deshalb nutzte Baltasar die Gelegenheit, zum Mittagessen ins Gasthaus »Einkehr« zu gehen. Das Tagesgericht war Pichelsteiner Eintopf mit fünf Sorten Fleisch – eine ungewohnte Regionalspezialität der Wirtin Victoria Stowasser, einer Zugereisten aus Stuttgart, die sonst unverdrossen versuchte, die Einheimischen für ihre asiatisch-niederbayerischen Kreationen zu begeistern. Das war ungefähr so erfolgreich, wie die Menschen des Bayerischen Waldes zum Islam zu bekehren. Die Gäste jedenfalls ließen sich durch die Experimente der Frau nicht aus der Ruhe bringen und bestellten wie immer ihren Schweinsbraten. Victoria Stowasser jedoch bestand auf ihren exotischen Spezialitäten und servierte »Bauernhuhn auf Curry-Glasnudeln« oder »Kaiserschmarrn mit Mango-Kokos-Creme«.

Baltasar ging allerdings nicht nur wegen des Essens in die »Einkehr«. Auch die Wirtin hatte es ihm angetan. Ihr Lächeln. Ihre Augen. Wie sie glänzten, wenn sie sich über etwas freute. Wie ihre Stimme vibrierte, wenn sie sich über etwas aufregte. Er bestellte Pichelsteiner.

»Hab schon von Ihrem Unglück gehört, Herr Senner.« Victoria brachte ihm eine Weinschorle. »Das war knapp. Wie gut, dass Ihr Nachbar da war.«

Neuigkeiten sprachen sich rasch herum in der Gemeinde, es war wie ein unterirdisches Bewässerungssystem – an einer Stelle goss man Wasser ein, an einer ganz anderen Stelle fing es an zu blühen. Baltasar hatte es aufgegeben, sich darüber Gedanken zu machen. Wahrscheinlich hatte der liebe Gott seine Finger im Spiel, der seine Schäfchen im Bayerischen Wald mit der notwendigen Nahrung zum Überleben versorgte: Tratsch und Klatsch.

»Und was machen die Geschäfte?«

»Könnten besser sein.« Victoria setzte sich zu ihm. »Die Leute müssen sparen, das Geld sitzt nicht mehr so locker, man geht seltener essen. Und zwei Stunden vor einer Halben Bier sitzen, das hätte es früher nicht gegeben.«

»Eine kurzfristige Delle, das wird schon wieder.« Baltasar nahm einen Schluck.

»Schön wär's. Aber ich will nicht ewig warten und zusehen, wie die Umsätze immer mehr in den Keller gehen. Ich muss mir was einfallen lassen.«

»Auf meine Hilfe können Sie zählen, wie immer. Ich kann Reklamezettel auslegen, wenn Sie wollen ...«

»Das ist lieb. Vielleicht komme ich noch darauf zurück. Noch eine Weinschorle?«

Das Mobiltelefon klingelte. Baltasar sah auf dem Display, dass es Anton Graf war.

»Ja?«

»Mit wem spreche ich bitte?« Eine fremde Stimme.

»Hallo? Anton? Bist du es?« Baltasar war verunsichert.

»Ich habe gefragt, wer am Apparat ist.« Die Stimme nahm an Schärfe zu.

»Hier spricht Pfarrer Baltasar Senner. Und wer sind Sie?« Seine Verunsicherung stieg.

»Oh Gott!«, klang es aus dem Hörer. Dann war es still. Baltasar hörte, wie die Sprechmuschel abgedeckt wurde und der Unbekannte mit jemanden sprach, Details waren nicht zu verstehen.

Nach einer Weile meldete sich die Stimme wieder. »Hier spricht Hauptkommissar Wolfram Dix. Herr Senner, kommen Sie zu uns. Sofort!«

3

Der Kommissar hatte ihm den Weg beschrieben, wo er zu finden war. Baltasar nahm die Landstraße in Richtung Zwiesel. Er kannte den Kriminalbeamten von der Mordkommission und seinen übereifrigen Assistenten Doktor Oliver Mirwald von verschiedenen Begegnungen – es waren keine angenehmen Erinnerungen.

Baltasar legte den zweiten Gang ein und drückte das Gaspedal durch. Das Getriebe seines alten VW-Käfers krachte, das Auto machte einen verzweifelten Hüpfer nach vorne und verfiel dann wieder in seine Reisegeschwindigkeit, störrisch wie ein Ackergaul.

Das flaue Gefühl ließ nicht nach. Wie kamen die Beamten zu Anton Grafs Handy? Was war passiert? Ihm schwante Schlimmes. Dix hatte am Telefon keine Fragen beantwortet.

Am Ortsrand von Zwiesel orientierte er sich Richtung Stadtplatz, bog in die Jahnstraße ein und fuhr den Stadtpark entlang, bis eine Straßensperre ihn stoppte. Zwei Polizeibeamte wollten ihn umleiten. Baltasar kurbelte das Fenster herunter. »Zu Kommissar Dix, er hat mich herbestellt.« Die Männer holten sich über Funk ihre Anweisungen und ließen ihn durch.

»Auto hier parken. Dann wenige Meter den Fußweg in den Park. Dort treffen Sie auf die Ermittler.«

Der Weg führte zwischen Bäumen und Grünanlagen entlang. Die Sonne schien, das Gras glänzte, es war ein Tag wie für einen Ausflug. Nur das Bild vor ihm störte die Idylle: Ein Areal am Wiesenrand war mit Absperrband markiert, eine Gruppe Männer in Schutzanzügen machte sich an einer Parkbank zu schaffen. Etwas abseits, verborgen hinter einen Baumstamm, lag ein weißes Bündel. Beim Näherkommen bemerkte Baltasar, dass es ein Mensch war, bedeckt mit einem Tuch. Der Oberkörper war seitlich weggesackt, ein Arm lugte unter dem Stoff hervor.

Ein Mann im Anzug beugte sich über die Leiche. Er war um die 50 Jahre alt, die verschiedenen Einkerbungen seines Hosengürtels zeugten vom ständigen Kampf gegen die Pfunde.

»Ah, unser Besuch.« Wolfram Dix begrüßte Baltasar. »So ein schöner Tag und so schreckliche Umstände, unter denen wir uns wiedersehen.«

Kriminalkommissar Oliver Mirwald kam hinzu, glattes Gesicht, das halblange Haar modisch hinter die Ohren geschoben. »Sie schon wieder, Herr Senner.« Der norddeutsche Akzent war unüberhörbar. »Warum nur habe ich ein schlechtes Gefühl, wenn ich Sie sehe?« Eine Anspielung auf frühere Mordermittlungen, bei denen Baltasar ihm in die Quere gekommen war. »Das ist ein schlechtes Omen. Können Sie nicht mal mit Ihrem Herrgott sprechen, damit er Ihnen eine andere Aufgabe verschafft? Beispielsweise als Oblatenbäcker in Indien – dann müssten wir uns nicht mit Ihnen herumärgern.«

»Ich freue mich auch, Sie zu sehen, Herr Doktor Mirwald.« Baltasar gab ihm die Hand. »Der liebe Gott hat mir zumindest die Kraft gegeben, auch den widerspenstigsten seiner Schäfchen Geduld und Nachsicht entgegenzubringen. Aber was führt Sie in den Norden? Das hier ist doch normalerweise nicht Ihr Revier.«

»Die Kollegen aus Straubing haben uns hinzugezogen. Aber genug der Höflichkeiten. Wir sind nicht zum Spaß hier.« Dix zeigte Baltasar ein Mobiltelefon, das in eine Klarsichtfolie eingepackt war. »Diesen Apparat haben wir in der Nähe des Tatortes gefunden. Als letzter Anruf war eine Nummer im Speicher, die zu Ihnen gehört, Hochwürden, wie sich jetzt herausgestellt hat.«

»Das muss das Telefon meines Nachbarn sein, Herr Anton Graf. Ist das …?« Baltasar schluckte, als sein Blick auf die Gestalt auf dem Boden fiel.

»Wir wissen es noch nicht mit Bestimmtheit. Der Tote trug weder Geldbörse noch Ausweis oder sonstige Papiere bei sich. Deshalb hoffen wir, dass Sie das Opfer identifizieren können, Herr Pfarrer.«

»Opfer? Sie gehen also tatsächlich von einem Verbrechen aus?«

»Sehen Sie selbst.« Dix ging zu dem Leichnam und klappte das Tuch zur Seite.

Es war Anton Graf. Seine Augen waren geschlossen, der Mund verzerrt. Die linke Seite des Gesichts war von Rinnsalen getrockneten Blutes durchzogen. Sein Hemd war ebenfalls blutverschmiert, Blutspritzer sprenkelten die Hose. Die Ursache für Grafs Tod war unübersehbar: In der Mitte des Oberkörpers steckte eine Art Eiszapfen.

Baltasar sprach im Stillen ein Gebet für seinen Nachbarn. Er bestätigte die Identität des Toten. »Was ist das für ein seltsames Mordinstrument?«

»Es sieht aus wie ein überdimensionierter Glassplitter«, sagte Mirwald. »Genaueres wird die Untersuchung im Labor ergeben.«

»Und seit wann ist …?«

»Der Arzt setzt den Todeszeitpunkt gegen zwölf Uhr mittags fest. Der Anruf bei der Polizei ging erst um zwölf Uhr 41 ein. Einer Spaziergängerin war der Mann aufgefallen, sie dachte zuerst, ein Betrunkener, der seinen Rausch ausschlief – bis sie näher heranging und die Wunde sah.«

»Schon einen Verdacht?«

Dix bedeckte den Körper wieder mit dem Tuch. »Die Kollegen befragen die Anwohner und Spaziergänger. Mit etwas Glück landen wir einen Treffer. Aber erzählen Sie, Herr Senner, wie war Ihr Verhältnis zu dem Toten?«

Baltasar berichtete von seinem Unfall, was ein Grinsen bei Mirwald auslöste, er erzählte von Grafs Hilfe und dessen Spendenscheck während des letzten Besuches.

»Und wie lebte Ihr Nachbar? Wer waren seine Freunde? Hatte er Feinde?«

Wie wenig er eigentlich über Anton Graf wusste, kam Baltasar bei diesen Fragen in den Sinn. Der Mann war vor drei Jahren in das Haus gezogen, er hatte immer allein gelebt. Er hatte Andeutungen gemacht über seine Vergangenheit als Unternehmer, aber es war ihm nie mehr zu entlocken, so sehr Baltasar auch nachgebohrt hatte. Sie waren regelmäßig auf ein Glas Wein zusammengesessen, hatten über den Zaun hinweg oder nach dem Gottesdienst miteinander geplaudert. Aber die Unterhaltung war nie über Belangloses hinausgegangen – Neuigkeiten aus der Gemeinde, Erfolge seiner Gartenarbeit oder die Ergebnisse regionaler Fußballspiele.

Im Nachhinein fiel Baltasar auf, wie sehr Anton Graf persönliche Themen gemieden und die Idee einer Beichte immer abgelehnt hatte, sosehr er sonst ein frommer Kirchgänger war. Was also konnte er der Polizei berichten? Er beschränkte sich auf die wenigen Fakten, die er wusste, und wies darauf hin, dass Anton Graf es eilig gehabt hatte, da er einen Termin wahrnehmen musste.

»Nicht gerade viel«, sagte Mirwald. »Wir stehen demnach noch ganz am Anfang. Und von Feinden haben Sie nichts mitbekommen?«

»Nein, Herr Graf wirkte alles in allem recht ausgeglichen, ich hatte nicht den Eindruck, dass ihn etwas bedrückte. Aber dazu kannte ich ihn nicht gut genug. Denn wie man sieht, hatte er Feinde – so elend, in dieser Ecke sterben zu müssen.«

»Er ist nicht hinter dem Baum gestorben.« Dix deutete auf verschiedene Stellen im Gras. »Dort haben wir Blut gefunden. Die Spuren ziehen sich bis zu der Parkbank. Kommen Sie mit.«

Sie gingen zu der Bank, die Beamte des Ermittlungsteams untersuchten. Ein dunkler Fleck hatte das Holz verfärbt.

»Wir glauben, der Mord hat hier stattgefunden«, sagte Mirwald. »Das Opfer war nicht sofort tot, sondern schleppte sich noch einige Meter, bis es bei dem Stamm zusammenbrach.«

»Warum hat der Mörder nicht ... nicht nachgesetzt und sein schreckliches Werk zu Ende gebracht?«

»Darüber wissen wir noch nichts. Aber sehen Sie sich um, Hochwürden.« Dix drehte sich einmal um die eigene Achse. »Das ist eine belebte Gegend, die Straße und Häuser auf der einen Seite, der Fluss auf der anderen Seite und ständig Menschen im Stadtpark. Der Täter hatte wohl Angst, entdeckt zu werden, und hat sich deshalb gleich davongemacht. Übrigens käme auch Totschlag in Frage, wir kennen die Beweggründe des Mannes nicht.«

»Wie kommen Sie darauf, dass es ein Mann war, Herr Kommissar?«

»Nun, jemandem aus nächster Nähe einen Glassplitter in die Brust zu rammen, dazu gehört schon eine gewisse

Kaltblütigkeit und Kraft«, sagte Mirwald. »Aber Sie haben ausnahmsweise recht, Herr Senner. Es könnte auch eine Frau gewesen sein. Mit der nötigen Entschlossenheit ...«

Die Bank, auf der Anton Graf gesessen hatte, war eine von mehreren, die rund um einen Brunnen platziert worden waren. Steine bildeten ein kreisförmiges Becken, in der Mitte erhoben sich mehrere große Findlinge, von denen Wasser plätscherte. Darauf standen Bronzefiguren: ein Schäfer mit Stab, den Umhang fest zugezogen, neben ihm eine Ziege und zwei Rinder. Laut einer Inschrift trug das Ensemble den Titel »Hirtenbrunnen«, gestiftet von der Waldvereinssektion Zwiesel.

Leider hat dich der gute Hirte nicht beschützen können, lieber Anton, dachte Baltasar. Doch wer erwartete bei dieser Idylle schon ein Gewaltverbrechen?

»Hat sich Herr Graf gar nicht gewehrt?« Er wandte sich an Dix. »Wenn vor mir jemand mit einer Mordwaffe stehen würde, dann bliebe ich jedenfalls nicht so ruhig auf der Bank sitzen.«

»Das wird die Obduktion der Leiche zeigen. Auf den Händen finden sich Spuren von Verletzungen, aber woher die stammen, muss uns der Pathologe sagen.« Dix zog ihn von dem Brunnen weg. »Sie haben uns sehr geholfen, Hochwürden. Ihre Aussage müssen wir noch protokollieren. Es wäre nett, wenn Sie in den nächsten Tagen zu uns nach Passau kommen könnten.«

»Was mein Kollege eigentlich sagen wollte, Herr Senner, ist, Sie stehen uns hier im Weg.« Mirwald machte eine Geste, als wollte er Fliegen verscheuchen. »Das hier ist eine Arbeit für Profis. Kümmern Sie sich lieber um Ihre Bedürftigen zu Hause, und bereiten Sie meinetwegen die

Beerdigung vor. Aber lassen Sie uns um Himmels willen unseren Job tun!«

»Ich könnte doch ...«

»Bloß nicht, bloß nicht!« Mirwald war aufgeschreckt. »Spielen Sie nicht den Privatdetektiv, Herr Senner. Wir wissen schon, was zu tun ist. Dafür sind wir ausgebildet, so wie Sie zum Beten ausgebildet sind. Also tun Sie das, was Sie am besten können – beten Sie für das Seelenheil Ihres Nachbarn. Stiften Sie eine Kerze oder was man halt so tut als Pfarrer. Und wenn Sie jetzt bitte den Platz räumen würden, wir wollen das Gelände absuchen.«

Baltasar schlüpfte unter dem Absperrband durch. Es hatte sich eine Reihe Schaulustiger eingefunden, ein Rentnerpaar, eine Gruppe Jugendlicher mit Bierflaschen in den Händen, eine Mutter mit Kinderwagen.

Als er in seinen Wagen einsteigen wollte, fiel ihm seine Autoantenne auf. Jemand hatte sie in Herzform verbogen, was nicht weiter schlimm war, denn sie war ohnehin nur eine Notlösung aus einem Drahtkleiderbügel. Das Original hatte bereits die Vorbesitzerin abgebrochen. Baltasar bog die Antenne wieder gerade. In einiger Entfernung feixten die Jugendlichen, sie prosteten ihm mit ihren Flaschen zu. Er beachtete sie nicht weiter.

*

Die ganze Heimfahrt über war Baltasar in Gedanken versunken.

Der Anblick seines toten Freundes hatte sich in sein Gedächtnis eingebrannt. Anton Graf war das Opfer eines Verbrechens geworden, offenbar nur wenige Stunden, nachdem er bei ihm im Pfarrheim zu Besuch gewesen war und den Scheck überreicht hatte. Graf hatte über etwas sprechen wollen, etwas, was mit dem Mord zu tun hatte?

Er würde es nie erfahren.

Oder doch? Baltasar dachte an die Mahnung des Kommissars, sich aus der Sache herauszuhalten. Konnte er, Baltasar Senner, das wirklich? Anton Graf war sein Nachbar, sein Freund. Er hatte ihm das Leben gerettet, als er dort oben im Kirchturm gelegen hatte. Und die noble Spende zur Reparatur nicht zu vergessen. Er war es Graf einfach schuldig, dafür zu sorgen, dass der Schuldige gefunden wurde. Andererseits: Auf die Arbeit der Kriminalpolizei konnte er vertrauen.

Und wenn doch nicht? Wenn die Beamten etwas übersahen? War es nicht gewissermaßen eine Christenpflicht, die Staatsdiener bei ihren Ermittlungen zu unterstützen? Natürlich ganz diskret, er war schließlich Pfarrer von Beruf.

Die Gerechtigkeit musste auf Erden durchgesetzt werden, hier und jetzt, das konnte nicht bis zum Jüngsten Tag warten, da war jeder aufgerufen, etwas zu tun, auch ein katholischer Geistlicher. Der liebe Gott würde schon Verständnis für die Schwäche seines Dieners haben. Das hoffte Baltasar zumindest und bat im Voraus um Vergebung. Danach fühlte er sich schon viel besser.

4

Der Tod seines Nachbarn hatte ihn mehr mitgenommen, als er sich zuerst eingestehen wollte. Es war ein Schmerz, eingekapselt in seinem Inneren, eine Glut, die nicht zu löschen war und seine Seele verbrannte.

Baltasar versuchte, sich abzulenken. Er holte einen Block und notierte »Ideen für die nächste Predigt«. Das weiße Blatt starrte ihn an. Er glaubte, Anton Grafs Gesicht darauf zu erkennen.

Eine halbe Stunde später hatte er immer noch kein einziges weiteres Wort niedergeschrieben. Er spülte zwei Tassen ab. Hörte er Antons Stimme aus dem Rauschen des Wassers?

Baltasar rief nach Teresa, aber die Haushälterin war unterwegs, gerade jetzt, wo er jemanden zum Reden brauchte.

Auch wenn es nicht der richtige Zeitpunkt war, erst später Nachmittag, er wollte, ja, er musste etwas tun.

Aus dem Schrank holte er die Utensilien, mehrere Dosen Weihrauch, Streichhölzer, eine Kohletablette und eine Messingschale. Er entschied sich für die Sorte »Eritrea-Tränen«, rührte etwas Kamille darunter und legte die Mischung auf die Kohle, ganz vorsichtig, so wie er früher mit seiner Mutter beim Backen der Weihnachtsplätzchen immer den Teig auf die Oblaten tupfte. Nur das Spezialgewürz fehlte noch, er bewahrte es in seinem Geheimversteck auf. Das erst gab der Mixtur die richtige Offenbarung.

Die Kohle glühte, Baltasar nahm die ersten Atemzüge, allmählich löste sich seine Anspannung. Welch himmlische Mischung! Einatmen. Ausatmen. Der Rauch schien sich den Weg durch seine Nase, durch seine Lunge direkt ins Gehirn zu bahnen, ein Rohrreiniger für die Gedanken. Einatmen. Ausatmen.

Das Gesicht seines Nachbarn verschwand, dafür nistete sich das Bild der Jungfrau Maria ein, zur Linken ein Schweinsbraten, zur Rechten eine Maß Bier, die heilige niederbayerische Dreifaltigkeit – oder war es das Bild von Victoria Stowasser? Andere Figuren rückten in den Vordergrund, sein Vater im Laden, wie er Würste schnitt, seine Mutter spielte Geige dazu – oder war es die Muttergottes in ihrer Barmherzigkeit?

Egal, das Leben war ein Rausch der Bilder, eine Aneinanderreihung von Theaterstücken, mal groß, mal klein, mal Komödie, mal Drama. Und am Ende fiel der Vorhang, es war Zeit zu gehen, doch der Allmächtige setzte in seiner Weisheit für den nächsten Tag eine neue Aufführung an, alles verschwand im Vergessen, nur Gedankenfetzen blieben hängen wie Stoff an Dornen. Und der Weihrauch, das jahrtausendealte Elixier zur Verbannung des Todes, zur Beschwörung des Lebens, rückte alles ins rechte Licht und löste den Schmerz.

Es klopfte und kratzte in Baltasars Kopf. Er schüttelte sich, der Lärm war nicht abzustellen. Er zwang sich, stillzuhalten, seine Gedanken auszuschalten, was sich jedoch als unmöglich erwies. Wie ein böser Geist legte sich das Geräusch über sein Bewusstsein, er sah seinen Küchentisch vor sich. Nicht nur eine Vision war es, sondern sein Küchentisch, darauf die Messingschale. Baltasar torkelte zum Fenster und riss es auf. Einatmen. Ausatmen.

Die Jungfrau Maria zeigte sich im Gemüsegarten – oder spielte ihm sein Gehirn einen Streich?

Ein Klopfen, gefolgt von einem Klirren, als ob Glas zerbrochen wäre. Die Fenster des Pfarrhauses waren noch unversehrt, also musste es etwas anderes sein. Die Geräusche kamen offenbar vom Nachbargrundstück, von Anton Grafs Haus.

Das konnte nicht sein, Graf hatte keinen Besuch gehabt. Baltasar ging nach draußen, stolperte über eine

Gießkanne, wankte zum Gartenzaun, achtete darauf, die Gemüsepflanzen nicht niederzutrampeln, denn Teresas Donnerwetter wollte er sich ersparen. Es war nichts zu hören, nur das Geschrei einiger Krähen, und in der Ferne tuckerte ein Traktor.

Hatte er sich geirrt? Sein Schädel hämmerte. Er sehnte sich nach seinem Bett. Ein dumpfer Ton drang aus Grafs Haus. Doch ein Gast? Ein Haustier? Sein Nachbar hatte beides gehasst.

Baltasar überlegte, was er tun sollte. Eigentlich ging ihn das alles nichts mehr an. Andererseits ... Wer machte sich in Grafs Haus zu schaffen? Er hievte sich über den Zaun, blieb mit einem Bein hängen und fiel auf der anderen Seite ins Gras. Er hielt die Augen geschlossen und stellte sich vor, einfach liegen zu bleiben und einzuschlafen.

Ein Impuls, ein neues Geräusch, hielt ihn davon ab. Er rappelte sich mühsam auf und ging zur Haustür.

Anton Grafs Grundstück entsprach ganz dem Ideal eines Schrebergartens. Wie mit der Richtschnur gezogene Reihen von Blumenrabatten, der Weg zwischen den Beeten mit Natursteinen gepflastert, vor den Nutzpflanzen steckten Schildchen, auf denen die Sorte und das Pflanzdatum vermerkt waren. Deko-Windräder schmückten die Ecken, Betonsteine fassten die Kanten ein, farbige Glaskugeln – dem Muster nach zu urteilen Stücke aus dem Bayerischen Wald – leuchteten zwischen den Büschen.

Baltasar klingelte. Nichts tat sich, er klingelte nochmals und wartete. Stille.

»Hallo, ist jemand da?«

Er klopfte an die Tür. Niemand schien ihn zu hören.

Er ging um das Haus herum. Ein fremdes Fahrrad lehnte an der Wand, ein Modell für den Bergeinsatz, mit Scheibenbremsen und Stollenreifen. Das Küchenfenster war eingeschlagen, Glasscherben lagen auf dem Boden. Ein Fensterflügel stand offen, darunter war eine Gartenbank geschoben. Baltasar stieg darauf, seine Beine zitterten ein wenig, als er sich am Rahmen hochzog.

Er spähte in die Küche. Kaffeegeschirr stand auf dem Tisch, in der Spüle eine Kanne. Es sah aus, als sei Anton Graf überstürzt aufgebrochen und wollte später aufräumen, denn Unordnung war ihm immer ein Graus gewesen. Die Tür zum Gang stand offen.

»Hallo, hören Sie mich?« Baltasar rief, so laut er konnte. »Hallo! Zeigen Sie sich, ich weiß, dass jemand im Haus ist.«

Er wartete. Keine Reaktion.

»Hören Sie, wer immer Sie sind, wenn Sie sich nicht sofort zeigen, rufe ich die Polizei!«

War er unvorsichtig? Was, wenn der Einbrecher bewaffnet war? Er konnte nur hoffen, dass ihm sein oberster Arbeitgeber ein paar Schutzengel schickte.

Zumindest konnte er jetzt wieder klar denken, die Wirkung des Weihrauchs hatte nachgelassen. Im Haus wurde eine Tür geöffnet.

»Hallo, hier in der Küche, bitte.« Baltasar hoffte, seine Worte wirkten beruhigend. Schritte. Im Türrahmen tauchte eine Gestalt auf: ein Mann Mitte 20, schlaksige Figur, Bürstenhaarschnitt, die Jeans war zu Shorts gekürzt, darunter trug er eine Radlerhose. Das T-Shirt war mit dem Namen einer Rockband bedruckt. Beim Näherkommen bemerkte Baltasar, dass der junge Mann auch Radlerhandschuhe trug.

»Was suchen Sie hier auf diesem Grundstück? Sie wohnen doch nicht hier!«

Baltasar war verblüfft über die Begrüßung des Unbekannten, er hatte Ausreden erwartet, Flucht – aber nicht so etwas. Der Mann trat ans Fenster heran und sah auf ihn herab, als sei er ein lästiges Insekt.

»Haben Sie nicht verstanden? Was haben Sie hier zu suchen?«

Baltasar straffte sich. »Da können wir uns die Hand geben, junger Mann. Es wäre das erste Mal, dass Gäste Fenster einschlagen und in fremde Häuser einbrechen. Und was den Anlass betrifft: Als Nachbar habe ich eine Einladung von Anton Graf. Wie sieht's da bei Ihnen aus?«

»Der Nachbar sind Sie? Wie ist Ihr Name?«

»Ich heiße Senner, Baltasar Senner. Ich bin der Pfarrer hier im Ort.«

»Ah, ein katholischer Priester. Aber Sie sehen gar nicht wie ein Geistlicher aus, Ihre Augen sind ganz aufgequollen. Man könnte meinen, Sie …«

»Die Arbeit, junger Mann, ich habe gerade neue Weihrauchsorten für die nächste Messe getestet.« Was nicht exakt der Wahrheit entsprach, aber für diesen Menschen war es die richtige Antwort.

»Und, was wollen Sie?« Die Stimme des jungen Mannes klang schon freundlicher.

»Erst mal: Wie ist Ihr Name?«

»Darf ich mich vorstellen? Quirin Eder.«

»Sie sind nicht von hier.«

»Natürlich nicht. Ich komme aus Frauenau.«

»Die ganze Strecke geradelt?! Respekt!«

»Das ist mein Hobby. Da bleibt man fit, das sollten Sie auch probieren, Hochwürden.«

»Darf ich hereinkommen, Herr Eder? Durch das Fenster zu plaudern ist nicht besonders angenehm.«

»Ich öffne Ihnen die Haustür, Moment.«

Soweit Baltasar beim Eintreten sehen konnte, war im Gang und auch in der Küche alles an seinem Platz, was darauf schließen ließ, dass Quirin Eder nichts durchsucht hatte – oder sich dabei geschickt anstellte. Sie nahmen am Küchentisch Platz.

»Sie haben mir immer noch nicht erzählt, was Sie hier im Haus wollen.« Baltasar blickte seinem Gegenüber direkt in die Augen. »Einen Haustürschlüssel haben Sie jedenfalls nicht.« Und Quirin wusste auch nicht, wo der Ersatzschlüssel lag, ganz im Gegensatz zu ihm, Baltasar.

»Es war die einzige Möglichkeit einzutreten.« Quirin rutschte auf dem Stuhl hin und her. »Ich hatte es eilig, dachte, ich müsste nach dem Rechten sehen.«

»Sie haben schon erfahren, dass Anton ...«

Er winkte ab. »Natürlich. Die Polizei hat mich angerufen. Ich bin nämlich der nächste Verwandte von Anton, müssen Sie wissen.«

Baltasar hatte wohl verdutzt dreingeschaut, denn Quirin wiederholte seine Antwort: »Verstehen Sie, Hochwürden, ich bin der nächste Angehörige.«

»In ... in welchem Verwandtschaftsverhältnis stehen ... standen ... Sie zu Anton?«

»Ich bin sein Sohn. Sein unehelicher Sohn. Meine Mutter, Charlotte Eder, hatte mal was mit ihm. Aber das ist lange her. Antons Eltern sind längst verstorben, von Geschwistern, Tanten oder Onkeln weiß ich nichts. Also bin ich der nächste Verwandte, sein Fleisch und Blut, wie es so schön heißt.« Zynismus färbte seine Stimme.

»Anton hat nie etwas von einem unehelichen Sohn erzählt. Er war bei privaten Themen überhaupt sehr einsilbig, deshalb habe ich nicht nachgefragt. Das ist natürlich eine Überraschung für mich. Warum habe ich Sie nie bei Ihrem Vater gesehen?«

»Wir ... nun, wir hatten kein besonderes Verhältnis zueinander. Eigentlich gar keins, wenn man's genau nimmt. Er wollte nichts von mir wissen, und von meiner Mutter schon gar nicht.«

»Ein Vater, der seinen eigenen Sohn ignoriert? Das ist ungewöhnlich. So kannte ich Anton gar nicht.«

»Es gibt vieles, was Sie bei meinem Vater nicht kannten, glauben Sie mir. Sie würden sich wundern.«

»Ich habe ihn immer als freundlichen und herzensguten Menschen erlebt.«

»Anton, meinen Vater, kenne ich viel länger als Sie, Herr Pfarrer, auch wenn ich ihn nur selten sah.«

Baltasar lehnte sich zurück. »Mir ist immer noch nicht klar, was genau Sie suchen, Herr Eder. Es gibt keinen Grund zur Eile, Anton ist noch nicht einmal beerdigt. Und die Kripo wird das Haus vermutlich auch noch anschauen wollen.«

»Nun, ich ... ich dachte, vielleicht braucht die Polizei weitere Informationen, die können sich doch nicht um alles gleichzeitig kümmern, Unterlagen meines Vaters beispielsweise, die bei den Ermittlungen weiterhelfen.«

»Was sind das denn für Unterlagen?«

»Keine Ahnung. Einen Kalender mit Terminen vielleicht, Kontoauszüge, Versicherungspolicen – so was eben.«

Baltasar bezweifelte, dass der junge Mann die Wahrheit sagte. »Und, haben Sie etwas Brauchbares gefunden?

»So weit bin ich gar nicht gekommen, weil Sie draußen

gerufen haben. Ich dachte zuerst, es sei ein Postbote, deshalb habe ich es nicht beachtet. Das Haus ist ein wenig unübersichtlich.« Quirin Eder lächelte. »Außerdem war es noch aus einem anderen Grund gut, dass ich gekommen bin. Das Wasser im Bad tropfte, gar nicht auszudenken, wenn es eine Überschwemmung gegeben hätte.«

»Das ist für Anton gar nicht typisch, so nachlässig zu sein.«

»Aber ich sage Ihnen, das Wasser lief.«

»Bleibt die Tatsache, dass Sie bei Ihrem Eindringen das Fenster beschädigt haben.«

»Ich sagte doch schon, es war eine Notlösung. Ein Notfall. Da darf man zu ungewöhnlichen Mitteln greifen.« Eder klang genervt.

»Außerdem gibt es keinen Geschädigten.«

»Sie meinen, weil Ihr Vater tot ist?«

»Ich meine, weil ich vermutlich der Erbe dieses Anwesens sein werde, oder nicht?«

5

Während der ganzen Morgenandacht war Baltasar unkonzentriert. Die Bänke vor ihm waren leer, lediglich einige Landwirte, die ihre Stallarbeit mit einem Gottesdienst beenden wollten und wohl um reiche Ernten beteten, einige Rentner, die Langeweile und Einsamkeit aus dem Hause trieb. Die Begegnung mit Anton Grafs Sohn ging ihm nicht aus dem Kopf. Ob der junge Mann tatsächlich die Polizei über seinen ungewöhnlichen Besuch im Haus seines Vaters informieren würde?

Noch mehr störte ihn das Schweigen seiner Glocken.

Eine Messe ohne Läuten war wie ein Film, bei dem man den Ton abgedreht hatte. Glocken dienten bereits in vorchristlicher Zeit dazu, Kontakt mit den Überirdischen, mit Göttern aufzunehmen, eine Verbindung zwischen Himmel und Erde herzustellen, egal ob in China, Indien, Ägypten oder Mesopotamien. Zugleich vertrieb der Klang der Glocken die Dämonen und Geister, ein magisches Musikinstrument, glaubten die Menschen damals, Unwetter würden abgewehrt. Nach der Auffassung der Hindus waren sie das Symbol allen Lebens. Priester trugen Goldglöckchen im Saum ihrer Kleider. Nach Christi Geburt ersetzten Glocken die Uhren und riefen zum Gebet, die Stimme der Kirche, für alle hörbar. Bis heute. Praktischerweise liebten mittlerweile alle Menschen, Christen wie Heiden gleichermaßen, das Bimmeln der Glocken, in moderner Form auch als Handy-Klingelton.

Baltasar musste etwas unternehmen. Auf die finanzielle Barmherzigkeit der Diözese zu warten konnte bis zum Jüngsten Tag dauern. Der Scheck seines Nachbarn war zumindest eine Basis, er hatte keine Ahnung, was die Reparatur tatsächlich kosten würde.

Den Abschlusssegen ratterte er herunter, als gelte es, den ersten Preis im Schnellsprechwettbewerb zu gewinnen. Er sparte sich die Verabschiedung an der Kirchentüre und verschwand stattdessen in die Sakristei zum Umziehen. Der schwarze Anzug war genau das Richtige für sein Projekt.

Im Schalterraum der Sparkasse wandte er sich an eine Mitarbeiterin, die er flüchtig von den Gottesdiensten kannte.

»Ich würde gern mit Herrn Trumpisch sprechen, einen Termin habe ich nicht vereinbart.«

»Sie sind früh dran, Hochwürden, vielleicht haben Sie Glück, und der Herr Bankdirektor hat noch etwas Luft, bevor die Besprechungen beginnen.« Sie verschwand in einen Flur an der Rückwand. Nach einer Weile kam sie zurück. »Wenn Sie mir bitte folgen würden, Herr Pfarrer.«

»Bemühen Sie sich nicht, ich kenne den Weg, danke nochmals.«

Er ging vor bis zu dem Eckbüro, klopfte an die Tür und wartete auf das »Herein«.

Alexander Trumpisch kam ihm entgegen und lotste ihn zu einem Ledersessel, dem Element einer kleinen Sitzgruppe am Fenster. Teppichboden dämpfte die Schritte, Schreibtisch und Schränke bestanden aus weiß geschlämmtem Holz.

»Ihr Besuch überrascht mich, Herr Senner. Stimmt etwas nicht mit Ihrem Konto?«

»Alles in Ordnung, außer dass das Minus immer größer wird – aber das ist nicht Ihre Schuld, Herr Trumpisch.«

»Na, da bin ich froh. Wenn Sie einen kleinen Überbrückungskredit brauchen, wir machen das ganz diskret, Sie erhalten selbstverständlich Sonderkonditionen, und Kontoführungsgebühren berechnen wir Ihnen natürlich auch nicht.«

»Damit sind wir beim Thema. Ich bräuchte tatsächlich ein Darlehen, aber nicht für mich persönlich, sondern für unsere Kirche. Wie Sie sicher schon gehört haben, ist ein Teil des Dachgebälks eingestürzt und hat unsere Glocke damit außer Gefecht gesetzt.«

»Ja, ja, das war Tagesgespräch im Ort. Aber was wollen Sie von der Sparkasse?«

»Geld eben. Zur Restaurierung. Damit die Glocke in unserem Ort wieder läuten kann.«

»Unsere Bank tut, was sie kann.« Trumpisch machte eine Pause. »Schließlich sind wir in der Region verwurzelt und fühlen uns der Heimat verpflichtet. Deshalb will ich gern mit einer Spende helfen. Sagen wir 2000 Euro?«

»Das ist großzügig von Ihnen. Aber ich brauche eine größere Summe, um die Kosten für die Reparaturarbeiten vorzustrecken.«

»Also gut, als praktizierender Katholik und obwohl ich schon genug Kirchensteuer zahle … sagen wir 2500 Euro. Ist das ein Wort?«

»Herr Trumpisch, ich weiß Ihre Spendenbereitschaft zu schätzen und nehme selbstverständlich im Namen der Kirche das Geld gerne an. Jeder Betrag hilft.« Baltasar war es unwohl in der Situation. »Aber um den Dachstuhl wiederherzustellen und die Glocken an ihren alten Platz zu bringen, braucht es wesentlich mehr Geld. Deshalb bin ich hier, um mit Ihnen über einen Überbrückungskredit zu sprechen.«

»Überbrückungskredit?« Der Bankdirektor gab sich verwundert. »Sie meinen im konkreten Fall ein Darlehen mit einer begrenzten Laufzeit, oder nicht?«

»Genau, ich bräuchte das Geld nur vorübergehend.«

»Wie lange denn genau – eine Woche, einen Monat, ein Jahr?«

»Das weiß ich nicht. Solange es halt dauert.«

»Und an welche Summen haben Sie gedacht, Hochwürden? 5000, 10.000, 25.000??«

»Das hängt davon ab, wie teuer die Reparatur wird. Kann schon sechsstellig werden.«

»100.000 Euro, oder etwa noch mehr?« Trumpisch japste nach Luft, als habe ihm plötzlich etwas den Hals zugedrückt. »Ich verstehe richtig: hun-dert-tau-send?« Jede Silbe würgte er hervor.

Baltasar schwieg.

»Das ist ein Riesenbetrag, Herr Senner, zumal für eine kleine Sparkasse wie unsere.« Der Bankdirektor beugte sich vor. »Leider haben wir keinen Sack voller Goldstücke in unserem Keller versteckt, so schön das auch wäre. Dann könnte ich den Sack für Sie aufschnüren. Aber die Realität ist viel nüchterner.« Er hob die Arme, als wolle er den Allmächtigen um Verständnis bitten. »Wir müssen uns refinanzieren. Und bei einer solchen Summe sind wir dem Verwaltungsrat Rechenschaft schuldig, dem müssen wir begründen, was wir mit dem Geld der Sparer machen. Sonst ziehen die mir die Ohren lang.« Er versuchte ein Lächeln.

»Aber ... ich ...«

Trumpisch unterbrach ihn. »Fassen wir zusammen, welche Fakten wir haben, Herr Pfarrer. Also, Sie wissen nicht, wie hoch die Darlehenssumme sein soll. Sie wissen nicht, wann und ob Sie den Betrag zurückzahlen können. Nicht gerade viel als Grundlage für ein Darlehen, meinen Sie nicht?«

Baltasar hasste dieses Gespräch. Lieber rutschte er auf den Knien einmal um die Wallfahrtskapelle in Altötting, als einen solchen Bittgang bei einem Banker zu machen. Jesus hatte schon gewusst, warum er die Wucherer und Geldverleiher aus dem Tempel gepeitscht hatte. Er selbst hatte plötzlich das Bild vor sich, wie er mit einer Peitsche diesem Trumpisch ... Aber er musste sich beherrschen.

»Ich ... ich habe Sicherheiten.«

»Sicherheiten.« Das Wort schien den Bankdirektor zu erheitern. Ein Beben ging durch seinen Körper, er versuchte, das Lachen zu unterdrücken. »So, so, Sicherheiten haben Sie. Dann lassen Sie mal hören.«

»Schließlich arbeite ich für die katholische Kirche. Und die hat wohl unbegrenzt Glaubwürdigkeit und Kredit, oder nicht?«

»Ihre berufliche Begeisterung in allen Ehren, Herr Senner, aber bei Ihnen arbeiten auch nur Menschen. Sie haben doch sicher schon über die Skandale der Vatikanbank gelesen, da waren einige schwarze Schafe unterwegs. Warum gehen Sie eigentlich nicht zur Vatikanbank?«

»Weil ich hier wohne und nicht in Rom, ganz einfach. Und weil ich Sie als engagierten Menschen eingeschätzt habe, als jemanden, der sein Herz am rechten Fleck hat und guten Kunden helfen will. Außerdem ist die katholische Kirche, Skandale hin oder her, noch nie pleitegegangen, was man von den Geldinstituten nicht behaupten kann.«

»Das Vertrauen in die Kirche baut mehr auf geistigem Fundament, wenn ich das so sagen darf, das ist unbestritten. Aber in weltlichen Dingen gelten andere Gesetze. Warum lassen Sie sich die Reparatur nicht von der Diözese bezahlen? Das wäre doch am einfachsten für Sie.«

»Auch dort dauern Wunder bisweilen etwas länger … und die Bürokratie … So lange will ich nicht warten.« Die Verwaltungsmenschen in Passau erledigten solche Dinge für gewöhnlich mit der Geschwindigkeit einer Wanderdüne, aber das sagte Baltasar nicht laut.

»Sehen Sie, Herr Senner, Ihren Vorgesetzten steckt das Geld auch nicht locker in der Tasche – so wie bei uns. Sie müssen schon etwas Verständnis für uns aufbringen, wir haben unsere Regeln und sind kein Sozialverein, auch wenn ich gerne öfters spenden würde.«

»Aber wir haben Sicherheiten.«
»Soll ich Ihren Marienrosenkranz als Pfand nehmen? Oder die Holzfiguren beim Altar? Oder gleich Ihre ganze Kirche?« Trumpisch versuchte, ernst zu bleiben. »Ich stelle mir gerade vor, wie sich eine Zwangsversteigerung machen würde: eine gebrauchte Immobilie, renovierungsbedürftig, jahrhundertealt, nur zu Gottesdiensten zu gebrauchen – was glauben Sie, wer da mitbieten würde, für den Fall, dass es zum Schlimmsten käme? Davor will ich Sie bewahren, Hochwürden, schlagen Sie sich das aus dem Kopf. Ich sage Ihnen das nicht als Geschäftsmann, sondern aus Nächstenliebe, weil ich nicht an Ihrem Unglück schuld sein will.« Er stand auf und wartete, bis Baltasar es ihm gleichtat. »Mein nächster Termin wartet. Schön, dass Sie vorbeigeschaut haben. Und wenn Sie Ihr Girokonto höher überziehen wollen, kein Problem!«

Baltasar ging zurück zum Pfarrheim, grüßte unterwegs niemanden und unterdrückte das Gefühl, gleich platzen zu müssen. Dieser scheinheilige Pharisäer! Zum Teufel mit ihm! Langsam in siedendem Schwefelwasser sollte man solche Figuren gar kochen, so wie es die alten Bilder von der Hölle zeigten, dem einzig richtigen Ort für Bankmanager.

Zu Hause angekommen hatte er sich immer noch nicht beruhigt, deshalb schwang er sich auf sein Fahrrad, um den Frust wegzustrampeln. Fast automatisch schlug er den Weg zu seinem Freund Philipp Vallerot ein, der etwas weiter außerhalb des Ortes wohnte.

Einer geregelten Arbeit ging Vallerot nicht nach. Er hatte früher ein Vermögen verdient, hieß es, er selber beließ es bei Andeutungen.

Eine Frage drängte sich in Baltasars Bewusstsein, während er in die Pedale trat: Gab es tatsächlich etwas in Anton Grafs Haus, was bei der Suche nach seinem Mörder helfen konnte? Einen Hinweis, eine Adresse? Sicher war, dass die Polizei bald anrücken würde. Sehr bald sogar.

Mit einem Mal war der Sparkassendirektor vergessen, und Baltasar wusste, was er tun musste. Er klingelte bei Philipp und begrüßte seinen Freund mit den Worten: »Du musst mir bei einem Einbruch helfen!«

6

Selbstverständlich sei es kein richtiger Einbruch, hatte Baltasar erklärt und über die Hintergründe des Mordes berichtet, er habe einen Schlüssel für das Haus, besser gesagt: Er wisse, wo der Schlüssel versteckt gewesen sei. Philipp Vallerot solle als Zeuge dabei sein und zur Sicherheit alles mit einem Fotoapparat dokumentieren.

»Und dein himmlischer Arbeitgeber billigt diese Aktion?«

Sie standen vor Anton Grafs Eingangstür. Vallerot, hochgewachsen, ein Mann mittleren Alters, war Atheist und auch noch stolz drauf, was er regelmäßig mit Sticheleien gegen Baltasars Arbeit betonte. »Aber da ich dich dabeihabe, kann ich auf Absolution vom Großen Außerirdischen rechnen. Bei der Polizei bin ich mir nicht sicher.«

»Nun hab dich nicht so, es ist nur ein Hausbesuch. Anton hat mir die Erlaubnis erteilt, bei ihm nach dem Rechten zu sehen, wenn irgendetwas sein sollte, und diese Erlaubnis gilt über seinen Tod hinaus. Und wann sollten wir von dieser Genehmigung Gebrauch machen, wenn nicht jetzt?«

»Herrlich, wie du die Gesetze dehnst. Da wundert es mich nicht mehr, wie eure Kirche 2000 Jahre überleben konnte.« Er drehte sich um. »Momentan ist niemand zu sehen, packen wir's an! Also, wo ist der Schlüssel? Lass mich raten, unter der Fußmatte?« Er sah dort nach. »Fehlanzeige. Vielleicht der Blumentopf da?«

»So einfach ist es nun auch wieder nicht.« Baltasar hob einen Findling mit auffälliger Kerbe hoch, der in einem Kiesbett an der Wand lag, und zog den Schlüssel hervor. »Bitte sehr.«

»Geh du voran, ich helfe dir nur. Wie du weißt, wird Beihilfe weniger streng bestraft.«

Baltasar sperrte auf, sie traten ein und schlossen die Tür hinter sich.

»Moment.« Philipp überreichte ihm Gummihandschuhe und Plastiküberzieher für die Schuhe. »Wir wollen doch der Kripo nicht die Arbeit schwerer machen als nötig, wenn sie überall unsere Spuren finden. Außerdem habe ich keine Lust, meine Fingerabdrücke in deren Fahndungscomputer zu finden.«

»Irgendwie unheimlich, das Haus eines Toten«, sagte Baltasar. »Alles noch so, wie es Anton verlassen hat, nicht ahnend, dass er ...«

»Du hast wohl Hitchcocks ›Psycho‹ im Kopf, guter Film übrigens, aber glaub mir, wir werden keine mumifizierte Mutter finden, und hinter dem Duschvorhang lauert niemand mit einem Messer.«

»Ich mein ja nur ... Also, wo fangen wir an?«

Sie inspizierten das Bad und die Küche. Das Geschirr stand noch immer da, wo Baltasar und Antons Sohn Quirin es gelassen hatten. In den Schränken und Schubläden fand sich nichts Ungewöhnliches.

Philipp deutete auf die eingeschlagene Fensterscheibe und die Glassplitter. »Das war ein richtiger Einbruch.«

Der letzte Raum im Erdgeschoss war als Arbeitszimmer eingerichtet. Ein Schreibsekretär im Biedermeierstil, ein passender Stuhl und ein Schrank aus Birnenholz mit Einlegearbeiten. An der Wand zwei Fotografien, eine zeigte Grafs Eltern bei deren Hochzeit, die andere ein Fabrikgebäude. Daneben ein Ölgemälde in der Größe eines Buches, eine Landschaft mit Burgruine. Philipp schaltete seinen Apparat ein und fing an zu fotografieren. »Für alle Fälle«, sagte er.

Baltasar klappte die Tür des Sekretärs nach unten. Eine Gartenzeitschrift lag darin, Anton hatte Passagen eines Artikels über Rosenzucht mit Textmarker hervorgehoben. Daneben zwei Bücher über Gemüse und deren Pflege. In den Schubladen lagen Bleistifte, Gummiringe, Notizzettel, ein Zeitungsausschnitt zum Thema Schnitt von Obstgehölzen.

»Seltsam, kein Computer hier.«

Philipp hatte den Schrank geöffnet.

»Ist in den oberen Zimmern ein Gerät?«

»Anton benutzte keine Computer. Ein Handy war für ihn der Höhepunkt der Technik.«

»Wie alt war dein Nachbar?«

»Letztes Frühjahr feierte er seinen 64. Geburtstag.«

»Also nicht zu alt für so was.«

»Ich glaube, es war bei ihm mehr eine prinzipielle Sache.«

Der Schrank enthielt weitere Bücher, Bildbände über den Bayerischen Wald, Wanderkarten, alte Auktionskataloge und Fachliteratur über Glasbläserei. In mehreren Ordnern hatte Graf Handwerkerrechnungen aufbewahrt sowie Reiseprospekte über Österreich und Tschechien.

»Ein bisschen wenig. Wo bleiben die persönlichen Unterlagen, Versicherungsscheine, Testament, Kontoauszüge?« Philipp stellte die Ordner zurück. Er strich über das Furnier des Sekretärs. »Schönes Stück.«

»Du meinst, das ist echt?« Baltasar hatte es für eine moderne Imitation gehalten, wie sie heutzutage gerne von Nostalgikern gekauft wurde, die die gute alte Zeit in ihr Heim zurückholen wollten.

»In diesem Zimmer ist alles echt, die Möbel sind Antiquitäten, selbst das Gemälde scheint aus dem 19. Jahrhundert zu stammen.« Philipp befühlte die Schubladen. »Ob dieser Sekretär ein Geheimfach hat? Das wurde in solche Stücke oft eingebaut.«

Baltasar tastete die Innenseiten ab und sah unter der Schreibplatte nach. »Kein Geheimfach. Ich glaube, du siehst zu viele Kinderfilme, Philipp. Da kommen Schatztruhen und Zauberer und Verstecke vor.«

Sein Freund ließ sich davon nicht beirren und untersuchte das Möbel. Er drückte an verschiedenen Stellen, rieb über das Holz. »Siehst du, hier sieht es aus, als ob jemand ständig mit der Hand darübergefahren wäre. Auf der anderen Seite finde ich keine Abnutzung.« Er konzentrierte sich auf den Bereich. »Ha!«, rief er. Gleich danach gab es ein Geräusch, ein dumpfes Klicken. Ein schmales Fach hatte sich geöffnet. Philipp grinste. »Da siehst du, warum es etwas bringt, sich Kinderfilme anzugucken. Das ist meine Magie.«

»Glücksfall«, brummte Baltasar. Er war wieder einmal beeindruckt von den Fähigkeiten seines Freundes, für verzwickte Probleme eine Lösung zu finden. »Du machst jedem Einbrecher Ehre.«

Der Inhalt des Faches war enttäuschend: lediglich ein Scheckbuch, die Kontokarte einer Regensburger Bank und das Farbfoto einer Frau um die 30, schlank, mit halblangen blonden Haaren – und splitternackt.

»Oho, sieh an, dein Anton und sein erotisches Kabinett!« Philipp besah sich die Aufnahme. »Geschmack hatte er offensichtlich. Aber warum versteckt jemand eine Nacktaufnahme? Heutzutage kann man jede Menge anzüglichere Sachen in Zeitschriften oder im Internet finden, da braucht man sich nicht zu schämen – und obendrein interessiert's niemanden.« Er fotografierte die Aufnahme ab.

»Vielleicht hatte er eine besondere Beziehung zu der Frau. Dem Haarschnitt nach scheint das Bild älter zu sein, aber ich bin darin kein Experte.«

»Du kannst doch deine Victoria fragen, die hat sicher Erfahrung mit so etwas. Und wenn du schon bei ihr bist ...«

»Spar dir deine Bemerkungen.«

Sein Freund hatte einen empfindlichen Punkt getroffen: Seine Beziehung oder, besser gesagt, Nicht-Beziehung zur Wirtin der »Einkehr« war ein ergiebiges Thema ... »Kann sein, dass es eine frühere Freundin Antons war. Für seine einsamen Abende jedes Mal das Bild hervorzuholen wäre wohl zu umständlich.«

Der Scheck, den Baltasar von seinem Nachbarn erhalten hatte, musste diesem Scheckbuch entnommen worden sein. Die angegebene Bank war dieselbe wie auf der Kontokarte. Auf der Rückseite war eine Nummer notiert.

»Nehmen wir die Karte mit? In einen Geldautomaten stecken, und schon wissen wir ...«

»Bist du verrückt?« Baltasar schüttelte den Kopf. »Ich will keinen Ärger mit der Polizei. Wir legen alles schön brav wieder zurück.«

»Willst du die Beamten über unseren Fund informieren?«

»Vorerst nicht. Sonst müsste ich erklären, wie ich zu meinen Erkenntnissen gekommen bin.«

Sie verschlossen Sekretär und Schrank und gingen in den ersten Stock. Das Badezimmer wies keine Besonderheiten auf. Handtücher stapelten sich, sauber gefaltet, in einem Regal, die Waschlappen akkurat daneben. Ein Bademantel, Zahnbürste, das Rasierwasser einer Nobelmarke. Philipp schnupperte daran.

»Riecht nach Meer und Moschus, aber nicht unangenehm.«

Das Zimmer daneben war ein quadratischer Raum, dessen Funktion sich nicht sofort erkennen ließ. Ein Bett stand darin, aber ohne Kissen, Decken oder Bettwäsche. An der Wand lehnten mehrere gerahmte Bilder, einzeln in Luftpolsterfolie verpackt. In einer Vitrine standen Vasen, Gläser und Skulpturen aus Glas, jedes Stück offenbar ein Unikat und in einer kunstvollen Ausführung, wie sie Baltasar noch nie gesehen hatte. An der Decke hing ein überdimensionierter Kronleuchter, der ursprünglich einen Saal beleuchtet haben musste.

Philipp sah sich die Gemälde an.

»Wir müssten die Verpackung entfernen, aber soweit ich es erkennen kann, sind es alles Originale. Ich verstehe nicht, warum dein Nachbar die Bilder nicht aufgehängt hat. Platz genug wäre in dem Haus.«

»Also eine richtige Antiquitätensammlung. Was das alles wohl wert ist?«

»Keine Ahnung. Dazu bräuchte man ein Gutachten oder müsste die Auktionsergebnisse für vergleichbare Stücke nachschlagen.«

Das mittlere Zimmer war vollkommen leer geräumt. Strahler auf Stativen waren in den Ecken verteilt, die Reflektoren auf den Boden gerichtet, auf dem mehrere Blumenkästen standen, aus denen Pflänzchen sprießten.

»Ob sich der Herr Graf da sein eigenes Gras gezogen hat?« Philipp grinste. »Man gönnt sich ja sonst nichts.«

»Jedenfalls hat dieses Zimmer niemand bewohnt. Aussehen tut's wie die Heimversion eines Treibhauses. Gärtnern war eben Antons Hobby.«

»Vielleicht züchtete er heimlich fleischfressende Pflanzen, du weißt schon, solche, die riesengroß werden wie in dem Film ›Kleiner Laden voller Schrecken‹.«

»In dem Jack Nicholson einen masochistischen Patienten spielt? War eine seiner ersten Rollen. Guter Film übrigens. Also pass auf, dass du nicht aus Versehen auf eine der Pflanzen trittst, die könnten kostbar sein.«

»Oder dein Herr Graf wollte auf der nächsten Gartenbauausstellung einen Sonderpreis einheimsen für die größte Gurke des Bayerischen Waldes, und das hier ist sein Versuchslabor.«

Sie gingen ins Schlafzimmer, es war der letzte Raum des Stockwerks. Ein Doppelbett thronte in der Mitte.

»Fällt dir was auf?« Philipp klopfte auf die beiden Kopfkissen. »Hergerichtet für zwei. Als erwartete dein Nachbar überraschenden Besuch und wollte vorbereitet sein, wahrscheinlich für amouröse Abenteuer. Sonst hätte er das andere Bett benutzt.«

»Ich habe nichts gemerkt, das hier ist für mich genauso neu wie für dich, ich war noch nie hier oben in den Räumen.«

»Vielleicht hat der gute Herr Graf den alten bayerischen Brauch des Fensterlns wiederbelebt, nur andersrum: Die Frauen mussten zu ihm hochklettern.«

Im Kleiderschrank reihten sich Anzüge und Freizeithosen, in den Fächern Hemden, Socken und Unterhosen, drapiert wie in der Auslage einer Boutique. Philipp studierte die Etiketten.

»Feinste Ware. Der Herr hatte Geschmack. Ging er oft zu Hochzeiten oder Beerdigungen?«

»Er trug meistens seine Gärtnerklamotten, nichts Teures. Die Kleidung hat er zum Waschen weggebracht, soviel ich weiß.« Baltasar zog die Schublade des Nachtkästchens auf. Eine goldene Armbanduhr, ein Luxusmodell, lag darin, daneben ein Mobiltelefon. Er schaltete es ein, auf dem Display erschien die Aufforderung, eine Nummer einzugeben.

»Endstation«, sagte er.

Diese Zugangstechnik mit exotischen Namen wie PIN, TAN oder Super-TAN war schlimmer als die sieben biblischen Plagen, fand Baltasar, ständig musste man Ziffern und Kennwörter auswendig lernen und auf Befehl in irgendwelche Felder eintippen, nur um ins Internet zu gelangen, Geld abheben zu dürfen oder sich als Berechtigter auszuweisen. Eine Art modernes Memoryspiel. Bald würde man seine Kaffeemaschine nur noch mit einem Code in Betrieb setzen dürfen oder musste drei verschiedene PINs aufsagen, bevor es einem erlaubt war, morgens aufzustehen.

»Ich könnte versuchen, das Handy zu knacken«, sagte

Philipp. »Das wäre nicht besonders schwer. Ist ein älteres Modell.«

»Das überlassen wir der Kripo. Sollen die sich damit vergnügen. Trotzdem ungewöhnlich, dass Anton zwei Mobiltelefone benutzt hat.«

»Ich sag dir was: In diesem Haus ist einiges mehr als ungewöhnlich.«

7

In der Tageszeitung standen nur Belanglosigkeiten – Baumaßnahmen in Passau, der Fußballverein hatte wieder verloren, eine neue Wunderkur, die angeblich fünf Kilo Gewichtsverlust in zwei Wochen brachte.

Wolfram Dix legte das Blatt beiseite und nahm noch einen Schluck Kaffee. Neben ihm lag ein Stück Apfelkuchen auf einem Pappteller. Er hatte nicht widerstehen können und sich in der Kantine ein zweites Frühstück gegönnt. Dafür würde er aufs Mittagessen verzichten, obwohl es Schweinsbraten mit Semmelknödel gab, die Leibspeise vieler Bewohner des Bayerwaldes. Schon wenn er daran dachte, wässerte es ihm den Mund. Vielleicht doch eine kleine Portion, ein Seniorenteller, der Magen musste was zum Arbeiten haben, sonst schlug es aufs Gemüt – das war immer wieder in der Zeitung zu lesen. Oder er verzichtete aufs Abendessen und trank dazu ausnahmsweise Mineralwasser statt Bier. Das würde seine Gattin beeindrucken.

Das Problem mit dem Kuchen war, dass ihm seine Frau ausdrücklich verboten hatte, Süßes zu naschen. Vorausgegangen war eine längere Diskussion – er wollte es nicht

Streit nennen –, die damit endete, dass seine Liebste ihn nötigte, auf die Waage zu steigen. Selbst der Hinweis auf seine schmerzenden Knie hatte sie davon nicht abbringen können, und zu allem Überdruss ließ sie ein triumphierendes »Wusst ich's doch!« vernehmen. Wie demütigend die Situation gewesen war!

Doch seine Frau war jetzt nicht bei ihm im Büro, er war ein erwachsener Mann, ein Kriminalhauptkommissar mit viel Lebenserfahrung, er konnte selbst entscheiden, was ihm guttat, oder etwa nicht? Der Apfelkuchen duftete verlockend.

Er tupfte einige Krümel auf, das war wohl nicht verboten, schob sie auf die Zunge, kostete. Frisch und saftig. Selbst wenn er den Kuchen nicht aß, ein Eckchen schadete nicht. Er knipste die Spitze ab und schob sie in den Mund. Einwandfrei.

Vor ihm türmten sich Umlaufmappen. Er schlug die oberste auf: Tatortbeschreibung, Foto und erste Befragungsprotokolle der Kollegen aus Straubing. Trockene Büroarbeit. Er nahm einen weiteren Schluck Kaffee. Wenn man's genau betrachtete, war ein Apfelkuchen nichts Süßes, im Gegenteil, Äpfel als solche waren sauer und enthielten mehr Vitamine als Kalorien, eigentlich eine gesunde Zwischenmahlzeit. Er biss ein Stück ab.

Oliver Mirwald kam herein, wie immer ohne anzuklopfen, sein Assistent, die korrekte Bezeichnung sollte Kollege sein. Aber dieser Kollege war jung und musste noch viel lernen, gerade als Zugereister, der mit den Sitten und Gepflogenheiten des Bayerischen Waldes nicht vertraut war, deshalb war es nur vernünftig, wenn der Mann sich bei ihm etwas abschaute.

»Der Bericht des Arztes ist da, vom Fall Anton Graf.«

Mirwald setzte sich.

»Wo?«

Geschickt zog sein Assistent einen Hefter aus dem Aktenberg.

»Da.«

»Hier?« Dix konnte sich nicht überwinden, das Zeug jetzt zu lesen. »Wollen Sie etwas von dem Apfelkuchen? Ich würde Ihnen etwas abgeben.« Er wertete es im Stillen als Gottesurteil, ob der junge Kollege zugriff oder nicht. Das würde ihm die Entscheidung abnehmen.

»Danke, bis mittags gibt's für mich nix mehr, mir reicht der Naturjogurt vom Frühstück.«

»Sie sind eh schon so dünn.« Er erwartete, dass Mirwald das Kompliment zurückgab, aber es folgte keine Reaktion. Dix nahm einen weiteren Bissen. Den Rest würde er aufheben, dann hatte er morgen auch noch was davon. »Und wie ist das Opfer gestorben?«

»Der Doktor schreibt ...« Mirwald blätterte in den Papieren. »... ich fasse zusammen: Verletzung der inneren Organe und Blutverlust.«

»War ja nicht zu übersehen bei dem riesigen Glassplitter. Und die Zeugen?«

»Die Anwohner haben nichts mitgekriegt, kein Wunder, der Tatort ist abgelegen, da könnten höchstens Spaziergänger etwas gesehen haben. Wir sollten einen Aufruf in Zwiesel veröffentlichen und Plakate rund um den Park aufhängen, möglicherweise meldet sich jemand.«

»Gute Idee, es kann doch nicht sein, dass niemand etwas bemerkt hat, immerhin ist das ein öffentlicher Park, kümmern Sie sich drum.« Ein winziger Happen noch.

»Die Durchsuchung von Herrn Grafs Anwesen wäre dringender.«

»Meinetwegen. Kümmern Sie sich drum.«

»Das fällt in unseren Aufgabenbereich. Wir könnten gleichzeitig nochmals den Pfarrer verhören, würde mir Spaß machen. Ein netter Ausflug wäre es obendrein.«

Ein Ausflug. Das war die Lösung. Ein Spaziergang ist eine Fitnessmaßnahme, das verbrennt Kalorien. Am Ende half dieser Apfelkuchen sogar beim Abnehmen. Dix schob sich den Rest in den Mund und machte ein Zeichen zum Aufbruch.

*

Vor dem Haus des Opfers Graf wiesen sie das Team zur Spurensicherung ein. Die eingeschlagene Fensterscheibe zog die Aufmerksamkeit Mirwalds auf sich.

»Da war offensichtlich jemand vor uns da.« Er winkte seinen Kollegen. »Die Stelle bitte zuerst untersuchen.«

»Hallo, Herr Kommissar.«

Dix drehte sich um und bemerkte Baltasar Senner am Gartenzaun.

»Gibt's schon neue Ermittlungsergebnisse?«

»Guten Tag, Hochwürden. Das trifft sich gut, wir wollten Sie eh noch besuchen.«

»Soll ich rüberkommen?«

Dix winkte ihn zu sich. »Sie wissen doch, wir dürfen nichts über unsere Arbeit sagen.«

Mirwald begrüßte den Pfarrer und wies auf das Küchenfenster. »Können Sie dazu Angaben machen?«

»Hat Ihnen Quirin Eder den Schaden nicht gemeldet?«

Dix schüttelte den Kopf, und der Pfarrer berichtete von dem Zusammentreffen mit dem Sohn des Opfers. »Seltsam, er hat versprochen, die Polizei zu informieren.«

»Seit wann melden Einbrecher ihre Tat freiwillig?« Mirwald rümpfte die Nase. »Das Bürscherl nehmen wir uns noch zur Brust, keine Sorge. Wir hatten ihn angerufen, weil er laut Akten der nächste Angehörige ist. Aber dass er gleich ...«

»Mitgenommen hat er nichts, soweit ich sehen konnte«, sagte Senner.

Dix legte ihm beschwichtigend die Hand auf die Schulter. »Hochwürden, Sie mögen auf Ihrem Gebiet ein Fachmann sein, aber mit Einbrüchen kennen wir uns besser aus. Das Ganze wirft ein schräges Licht auf diesen Herrn Eder. Wir werden ihn befragen, schließlich ist er ein möglicher Verdächtiger.«

»Der junge Mann wird hoffentlich nicht so dumm sein und etwas Falsches tun. Vermutlich hat er nur vergessen, Sie anzurufen. Und für einen richtigen Einbrecher hat er sich ziemlich dilettantisch angestellt. Übrigens, Sie werden auf jeden Fall auch von mir Fingerabdrücke finden«, sagte der Pfarrer. »Ich war regelmäßig bei Anton zu Gast.«

»Und da haben Sie natürlich alles angefasst, na klasse.« Mirwald verdrehte die Augen. »Das macht unseren Kollegen die Arbeit nicht gerade leichter.«

»Vielleicht kann ich den Beamten mit Hinweisen helfen.« Senner ging zur Eingangstür.

Mirwald hielt ihn fest. »Stopp, Hochwürden. Das ist polizeiliches Sperrgebiet. Nichts für neugierige Nachbarn. Unsere Spezialisten wissen, was zu tun ist, glauben Sie mir.«

»Noch etwas, Hochwürden. Wir müssen Sie das fragen.« Dix senkte die Stimme, als wolle er etwas Unanständiges erzählen. »Wo waren Sie zur Tatzeit?«

»Ob ich ein Alibi habe? Verdächtigen Sie mich, Anton ... Anton umgebracht zu haben? Das ist doch lächerlich!«

»Reine Routine, verstehen Sie?«

»Nein, das ist nicht nur Routine«, unterbrach Mirwald seinen Kollegen. »Herr Senner war einer der Letzten, der Kontakt zu dem Opfer hatte. Also ist er erst mal ein Verdächtiger. Vielleicht haben Sie sich gestritten, das soll unter Nachbarn vorkommen, er hat Sie provoziert, möglicherweise Ihre Autorität als Geistlicher infrage gestellt, da sind Sie ihm nachgefahren, und der Streit eskalierte ...«

»Welch ein Schmarrn! Sie sollten sich mehr auf das Sammeln von Fakten konzentrieren, Herr Doktor, und Ihren Eifer in die richtigen Bahnen lenken. Anton war mein Freund. Mehr gibt es dazu nicht zu sagen!«

»Herr Senner, bleiben Sie ruhig, bitte.« Dix sah ihn an. »Sie haben uns immer noch nicht verraten, was Sie zum fraglichen Zeitpunkt gemacht haben.«

»Mittags war ich kurz im Gasthaus ›Einkehr‹ essen, Sie können die Wirtin Frau Stowasser fragen. Ansonsten hab ich Dinge zu Hause erledigt.«

»Kann das jemand bezeugen?«

»Weiß ich nicht. Meine Haushälterin Teresa war unterwegs. Sonst habe ich mit niemandem gesprochen.«

»Also kein Alibi.« Die Genugtuung war Mirwald anzuhören. »Sehen Sie, Herr Senner, so funktioniert Polizeiarbeit. Ich glaube natürlich nicht, dass Sie was damit zu tun haben, vorerst jedenfalls nicht, aber wir müssen Sie auf der Liste der Verdächtigen stehenlassen.«

»Wer kümmert sich denn um die Beerdigung?« Baltasar wandte sich an Dix. »Ich würde gern den Gottesdienst vorbereiten.«

»Dazu ist es noch zu früh. Der Leichnam liegt noch in

der Pathologie. Das kann dauern, bis die Untersuchungen abgeschlossen sind. Zudem fehlt die Identifizierung des Toten durch einen Angehörigen. Wir geben Ihnen Bescheid, wenn die Formalitäten erledigt sind.«

»Und mein Aussageprotokoll? Ist mit Ihrem Besuch nun alles erledigt? Ich habe Ihnen gesagt, was ich weiß. Ich muss mich um meinen kaputten Kirchturm kümmern.« Der Pfarrer berichtete von seinem Unfall, den heruntergefallenen Glocken und den anderen Schäden.

»Wir bestimmen, wann alles erledigt ist«, sagte Mirwald. »Das mit Ihren Glocken tut mir leid. Sie sollten ein Spendenkonto einrichten – unter dem Stichwort ›Aktion Sorgen-Senner‹. Ich gebe Ihnen auch ein paar Euro dazu. Versprochen!«

8

Der Zitronenduft des Putzmittels drang durchs Haus, schlich sich durch die Ritzen und traf Baltasar in seinem Arbeitszimmer. Er ließ den Bleistift fallen. Vor ihm auf dem Schreibblock türmten sich Zahlenkolonnen mit Berechnungen, was die Instandsetzung der Glockenanlage kosten könnte. Es half nichts, er brauchte einen Fachmann dafür. Im Flur kam ihm Teresa entgegen, sie führte ihren Wischmopp wie ein Minensuchgerät und stoppte es vor seinen Füßen.

»Sie im Weg sein, ich sauber machen. Haben Sie nichts zu erledigen?«

Baltasar verstand den Hinweis und hütete sich, seiner Haushälterin zu widersprechen. Er nahm seine Jacke und verließ das Haus.

Eine Bemerkung von Kommissar Mirwald war bei ihm haften geblieben: Spenden. Womöglich war das die Lösung für seine Probleme, immerhin eine neue Perspektive, seine Stimmung hob sich. Es war wohl doch nicht alles verloren. Warum sollten die Menschen nicht für einen guten Zweck Geld geben – für die Glocken der Gemeinde?

Es gelüstete ihn nach einer Leberkassemmel. In der Metzgerei traf er auf Agnes Wohlrab, die Frau des Bürgermeisters. Sofort wurde er bestürmt mit Fragen zum Tod seines Nachbarn.

Baltasar berichtete von den Ermittlungen der Polizei und von seinem letzten Zusammentreffen mit Anton Graf.

»Dann waren Sie also der Letzte, der ihn lebendig gesehen hat, Hochwürden«, sagte Agnes Wohlrab. »Wie gruselig, wenn man sich vorstellt, einige Stunden später wird der arme Mann ...«

»Kannten Sie ihn?« Baltasar gab seine Bestellung auf.

»Ich hab ihn einige Male in der Kirche gesehen, und auf der Straße, wie es eben so ist, wenn man sich zufällig trifft. Aber ich hatte privat keinen Kontakt mit ihm. Mein Mann kannte ihn besser.«

»War Ihr Gatte mit meinem Nachbarn befreundet? Anton hat mir nie davon erzählt, was aber nichts heißen muss, denn offenbar behielt er einiges für sich.«

»Xaver hat sich in jüngster Zeit mehrmals mit ihm getroffen, soweit ich weiß«, sagte Agnes Wohlrab, »Herr Graf war erst vergangene Woche bei uns zu Besuch. Aber ich habe mich zurückgezogen und ferngesehen, das waren Männergespräche, wenn Sie wissen, was ich meine.«

»Offen gestanden, nein.«

»Na, über Fußball halt und Politik und so, und über Geschäfte, wer grad was macht und wo es sich lohnt zu investieren.«

»Und Frauen?« Der Metzger Max Hollerbach schaltete sich ein. »Herrengespräche drehen sich oft auch um das Thema Frauen, verzeihen Sie, Frau Bürgermeister, wenn ich das so direkt sage.«

»Mein Xaver würde es nicht wagen, in meiner Anwesenheit ... Nicht, wenn ihm sein Leben lieb ist.«

»War Herr Graf denn verheiratet gewesen? Oder hatte er eine feste Beziehung, zumindest ein Gspusi?« Die Neugier des Metzgers war unüberhörbar.

»Ich hab ihn jedenfalls nie mit weiblicher Begleitung angetroffen«, sagte Agnes Wohlrab, »aber solcher Klatsch interessiert mich auch nicht.«

»Ich hab ihn schon mal gesehen, den Herrn Graf mein ich, das war vor längerer Zeit in Grafenau«, sagte Hollerbach. »Ich saß im Auto, parkte am Stadtplatz und wollte gerade heimfahren, da bemerkte ich Herrn Graf. Eine Frau hatte sich bei ihm untergehakt, zumindest glaube ich, dass es Herr Graf war. Ich bin einfach weitergefahren.«

»Anton muss zumindest früher eine Beziehung gehabt haben, schließlich hat er einen erwachsenen unehelichen Sohn«, sagte Baltasar.

»Echt? Da verreck! Der Hundling!«

Bewunderung spickte Hollerbachs Worte. In einigen Landstrichen galten solch amouröse Abenteuer immer noch als Auszeichnung, ein Erbe des Bayerischen Waldes, wo nach Ansicht von Historikern traditionell ein Übermaß an triebgesteuerten Liebesbeziehungen auf Zeit herrschte.

»So ein Hallodri, das wusst ich gar nicht, obwohl er

bei uns regelmäßig eingekauft hat, immer gute Sachen, Geld hatte er, Schinken, Rinderfilet, Geselchtes, aber von einem Schrazn hat er nie was erzählt.«

»So lang hat Herr Graf auch nicht bei uns gelebt«, antwortete Agnes Wohlrab. »Er hat das Anwesen neben dem Pfarrhaus damals vom alten Maier gekauft, vor etwa drei Jahren, nein, ich glaub, vor vier Jahren war's.«

»Er hat mal erwähnt, er stamme aus der Gegend bei Zwiesel«, sagte Hollerbach. »Warum er eigentlich umgezogen ist? Ich weiß es nicht.«

»Er war ein unauffälliger Mensch«, sagte Wohlrab. »Sie wissen schon, nicht die Sorte Mann, die immer gleich aufdreht und sich wie ein Gockel aufführt.«

»Leben seine Eltern noch?«

»Soviel ich weiß, nicht«, sagte Baltasar. »Aber wie lange sie tot sind, kann ich nicht sagen.«

»Sie werden sich doch um die Beerdigung kümmern, Hochwürden?« Agnes Wohlrab holte ihre Geldbörse hervor und zahlte ihren Einkauf. »Sie machen immer so – wie soll ich sagen? – ergreifende Gottesdienste.«

»Das wird dauern, befürchte ich. Es ist unklar, welche Bestattung der Sohn wünscht. Und die Polizei ist mit ihrer Arbeit noch nicht fertig. Zudem muss ich mich um die Reparatur des Kirchturms kümmern. Eine Messe ohne Glockenläuten ist nur eine halbe Messe, und bis das Geld von der Diözese kommt …«

»Das wird schon, Herr Pfarrer. Die Leute werden Sie unterstützen«, sagte Agnes Wohlrab. »Die Kirchenglocken sind ein Teil unseres Ortes.«

»Vielleicht müsste ich die Gemeinde um eine Spende bitten …« Baltasar war es unangenehm, das Thema anzusprechen.

»Gute Idee, Herr Pfarrer«, sagte der Metzger. »Den Gottesdienstbesuchern liegt sicherlich viel an ihrer Kirche. Ich jedenfalls werde spenden, gar keine Frage.«

»Genau, ich auch.« Agnes Wohlrab war an der Türe stehengeblieben. »Eine Spendenaktion, das ist es! Man sieht doch im Fernsehen, wie einfach das funktioniert. Ein Aufruf, ein Appell, der ans Herz geht, und schon fließen die Millionen. Und meinen Mann haue ich auch an, die Gemeinde soll sich ebenfalls engagieren. Das ist eine schöne Aufgabe für unser nächstes Treffen im Bibelkreis.«

Sie meinte das Treffen, das Baltasar ins Leben gerufen hatte, ein regelmäßiges Plauderstündchen bei Kaffee und Kuchen, der Frauenanteil – ohne Baltasar – betrug 100 Prozent. Es ging um soziale Projekte, aber eigentlich war es eine beliebte Börse für neue Gerüchte und Geschichten.

»Das freut mich, dass Sie mein Vorhaben begrüßen«, sagte er.

»Wenn Sie einen Handwerker brauchen, ich wüsste da jemanden für Sie, gar nicht teuer«, sagte Hollerbach.

»Wäre schon hilfreich, wenn jemand die Schäden begutachtet«, antwortete Baltasar. »Wer ist das denn?«

»Ein Cousin. Ein gelernter Zimmerer, das passt doch, er wohnt in Philippsreut. Ich ruf ihn gerne an und mach einen Termin aus.«

»Ja, tun Sie das, Herr Hollerbach, und rufen Sie mich an. Grüß Gott miteinander.« Baltasar nahm die Tüte mit der Semmel und machte sich auf den Rückweg. Er probierte einen Bissen und beschloss, die Semmel auf der Stelle aufzuessen.

Kaum war er daheim angekommen und hatte die Tür hinter sich geschlossen, klingelte das Telefon.

»Hallo, hier Bierbichler. Spreche ich mit Herrn Senner?«

Baltasar bejahte.

»Der Max, ich meine der Herr Hollerbach hat mich angerufen und mir Ihre Nummer gegeben. Sie hätten einen Auftrag für mich, hat er gesagt.«

»Aha, Sie sind der Zimmerer. Das ging aber schnell. Es wäre schön, wenn Sie sich zuerst alles vor Ort anschauen könnten.«

»Kein Problem, ich hab momentan arbeitsmäßig ein bisschen Luft. Wie wär's, wenn ich in einer Stunde bei Ihnen bin?«

*

Der Handwerker war ein Mann in den Fünfzigern, ein Kugelbauch wölbte die Arbeitshose, in seinem Mundwinkel hing eine brennende Zigarette.

»Sie können also Dachstühle und Glockengebälk reparieren.« Baltasar erzählte von dem Unfall.

»Ich kann alles.« Der Mann drückte seine Zigarette aus. »Bin gelernter Zimmerer. Drei Jahrzehnte auf Baustellen, Neubau und Altbau, ich hab alles gemacht. Seit drei Jahren bin ich selbstständig, die Firma, die mich angestellt hatte, ging pleite.«

Beim Besteigen der Kirchturmtreppe pausierte der Mann mehrmals, sein Atem rasselte. Die Plattform oben sah schlimmer aus, als Baltasar sie in Erinnerung hatte – ein Durcheinander verschiedenster Materialien.

»Haben Sie schon Glockenkonstruktionen instand gesetzt, Herr Bierbichler?«

»Das ist im Prinzip dasselbe wie ein Dachstuhl, Holzbalken, die zu einer stabilen Konstruktion zusammengefügt werden, da gibt es wenig Unterschiede. Gut, die Glocken, die hängen noch dran wie ein Stierbeutel.« Er lachte, es klang wie ein schlecht geschmierter Flaschenzug. »Und die haben mehr Gewicht.«

»Also, was meinen Sie?«

Der Mann ging die Wände ab, drehte einige Balken, die am Boden lagen, immer wieder »Oh – Oh – Oh« sagend, stieß mit dem Fuß gegen die Dicke Martha. Der Widerhall war kläglich.

»Na, na, na.« Er schien mit sich selbst zu reden. Dann wandte er sich an Baltasar. »Das sieht schlimm aus. Richtig schlimm.«

»Das weiß ich. Und?«

»Es wird richtig viel Arbeit. Da muss einiges neu gemacht werden. Sehen Sie her.« Er rieb an der Mauer, Putz bröselte herab. »Weich wie Camembert, die ganze Fläche ein Witz. Wie soll da noch was halten?«

»Ich will den Turm nicht abreißen, sondern nur die Halterungen der Glocken wieder in Gang bringen.«

»Das sagen Sie so leicht. Erst müssen die Fundamente stimmen, in denen die Halterung verankert ist. Und das Holz erst.« Er zerrieb einige Fasern zwischen den Fingern. »Total morsch, sehen Sie her, sehen Sie, wie leicht das geht. An einigen Stellen ist der Schwamm drin. Der breitet sich aus wie eine ansteckende Krankheit, wenn Sie nicht bald was dagegen tun.«

»Aber was kostet das Ganze? Das kann doch nicht so wild sein.«

»Das kommt darauf an.«

»Auf was?«

»Ob Ihnen die Mehrwertsteuer wichtig ist.«

»Offen gesagt, Steuerfragen interessieren mich nicht. Ich will eine Summe wissen.«

»Nun, ich mein, brauchen Sie eine Rechnung?«

Baltasar musste ausgesehen haben wie ein wandelndes Fragezeichen, jedenfalls schob der Handwerker eine Erklärung nach.

»Eine Rechnung fürs Finanzamt, meine ich. Oder wir machen's, wie es im Bayerischen Wald üblich ist – wir lassen die Blutsauger vom Finanzamt außen vor.«

»Sie reden von Schwarzarbeit.«

»Was für ein grässliches Wort. Das ist gelebte Nachbarschaftshilfe, ein Sozialprojekt gewissermaßen, man hilft sich gegenseitig, und jeder hat etwas davon.«

»Und was ist mit der Garantie? Wenn etwas nicht funktioniert?«

»Sie haben mein Wort drauf, Hochwürden, das ist mehr wert als jeder Vertrag. Ein Bayerwalder hält sein Versprechen.«

»Sie haben immer noch nicht gesagt, was es kosten soll.«

»Ja, mei, das lässt sich nicht so pauschal sagen. Alte Mauern, altes Holz, da können immer Überraschungen passieren. Deshalb kann ich Ihnen keinen Pauschalpreis nennen. Ich mach's Ihnen auf Regie.«

»Was heißt das?« Baltasar spürte ein Magengrummeln.

»Ich rechne nach Material und angefallenen Arbeitsstunden ab, das hat den Vorteil, wenn's schneller geht, zahlen Sie auch weniger.«

»Und wenn es länger dauert?«

»Nun seien Sie nicht gleich pessimistisch. Ich fang einmal an, und dann sehen wir weiter.«

»An welche Größenordnung haben Sie gedacht? Als Fachmann müssen Sie das doch abschätzen können.«

»Also, das ist nur eine Daumenpeilung, aber sechsstellig wird's schon werden.«

Baltasars Laune sank augenblicklich.

»Was heißt das, 100.000 Euro oder 900.000?«

»Das kann ich erst sagen, wenn ich sehe, wie die Arbeiten vorangehen. Geben Sie mir den Auftrag, und ich lege morgen los.«

»Da muss ich erst drüber nachdenken. Und Sie garantieren, dass die Glocken danach wieder klingen wie vorher?«

»Das wird schon, Herr Pfarrer. Warum sollte es nicht? Kaputt sehen die Dinger nicht aus. Aber wenn Sie sich vorher vergewissern wollen, ich kenn einen Spezialisten in Regensburg. Ich schreib Ihnen die Adresse auf.«

9

Der Anruf kam von Quirin Eder. Der uneheliche Sohn seines Nachbarn hatte eine Bitte: Ob Hochwürden ihn begleiten könne zur Identifizierung seines Vaters, er wolle nicht allein hingehen, er habe ein schlechtes Gefühl dabei und brauche jemanden an seiner Seite. Baltasar war überrascht, willigte aber ein. Sie verabredeten sich direkt in der Pathologie.

Dort angekommen ließ er sich von einem Angestellten den Weg erklären. Schon auf dem Gang zum Sektionssaal befiel Baltasar dieser seltsame Geruch, fremd und unwirklich, eine widerliche Mischung aus Menschlichem und Chemie. Ein Mann im weißen Kittel hielt ihn auf.

»Haben Sie sich verlaufen?«

»Ich muss zur Obduktion von Anton Graf. Man hat mich herbestellt.«

»Moment.« Der Mann verschwand. Nach einer Weile tauchte er wieder auf, begleitet von Oliver Mirwald.

»Herr Senner, was wollen Sie hier? Das ist interne Polizeiarbeit und nichts für neugierige Priester. Der Leichnam ist noch nicht zur Beerdigung freigegeben. Fahren Sie wieder heim.«

»Antons Sohn hat mich bei der Identifizierung seines Vaters um geistlichen Beistand gebeten. Wollen Sie dem jungen Mann wirklich diesen Wunsch abschlagen? Es ist auch so schwer genug für ihn.«

Der Kommissar überlegte. »Also gut, wenn Herr Eder das wünscht, machen wir eine Ausnahme. Aber Sie halten sich im Hintergrund – und ja nichts anfassen!«

»Warum muss Quirin seinen Vater nochmals identifizieren? Das habe ich schon getan.«

»Lieber Herr Senner, wir zweifeln nicht an der Qualität Ihrer Aussagen, aber ein direkter Angehöriger ist etwas anderes. Außerdem wollen wir ihn sowieso befragen.«

Im Vorzimmer wartete Quirin Eder. »Danke, dass Sie gekommen sind, Hochwürden. Das alles hier ist extrem ungewohnt für mich, die Polizei und so ...«

Sie gingen in den Sektionssaal, einen gefliesten Raum mit mehreren Edelstahltischen, die nebeneinander in einer Reihe standen. Neonlicht erhellte den Raum. Auf einem Tisch stand eine Waage, wie sie in Metzgereien verwendet wird. Eine dunkle Masse lag in der Wiegeschale. Auf einem der Seziertische lag eine Gestalt, mit einem Tuch zugedeckt. Baltasar hielt die Luft an. Ein Mann mit Halbglatze und randloser Brille, bekleidet mit

Gummischürze und einer Art Haushaltshandschuhen, drehte sich zu ihnen um. Wieder musste Baltasar an einen Schlachter denken.

»Guten Tag, ich bin Doktor Krause. Ich kann Ihnen gerade nicht die Hand geben, wie Sie verstehen werden. Wir sind seit einer halben Stunde fertig mit unserer Arbeit. Mein Kollege vom Institut für Rechtsmedizin der Universität München konnte leider nicht mehr warten, er ist bereits wieder auf dem Weg zurück. Wo ist denn der Hauptkommissar, Herr Doktor Mirwald?«

»Hier bin ich.« Die Stimme war gedämpft durch ein Taschentuch, das sich Wolfram Dix vor den Mund hielt. »Ich brauchte gerade etwas frische Luft. Ah, Herr Senner, Sie auch hier? Warum das?«

Quirin Eder erklärte, dass er den Pfarrer bei sich haben wollte.

»Eigentlich passt mir das überhaupt nicht, aber gut, wir wollen an diesem Ort nicht streiten. Legen wir los. Je früher es vorbei ist, desto besser.« Der Hauptkommissar schien sich nicht von seinem Taschentuch trennen zu wollen. »Herr Eder, sind Sie bereit?«

Der junge Mann nickte und trat an den Tisch. Der Kommissar gab ein Zeichen.

Der Arzt schlug das Tuch zurück. »Sie müssen entschuldigen, wenn die Haare etwas wirr aussehen. Wir haben die Kopfhaut ...«

Dix erblasste. »Genug der Details.« Er presste die Worte durch sein Tuch. »Bitte weiter.«

Es war Anton Graf. Seine Hülle, das, was von ihm übrig geblieben war. Er sah friedlich aus, wie er da lag, die Augen geschlossen, als schliefe er. Nur die Gesichtsfarbe passte nicht dazu, als hätte jemand ein Wachsmodell angefertigt und auf dem Tisch platziert. Auch störten Flecken am Hals. Oberhalb der Abdeckung war ein sichelförmiger Schnitt zu erkennen, mit dem der Brustkorb freigelegt worden war.

»Nun, erkennen Sie Ihren Vater wieder?«

Quirin wirkte unbeteiligt, er stand aufrecht, nickte.

»Das nehmen wir zu Protokoll«, sagte Mirwald. »Sie und Ihr geistlicher Begleiter dürfen jetzt wieder gehen.«

Quirin Eder verschränkte die Arme. »Ich will hierbleiben und genau wissen, was mit Herrn Graf geschehen ist. Er war schließlich mein Vater, verdammt noch mal!«

»In der Ermittlungsphase können wir noch nichts rausposaunen«, entgegnete Mirwald. »Warten Sie, bis wir unsere Arbeit erledigt haben.«

»Niemand will Sie von etwas abhalten.« Quirin berührte den Sektionstisch. »Hier liegt mein Vater tot vor mir, und ich darf nichts weiter wissen als die Tatsache, dass der alte Herr tot ist. Das wusste ich auch schon vorher. Wollen Sie mich verarschen oder was?« Seine Stimme dröhnte durch den Saal.

»Regen Sie sich nicht auf, Herr Eder«, sagte Dix. »Wenn Ihnen so viel dran liegt, machen wir eine Ausnahme. Aber danach beantworten Sie uns einige Fragen.«

»Und der Pfarrer?« Mirwald deutete auf Baltasar.

»Der bleibt momentan ebenfalls im Raum.« Dix wandte sich an den Arzt. »Berichten Sie uns bitte, möglichst in allgemein verständlicher Sprache, die Ergebnisse der Obduktion.«

»Das Opfer starb durch einen Stich mit einem scharfen Gegenstand, Eintrittswunde knapp unterhalb des Brustbeins.« Er ging zu einer Anrichte, nahm eine Metallschale mit dem Glassplitter und reichte sie herum. »Das ist eindeutig die Tatwaffe. Die Kanten an der Spitze sind scharf wie ein Messer. Nach Art und Lage der Wunde können wir davon ausgehen, dass Täter und Opfer einander gegenüberstanden.«

»Die beiden kannten sich?« Dix besah sich das Mordwerkzeug.

»Das lässt sich nicht exakt rekonstruieren. Der Täter musste zumindest in Armlänge an den Mann herantreten, um den Stoß ausführen zu können.« Der Arzt nahm einen Arm des Toten und drehte ihn, so dass die Handflächen sichtbar wurden. »Auf jeden Fall war das Opfer überrascht von dem Angriff. Abwehrverletzungen fehlen auf den Handflächen, die müssten aber typischerweise zu sehen sein, wenn der Mann versucht hätte, den Angriff zu parieren.«

Baltasar betrachtete die Tatwaffe. Das Glas war ungewöhnlich, kein Splitter einer Fensterscheibe, kein Teil eines Glases oder einer Vase. Das Material wirkte dicht und fest, es hatte eine leichte Blautönung, die sich durchzog und immer wieder von farblosen Stellen durchbrochen war. Die Form erinnerte tatsächlich an einen Eiszapfen, die Oberfläche war nicht glatt, sondern wie bei einem Stück herausgebrochenen Gesteins mit Riefen, kleinen Mulden oder Kanten bedeckt. In diesen Rillen befand sich eine bräunliche Masse – getrocknetes Blut. Baltasar nahm ein Taschentuch und hob das Glas heraus, der Splitter wog schwer, das breite Ende fühlte sich rund an. An dem Boden waren unregelmäßige Kratzer zu sehen.

»Sind Sie wahnsinnig?« Mirwald japste. »Legen Sie das sofort wieder zurück, Herr Senner!«

»Das Teil ist doch längst untersucht«, sagte Baltasar.

»Haben Sie schon feststellen können, von welcher Fabrik das Glas ursprünglich stammt?«

Mirwald nahm ihm den Splitter aus der Hand und legte ihn zurück. »Natürlich ist die Tatwaffe ermittlungstechnisch behandelt worden, aber darum geht es nicht, Sie sollten einfach Ihre Finger davon lassen. Ansonsten kann ich nur sagen: Alles zu seiner Zeit, Herr Senner. Wir brauchen keine Ratschläge, welche Recherchen wir wann oder wo vorzunehmen haben.«

»Das Ende fühlt sich gar nicht scharf an«, sagte Baltasar.

»Genau, nur die Spitze hat tödliche Kanten«, antwortete der Arzt.

»Hat der Täter Handschuhe getragen?«

»Zwingend notwendig war es nicht, wie gesagt, man kann das Stück anfassen, ohne sich selbst zu verletzen. Aber wir haben nur einige Baumwollfasern und die Fingerabdrücke des Opfers gefunden, was darauf schließen lässt, dass der Mann versuchte, die Waffe herauszuziehen, aber dazu wird seine Kraft nicht mehr gereicht haben.«

»Wie ... wie schnell war mein Vater tot?« Quirin Eder sah den Doktor fragend an.

»Es sind mehrere innere Organe verletzt worden. Zusammen mit dem Blutverlust führte das schnell zum Tod. Das Opfer konnte gerade noch einige Meter gehen, bis es endgültig zusammenbrach.«

»Hat er sich gar nicht gewehrt?«

»Gut, dass Sie es ansprechen. Bitte schauen Sie sich diese Verletzung an.« Der Arzt forderte seine Besucher auf, zur Stirnseite des Sektionstisches zu kommen. Er drehte Anton Grafs Kopf zur Seite. »Sehen Sie diese Flecken und die feine Linie? Nun, das ist eine Wunde, die sich der Mann vor seinem Tod zugezogen hat.«

Die Aussage verblüffte Baltasar. »Dann hat Anton also doch um sein Leben gekämpft?«

»Nicht in dem Sinne, dass er versucht hätte, den Glassplitter abzuwehren oder seinem Gegenüber zu entreißen. Er hat einen Schlag seitlich auf den Kopf erhalten, beim Mundwinkel, wohl nicht besonders stark, der Angreifer wird vermutlich mit der Faust zugeschlagen haben, das hat eine blutende Wunde hinterlassen. Anzunehmen, dass das kurz vor dem Angriff passierte.«

»Haben Sie auch die Fingernägel nach Spuren untersucht?«, fragte Wolfram Dix.

»Natürlich, wo denken Sie hin? Wir haben das Material, das wir unter seinen Fingernägeln sicherstellten, bereits ins Labor geschickt. Sonst noch Fragen?« Der Doktor sah jeden einzeln an. »Die Details werden in meinem Bericht stehen. Schönen Tag noch.«

Beim Hinausgehen kam Baltasar eine Idee. Er ließ die anderen schon mal vorgehen und legte heimlich seinen Schlüsselbund auf die Anrichte des Sektionssaals.

Die beiden Kommissare hatten sich bereits mit Quirin Eder an den Besprechungstisch im Vorzimmer gesetzt.

»Herr Eder, danke, dass Sie gekommen sind«, sagte Oliver Mirwald. »Wie Sie sich denken können, haben wir einige Fragen an Sie.«

»Wenn Sie jetzt zu aufgewühlt sind, können wir das Gespräch auf später vertagen«, sagte Dix.

»Danke, geht schon. Also, was wollen Sie wissen?«

»Warum sind Sie ins Haus Ihres Vaters eingebrochen?« Mirwald feuerte die Frage ab.

»Das hab ich schon dem Herrn Pfarrer erklärt, nicht wahr, Herr Senner? Ich dachte, vielleicht etwas Wichtiges zu finden, was der Polizei von Nutzen sein könnte.

Und da ich nirgends einen Schlüssel fand, habe ich eine Scheibe eingeschlagen und bin durchs Küchenfenster eingestiegen.«

»Was den Tatbestand des Einbruchs erfüllt.«

»Mei, ich hab doch nichts mitgenommen. Es war gewissermaßen eine Notsituation. Mein Vater hätte sicher nichts dagegen gehabt.«

»Das behaupten Sie so einfach, wir können Herrn Graf leider nicht mehr dazu befragen.«

»Aber es stimmt! Schließlich bin ich sein Sohn!«

»Was wir bisher gehört haben, war Ihr Verhältnis zu Ihrem Vater alles andere als innig«, sagte Dix. »Aber dazu später. Warum haben Sie uns Ihren Einbruch nicht gemeldet? Das hatten Sie doch auch Herrn Senner zugesagt, oder nicht?«

»Mei, ich war durcheinander, der überraschende Anruf der Polizei, der Mord an meinem Vater, ich wusste nicht, wo mir der Kopf stand. Später hab ich einfach nicht mehr dran gedacht, tut mir leid.«

»Aber so verwirrt waren Sie nicht, immerhin sind Sie gleich zum Haus von Herrn Graf gefahren und haben Ihre Einbruchspläne umgesetzt.«

»Ich sagte doch, ich wollte nichts stehlen. Warum auch? Vermutlich bin ich der Haupterbe.«

»Sagen Sie uns mehr über Ihr Verhältnis zu Ihrem Vater.«

Quirin Eder begann zu erzählen, es klang sehr ähnlich wie das, was er Baltasar schon in Antons Küche berichtet hatte.

Baltasar spürte, dass jetzt ein guter Zeitpunkt war, seinen Plan in die Tat umzusetzen. Er tat so, als suchte er etwas in seinen Taschen, und setzte ein verwirrtes Gesicht auf.

»Wenn mich die Herren kurz entschuldigen wollen, ich habe meine Autoschlüssel auf der Anrichte liegen gelassen. Bin gleich wieder da.« Er stand auf und ging Richtung Sektionssaal, Mirwald sah ihm unschlüssig nach, wandte sich dann aber wieder Quirin Eder zu.

Als Baltasar die Tür hinter sich geschlossen hatte, steuerte er direkt auf die Anrichte zu. Man hatte Antons Leichnam wieder weggeschafft, doch die Schale mit dem Glassplitter stand noch da. Baltasar zog sein Mobiltelefon heraus und schaltete die Fotofunktion ein. Jetzt musste es schnell gehen, er hatte nicht viel Zeit. Er legte das Glasstück auf die Anrichte und fotografierte es von allen Seiten.

»Was treiben Sie da?«

Die Stimme Oliver Mirwalds. Er hatte den Kommissar nicht eintreten gehört. Ohne sich umzudrehen, legte Baltasar wie in Zeitlupe das Beweisstück in die Schale zurück und versuchte, die Aktion mit seinem Körper zu verbergen.

»Ich habe ausprobiert, ob mein Handy noch geht.« Er drehte sich um, sein Telefon in der Hand. »Der Akku ist fast leer.«

»Reden Sie nicht. Auch wenn Ihnen mein Kollege Dix erlaubt hat, den jungen Mann zu begleiten, jetzt ist Schluss! Für Vernehmungen wollen wir Herrn Eder alleine sprechen. Bitte fahren Sie nach Hause.«

»Und das Protokoll meiner Aussage?«

»Machen wir zu einem anderen Termin. Schönen Tag noch.«

10

Teresa hatte ihm einen Zettel hinterlassen mit genauen Angaben, welche Lebensmittel im Kühlschrank lagerten und dass noch Brot da sei. Baltasar entdeckte Reste einer Salami, etwas Schinken und ein angebrochenes Glas Himbeermarmelade. Sein Magen meldete sich und protestierte, er wollte nicht warten, bis Teresa von ihren Einkäufen zurück war. Baltasar beschloss, das Mittagessen ins Gasthaus »Einkehr« zu verlagern.

Die Wirtsstube war leer, nur in einer Ecke nippte ein Paar ehrfürchtig an seinen Weißbiergläsern, als sei es der Heilige Gral und jeder Tropfen das Blut Christi. Das konnten nur Touristen sein. Baltasar wollte schon zu ihnen gehen und raten, einen ordentlichen Schluck zu nehmen, um den Geschmack des Bieres genießen zu können, dann hörte er die norddeutsche Aussprache und ließ es bleiben.

Er setzte sich an einen Ecktisch und studierte die Speisekarte. Eigentlich konnte er sich ein Essen gar nicht leisten, er hatte sich vorgenommen, von seinem Gehalt so viel wie möglich für die Kirchturmrenovierung zurückzulegen. Aber seine Kindheit meldete sich, das Spielen im Feinkostenladen seines Vaters, die Lehrstunden, die er dem kleinen Baltasar erteilt hatte, wie man gute Würste von mittelmäßigen unterscheiden konnte, was das Besondere von Gelees ausmachte oder wie man die Frische von Obst und Gemüse feststellte. Und über allem die Mahnung seines Vaters: Iss nur, was dir wirklich schmeckt.

Er entschied sich für ein neues Gericht auf der Karte, einen Jägerbraten indonesischer Art mit Wok-Gemüse und glasierten Kartoffelröllchen. Dazu passte ein Silvaner aus Würzburg.

»Schon was gefunden?« Victoria Stowasser lächelte ihn an. Sie hatte eine Seite ihres Haares hinters Ohr geschoben. Ihre Schürze war in der Mitte gebunden, was ihre Hüften betonte, wie Baltasar registrierte. Er überlegte, ob er ihr ein Kompliment machen sollte, unterließ es aber aus Angst, es könnte falsch aufgefasst werden. Er gab seine Bestellung auf und bat sie, sich zu ihm zu setzen. Sie sprachen über seinen Unfall und den Mord an Anton Graf. Er erzählte von dem letzten Zusammentreffen und seinem Plan, selbst einen Beitrag zur Aufklärung zu leisten.

»Seien Sie bloß vorsichtig, Herr Senner. Immerhin läuft der Mörder noch frei herum und wird es vermutlich nicht lustig finden, wenn ihm jemand in die Quere kommt.«

»Nett, dass Sie sich um mich Sorgen machen. Ich passe schon auf mich auf.«

»Ich würde ungern einen meiner Stammgäste verlieren.« Sie lachte.

»Übrigens, gehen die Geschäfte wieder besser?«

»Sie sehen es ja selbst, nichts los. Und ich glaube, das liegt nicht nur an meinen exotischen Speisekreationen. Sondern es kommen weniger Urlauber in den Ort, und die Einheimischen teilen sich ihre Haushaltskasse genau ein. Die bleiben lieber daheim und kochen selbst, statt auszugehen.«

»Das ist lediglich eine Episode, Flauten sind normal. Ihr Essen ist einfach himmlisch.«

»Das mag schon sein. Aber ich bin nicht der Typ, der nur allein auf die Hoffnung baut.«

»Wie ich Sie kenne, haben Sie etwas vor.«

»Erraten. Ich überlege, ob ich's mit Übernachtungen probieren soll. Im Obergeschoss gibt es einige Räume, die ich nicht nutze. Mein Vorgänger hatte das Gasthaus mit Zimmervermietung betrieben. Könnte also funktionieren.«

»Einfach wird das nicht. Dazu braucht es Werbung, um Ihr Angebot bekannt zu machen, und Investitionen für die Ausstattung der Zimmer. Außerdem – liegt Ihnen das frühe Aufstehen? Die Gäste brauchen nämlich ein Frühstück.«

»Ich hab noch die Sachen meines Vorgängers eingelagert, zur Not kaufe ich was Neues. Die Ausgaben halten sich in Grenzen. Nur das Aufstehen ... Zusätzliche Arbeit wird's sicher, ich kann mir keinen Festangestellten leisten, allenfalls Aushilfen.«

Nach dem Essen hatte Baltasar keine Lust, sofort zurück ins Pfarrheim zu gehen, stattdessen lenkte er sein Fahrrad wieder mal zum Haus seines Freundes Philipp Vallerot.

»Meine Überwachungssensoren haben dich bereits gemeldet«, begrüßte Philipp ihn. »Komm rein.«

Im Wohnzimmer stand ein Fernseher mit Flachbildschirm, wuchtig wie eine Plakatwand. »Meine neueste Errungenschaft.«

Eine Szene aus Tarzan lief gerade, Hauptdarsteller Johnny Weissmüller stieß seinen berühmten Ruf aus.

»Die Lautsprecheranlage habe ich auch ausgewechselt. Willst du mal hören?« Er drückte einen Knopf der Fernbedienung, und sofort fühlte Baltasar sich wie in ein Klangbad getaucht, die Stimmen der Schauspieler, die Hintergrundgeräusche, alles erschien überdimensioniert. Er machte ein Zeichen, den Ton wieder abzuschalten.

»Wow, das reinigt die Gehörgänge. Dagegen klingt jedes Rockkonzert wie mit Wattestöpseln im Ohr«, sagte Baltasar. »Ich frage mich, wie die Menschheit früher ohne solche Soundkanonen ausgekommen ist.«

»Das Arrangement wirkt noch lange nicht wie im Kino, ist aber immerhin schon eine kleine Version davon.«

»Selbst wenn du die Wände deines Hauses durchbrichst und einen noch größeren Bildschirm installierst – wobei ich bezweifle, dass Derartiges momentan auf dem Markt zu haben ist –, die Atmosphäre eines Kinosaales wirst du damit nicht erreichen.«

»Stimmt schon, es ist ein Kompromiss. Aber welches Kino macht um zwei Uhr morgens auf, wenn mir gerade danach ist, einen bestimmten Film sehen zu wollen, sagen wir, ›Die Nacht des Jägers‹?«

»Deine Technikbegeisterung, die brauche ich jetzt.« Baltasar gab Philipp das Mobiltelefon. »Da sind Aufnahmen von einem Glassplitter drauf. Ich befürchte, das Meiste ist verwackelt und unscharf. Das musst du irgendwie korrigieren, ich brauche ordentliche Fotos.«

»Was interessiert dich denn an einem Stück Glas?«

»Ich weiß auch nicht. Einfach ein Gefühl. Mir erscheint das Ding reichlich seltsam, vielleicht ist es ein erster Ansatzpunkt, Anton Grafs Tod aufzuklären. Denn mit diesem Teil wurde er ermordet.«

»Vermute ich richtig? Du hast die Bilder mittels krummer Touren geschossen? Hoffentlich stecken sie mich deswegen nicht in den Knast.« Sein Freund grinste. »Na, dann werfe ich mal den Computer an.«

Es dauerte eine knappe halbe Stunde, bis das Ergebnis am Monitor zu sehen war. »Ganz passabel. Ich mache dir Ausdrucke. Der Splitter ist wirklich seltsam, einerseits wirkt die Form wie zufällig, andererseits fallen die Kanten sehr unterschiedlich aus.«

»Was glaubst du, was könnte es sein?«

»Vielleicht Industrieabfall einer Glasfabrik. Oder von einer Glaserei. Dir wird wohl nichts anderes übrig bleiben, als einige Firmen abzuklappern. Ich versuche im Internet Hinweise zu finden, aber ob ich fündig werde? Da fehlt mir der Glaube.«

»Das war schon immer dein Problem. Ein wenig mehr Glaube, und dein Leben wäre einfacher.«

»Ich glaube schon, nur nicht an deinen Großen Außerirdischen. Oder an deine Kirchenverwaltung und den Oberaufseher in Rom. Ich glaube an die Menschheit und den gesunden Menschenverstand. Obwohl ich selbst da manchmal Zweifel habe, wenn ich mir einzelne Exemplare dieser Spezies anschaue. Was macht deine Renovierung?«

Baltasar berichtete von der Idee des Spendenaufrufes.

»Auch wenn du nicht an den lieben Gott glaubst, so würde ich doch deinen Scheck nehmen. Und dir wird es bestimmt nicht schaden, wie du weißt, konnte man sich im Mittelalter mit guten Gaben von allen Sünden freikaufen.«

»So viel Geld besitze ich nicht, dass es für alle meine Sünden reichen würde.«

»Wenn du beichtest und deine Sünden bereust, erhältst du die Absolution kostenlos. Wobei ich dir bei deiner gottlosen Vergangenheit mindestens 1000 Vaterunser und 1000 Ave-Marias aufbrummen müsste.«

»Das wäre Folter und verstößt gegen die Menschenrechte. Lieber zahle ich freiwillig, um mir diese Quälerei zu ersparen.«

»Fürs Erste würde es schon reichen, wenn du bei Gelegenheit den Kirchturm hochkletterst und Aufnahmen von den Schäden machst. Ich befürchte nämlich, das Thema wird mich noch länger beschäftigen.«

11

Die Vorbereitungen für die Morgenmesse am nächsten Tag waren abgeschlossen, zum Abendessen war es noch zu früh, und zu Büroarbeiten hatte Baltasar keine Lust. Was tun?

Das war eine der angenehmen Seiten des Priesterberufs: Niemand machte einem Vorschriften, wie man seinen Job zu erledigen hatte. Eine Stunde Mittagsschlaf oder nicht? Es war seine Entscheidung. Sich länger mit dem Frühstück aufhalten? Niemand erhob Einspruch, genauso wenig, wenn man sich selbst früher in den Feierabend schickte.

Gut, es gab Pflichtveranstaltungen, die Gottesdienste beispielsweise. Oder Krankenbesuche, Hochzeiten, Taufen und Beerdigungen. Aber selbst da war man frei, den Termin zu bestimmen. Welcher Gläubige wagte es schon, einem zu widersprechen, wenn man erklärte, dann und dann eben gerade keine Zeit zu haben, weil andere Verpflichtungen riefen? Kein Vorgesetzter und kein Gemeindemitglied zweifelten solche Behauptungen an, man musste keine Stechuhr bedienen, kurz: Es war alles viel einfacher, als früher die Schule zu schwänzen.

Und auch das blieb ein unbestreitbarer Vorteil als katholischer Pfarrer im Bayerischen Wald: Die Autorität des Amtes war ungebrochen, ein Geistlicher galt als Respektsperson, als jemand, dessen Wort zählte, und dieses ungeschriebene Gesetz herrschte in dieser Region schon seit Hunderten von Jahren, niemand dachte auch nur entfernt daran, das in Frage zu stellen. Ein Pfarrer gehörte zur Tradition wie Schweinsbraten und Bier.

Eigentlich war es ein freier Beruf, wenn nur die lästige Diözese nicht wäre. Baltasar probierte nochmals, Bischof Siebenhaar telefonisch zu erreichen, die Reparatur des Kirchturms konnte nicht länger warten, aber der Sekretär vertröstete ihn mit dem Hinweis, Seine Exzellenz sei gerade bei einem Termin, würde aber sicher zurückrufen.

Baltasar beschloss, dass sein Arbeitstag damit für heute beendet war. Sein oberster Dienstherr im Himmel würde sicher nichts dagegen haben. Er wusste auch schon, was er machen würde, schnappte sich den Autoschlüssel und fuhr los.

*

Sein Ziel war Zwiesel. Es zog ihn zurück an den Tatort, er hätte niemandem erklären können, was genau er dort suchte. Vielleicht wollte er in Ruhe nochmals die Stelle besichtigen, wo er seinen Nachbarn das letzte Mal gesehen hatte. Er fand eine Parklücke in der Oberzwieselauer Straße und schlenderte den Stadtplatz hinunter, genau genommen eine lang gezogene Durchgangsstraße, die leicht bergab führte, umrahmt von Häusern mit schmucken Fassaden und am anderen Ende übergehend in die B 11. Quer über die Straße waren Fähnchen gespannt, Blumentröge schmückten die Gehsteige.

Die Stadt setzte in ihrem Bemühen, Urlauber anzulocken, auf die Reize als Luftkurort und auf ihre glänzende Vergangenheit als ein Zentrum der bayerischen Glasindustrie. Dennoch konnte dies die Tatsache nicht überdecken, dass das Ortszentrum unter schleichender Auszehrung litt, wie jemand, der nur hustete, bei dem man aber schlimmere Krankheiten vermutete. Denn die gewachsenen Strukturen hatten sich abgeschliffen und waren kaum noch erkennbar. Wo einst alteingesessene Geschäfte gewesen waren, hatten sich jetzt Imbissbuden, Kettenläden und einfache Cafés breitgemacht.

Bei seinem Spaziergang stieß Baltasar immer wieder auf leere Schaufensterfronten mit »Zu vermieten«-Schildern.

Er betrat das Rathaus und ließ sich in der Touristeninformation einen Stadtplan geben. Ein Prospekt warb mit Führungen durch die unterirdischen Gänge. Baltasar vergegenwärtigte sich, dass das Erdreich unter dem Gehweg löchrig war wie ein Schwamm, ein Erbe des Mittelalters, als die Einwohner kreuz und quer unter dem Stadtplatz geheime Stollen gegraben hatten, um vor Feinden unbemerkt fliehen zu können.

Bei der Brücke über den Großen Regen bog er nach rechts und nahm den Weg zum Stadtpark. Er stieß auf einen Spielplatz, der am Wasser angelegt war. Eine Mutter beaufsichtigte ihren Kleinen, der einen Kletterturm bestiegen hatte. Sie blickte sich immer wieder nervös um zu einer Gruppe von Jugendlichen, die auf einer Bank saßen oder auf der Wiese lagen und jede Bewegung des Kindes mit Gejohle und Kommentaren begleiteten, dabei prosteten sie der Frau mit ihren Bieren zu. Leere Flaschen, Zigarettenkippen und Reste von Chipstüten lagen überall herum.

Baltasar ging auf die Frau zu. »Guten Tag, kann ich Ihnen helfen?«

Sie sah ihn dankbar an. »Nein, danke, geht schon, ich verschwinde gleich von hier.«

»Besser so, Mutti! Mach, dass du nach Hause kommst, dein Alter wartet schon auf dich, der will heute noch seinen Spaß!«

Gelächter. Es kam von der Gruppe. Baltasar drehte sich um und ging auf die Clique zu. Einige der Jugendlichen trugen Jogginghosen, die ihnen halb in der Kniekehle hingen und die Unterhosen freilegten, dazu Sweatshirts und Wollmützen mit dem Emblem einer amerikanischen Football-Mannschaft. Andere steckten in Lederjacken und zerrissenen Jeans, wobei Baltasar nicht wusste, ob die Schlitze schon beim Kauf existiert hatten oder versehentlich aufgerissen worden waren. Als Schmuck hatten sie sich Nietengürtel und Stahlketten umgewickelt. Es ging laut zu, ein Radio wummerte einen Rocksong mit aufreizend monotonem Rhythmus. Offensichtlich hatte die Gruppe bereits ein ausgiebigeres Bierpicknick hinter sich.

Ein junger Mann baute sich vor ihm auf, er mochte 16, 17 Jahre alt sein, die Haare waren seitlich ausrasiert, ein Tattoo mit einem abstrakten Muster schlängelte sich um seinen Hals. Er roch nach Alkohol und Zigaretten.

»He, Mann, hast du was mit der Frau, oder machst du nur auf Macker? Verschwinde von hier!«

»Guten Tag, mein Name ist Senner. Pfarrer Baltasar Senner. Und wie heißt du?«

»Geht dich gar nichts an, Alter.« Er wandte sich an seine Kumpels. »Schaut euch diesen Macker an, ist ein Pfaffe, sagt er.« Die Jugendlichen grinsten und hoben ihre Bierflaschen, als ob sie ihm zuprosten wollten. »Ich kenn dich aber nicht, Alter. Solchen Schmarrn könnte jeder Dahergelaufene erzählen, Pfarrer willst du sein? So, so. Kannst du denn die Zehn Gebote auswendig aufsagen?«

Wie zur Bestätigung ließ er einen Rülpser hören, die anderen klatschten Beifall.

»Und wo genau ist jetzt dein Problem?« Baltasar sprach die Frage in einem beruhigenden Tonfall aus.

»Hör mal, Alter, komm mir jetzt bloß nicht blöd.« Der Jugendliche stupste ihn an. »Wenn du weiter so dein Maul aufreißt, bekommst du gleich was drauf, kapiert?«

Baltasar spürte seine unverhohlene Aggression. Er sah seinem Gegenüber direkt in die Augen. »Schon gut, schon gut. Ich will keinen Streit.«

»Was du willst, ist mir scheißegal, hörst du? Scheißegal ist mir das!« Er schrie die Worte heraus. »Mach mich bloß nicht an, Alter. Mir ist gleich, ob du Pfaffe bist oder nicht!«

»Keine Sorge, junger Mann, ich will dich nicht bekehren. Obwohl es nicht schlecht wäre, wenn du die Zehn Gebote noch mal nachliest. Da findest du einige gute Anregungen für richtiges Verhalten.«

Kaum hatte er es ausgesprochen, war ihm klar, dass er zu weit gegangen war. Aber er wollte auf die Provokationen reagieren und nicht nur alles wie ein Schaf hinnehmen.

Der Jugendliche packte ihn am Kragen und zog ihn zu sich her. »Alter, bist du lebensmüde? Beleidigst mich vor meinen Freunden. Glaubst du, ich lass das mit mir machen?«

»Lass mich los, bitte.«

Das Gesicht des anderen war nur Zentimeter von seinem entfernt.

»Du machst mir keine Vorschriften, Alter. Kommt her und spielt sich auf, der Mann.«

»Ich sage, was ich für richtig halte. Und wenn du mich endlich loslässt ...«

»Du legst es darauf an, was? Solche Wichser wie dich stampf ich einfach in den Boden, genau, das tu ich.«

»Das glaube ich dir gerne. Aber lass mich jetzt los.« Baltasar ergriff die Handgelenke des Jugendlichen und schob sie weg.

Als Reaktion darauf ließ der Tätowierte los und machte einen Schritt zurück. Baltasar wollte weggehen, als er in der Hand des Jugendlichen einen Schlagring aufblitzen sah, eines dieser Modelle, deren Außenseite mit Dornen gespickt war. Der Jugendliche fuhr mit dem Metall über Baltasars Wange, als wollte er Abdrücke in der Haut hinterlassen.

»Na, gleich machst du dir in die Hose, Alter, was? Wo sind nun deine klugen Sprüche, Pfaffe? Hilft dir der liebe Gott jetzt?«

Baltasar wusste, dass Gefahr drohte, sein Gegner war betrunken und unberechenbar. »Nicht sehr mutig, Unbewaffnete mit einem Schlagring zu bedrohen. Wenige Meter von hier wurde erst vor Kurzem ein Mensch umgebracht, ein Mann, der ebenfalls unbewaffnet und friedliebend war.«

Der Jugendliche zeigte keine Reaktion.

Baltasar entschied, einen Versuch zu wagen, um ihn zu verunsichern. »Anscheinend bist du schnell mit einer Waffe zur Hand. Hast du diesen Mann etwa auch angemacht? Weiß die Mordkommission schon davon?«

Der Jugendliche zuckte zurück und ließ die Hand sinken. »Was ... was fällt dir ein, Alter? Spinnst ... spinnst du jetzt?«

Seine Stimme stockte. Er war offenbar unschlüssig, wie er sich nun weiter verhalten sollte.

»Lass gut sein.«

Ein Mädchen war aufgestanden und zog ihn weg.

»Lass dich doch von so einem Typen nicht provozieren.«

Sie trug kurz geschnittene, schwarze Haare, schwarzen Lidschatten und eine schwarze Jacke. In ihrer Nase und ihrer Lippe steckten Kugeln, die von der Ferne aussahen wie Pickel, in Wirklichkeit aber Piercings waren.

»Komm, wir suchen uns einen anderen Platz, der weniger von solchen Spießern verseucht ist.«

Der Jugendliche war unschlüssig. Aber seine Freunde waren bereits aufgestanden und trollten sich Richtung Stadtplatz.

»Lass doch den alten Sack«, riefen einige und machten dabei obszöne Gesten in Richtung Baltasar. Ein anderer Junge mit kurzrasiertem Haar und Ohrsteckern, schmächtig wirkend, stand auf und wankte auf sie zu. »Lass den Typen, diese Kerle sind doch alle gleich.« Er wandte sich an Baltasar. »Warum müsst ihr Typen euch immer so wichtig machen? Ihr habt hier nichts verloren. Das ist unser Revier. Hier riecht's nach Spießer. Hauen Sie ab, sonst setzt's was!« Zu seinem Freund sagte er: »Der hat die Hosen voll, lass uns die Location wechseln.«

Der Jugendliche steckte seinen Schlagring ein und schloss sich den anderen an. »Arschloch«, zischte er zum Abschied.

»Du mich auch.« Baltasar machte, dass er wegkam. Er war überrascht, wie wirkungsvoll seine Sätze gewesen waren, als ob plötzlich der Heilige Geist in die jungen Leute gefahren wäre.

An den Spielplatz grenzte ein Teich, dessen auffälligstes Merkmal ein Drache auf dem Wasser war, eine Skulptur aus Edelstahlelementen. Am Ufer waren Tafeln aufgestellt, die über Tierwelt und Pflanzen informierten. Als er zu dem Hirtenbrunnen kam, erinnerte nichts mehr an das Verbrechen, lediglich ein dunkler Fleck auf dem Holz markierte die Stelle, wo Anton Graf gesessen hatte. Baltasar nahm auf der Bank Platz und grübelte darüber nach, warum sein Nachbar wohl hier gewesen sein mochte. Kommissar Dix hatte berichtet, Grafs Auto sei an einer ganz anderen Stelle gefunden worden. Hatte er einfach einen Spaziergang gemacht und auf der Parkbank eine Pause eingelegt? Traf er sich mit jemandem an einem Ort, wo man ungestört reden konnte? Oder war es nur ein fataler Zufall gewesen? Hatte Graf etwas beobachtet und musste deshalb sterben?

Es war riskant von dem Mörder gewesen, hier zuzuschlagen. Eine Straße führte vorbei, mit Spaziergängern war zu rechnen, auch wenn Büsche und Bäume einen gewissen Sichtschutz boten. Baltasar ging zu dem Baum, unter dem die Leiche gefunden worden war. Ein kaum erkennbarer Pfad führte in Richtung einer Fußgängerbrücke. Im Gestrüpp war die Erde niedergedrückt, Dosen und Fetzen weißen Papiers lagen herum, es sah aus, als wäre dieses Stück zum Campen benutzt worden – und als Toilette.

Auf der anderen Seite des Flussufers, versteckt zwischen den Ästen, sah man Fabrikschornsteine, Gewerbegebäude und Wohnhäuser. Konnte jemand von dort aus den Brunnen sehen? Vermutlich hatte die Polizei alle Anwohner längst befragt. Baltasar ging den Fluss entlang. Das Wasser war kristallklar und erlaubte den Blick auf den Grund, die Strömung verwirbelte den Fluss, an einigen Stellen hatte sich Gischt gebildet.

Eine Zeitlang folgte er der Strömung, es hatte etwas

Beruhigendes, dem Fließen des Wassers zuzusehen, ein ewiges, sich immer wiederholendes Schauspiel, und doch war es jede Sekunde anders, die Oberfläche veränderte ihr Bild, mal hier, mal da, in aller Gleichgültigkeit von Raum und Zeit bahnte sich der Strom seinen Weg durch das Flussbett. Als Begleitmusik gurgelte und blubberte es, nie war völlige Ruhe, das Geräusch des fließenden Wassers hatte eine eigene Melodie, leise und doch unüberhörbar. Vom Grunde her glänzte es silbern.

Baltasar hielt inne. Der Glanz war unnatürlich, es schien ein Stück Metall zu sein. Da lag etwas auf dem Grund, eingekeilt durch einen Stein. Er beugte sich über das Wasser, konnte jedoch noch immer nicht erkennen, was es war, und wechselte seinen Standort. Er brach einen kleinen Ast von einem Baum am Ufer ab und benutzte ihn als Stock. Aber sosehr er auch stocherte, er bekam das Metall nicht zu fassen.

Der Ehrgeiz hatte ihn nun gepackt. Er wollte unbedingt herausfinden, was das für ein Stück Metall war, ein Ehrgeiz wie in seiner Kindheit, als er davon geträumt hatte, einen Schatz zu finden, und mit Taucherbrille und Schnorchel einen Weiher abgesucht hatte. Der einzige Fund war damals ein verrostetes Fahrradgestell gewesen.

Es blieb nur ein Weg. Baltasar sah sich um, ob ihn jemand beobachtete, und zog dann seine Schuhe und seine Hose aus. Fast hätte er aufgeschrien, als er seinen Fuß ins kalte Wasser tauchte. Das sollte angeblich gesund sein, Wassertreten nach Art des bayerischen Priesters Sebastian Kneipp half gegen Tuberkulose, Cholera und Impotenz, hieß es, und gegen die Zipperlein des Alters.

Seine Zehen tasteten sich vor bis zu der Stelle, wo das Metall liegen musste.

»Können Sie sich keine Eintrittskarte fürs Bad leisten?«

Baltasar schreckte hoch. Auf der anderen Seite des Flusses stand eine Frau, an der Leine führte sie einen Golden Retriever.

»Ich ... äh ... ich suche etwas.«

»Schämen Sie sich nicht, hier in Unterhosen zu baden? Das ist unhygienisch, total unhygienisch!«

Die Frau trug eine Jeans und ein T-Shirt, ihre Arme hatte sie in die Hüften gestemmt wie eine Lehrerin, die ihren Zögling zurechtwies. »Wenn Sie zu Hause kein Bad haben und sich keine Eintrittskarte leisten können, gehen S' doch zum Sozialamt. Die helfen Ihnen sicher weiter.«

»Ich ... Mir ist etwas ins Wasser gefallen. Das will ich wieder herausholen. Ich kann doch nicht komplett angezogen reinspringen.« Baltasar fühlte sich wie ein ertappter Schulbub. Er wusste selbst, wie albern seine Ausrede war.

»Und denken Sie doch an die Familien mit Kindern, die hier vorbeigehen. Was sollen die von Ihnen halten? Für die Kleinen ist es doch ein Schock, unvermittelt einen halbnackten Mann anzutreffen.«

»Ich bin nicht halbnackt«, protestierte Baltasar.

»Sie wissen schon, was ich meine. Es gibt genug Perverslinge, die sich in öffentlichen Parks herumtreiben. Ich will damit nicht unbedingt sagen, dass Sie einer sind, aber Sie wissen ja selbst ...«

»Sie können mir gerne zusehen, wie ich ...«

»So weit kommt's noch!«, unterbrach sie ihn. »Jetzt soll ich Ihnen auch noch zugucken. Schau'n Sie, dass Sie Ihr Geschäft verrichten oder was auch immer Sie da tun, und dann verschwinden Sie!«

Die Frau warf ihm noch einen Blick zu, der Stahlwände durchbohren konnte, und ging weiter.

Endlich spürte Baltasar das Metall an seinen Füßen. Er umkrallte es mit den Zehen und hob es aus dem Wasser, wobei er fast das Gleichgewicht verloren und tatsächlich noch ein Bad genommen hätte.

Er watete, so rasch er konnte, zurück ans Ufer. In der Hand hielt er eine Halskette mit einem Anhänger. Vermutlich nicht wertvoll, aber zum ersten Mal in seinem Leben hatte er einen Schatz gefunden. Er zog sich fröstelnd seine trockene Hose, Socken und Schuhe wieder an.

12

Baltasar überquerte die Fußgängerbrücke und spazierte am anderen Ufer des Flusses entlang. Vom Gehweg aus war der Stadtpark nur an einigen Stellen zu sehen, der Tatort am Hirtenbrunnen lag versteckt, die Stelle, wohin sich Anton Graf geschleppt hatte, war überhaupt nicht zu entdecken. Allenfalls die oberen Stockwerke eines Wohnhauses boten die Möglichkeit eines besseren Blickwinkels, waren jedoch weiter entfernt vom Ort des Verbrechens.

Er bog ein in die Doktor-Schott-Straße und ging zu einem Parkplatz, der an drei Seiten von Geschäften eingefasst war. Eine Glaspyramide zog den Blick auf sich, deren Besonderheit Unmengen von Weingläsern waren, die sich im Innern acht Meter hoch zu einer zweiten Pyramide stapelten, ein Werbegag der Glasfabrik, deren Gebäude sich über eine ganze Seite des Platzes hinzog und zu der auch die Schornsteine gehörten, die er vom Park aus gesehen hatte.

Baltasar hätte gerne ausprobiert, ob das Bauwerk in sich zusammenfiel, wenn er ganz unten einige Gläser herauszog, aber leider machten Barrieren solche Pläne unmöglich. Er fand den Anblick ein wenig trostlos: so viele Gläser, aber nicht ein einziges mit Wein gefüllt.

Eine Traube Menschen quoll aus einem Bus und steuerte zielstrebig auf den Fabrikshop zu.

Das brachte Baltasar auf die Idee zu versuchen, hier etwas über die seltsame Mordwaffe aus Glas in Erfahrung zu bringen. Er betrat ebenfalls den Shop, kramte die Fotos hervor und ging direkt vor zur Kasse. Dort sprach er eine Frau an, die gerade ihre Abrechnung machte. Sie hatte ihr Haar hochtoupiert, ihre Körperfülle steckte in einer viel zu engen Bluse, so dass Baltasar bei jedem Atemzug Sorge hatte, die Knöpfe könnten aufspringen.

»Guten Tag. Ich bräuchte eine Auskunft.«

»Wenn S' was umtauschen wollen, gehn S' zur Information.« Sie sah nicht einmal auf.

»Ich habe eine Frage zu einem besonderen Stück.«

»Dann gehn S' zu einem Verkäufer.« Noch immer beschäftigte sich die Frau mit ihren Papieren.

»Es dauert nicht lange. Schauen Sie sich das bitte an.« Er legte die Fotos direkt auf die Unterlagen der Frau. Die Reaktion erfolgte augenblicklich.

»Himmelherrgottsakrament!«

Die Kassiererin sah ihn nun an. Ihre Knöpfe zitterten bedrohlich. Reste guter Erziehung mussten sie unbewusst bremsen, sonst hätte sie Baltasar wohl gewürgt, so, wie sich ihr Gesichtsausdruck veränderte.

»Sind Sie komplett wahnsinnig? Jetzt haben Sie mich

abgelenkt, und ich muss wieder von vorn beginnen, Sie Hamperer!«

»Entschuldigung.«

»Sie reden sich leicht, Sie müssen auch nicht meine Arbeit machen. Was glauben Sie, wie viele Menschen täglich was von mir wollen?«

»Keine Ahnung.«

»Genau, das denke ich auch, Sie haben keine Ahnung. Hocken Sie sich doch den ganzen Tag an die Kasse, dann wüssten Sie, wovon ich rede.«

»Könnten Sie wenigstens ...« Baltasar tippte auf die Fotos.

»Soll ich mir jetzt Ihr Fotoalbum anschauen oder was? Und als Nächstes zeigen Sie mir Ihre Briefmarkensammlung.«

»Besonders nett sind Sie nicht zu Ihren Kunden.«

»Ein Kunde wollen Sie sein? Wo ist Ihr Einkaufswagen, wo sind Ihre Waren? Ich sehe nichts.« Sie atmete schwerer, der oberste Knopf ihrer Bluse war bereits aufgesprungen. »Es tut mir leid, wenn ich das so direkt sagen muss, Leute wie Sie sind lästige Wimmerl. Jetzt können Sie sich ruhig bei meinem Chef über mich beschweren, aber ich sag's Ihnen gleich: Das ist mir blunzn.«

»Ich will mich nicht beschweren, sondern nur eine einzige Frage stellen: Wo finde ich so etwas?« Wieder wies er auf die Bilder.

Die Frau nahm ein Foto in die Hand und tat so, als berühre sie etwas Schmutziges. »Kenn ich nicht, noch nie gesehen.«

»Das kann ich mir nicht vorstellen, das ist doch hier ein riesiger Laden.«

»Haben Sie sich schon bei uns umgeschaut?«

Baltasar setzte zu einer Bemerkung an, aber die Frau fuhr fort: »Sehen Sie, wir haben Gläser, Vasen und Schüsseln. Das nennt man Hohlglas. Weil es innen hohl ist, kapiert?«

Er nickte.

»Das Teil auf dem Foto sieht nicht hohl aus, sondern eher flach. Das nennt man Flachglas, eben weil es flach ist, so wie Fensterscheiben. Und Flachglas führen wir nicht. Grüß Gott.«

Sie gab ihm die Bilder zurück und beugte sich demonstrativ über ihre Abrechnung, ohne ihn eines weiteren Blickes zu würdigen.

*

Baltasar war froh, als er endlich wieder draußen war, und atmete ein paarmal tief ein und aus. Für heute hatte er genug erlebt, das reichte für den Rest der Woche. Über Seitenstraßen ging er zurück zu seinem Auto. Als er an der Pfarrkirche Sankt Nikolaus vorbeikam, entschloss er sich zu einem Besuch.

Das Gotteshaus war ein Backsteinbau, erst Ende des neunzehnten Jahrhunderts im Stil gotischer Vorbilder errichtet, nachdem die alte Kirche einem Stadtbrand zum Opfer gefallen war. Der Stolz der Gemeinde war der über 80 Meter hohe Kirchturm, der sogar den Turm des Passauer Stephansdoms überragte. Deshalb lobten Einheimische ihr Wahrzeichen als den wahren »Dom des Bayerischen Waldes«, was Baltasar insgeheim freute, vor allem weil er wusste, wie sehr das Bischof Siebenhaar missfallen musste.

Von innen wirkte die Kirche auf ihn noch mächtiger als von außen. Die Säulen lenkten den Blick in die Höhe gen

Himmel, es war wie ein zu Stein gewordenes Lob Gottes. Die Ausstattung war eine Mischung verschiedener Stile, schlichte Holzbänke, im Seitenaltar eine Pietà aus dem 16. Jahrhundert, Marias Gewand bemalt mit blau und rot, eine Christus-Statue aus dem 18. Jahrhundert und ein moderner Mittelaltar.

Baltasar setzte sich in die erste Reihe und ließ die Eindrücke auf sich wirken. Die Unruhe fiel allmählich von ihm ab, seine Gedanken schweiften umher, er entspannte sich. Nach einiger Zeit kam ein Priester aus der Sakristei, betrat den Mittelgang und ging zum Altar.

»Herr Weinberger?« Baltasar hatte den Stadtpfarrer nur einmal bei einer Veranstaltung der Diözese getroffen. Der Mann sah auf.

»Oh, Herr Senner, Sie besuchen uns, das ist aber eine Ehre.«

Baltasar begrüßte ihn. Sie kamen ins Plaudern, natürlich hatte die Nachricht von seinem Unfall auf dem Kirchturm längst die Runde gemacht. Auch der Mord an Anton Graf war ein großes Thema in der Gemeinde.

»Kannten Sie Herrn Graf? Er soll hier aus der Gegend kommen«, meinte Baltasar.

»Auf dem Friedhof liegen seine Eltern, wenn ich mich nicht irre. Ein schönes Familiengrab. Ihm selbst bin ich nie begegnet, was nicht verwunderlich ist, denn die Außengemeinden betreue ich nicht. Der Herr hatte mich in seiner Gnade nach Zwiesel geschickt.«

»Sie meinen einen gewissen Herrn in Passau, vermute ich.«

»Ich sehe, wir verstehen uns. Hatten Sie jüngst mit unserem Bischof Kontakt?«

»Ich hätte ihn gern gesprochen, wegen der Finanzierung der Reparatur. Aber Seine Exzellenz hat immer furchtbar viel zu tun.«

»Ach.«

Baltasar berichtete von seinem Abenteuer mit den Jugendlichen im Stadtpark.

»Ich kenne die Gruppe, die treffen sich mal hier, mal da, an Tankstellen, im Park, sogar am Kirchenvorplatz haben sie sich eine Zeitlang verabredet, von dort habe ich sie aber gleich wieder weggescheucht, ich will nämlich nicht, dass sie die Kirchenbesucher verschrecken.«

»Jedenfalls sind sie auf Dauerparty abonniert. Und einer von ihnen hatte ruckzuck einen Schlagring in der Hand.«

»Ich hätte an Ihrer Stelle die Polizei eingeschaltet. Das sind ja kriminelle Methoden wie die einer amerikanischen Straßengang. Und diese Clique ist bereits durch ihre hohe Gewaltbereitschaft aufgefallen. Ich habe gehört, dass einige von den Jungs schon mehrmals in Schlägereien verwickelt waren.«

»Hat noch niemand versucht, mal mit ihnen zu reden? Oder mit den Eltern?«

»Wo denken Sie hin? Es gab Anzeigen wegen Körperverletzung, Ruhestörung und Beleidigung, die Polizei hat sie jedes Mal nach Hause gebracht, aber genutzt hat das wenig. Die meisten Eltern sind schlicht überfordert. Und ich als Pfarrer kann nichts tun, die jungen Leute gehen heute nicht mehr in die Kirche, und sie sind taub für alles, was Erwachsene ihnen sagen.«

»Und wo haben sie das Geld für Bier und Schlagringe und Chips her, wenn sie nicht arbeiten? Von ihren Eltern?«

»Ich weiß es nicht. Vielleicht drehen sie krumme Dinger, vielleicht auch nicht. Sie gehen zum Teil ja noch zur Schule.«

»Gehören sie denn zu Ihrer Gemeinde?«

»Die meisten waren früher bei mir Firmlinge. Ich hatte sie als nette Kinder in Erinnerung. Aber wenn sie größer werden ... Sie hängen einfach herum, sind arbeitslos, fangen schon mittags an zu trinken ... Es ist traurig.«

Baltasar beschrieb den Angreifer mit der Tätowierung. »Kennen Sie den?«

Weinberger schüttelte den Kopf. »Sagt mir nichts. Aber wenn die jungen Menschen ihr Äußeres extrem verändern, sich Farbe ins Gesicht malen oder sich Ringe in die Haut stechen, dazu noch ihre gruselige Aufmachung – das ist wie eine Verkleidung, bei denen ist das ganze Jahr Halloween.«

»Ein einziges Mädchen war mit dabei, kurze Haare und Piercings, die hat schließlich ihre Freunde beschwichtigen können und die Situation entschärft.«

»Das Mädchen kenne ich, glaube ich, mir fällt bloß der Name nicht ein. Sie hat mich sogar gegrüßt, als ich sie vor Kurzem getroffen habe. Das will schon was heißen heutzutage. Ihre Eltern haben früher im Kirchenchor gesungen und gehen noch heute regelmäßig zur Messe.«

»Und die Namen der anderen?«

»Ich müsste die Gesichter sehen, dann könnte ich Ihnen weiterhelfen. Wenn Sie es für eine Anzeige brauchen, kann ich mich erkundigen. So groß ist Zwiesel auch wieder nicht.«

»Nein danke, ich werde nicht zur Polizei gehen. Es interessiert mich nur persönlich, ist aber nicht so wichtig.«

13

Die Messe am Sonntagvormittag sollte die große Spendengala werden. In der Zeitung war der Termin als »besondere Gemeindefeier« angekündigt worden. Baltasar hatte die Kirche zu diesem Zweck herausgeputzt, über den Mittelgang führte ein roter Teppich bis zum Altar, zusätzliche Vasen mit Glockenblumen schmückten die Seitengänge, am Eingang grüßten Girlanden die Besucher. Er hatte die doppelte Anzahl von Ministranten eingeteilt und ihnen eingeschärft, bloß kein griesgrämiges Gesicht zu machen.

Die Kirche war zu zwei Dritteln gefüllt, Baltasar hatte sich mehr erhofft. Der Bürgermeister saß in der ersten Reihe neben dem Sparkassendirektor, weiter hinten Metzger Hollerbach mit seiner Frau, ansonsten die üblichen Verdächtigen aus dem Dorf.

Als besonderen Effekt zum Auftakt hatte Baltasar neben dem Altar eine Stereoanlage aufgestellt. Er blieb ganz ruhig vor dem Altar stehen und wartete, bis das Getuschel, Niesen und Husten abebbte. Noch immer machte er keine Bewegung, sondern blickte freundlich in die Menge. Nun hatte er die Aufmerksamkeit, die er brauchte. Alle Blicke richteten sich auf ihn, einige reckten die Hälse aus Sorge, etwas zu verpassen.

Baltasars Kunst bestand nun darin, diese Spannung noch einige Momente aufrechtzuerhalten. Denn ob Taufe, Beerdigung oder Hochzeit: Dies war das Geheimnis einer erfolgreichen Inszenierung, die jeder Pfarrer beherrschen sollte. Das Herunterleiern des Standardprogramms aus Gebeten, Predigt und Liedern warf heute niemanden mehr um, lieber blieb man länger im Bett oder vertrieb sich die Zeit bis zum Mittagessen mit Fernsehen oder Frühschoppen. Auch wenn es seine Kollegen nicht gerne hörten, wenn es so unumwunden ausgesprochen wurde: Es war immer Theater dabei, der Altarbereich glich einer Bühne. Sollte man die Gesetze erfolgreicher Aufführungen ignorieren, nur weil man für die katholische Kirche arbeitete? Jede Messe folgte den dramaturgischen Regeln von Einleitung, Höhepunkt und Schluss – und der Priester fungierte als Schauspieler in einem Ein-Mann-Stück. Oder war der Gottesdienst doch eher ein Musical, in Anbetracht der vielen Gesangseinlagen?

Baltasar ging langsam zu der Stereoanlage und drückte auf Start. Er zählte leise bis fünf und schaltete dann das Gerät ein.

Glockengeläut ertönte. Es war das Läuten der Dicken Martha, erbärmlich im Vergleich zum Original. Nach zwei Minuten drehte Baltasar den Ton ab und trat vor.

Er hielt eine Ansprache, die nicht zur Liturgie gehörte. Er erklärte, warum er auf Tonkonserven ausweichen musste, wie traurig es sei, dass die Glocken der Gemeinde verstummt waren, er sprach von der Aufgabe, den Klang wieder zum Leben zu erwecken, und dass dazu die tätige Mithilfe jedes einzelnen Gemeindemitglieds gefordert sei. Er schloss mit dem Appell, am Ende der Messe die Herzen und Geldbeutel zu öffnen und für die Restaurierungsarbeiten am Kirchturm zu spenden, gerne auch per Überweisung.

Die Gesichter der Kirchenbesucher blieben unbewegt. Weder begeistertes Strahlen noch zustimmendes Nicken. Eine Frau in der vorletzten Reihe gähnte, ihre Nachbarin nestelte an ihrem Kragen. Und ein Mann – Baltasar kannte ihn nicht – stand sogar auf und stahl sich hinaus. Unverschämt! Das hatte er noch nie erlebt!

In seiner Predigt legte er nach und sprach von der Nächstenliebe und der christlichen Barmherzigkeit des Teilens, so wie der heilige Martin seinen Mantel teilte. Die Kirche wäre nichts ohne ihre Mitglieder und könnte nur überleben, wenn die Gläubigen sie unterstützten. Jesus habe Bedürftigen geholfen und den Reichtum verdammt. Im Stillen fügte Baltasar hinzu, diese Botschaft sei leider bei Bischof Siebenhaar bisher nicht angekommen.

Während die Gemeinde sang, ließ Baltasar die Ministranten mit dem Klingelbeutel herumgehen. Er hatte sie angewiesen, länger als sonst vor den Besuchern stehenzubleiben und jeden aufmunternd anzusehen. Aus den Augenwinkeln beobachtete er, wie die Besucher in ihren Börsen kramten und sich umsahen, ob die Nachbarn begutachteten, wie viel man gab.

Nach dem Segen eilte Baltasar zum Portal, stellte sich neben den Opferstock und verabschiedete die Gäste. Kaum jemand gab ein zweites Mal Geld, die meisten verdrückten sich nach einem kurzen Gruß.

Bürgermeister Xaver Wohlrab zog ihn zur Seite.

»Schöne Predigt, Hochwürden, wirklich ergreifend. Jeder Marketingmanager würde Sie bewundern. Ich entdecke immer wieder neue Seiten an Ihnen.«

»Unser Kirchturm ist mir ein Anliegen. Dafür lohnt der Einsatz. Oder soll ich künftig auf dem Dach Lautsprecher installieren und den Ort damit beschallen?«

»Sie haben schon recht, die Glocken sind unsere Tradition. Obwohl manchmal am frühen Morgen, wenn man noch schläft …«

»Das ist nur sonntags der Fall. Und so bald erklangen die Glocken nun auch wieder nicht.«

»Stimmt schon, stimmt schon, ich mein ja nur ... Übrigens habe ich eine Idee, wie die Gemeinde Ihnen bei der Reparatur noch mehr unter die Arme greifen könnte.«

»Tatsächlich?« Baltasar misstraute den scheinbar großzügigen Angeboten des Bürgermeisters, er hatte in der Vergangenheit so seine Erfahrungen damit gemacht.

»Nun, dazu bräuchte ich lediglich Ihre tatkräftige Mithilfe, Herr Pfarrer.« Wohlrab setzte sein Verkäuferlächeln auf. »Es ist nichts Besonderes, im Gegenteil. Sie erhalten die Chance, Ihre Pfarrgemeinde deutlich auszudehnen. Wo passiert das noch in der heutigen Zeit, in der alle aus der Kirche austreten? Das ist doch eine elementare Aufgabe für jeden Priester, oder nicht?«

»Wollen Sie Kaffeefahrten organisieren? Soll ich einen Vortrag halten?«

»Immer einen Scherz auf den Lippen, der Herr Senner. Ich mache Ihnen ein einmaliges Angebot, um die Zahl Ihrer Schäfchen zu erhöhen. Denken Sie nur daran: neue Kirchensteuerzahler. Das wird Ihren Dienstherrn in Passau freuen, da gibt es sicher ein dickes Lob.«

»Sie haben mir immer noch nicht erzählt, um was es eigentlich geht.«

»Nun, dazu muss ich ein wenig ausholen. Sie wissen, Hochwürden, dass mir als Bürgermeister dieses Ortes alles daran gelegen ist, neue Arbeitsplätze zu schaffen.«

Baltasar antwortete nicht darauf.

»Deshalb bin ich ständig auf der Suche nach Investoren, die sich in unserer Gemeinde niederlassen wollen.« Wohlrab hob beschwörend die Hände. »Ich muss Ihnen nicht sagen, wie schwierig das ist, Geldgeber für uns zu begeistern. Sie wissen es selber: Die Bayerwälder sind gläubig und gutmütig, aber wenn's um ihre Finanzen geht ...«

Der Bürgermeister spielte auf die Eigenheit der Bewohner an, ihre Kirche zu lieben, aber noch mehr das Geld, vom dem sie sich nur schwer trennten. Wahrscheinlich war dieser Charakterzug auch deshalb so tief in den Menschen verwurzelt, weil der Landstrich zu den ärmeren Gegenden zählte, seit Jahrhunderten geprägt von Landwirtschaft, Holzverarbeitung und Glashütten. Gut bezahlte Arbeit war seit jeher selten gewesen.

»Es ist eine Befriedigung für mich, eine neue Chance für unseren Ort erschlossen zu haben«, sagte Wohlrab.

»Nun rücken Sie schon damit raus.«

»Ich will Senioren eine neue Heimat geben. Die Menschen leben immer länger, und sie fallen ihren Verwandten oft zur Last. Das muss nicht sein.« Sein Tonfall nahm etwas Salbungsvolles an. »Die alten Leute haben etwas Besseres verdient als griesgrämige Angehörige. Hier bei uns werden sie wieder aufleben, die gute Luft, jede Menge Natur, Wiesen, Felder ... da ist auch was fürs Auge geboten.«

»Aber Wiesen und Felder finden die Besucher überall im Bayerischen Wald, und Berge obendrein. Warum sollten sie gerade zu uns kommen?«

»Infrastruktur, Herr Pfarrer, Infrastruktur ist das Zauberwort. Alles an einem Fleck, kurze Wege, Service. Dienstleistungen sind die Zukunft der Arbeitswelt, und Senioren sind der Megatrend des Jahrzehnts.«

»Das heißt, jemand will hier ein Altersheim bauen.«

»Al-ten-heim.« Der Bürgermeister dehnte die Silben, als hätte er Zahnschmerzen. »Was für ein schreckliches

Wort. Die Leute sind nicht alt, sie haben nur mehr Lebenserfahrung. Das sind ... wie nennt man sie doch gleich ... genau, Silbersurfer oder Best Ager, wie es auf Englisch heißt. Sie haben Geld und wissen nicht, wie sie es ausgeben sollen. Man kann schließlich nicht alles an die Enkel überweisen und muss auch mal an sich selbst denken. Bei uns finden sie den Luxus im Ruhestand, gehobenes Level, kostet auch ein wenig mehr, dafür beste Dienstleistungen, optimale Versorgung.«

»Und meine Rolle dabei?«

»Die Leute haben selbstverständlich auch ein Bedürfnis nach spiritueller Betreuung, geistiges Leben, das ganze Programm, Sie wissen schon. Ich stelle mir eine eigene Kapelle in diesem Silberparadies vor, dazu bräuchte man natürlich einen Priester, der alles managt und Gottesdienste abhält, am besten interkonfessionell, auch wenn wir als gute Katholiken die Lutheraner links liegen lassen, aber wir wollen in diesem Fall tolerant sein, oder nicht?«

»Wir haben doch schon eine Kirche. Ihre Kundschaft braucht bloß in die Messe zu gehen.«

»Die Senioren sind oft nicht gut zu Fuß, bis in den Ort ist es ein Stück zu gehen. Da ist es besser, gleich alles im Haus zu haben. Außerdem wirkt es exklusiver, wenn für die Bewohner ein eigener Pfarrer zur Verfügung steht. Natürlich müssten wir den Friedhof erweitern, auch Best Ager leben nicht ewig.«

»Warum weit zu gehen? Wo soll denn diese Anlage hinkommen?«

»In den Planungen ist eine Bebauung am Waldrand vorgesehen.«

»So weit weg? Ist das da draußen denn überhaupt Bauland?«

»Die entsprechenden Anträge liegen schon beim Landratsamt. Sie brauchen sich nicht gleich zu entscheiden, Herr Senner, schlafen Sie ruhig drüber, aber denken Sie dran, die Gemeinde kann Ihnen bei der Reparatur helfen, wir haben unsere Möglichkeiten, und am Ende sind beide Seiten glücklich.« Wohlrab zog Baltasar zur Seite. »Mal ganz im Vertrauen, haben Sie von der Polizei Neues über den Mord an Ihrem Nachbarn gehört, gibt es schon Verdächtige? Sie müssen wissen, ich habe erst vor einer Woche mit Herrn Graf gesprochen, und jetzt ist er … Das erschüttert einen schon.«

Der abrupte Themenwechsel irritierte Baltasar. Er berichtete von den Ermittlungen, aber der Bürgermeister schien nur halb zuzuhören.

»Und Erben? Ist schon klar, wer das Vermögen von Herrn Graf erben wird?«

»Von einem Testament weiß ich nichts. Aber es gibt offenbar einen leiblichen Sohn.«

»Ein Sohn? Das ist interessant. Haben Sie seine Adresse?«

14

Der Kassensturz fiel ernüchternd aus. Exakt 421 Euro und 16 Cent waren im Klingelbeutel, nicht gezählt die tschechischen Kronen, die ein Scherzbold hineingeworfen hatte. Dazu ein Verrechnungsscheck über 1200 Euro von der Sparkasse, der Bankdirektor hatte »Bitte Spendenquittung ausstellen« darauf geschrieben und »Viel Erfolg«.

Baltasar fühlte sich wie von einem Felsbrocken getroffen. Mit solchen Summen brauchte er an die Sanierung des Kirchturms gar nicht weiter zu denken. Er musste sich etwas anderes einfallen lassen.

Er beschloss, einen Ausflug nach Frauenau zu machen. Schließlich mussten die Einzelheiten von Anton Grafs Beerdigung geklärt werden, und dazu wollte er mit dessen Sohn Quirin Eder sprechen.

*

Quirin Eders Wohnung lag am Rande des Ortes, ein schmuckloses Mehrfamilienhaus aus den Siebzigerjahren. Baltasar klingelte, nichts rührte sich. Er hätte seinen Besuch wohl besser vorher ankündigen sollen. Vielleicht war der junge Mann gerade bei Kunden.

Baltasar läutete erneut, diesmal länger. Keine Reaktion. Eine Frau kam aus dem Gebäude heraus. Er nutzte die Gelegenheit und schlüpfte durch die Eingangstür. Zumindest wollte er Grafs Sohn eine Nachricht hinterlassen.

Eder wohnte im Dachgeschoss. Baltasar suchte nach einem Stift, als er laute Geräusche aus Eders Wohnung hörte, es klang wie ein Presslufthammer, doch nach genauerem Hinhören erwies der Lärm sich als Musik. War doch jemand zu Hause? Baltasar überlegte, was er tun sollte, dann klopfte er laut an die Tür.

»Herr Eder?«

Die Musik dröhnte weiter. Baltasar hämmerte mit der Faust gegen das Holz der Wohnungstür.

»Hallo!«

Nach einer Ewigkeit hörte er ein Rumpeln im Inneren, als ob jemand über einen Stuhl gestolpert wäre. Die Tür öffnete sich. Vor ihm stand Quirin Eder, in Boxershorts und T-Shirt. Er hatte einen entrückten Blick und brauchte einige Zeit, Baltasar zu fokussieren. Ein süßlicher Geruch drang aus der Wohnung, wie verbranntes Gras.

Quirin formte seinen Mund zu einem Wort, Baltasar registrierte, wie sich die Lippen bewegten, aber er konnte nichts verstehen, die laute Musik verhinderte jeden Ansatz einer Unterhaltung. Er gab Eder ein Zeichen, den Ton leiser zu stellen. Der verschwand wieder in seiner Wohnung, und Baltasar folgte ihm.

Zwei Dachfenster spendeten nur Dämmerlicht. In der Mitte des Zimmers stand eine Ledercouch, deren Design an die Siebzigerjahre erinnerte, daneben ein Umzugskarton, der mit einer Glasplatte zu einem Tisch umfunktioniert worden war. Aus einem Aschenbecher verrauchte der Rest einer selbst gedrehten Zigarette. Mehrere Fichtenbretter waren zwischen Ziegelsteine geklemmt worden und dienten als Regal. Mannshohe Lautsprecherboxen rahmten einen Turm aus verschiedenen Stereogeräten, Lichter blinkten und signalisierten ihre Einsatzkraft.

Quirin schaltete den Ton ab und öffnete die Fenster. Frischluft strömte in den Raum.

»'tschuldigung, Hochwürden, ich habe keinen Besuch erwartet. Muss ein wenig eingedöst sein.« Er räumte eine Decke und ein Kissen beiseite. »Nehmen Sie Platz.«

»Müssen Sie nicht arbeiten?«

Vorsichtig ließ sich Baltasar auf der Couch nieder, aus Angst, sie womöglich durchzubrechen, aber das Polster hielt.

»Ich bin Versicherungsberater und selbstständig, verstehen Sie? Dieser Job hat den Vorteil, dass man sich seine Arbeitszeit selber einteilen kann. Und ich hab mir heute eine kleine Pause gegönnt, Heimarbeitsplatz sozusagen.«

»Kann man davon leben?«

»Vom Versicherungen verkaufen? Kommt drauf an. Die Leute brauchen eigentlich Versicherungsschutz, aber keiner kümmert sich aktiv darum. Deshalb muss man nachhelfen und den Menschen klarmachen, warum das wichtig für sie ist. Je überzeugender man auftritt, desto mehr Policen schließt man ab. Anders formuliert: kein Abschluss, keine Provision, kein Gehalt. Eben Marktwirtschaft pur.«

»Klingt nicht nach einer Arbeit, die man bis zur Rente macht.«

»Kommt drauf an. Derzeit läuft's einigermaßen, ich will mich nicht beklagen.«

»War das Ihr Wunschberuf?«

»Ursprünglich habe ich Schreiner gelernt. Hab sogar den Abschluss als Geselle. Aber wegen Holzstaub konnte ich nicht weiterarbeiten, hab ständig gehustet, es war wie Asthma, verstehen Sie? Deshalb hab ich's mit Versicherungen probiert. Aber ich bin unhöflich, Hochwürden, kann ich Ihnen irgendetwas anbieten?«

»Eigentlich bin ich wegen der Beisetzungsformalitäten Ihres Vaters gekommen. Vermutlich haben Sie als nächster Verwandter zu entscheiden, wie und wo Herr Graf beigesetzt werden soll.«

»Hat das nicht noch Zeit?«

»Die Polizei wird die Leiche bald freigeben. Dann sollte Anton ein christliches Begräbnis erhalten.«

»Können wir nicht warten bis nach der Testamentseröffnung?«

Baltasar richtete sich auf. »Wie ... Ich verstehe nicht. Warum warten?«

»Es wird doch der letzte Wille meines Vaters verkündet werden, oder nicht?«

»Das weiß ich nicht. Wenn Sie meinen, ob Anton ein Testament aufgesetzt hat, bin ich überfragt. Mir hat er nie Derartiges erzählt. Ansonsten wird der Nachlass wohl nach der gesetzlichen Erbfolge geregelt werden.«

»Kein Testament? Das kann ich mir gar nicht vorstellen. Mein Vater war doch ein vermögender Mann, allein schon die Immobilie neben dem Pfarrhaus ist einiges wert.«

»Ich verstehe nicht ganz. Was hat das denn mit der Beerdigung zu tun?«

Quirin Eder schnitt eine Grimasse. »Die Summe für die Beisetzung kann ich derzeit nicht vorstrecken. Meine Barmittel sind begrenzt, ich erwarte noch einige Provisionszahlungen, aber das dauert.«

»Das kriegen wir schon irgendwie hin. Genug Erbe ist da, wie Sie richtig bemerkt haben. Da wird auch etwas für die Beerdigung übrig sein.«

»Wenn Sie das sagen, Hochwürden. Dann möchte ich, dass mein Vater verbrannt wird und er auf Ihrem Friedhof die letzte Ruhe findet, Herr Senner, ganz in der Nähe des Ortes, wo er zuletzt gelebt hat. Das war seine Heimat, die hat er sich selbst gewählt.«

»Gut, dann müssten Sie der Kriminalpolizei Bescheid sagen. Ich kümmere mich um alles Weitere.«

»Diesem Herrn Dix und seinem hochnäsigen Kollegen? Wenn's denn sein muss.«

»Sie scheinen keine gute Meinung von den beiden Beamten zu haben. War das Gespräch denn so schlimm?«

»Gespräch? Das war ein Verhör! Und ich kam mir vor wie ein Verbrecher, die haben mich wie einen Verdächtigen behandelt! Als ob ich meinen Vater umbringen könnte!«

»Was wollten sie wissen?«

Quirin erzählte von der Befragung und wie Dix und Mirwald auf dem Thema Alibi herumgeritten waren.

»Aber ich war zur Tatzeit nach einem Termin gerade wieder in meiner Wohnung, bin von dort dann losgefahren zum nächsten Kunden. Der kann bezeugen, von wann bis wann ich bei ihm war.«

»Und haben Sie dem ersten Kunden eine Versicherung verkauft?«

»Ging nicht, der Herr war zu der vereinbarten Zeit nicht zu Hause. Das war ärgerlich, ich hab ein paar Minuten gewartet und bin dann wieder abgerauscht.«

»Was hat die Kripo dazu gesagt?«

»Sie hielten mir vor, ich würde mir die Wahrheit zurechtlegen, denn sie hätten mit dem fraglichen Kunden gesprochen, und der könne sich nicht an eine Verabredung mit mir erinnern.« Quirin tippte sich an die Stirn. »Dieser zugedröhnte Schafszipfel! Da telefoniere ich extra mit ihm, weil er etwas zu einer Unfallversicherung wissen will, fahre hin, und dieser Dätschenkopf hat einen Filmriss und ist nicht anzutreffen. Und mir wird das so ausgelegt, als fantasiere ich mir ein Alibi zusammen.«

»Konnten Sie das mit dem Einbruch aus der Welt schaffen?«

»Die hat nur interessiert, was ich in dem Haus wollte. Denen konnte ich nur dasselbe herbeten, was ich Ihnen schon gesagt habe, Hochwürden.« Er zeigte seine Hände. »Sehen Sie her, sogar meine Fingerabdrücke wollten sie, und eine Speichelprobe, angeblich wegen der Spurensicherung und um Missverständnisse auszuschließen. So ein Gschmarr! Hat grad noch gefehlt, dass ich wie auf einem Verbrecherfoto posieren musste. Dabei wollte ich doch nur helfen. Aber so kommt's, wenn man sich mit der Polizei einlässt!«

»Was sagt denn Ihre Mutter dazu? Haben Sie schon mit ihr gesprochen?« Baltasar veränderte seine Sitzposition.

»Charlotte, meiner Mutter, hab ich natürlich längst Bescheid gesagt.«

»Und wie hat sie es aufgenommen?«

»Wegen Anton Graf, dass er tot ist, meinen Sie? Wie sollte sie schon groß darauf reagieren? Hat von dem Mann über 15 Jahre nichts mehr gehört, davor gab's nur Streit um Unterhalt und das alles, sie redet nicht gern darüber, wissen Sie, sie hat damit abgeschlossen.«

»Ist Ihre Mutter berufstätig?«

»Zurzeit ist sie auf Jobsuche. Aber Sie wissen selbst, wie schwer es heute für eine ältere Frau ist, etwas zu finden, was wenigstens einigermaßen bezahlt wird. Sie hat bisher als Sekretärin gearbeitet. Bei der Gelegenheit hatte sie damals in irgendeinem Büro Anton kennengelernt.«

»Mal ganz persönlich gefragt, Herr Eder, wie waren denn Ihre Gefühle Ihrem Vater gegenüber?«

Quirin lehnte sich zurück und schwieg eine Weile.

»Anton Graf war mein Vater, ja, das ist eine Tatsache, die sich nicht leugnen lässt. Er war wie ein Wesen aus einer anderen Welt für mich, einer, von dem man gehört hat, den man nur aus der Ferne kennt oder aus Erzählungen.« Sein Blick schweifte zur Decke. »Jeder wünscht sich einen Vater, der für einen da ist, der einen manchmal in den Arm nimmt, mit dem man quatschen kann. Sie wissen schon, was ich meine.« Quirin sah Baltasar an. »Für mich war Anton Graf ein unsichtbarer Mensch, und ich frage Sie, Herr Senner: Kann man so jemanden überhaupt hassen oder lieben?«

15

Im Haus roch es nach Vergorenem. Baltasar konnte nicht ausmachen, woher der Geruch kam. Er schnupperte auf der Toilette, in der Abstellkammer, sogar im Arbeitszimmer. Erst als er sich der Küche näherte, identifizierte er die Quelle. Geräusche von Tellern und Töpfen bestätigten seinen Verdacht: Teresa kochte Abendessen.

Er wollte sich gerade aus dem Haus schleichen, als er hinter sich eine Stimme hörte.

»Herr Senner, ich auf Sie gewartet. Es geben heute etwas Besonderes, Sie werden staunen. Kommen Sie, setzen Sie sich, bevor alles kalt wird!«

Baltasar wusste, dass es kein Entrinnen gab. Vorsichtshalber stellte er einen Krug Wasser und eine Flasche Weißburgunder aus Baden in Reichweite. Wie ein Verurteilter vor der Verkündung der Strafe nahm er am Küchentisch Platz und harrte der Dinge.

»Was gibt es denn heute?« Er versuchte, freundlich zu klingen.

»Ich gemacht polnisches Nationalgericht, Bigos, Rezept meiner Großmutter, mit meinen eigenen Verfeinerungen, das sein Ideen aus dem Bayerischen Wald. Also das Beste aus beiden Ländern zusammengerührt.«

Sie hob den Deckel des Kochtopfes ab. Dampf stieg auf und verbreitete einen säuerlichen Geruch im Raum. Ohne dass Baltasar es verhindern konnte, setzte sich dieser saure Dampf in seiner Nase fest und blockierte für einen Moment die Atemwege. Er versuchte, die Luft anzuhalten, gab es jedoch bald wieder auf. Denn mittlerweile hatte Teresa seinen Teller mit der Masse gefüllt:

braune Wollfasern, die sich bei näherer Untersuchung als Sauerkraut herausstellten, und undefinierbare Stücke von fester Konsistenz, es konnten Fleischbrocken sein, aber auch gepresster Torf oder eingeweichte Holzschnitze. Dazwischen verbargen sich kleinere Brösel von dunkler Färbung. Baltasar tippte auf Erdklumpen oder gefrorene Rosinen.

Schon der erste Bissen führte dazu, dass sich sein Mund wie bei einem Vakuum zusammenzog, zu streng war die Säure. Das hatte zumindest den Vorteil, dass er den zweiten Bissen gar nicht mehr schmeckte, die Geschmackssensoren hatten ihren Widerstand aufgegeben und ihre Arbeit einfach eingestellt.

»Gut, nicht?« Teresa beobachtete seine verzweifelten Schluckbewegungen. »Nicht so schnell, Sie können sonst das nicht richtig genießen.«

Baltasar nickte und versuchte ein Lächeln, brachte aber nur eine Fratze zustande. »Das schmeckt ... wie soll ich sagen ... ganz ... ganz ... mir fällt das passende Wort nicht ein ... ungewöhnlich.« Er achtete darauf, möglichst gleichmäßig zu atmen.

»Wusst ich doch, dass Sie Bigos lieben, so wie alle Polen.« Sie klatschte in die Hände. »Noch einen Nachschlag?«

»Was ... Was ist denn da alles drin?«

»Na, Schweinefleisch eben, und Krakauer und Schlesische Wurst, was ganz Leckeres, haben ich früher immer gegessen. Nur das Brot fehlt noch. Möchten Sie eine Scheibe?«

Baltasar winkte ab. Das Kraut fühlte sich glitschig auf der Zunge an, wie in Fett gebadet, seine Zähne hatten Mühe, die Würste zu durchdringen, immer wieder stießen sie auf elastische Teile, die sich dem Zerkleinern widersetzten.

»Sie haben sich wirklich Mühe gegeben.« Er brachte es nicht übers Herz, Teresa die Wahrheit zu sagen. »Was ist an dem Rezept eigentlich typisch niederbayerisch?«

»Das Schweinerne hab ich auf dem Markt gekauft, auch die getrockneten Pilze, die sollen aus der Gegend vom Großen Arber stammen, sagt die Verkäuferin.«

Die Marktfrau hat nur nicht verraten, aus welchem Jahrhundert das Fleisch war, dachte Baltasar.

»Herr Senner, wie steht es denn mit Neuigkeiten zu unserem Nachbarn, hat die Polizei den Mörder schon gefasst?« Teresa setzte sich zu ihm an den Tisch. »Traurig sein das mit Herrn Graf. War so ein netter Mensch, hat immer so freundlich gegrüßt, Komplimente gemacht, wenn ich ihn getroffen habe.«

Baltasar berichtete von den Ermittlungen. »Aber ich weiß nicht, ob die Polizei schon neue Erkenntnisse hat. Die sind nicht sehr mitteilungsfreudig. Wann haben Sie denn Anton das letzte Mal gesehen?«

»Einen Tag, bevor er ... ums Leben gekommen ist. Er stand am Gartenzaun und winkte mir zu. Und natürlich beim Unfall auf dem Kirchturm, als wir Sie heruntergetragen haben.«

»Mir ist eigentlich nie aufgefallen, ob Anton viel Besuch hatte, von seinem Sohn Quirin beispielsweise«, sagte Baltasar. »Das klingt komisch, aber irgendwie habe ich nicht darauf geachtet.«

»Also der junge Mann, der der Sohn unseres Nachbarn sein soll, den habe ich nie vorher gesehen, ganz bestimmt nicht. Erst nachdem Sie ihn in dem Haus erwischt haben, sein diebische Elster, dieser Sohn.«

»Er hat doch gar nichts mitgenommen. Wahrscheinlich gehört ihm sowieso bald alles.«

»Doch, dieser Mann sein kurz danach noch mal mit dem Fahrrad zurückgekommen, ich hab's aus dem Fenster im ersten Stock gesehen.«

»Er wird was vergessen haben.«

»Trotzdem, ich glaube, sein diebische Elster. Einbrechen in ein fremdes Haus tut man nicht!«

»Seien Sie nicht so streng mit ihm. Er ist noch jung.«

»Seien Sie nicht zu milde mit ihm, er ist noch jung.«

Baltasar nahm einen Schluck Wasser. »Bei Anton hatte ich immer den Eindruck, er führte ein stilles Leben, zurückgezogen in seinem Schneckenhaus.«

»Die Leute, die ich gesehen habe, waren alles Fremde. Meist ältere Herren, gut gekleidet.«

»Und Frauen?«

»Tagsüber könnte ich mich nicht erinnern, jemanden bemerkt zu haben, andererseits habe ich nicht darauf geachtet. Und Herr Graf ist viel mit dem Auto weggefahren.«

»Was meinen Sie damit, Teresa, war es abends anders?«

»Ich mehrmals mitgekriegt, wie nachts Auto vorfuhr und Frauen ins Haus gegangen sind.«

»Und?«

»Ich nicht wissen, ich nicht auf die Lauer gelegt.«

»Ich meine, waren es private Besuche oder geschäftliche?«

»Meinen Sie Damen, die gegen Bezahlung arbeiten?« Teresa gluckste.

»Äh ... Ich meine, hatten Sie den Eindruck, dass es Freundinnen von Anton waren?«

»Einmal, zweimal ich zufällig gesehen, wie Frau erst am nächsten Morgen wieder weggefahren ist.«

»Hatte er ein Verhältnis? Wirkte es so auf Sie?«

»Es waren mindestens zwei verschiedene Damen. Und bedeutet ein Abschiedskuss ein Verhältnis?«

»Mir hat Anton nie was von einer Frau oder einer Freundin erzählt. Warum diese Heimlichtuerei? Er hatte doch nichts zu verbergen.«

»Vielleicht aber die Frauen?«

»Aber das hätte ich doch erkennen müssen, sei es aus Andeutungen oder aus Bemerkungen, aber da war nichts.«

»Männer sein nicht immer besonders sensibel bei solchen Themen.« Die Haushälterin hob die Hände, als wollte sie den lieben Gott als Zeugen anrufen. »Männer und Frauen, das ist wie Wodka und Kräutertee. Zeigen Sie mir einen sensiblen Mann, und ich pilgern nach Tschenstochau!«

»Warum hat die Polizei dann noch keine Hinweise auf geheime Freundinnen gefunden? Die Frauen müssten sich längst gemeldet haben, schließlich haben die Zeitungen ausgiebig über den Fall berichtet.«

»Das Sie müssen die Herren aus Passau fragen. Außerdem, wer weiß, vielleicht ist die Beziehung längst beendet, oder die Frauen wohnen gar nicht hier.«

»Oder sie stammen von hier und haben Angst aufzufliegen«, entgegnete Baltasar. »Möglicherweise sind sie verheiratet und sorgen sich wegen der Konsequenzen.«

»Sie doch in Herrn Grafs Haus waren. Ist Ihnen da was aufgefallen? Frauen brauchen auch eine Zahnbürste oder Unterwäsche oder Schminksachen, die lebensnotwendigen Dinge eben.«

»Nein, bemerkt habe ich nichts, aber auch nicht danach geschaut.«

»Herr Senner ...« Teresa zupfte an dem Ärmel ihres Pullovers. »Herr Senner ... Ich ...«

»Was ist, Teresa?« Diese plötzliche Verlegenheit passte gar nicht zu ihr.

»Ich haben eine Frage, eine Bitte.« Sie blickte an ihm vorbei. »Ich mich nicht trauen ...«

»So schlimm wird's doch nicht sein. Oder wollen Sie beichten?«

»Nein, nein«, antwortete die Haushälterin. »Es ist nur ... ich ...«

»Also raus damit.«

»Ich habe Post bekommen von ... von meinen Cousin aus Krakau ...«

»Wie nett, dass er Ihnen schreibt.«

»Er ... Er wollen mich besuchen.«

Baltasar gab Teresa einen Klaps auf den Arm. »Wunderbar, da können Sie was Feines aus der Heimat für ihn kochen, sich mal richtig ausleben mit Ihren Rezeptkreationen. Das wird Ihren Cousin sicher freuen.«

Er gestand sich ein, dass diese Vorstellung ihn hoffen ließ: Wenn Teresa genug mit Gerichten herumexperimentiert hatte, mit ihrem Cousin als ahnungslosem Versuchskandidaten, dann würde ihre Lust auf polnische Speisen ja vielleicht nachlassen – vorübergehend zumindest.

»Sie müssen wissen, er haben wenig Geld, sein arbeitslos. Deshalb braucht er ... eine Unterkunft.«

»Sie meinen, ob er bei uns übernachten kann? Wir haben doch ein Gästezimmer, ich sehe da kein Problem. Ihr Cousin ist herzlich willkommen.«

»Wirklich?« Sie sprang auf und fiel ihm um den Hals. »Dann ich gleich heraussuchen Originalrezepte aus dem Bayerischen Wald! Mein Cousin sicher nicht kennen!«

16

Der Anruf des Zwieseler Stadtpfarrers hatte Baltasar überrascht. Er habe Informationen für ihn, wegen des Angriffs im Stadtpark, hatte der Kollege gesagt, Baltasar möge doch bitte vorbeischauen, dann erfahre er mehr.

Also hatte sich Baltasar ins Auto gesetzt und war nach Zwiesel gefahren.

Hans Weinberger erwartete ihn in einem Café am Stadtplatz. Er hatte einen Tisch in der Ecke gewählt, das Lokal war fast leer, nur zwei Rentnerinnen saßen am Fenster und schauten hinaus, kommentierten die Kleidung der Passanten, nebenbei immer wieder an ihrem Tee nippend.

»Grüß Gott, Sie machen's ja richtig spannend.« Baltasar schüttelte seinem Gegenüber die Hand. »Sie haben meine Neugierde geweckt.«

»Mir ist nicht aus dem Kopf gegangen, was Sie über die Jugendlichen im Park berichtet haben, Herr Senner. So etwas darf bei uns nicht passieren.« Seine Stimme nahm an Lautstärke zu. Die beiden Damen am Fenster drehten sich zu ihnen um und steckten danach tuschelnd die Köpfe zusammen. Vermutlich liefern wir ihnen jetzt Gesprächsstoff für den Rest des Tages, dachte Baltasar.

»Wahrscheinlich war dieser Junge mit dem Schlagring betrunken«, antwortete er, »das soll bei Menschen gelegentlich vorkommen – und nicht nur bei Jugendlichen.«

»Wir sind hier im Bayerischen Wald, nicht in einer Favela in Rio de Janeiro«, fuhr Weinberger fort, diesmal leiser. »Raufereien meinetwegen, und dass bei einem Volksfest jemand im Suff mit dem Bierkrug zuschlägt, na ja, das ist nicht schön, gehört aber irgendwie auch dazu. Doch Attacken mit einem Schlagring, das geht entschieden zu weit. Dagegen muss man einschreiten.«

»Was soll ich Ihrer Meinung nach tun? Zur Polizei gehen und Anzeige erstatten?«

»Genau das wäre das Richtige. Jemand muss diese jungen Leute zur Rechenschaft ziehen und ihnen die Grenzen aufzeigen, bevor es zu spät ist. Ich hab viel Verständnis für die Flausen von Jugendlichen, schließlich war ich selbst mal jung. Aber genug ist genug, bei Gott.«

»Spricht Gott nicht auch von Barmherzigkeit und Vergebung?«

»Vorher muss jedoch die Einsicht und die Reue stehen. Die sehe ich in diesem Fall allerdings nicht. Sie als Betroffener, besser gesagt als Opfer, Sie sollten reagieren und nicht passiv bleiben.«

»Selbst wenn ich zur Polizei gehen würde, käme wahrscheinlich nichts dabei heraus, denn es ist fraglich, ob die sich bemühen, die Angreifer ausfindig zu machen.« Baltasar schüttelte den Kopf. »Außerdem stünde immer noch Aussage gegen Aussage. Und die Mitglieder der Clique werden wohl kaum einen aus ihren Reihen anschwärzen.«

»Aber es wäre ein Warnschuss für die Jugendlichen. Sie würden sich künftig zweimal überlegen, ob sie einfach so Unbeteiligte attackieren.« Weinberger beugte sich über den Tisch. »Deshalb habe ich mich diskret umgehört, bei Mitgliedern meiner Gemeinde und den Ministranten. Und ich habe Namen für Sie.« Selbstzufriedenheit troff aus seinen Worten.

»Tatsächlich? Respekt, Sie sollten sich bei der Kripo bewerben.« Baltasar lächelte.

Der Pfarrer tat es mit einer Geste ab. »Das ist meine Christenpflicht. Also, der Schlagringbesitzer heißt Jonas Lippert, wohnt allein und ist arbeitslos. Bei dem Mädchen handelt es sich wahrscheinlich um Marlies Angerer, sie macht gerade eine Ausbildung auf unserer Glasfachschule hier in Zwiesel.«

»Danke, dass Sie sich die Mühe gemacht haben. Ich werde mich darum kümmern, versprochen.«

»Sie gehen also zur Polizei?«

»Ich werde zuerst einige Erkundigungen einziehen. Eine Anzeige wäre für mich erst ein letzter Schritt, Herr Weinberger. Haben Sie auch Informationen darüber, wann sich die Gruppe normalerweise trifft?«

»Das ändert sich ständig. Die jungen Leute verabreden sich heutzutage über ihre Handys und über diese Internetangebote, mir fällt gerade der Name nicht ein, Sie wissen schon.«

»Vielleicht habe ich Glück und erwische sie jetzt.«

»Bloß nicht! Haben Sie vergessen, wie es Ihnen ergangen ist? Plötzlich haben Sie dann ein Messer im Bauch, nicht auszudenken, so was.«

»Ich passe schon auf mich auf. Es ist ja kein Naturgesetz, dass die Menschen immer auf dieselbe Weise reagieren.«

»Sie sind erwachsen, Herr Senner, da müssen Sie selbst wissen, was Sie tun, obwohl ich, wenn ich mir diese Be-

merkung erlauben darf, Ihr Verhalten nicht gerade als erwachsen bezeichnen kann. Ich werde für Sie beten.«
Weinberger rief die Bedienung und zahlte.

*

Nachdem sie sich voneinander verabschiedet hatten, überlegte Baltasar, wo er mit der Suche beginnen sollte. Die Gasthäuser und Cafés am Stadtplatz fielen aus. Er konnte sich nicht vorstellen, dass die Jugendlichen seelenruhig beim Schweinsbraten saßen oder Buttercremetorte löffelten.

Er probierte es also zuerst bei den Tankstellen in Stadtnähe, die auch alkoholische Getränke verkauften. Er fragte die Angestellten, ob sie eine Gruppe Jugendlicher gesehen hätten, doch man begegnete ihm mit Verständnislosigkeit und Misstrauen.

Er ging langsam über den Parkplatz vor einem Supermarkt, bis Autos ihn laut hupend vertrieben. Bei zwei Kiosken machte er halt, kaufte Schokoriegel und hielt ein Schwätzchen mit den Verkäufern, doch auch sie konnten ihm nicht weiterhelfen.

Er wusste, dass es eine Schnapsidee war, einfach so durch die Stadt zu gehen, ohne zu wissen, wo und wann diese Jugendlichen anzutreffen waren. Doch jetzt war er schon einmal in Zwiesel und wollte die Zeit nutzen. Für heute standen keine anderen dringenden Termine mehr an. Nebenbei war es ein netter Spaziergang, der ihn in Seitenstraßen des Ortes führte, wo er noch nie gewesen war.

Schmucke Häuser wechselten mit trostlosen Fassaden vor sich hinbröckelnder Häuser, die für die jeweiligen Eigentümer offenbar nicht mehr interessant waren. Zum Teil war die frühere ländliche Struktur noch erkennbar,

Anwesen, die aussahen wie ehemalige Bauernhäuser, Hinterhofgaragen, die einst Handwerksbetriebe beherbergten, leere Flächen, bei denen unklar war, ob früher dort ein Haus stand oder ob sie als Weide gedient hatten.

Doch wie auch immer er ging: Am Ende landete er an einem der beiden Flüsse Großer Regen oder Kleiner Regen, die sich mitten durch den Ort schlängelten. Diese Flüsse, die an mehreren Stellen wie zu groß geratene Bäche aussahen, teilten Zwiesel in mehrere ungleich große Tortenstücke. Baltasar schlug einen Weg am Ufer entlang ein. Bei der Angerstraße folgte er den Schildern zum Bahnhof von Zwiesel.

Einige Fahrgäste mit Rollkoffern warteten auf den Zug, die Angestellte eines Verkaufsstandes blätterte in einer Zeitschrift. Er fragte sie nach den Jugendlichen, sie kannte sie zwar, hatte sie jedoch schon ein paar Tage nicht mehr gesehen.

Über die Doktor-Schott-Straße wanderte er zum Platz mit der Glaspyramide. Dann nahm er den Weg zurück zum Fluss, über eine Fußgängerbrücke gelangte er zum Spielplatz, wo er sie beim letzten Mal getroffen hatte.

Jetzt war das Gelände verwaist.

In der Ferne sah er einige Spaziergänger. Baltasar setzte sich auf eine Bank. Vor ihm plätscherte das Wasser, Bäume und Grünflächen machten den Stadtpark idyllisch. Es war wie ein Bild, friedlich und harmonisch, und niemand würde vermuten, dass hier vor Kurzem ein Mord geschehen war.

Anton Graf. Was hatte er in Zwiesel gewollt? Gab es etwas, das sein Nachbar vor der Öffentlichkeit geheim halten wollte? Hatte es mit Frauen zu tun? Baltasar ließ die Gedanken sich treiben, lauschte der Strömung, beobachtete die Spaziergänger. Er stellte sich vor, er wäre ein buddhistischer Mönch und könnte durch Meditation und durch das Abstreifen der irdischen Bedürfnisse zu Weisheit und Erkenntnis gelangen und möglicherweise sogar das Rätsel um den Tod seines Freundes lösen. Doch die einzige Vision, die er hatte, war die Vision einer Leberkassemmel, frisch und saftig, so wie sie Metzger Hollerbach zubereitete.

Schließlich erhob er sich, vertrat sich die Beine und ging noch einmal zu dem Hirtenbrunnen, wo Graf ums Leben gekommen war. Er hoffte auf eine Eingebung beim Anblick des Tatortes, doch vergebens. Es blieb ein Ort, der zum Rasten einlud, an dem man sich entspannen konnte – ein Anker für die Seele.

Die Schreckensbilder existierten nur in seinem Kopf, weil er wusste, was genau an dieser Stelle im Park geschehen war.

Baltasar kehrte zurück zum Spielplatz und beschloss, noch ein wenig zu bleiben.

Eine Frau kam hinzu, einen kleinen Jungen an der Hand. Der Kleine stürmte den Sandkasten, ließ sich auf sein Hinterteil fallen und buddelte eine Grube. Ein älteres Ehepaar mit Einkaufstüten in der Hand überquerte den Platz. An der Jahnstraße joggte eine Frau entlang, aus der Ferne sah sie in ihrem rosafarbenen Trainingsanzug aus wie in Geschenkpapier eingepackt.

»Entschuldigung, darf ich Sie stören?«

Die Mutter des Kindes stand vor Baltasar. Er nickte und lud sie ein, sich neben ihn zu setzen.

»Sie werden sich nicht mehr an mich erinnern«, fuhr sie fort, »aber Sie haben mir neulich geholfen, als diese Jugendlichen mich angepöbelt haben.«

Er sah die Frau an. Sie war etwa Mitte 30, hatte braunes, kurz geschnittenes Haar und ein schmales Gesicht.

»Das war kein erfreuliches Zusammentreffen mit diesen jungen Menschen«, sagte er.

Baltasar stellte sich der Frau vor und erzählte, warum er nach Zwiesel gekommen war und dass der Mann, der im Stadtpark ermordet worden war, sein Freund und Nachbar gewesen war.

»Schrecklich, diese Tat.« Die Frau schüttelte sich. »So etwas bei uns in Zwiesel, schrecklich, an so was denkt doch niemand. Ich wollte danach zuerst gar nicht mehr in den Park, man stelle sich vor, am helllichten Tag wird bei uns jemand umgebracht. Aber dann habe ich mir gesagt, dass ich dann ja überhaupt nicht mehr aus dem Haus gehen dürfte.«

»Es ist unwahrscheinlich, dass der Täter hier nochmals zuschlägt.«

Kaum hatte Baltasar diese Worte ausgesprochen, war ihm klar, dass er die Frau nur beruhigen wollte. In Wirklichkeit hatte er keine Ahnung, ob der Mörder es auf Anton Graf abgesehen hatte oder ob es Zufall gewesen war. Wenn man es aber mit einem Verrückten, einem Psychopathen zu tun hatte, war es doch möglich, dass er sich an demselben Ort ein nächstes Opfer suchen würde.

»Für mich liegt der Spielplatz ideal«, fuhr die Frau fort, »wir wohnen nur ein paar Straßen weiter, und mein Bub liebt den Sandkasten und das Klettergerüst.« Sie winkte dem Kleinen zu, der mittlerweile einen Berg aufgetürmt hatte.

»Sind diese Jugendlichen oft hier?«, fragte Baltasar.

»Nein, Gott sei Dank nicht. Sonst hätte ich uns schon einen anderen Platz gesucht. Ich war jedenfalls sehr froh, dass Sie sich eingemischt haben, mir war schon ziemlich mulmig geworden. Noch mal vielen Dank dafür.«

»Wann sind Sie denen denn sonst schon begegnet?«

»Einmal vorher, aber da war es mehr aus der Distanz. Es war an dem Tag, an dem der Mann, Ihr Nachbar, ermordet wurde.«

Baltasar horchte auf. »Erzählen Sie.«

»Ich war mit meinem Sohn auf dem Weg hierher. Da hörte ich von dort drüben«, sie zeigte auf einen weiter weg liegenden Punkt auf dem Gehweg, »das Gegröle, es waren sechs, sieben Halbwüchsige, glaube ich, und ein Mädchen, ja, genau, an sie kann ich mich erinnern, sie war das einzige weibliche Wesen unter lauter Buben. Sie hatten einen Mann umzingelt.«

»Konnten Sie das Gesicht des Mannes sehen?«

»Nein, er stand mit dem Rücken zu mir. Außerdem waren sie alle ziemlich weit entfernt von mir, und wie Sie sich vielleicht vorstellen können, hatte ich keine Lust, näher heranzugehen. Jedenfalls debattierten sie mit dem Mann über etwas, und dann fingen sie an herumzubrüllen. Plötzlich stieß einer der Jugendlichen den Mann, so dass der rückwärts auf die Bank stürzte. Einer der Jungs versetzte ihm einen Schlag ins Gesicht.«

»Und dann?«

»Ich war total geschockt, wie Sie sich denken können, und kramte nach meinem Handy, als sie auf einmal von dem Mann abließen und Richtung Stadtplatz verschwanden. Der Mann stand auf und ging in die entgegengesetzte Richtung. Und ich machte mich mit meinem Kleinen schnellstens vom Acker.«

»Warum haben Sie denn die Polizei nicht verständigt?«

»Das wollte ich ja, aber so urplötzlich es begonnen hatte, so schnell war es dann wieder vorbei, und ich dachte mir, dass es wohl doch nicht so schlimm gewesen sein kann. Außerdem habe ich schlechte Erfahrungen mit der Polizei gemacht. Als mir vor einem Jahr mein Fahrrad gestohlen wurde und ich Anzeige erstattete, musste ich mir von denen sogar noch Vorwürfe abholen, warum ich mein Rad nicht ordentlich abgesperrt hätte. Und das Zeugenprotokoll und das ganze Drumherum hat mich einen halben Tag Zeit gekostet, gebracht hat es nichts, bis heute hab ich mein Rad nicht wieder.«

»Aber am selben Tag des Mordes ... Ist Ihnen nicht der Gedanke gekommen, dass die Information für die Beamten vielleicht wichtig sein könnte?«

Die Frau schaute ihn verdutzt an. »Aber nein, warum? Das hat doch nichts miteinander zu tun. Wie ich in der Zeitung gelesen habe, ist der Mann viel später umgekommen. Da waren die Jugendlichen ja längst weg.«

»Um wie viel Uhr haben Sie den Vorfall denn beobachtet?«

»Es muss gegen elf am Vormittag gewesen sein. Und in der Zeitung stand, dass die Tatzeit erst ungefähr um zwölf Uhr gewesen sein kann. Sie sehen, das ist viel später.«

»Dennoch, ich bitte Sie, sagen Sie mir Ihre Adresse, damit ich die Kriminalpolizei informieren kann. Vielleicht haben Sie recht, und da ist nichts dran. Doch andernfalls ...«

Baltasar holte Papier und einen Stift heraus und notierte sich die Adresse der Frau. Dann schrieb er ihr auch seine Handynummer auf.

»Falls Ihnen noch etwas einfällt. Bei mir als Pfarrer bleibt es streng vertraulich.«

17

Die Polizei hatte den Leichnam Anton Grafs freigegeben. Quirin Eder verfügte die Einäscherung seines Vaters und die Beisetzung der sterblichen Überreste auf dem Friedhof vor Ort.

Baltasar hatte die Einzelheiten der Beerdigung organisiert und den Gottesdienst auf den Mittwoch gelegt. Es war zwar noch unklar, wer für die Kosten aufkommen würde, doch Baltasar war optimistisch, dass die Erben seines Nachbarn dafür geradestehen würden.

Er hatte die Kirche mit Blumen aus Antons Garten geschmückt, Efeu und Buchszweige dazu gesteckt, ein Foto des Verstorbenen stand auf einer Staffelei neben dem Altar.

Als Weihrauch hatte er die Sorte Hourgari gewählt, erste Qualität aus dem Oman, vermischt mit zerriebenem Tulsikraut und einer Prise Kandea. Er hatte die Ministranten angewiesen, das Turibulum kräftig zu schwenken, der würzige Rauch erfüllte den Raum, jeder Atemzug war eine Wohltat. Und wenn man erst einige spezielle Substanzen untermischte, fühlte man sich wie einer der Heiligen Drei Könige. Ja, Weihrauch war ein Gottesgeschenk.

Die Kirche war gesteckt voll, kein Platz war mehr frei, was Baltasar überraschte, da es ja ein normaler Arbeitstag war. Aber vielleicht war eine Beerdigung ein willkommener Anlass, sich dienstfrei zu nehmen. Oder war es die Vorfreude auf den Leichenschmaus, die die Leute jetzt in die Kirche trieb? Doch Baltasar hatte bei Victoria Stowasser nur Kaffee und Kuchen bestellt und sie zugleich um

Zahlungsaufschub gebeten, denn in der Gemeindekasse war dafür momentan kein Geld übrig.

Einige der Frauen nahmen die Beerdigung auch als willkommene Gelegenheit, ein besonderes Gewand aus dem Schrank zu holen und sich damit in der Öffentlichkeit zu präsentieren.

Solche Gelegenheiten waren selten, es gab weder Oper noch Theater in der Nähe, somit blieben nur kirchliche Trauungen, Taufen oder eben Begräbnisse.

Selbst Quirin Eder in der ersten Reihe trug der Zeremonie gemäß eine schwarze Jeans mit schwarzem Hemd. Neben ihm saß eine zierliche Frau mit halblangem Haar und hochgeschlossenem Kostüm, die Baltasar noch nie gesehen hatte, vermutlich Quirins Mutter. Er nahm sich vor, sie nach dem Gottesdienst anzusprechen.

Neben Eder saß Bürgermeister Xaver Wohlrab mit seiner Frau Agnes, die einen extravaganten Hut trug, auf den ersten Blick erinnerte er an ein Vogelnest. In der zweiten Reihe hatten es sich Sparkassendirektor Alexander Trumpisch und seine Gattin bequem gemacht. Auf den anderen Bänken saßen die üblichen Gottesdienstbesucher, Rentner, für die ein Begräbnis eine Abwechslung war, Landwirte, die es als willkommene Pause sahen, und natürlich die vielen Neugierigen, die selbst einmal dabei sein wollten, wenn ein Mordopfer beerdigt wurde, das war spannender als ein »Tatort« im Fernsehen.

Baltasar wiederholte seinen inszenierten Aufruf zur Spendenaktion und setzte die Stereoanlage mit dem Glockenläuten in Gang, ein unüberhörbarer Hinweis, doch bitte schön weiter für die Renovierung des Kirchturms zu sorgen.

*Der Herr hat uns errettet vor unseren Feinden
und aus der Hand aller, die uns hassen.*

Der Gesang hob an, und wie ein riesiger Klangkörper nahm der Raum die Musik auf, mischte das Orgelspiel hinzu und warf alles zurück auf die Kirchenbesucher, etwas Neues war entstanden, erhebend und erhaben.

Die Urne Anton Grafs stand auf einem Schemel mit roter Brokatdecke, darunter lagen Blumen.

*Er hat uns geschenkt, dass wir, aus Feindeshand befreit,
ihm furchtlos dienen in Heiligkeit und Gerechtigkeit.*

Der Weihrauch beschwingte Baltasar. Fast hätte er zum Takt des Liedes gewippt, doch ein Blick in die Bankreihen hielt ihn davon ab. In der Mitte sah er Kommissar Wolfram Dix und seinen Kollegen Oliver Mirwald. Was wollten die hier? Glaubten sie, der Mörder könnte sich unter den Trauergästen befinden?

Unwillkürlich musterte Baltasar die Gesichter, aber einen Verbrecher konnte er nicht ausmachen. Wie auch? Der Täter würde sich seine Tat wohl kaum auf die Stirn tätowieren.

*Das aufstrahlende Licht aus der Höhe,
um allen zu leuchten, die in Finsternis sitzen
und im Schatten des Todes,
und unsere Schritte zu lenken auf den Weg des
                                    Friedens.*

In der hintersten Reihe ganz am Rand erspähte er ein Mädchen, das ihm bekannt vorkam. Sie war im Stadtpark dabei gewesen, das Mädchen, das eingeschritten war, als der Junge ihn, Baltasar, mit dem Schlagring bedroht hatte. Sie war ungeschminkt, soweit er das aus der Distanz erkennen konnte, anders als beim letzten Mal.

Baltasar war so überrascht, dass er den Einsatz zum Gebet verpasste. Für die Besucher war das kaum zu bemerken, denn er verfügte wie alle Priester über Tricks, um den Fehler zu überspielen. Er wählte eine Variante, die ebenso simpel wie wirkungsvoll war: ein Kreuzzeichen, ohne dabei den Arm zu heben, so sah es aus, als wollte er etwas auf dem Altar segnen. Das eigentlich Wichtige war der nächste Schritt, nämlich mit einer eleganten Bewegung das Gebetbuch umzublättern und mit dem Finger die Stelle zu suchen, wo er steckengeblieben war. Er hob die Stimme und betete laut vor.

Das Mädchen schien sich hinter ihrem Vordermann zu verstecken, ihr Gesicht war jetzt in der Menge nicht mehr auszumachen. Er musste nach der Beerdigung unbedingt mit ihr sprechen. Vielleicht konnte sie ihm erklären, was es mit der Auseinandersetzung im Park auf sich hatte, ausgerechnet am Tag des Mordes.

Seine Predigt widmete Baltasar der Person Anton Graf. Er schilderte seinen Nachbarn als liebenswerten Menschen, so wie er ihn persönlich erlebt hatte, als freundlich und hilfsbereit, und er wies wie nebenbei darauf hin, dass Anton großzügig für die zerstörten Glocken gespendet hatte – jeder möge sich daran ein Beispiel nehmen. Er sprach von dem unergründlichen Willen Gottes, diesen Mann zu sich zu rufen, die Gläubigen ratlos zurücklassend. Er wählte Verse aus dem Alten Testament und zitierte Stellen, die von Rache, Gerechtigkeit und Vergebung handelten. Er wies darauf hin, dass die Menschen selbst für Gerechtigkeit sorgen müssten und nicht allein auf die Weisheit des Herrn bauen dürften.

Von der Kanzel aus hatte er einen guten Überblick über seine Gemeinde. Ihm fiel auf, dass die Haare des Metzgers sich lichteten und dass ein Rentner die Augen geschlossen hatte. Sein Kopf war auf die Schulter seiner Nachbarin gesackt, die ihn mit einem Schubs wieder zurück in die Gegenwart brachte. Das Mädchen aus dem Stadtpark sah er nun auch wieder, sie wirkte irgendwie abwesend.

Victoria Stowasser war nicht gekommen. Sie musste wohl den Leichenschmaus vorbereiten, vermutete Baltasar. Insgeheim hatte er gehofft, sie in der Kirche zu sehen, es gab ihm einen Stich, wenn er an sie dachte. Er nahm sich vor, sie so bald wie möglich wieder zu besuchen.

*

Das Grab war von Anton Grafs Haus aus zu sehen. Man hatte ein größeres Loch in die Erde gegraben, das für die Urne vorgesehen war. Darum herum drapiert lagen einige Blumensträuße und ein einziger Kranz, der von Baltasar kam. Alles in allem wirkte es ein wenig armselig, es schien fast so, als ob die Einsamkeit seinen Nachbarn auch nach seinem Tod verfolgte.

Baltasar sprach ein Gebet und segnete die Urne, die Ministranten schwenkten den Weihrauchkessel, und in einer Prozession defilierten die Trauergäste an der Grabstelle vorbei. In den Gesichtern spiegelte sich Neugier oder auch nur geschickt verborgenes Desinteresse, niemand schien wirklich zu trauern, niemand weinte. Die meisten waren wohl in Gedanken bereits im Wirtshaus beim Leichenschmaus.

Die Besucherschlange hatte sich fast aufgelöst, als drei Männer ans Grab herantraten. Baltasar hatte sie vorher nicht bemerkt, beim Gottesdienst waren sie nicht gewesen, sie mussten weiter weg gestanden und gewartet haben. Einer der Männer trug einen Trachtenhut. Er blieb vor der offenen Grube stehen und schlenzte mit dem Schuh etwas Erde in Richtung Urne, eine Geste, die Baltasar wegen ihrer Respektlosigkeit ärgerte. Der Fremde, er mochte Anfang 50 sein, war zur Seite getreten. Sein Begleiter, der eine Sonnenbrille trug, drängte sich nach vorne, spuckte auf die Erde und zischte etwas Unfreundliches, das wie »Hadalump, greisliger« klang. Der Dritte, mit Dreitagebart und halblangem Haar, das nicht recht zu seinem fortgeschrittenen Alter passte, zog etwas Glitzerndes aus seiner Jackentasche und warf es in die Grube. Waren das Glassplitter? Eine Hand behielt er in der Tasche, was seinem Auftritt eine gestelzte Lässigkeit verlieh.

Baltasar wollte die Unbekannten zur Rede stellen, doch sie hatten ihm bereits den Rücken zugekehrt und gingen Richtung Ausgang.

Auch das Mädchen aus Zwiesel konnte Baltasar nirgends mehr sehen, wahrscheinlich war sie direkt nach dem Gottesdienst heimgefahren.

Lediglich die beiden Kriminalbeamten warteten auf ihn.

»Eine berührende Predigt, Hochwürden«, sagte Wolfram Dix. »Und über mangelndes Publikum können Sie sich auch nicht beklagen.«

»War wohl eher die Macht der Gewohnheit, die die Leute in die Kirche trieb«, sagte Mirwald. »So wie man sonntags Fußball schaut oder zum Frühschoppen geht, so besucht man Messen, ohne groß drüber nachzudenken.«

»Das Gegenteil ist der Fall. Die Menschen haben sich vorher Gedanken gemacht. Und das tun sie weiter. Sie haben ihren Glauben und ihre Wertvorstellungen, deshalb fühlen sie sich in der Kirche gut aufgehoben.«

»Wenn Sie das sagen, Herr Senner. Ich glaube vor allem an mein Gehalt.« Mirwald lachte.

»Ihnen fehlt die Praxis im Glauben«, antwortete Baltasar. »Sie trauen nur Ihrem Verstand, nicht Ihrem Herzen, Herr Doktor Mirwald. Hat denn die Polizei inzwischen neue Erkenntnisse im Mordfall Anton Graf? Sind Sie hier, um jemanden zu verhaften?«

»Das dürfen wir Ihnen nicht sagen, das wissen Sie doch.« Der Kripobeamte räusperte sich. »Wir sind keine Unmenschen, falls Sie das denken, Herr Senner. Der gewaltsame Tod Ihres Nachbarn berührt uns auch. Deshalb sind wir hier.«

»Und weil wir die Leute im Auge behalten wollen«, ergänzte Dix. »Es ist denkbar, dass der Täter aus dem Umfeld des Opfers stammt. Wir sammeln noch die Fakten. Eine heiße Spur oder einen Verdächtigen haben wir leider noch nicht.«

»Warum hätte jemand aus der Gemeinde meinem Nachbarn etwas antun sollen? Er hatte doch mit niemandem Streit, hielt sich immer zurück, war anderen gegenüber immer höflich.«

»Hochwürden, Sie mögen Ihre Gläubigen zwar kennen«, sagte Dix, »aber in Menschen schlummern oft Dinge, die nur selten an die Oberfläche gelangen.«

*

Baltasar ging zurück in die Kirche, um sich umzuziehen.

In der ersten Reihe saßen zwei Leute, die Köpfe nach vorne geneigt.

»Wollen Sie der Feier nicht beiwohnen?«

Erst als er näher kam, erkannte er die beiden Leute: Quirin Eder und die Frau.

»Das ist meine Mutter, Charlotte Eder.«

Die Frau weinte, ein Schluchzen ließ ihren Körper erbeben. Die Schminke war von den Tränen verschmiert, sie wischte sich mit dem Ärmel übers Gesicht.

Baltasar sprach ihr und Quirin sein Beileid aus. »Ich verstehe Ihren Schmerz.«

Charlotte Eder richtete sich auf. »Nichts verstehen Sie, Herr Pfarrer! Gar nichts! Ich weine nicht um Anton.«

Für einen Augenblick verschlug es Baltasar die Sprache. Er setzte sich neben sie auf die Bank und betete im Stillen für den Seelenfrieden der beiden.

»Ich weine unseretwegen«, fuhr die Frau fort. »Dieser Tag … Dieser Tag … hat mir bewusst gemacht, was wir alles verloren haben. Unser Leben … hätte ganz anders verlaufen können … wenn nicht Anton, dieser … dieser …«

»Mutter, lass gut sein.« Quirin nahm sie in die Arme. »Jetzt ist es vorbei. Wir können die Zeit nicht zurückdrehen.«

»Er ist schuld an unserem Unglück. Er hat unser Leben zerstört, mit seiner Selbstsucht, ist nie zu uns gestanden, wollte keine Familie. Hat er mich je besucht? Wie oft hast du deinen Vater gesehen, Quirin? Dabei hat er früher von Liebe geredet. Es waren eben nur Worte, Lügen. Wie die Männer so sind, sie nehmen sich, was sie wollen …« Ihre Stimme war lauter geworden.

»Mutter, beruhig dich.« Quirin drückte sie an sich. »Es ist ja vorbei. Anton ist jetzt tot, er kann dir nichts mehr antun. Er ist nur noch Erinnerung.«

»Anton. Allein wenn ich den Namen höre, ist es wie ein Stich ins Herz.« Sie befreite sich aus Quirins Umarmung. »Ich kann das nicht zulassen. Es ist ungerecht.«

»Was ist ungerecht?«, fragte Baltasar.

»Das Schicksal ist ungerecht. Anton ist ungerecht, der liebe Gott ist ungerecht. Warum hat er Anton nicht für das bestraft, was er mir angetan hat, nach allem, was …« Sie sah Baltasar direkt in die Augen. »Hochwürden, sagen Sie mir, sorgt der Allmächtige im Himmel noch für Gerechtigkeit?«

»Gott ist gerecht. Und wie die Bibel sagt, wartet am Jüngsten Tag das göttliche Gericht auf jeden von uns.«

Quirin reichte seiner Mutter die Hand und half ihr auf. »Komm, lass uns gehen. Herr Senner, gibt es irgendwo einen Ort, wo sich meine Mutter ein wenig frischmachen kann? Mit dem verschmierten Gesicht kann sie nicht in die Öffentlichkeit.«

Baltasar bot ihnen die Sakristei an. »Ich muss mich auch umziehen. Kommen Sie doch einfach mit mir.«

18

Er wollte sich mit Victoria Stowasser über Anton Graf unterhalten. Die Idee war ihm am Vormittag gekommen. Vielleicht kannte die Wirtin seinen Nachbarn als Gast und wusste etwas über ihn und seine Bekannten. Zugleich war es eine gute Gelegenheit, das Mittagessen ins Gasthaus zu verlegen und Teresas Kartoffelsuppe auf den Abend zu verschieben.

Er bestellte eine Rindsroulade, und zwar in erster Linie wegen der Beilage: Kartoffelbrei.

Victoria brachte ihm auf seinen Wunsch hin eine extragroße Portion. Mit dem Löffel formte er einen Berg aus Brei, nannte ihn im Stillen den »Großen Arber«, baute einen kleinen Damm und Rinnen um den Berg und drückte eine Mulde in die Spitze: der »Arbersee«.

Es war eine Leidenschaft aus seiner Kindheit, Mutters frisch gestampfter Kartoffelbrei lockte zum Bearbeiten, das war besser als Sandburgen bauen. Perfekt wurde alles erst durch die Soße. Er füllte den Arbersee mit der braunen Flüssigkeit, stach einen Gang zur Rinne wie ein Arbeiter im Bergwerk, der einen Schacht anlegte. Die Soße suchte sich ihren Weg, verteilte sich, sickerte in die Masse. Er stach einen Löffel ab, ließ ihn auf die Zunge gleiten ... Da war sie wieder, seine Vergangenheit, der Duft der Küche, das Brutzeln von Fleisch und Zwiebeln, der Geschmack des Kindseins.

»Sie müssen die Roulade auch essen, sie wird sonst kalt.« Victoria setzte sich zu ihm. »Wäre schade drum. Soll ich noch Soße bringen?«

»Danke, es ist genug. Schmeckt wunderbar.« Baltasar leckte den Löffel ab. »Sie waren gar nicht bei der Beerdigung. Ich hab Sie vermisst.«

Auf ihrer Stirn hatte sich eine Falte gebildet, eine dünne Linie, die dem Gesicht einen besonderen Reiz gab, wie Baltasar fand.

»Der Tod meines Nachbarn beschäftigt mich immer noch«, sagte er. »Ich muss mir darüber Klarheit verschaffen. Wie haben Sie Anton erlebt? Kam er manchmal hierher?«

»Sie können's nicht lassen, Herr Senner. Ihre Neugierde bringt Sie noch mal in Schwierigkeiten.« Sie lachte. In ihren Wangen hatten sich Grübchen gebildet. Baltasar musste sich zusammenreißen, nicht ständig hinzuschauen.

»Das hat Anton nicht verdient, einfach so auf einer Parkbank umgebracht zu werden. Zumindest will ich wissen, warum. Und der Mörder muss zur Rechenschaft gezogen werden.«

»Herrn Graf kannte ich nicht besonders gut«, sagte Victoria. »Ich traf ihn gelegentlich in Geschäften oder auf der Straße, wir grüßten einander, er war immer höflich, aber distanziert. Manchmal kehrte er mittags hier ein.«

»Hat er sich dann mit jemandem getroffen?«

Sie sah ihn nachdenklich an.

»Eigentlich kam er ganz selten, fast zu selten für einen Junggesellen. Ich frage mich, ob er regelmäßig gekocht hat oder eher so ein Tütensuppen- und Wurstbrot-Esser war.«

»Nun, jetzt, wo Sie es so sagen – gegessen habe ich mit ihm auch nie gemeinsam. Einmal habe ich ihn abends zu uns eingeladen, Teresa hatte etwas gekocht. Danach hat er Einladungen von mir immer ausgeschlagen. Ich dachte mir nichts weiter dabei. Ich war immer mal wieder bei ihm auf ein paar Gläschen Wein oder Bier mit Erdnüssen und Salzstangen.«

»Doch, seltene Male war Herr Graf in Begleitung da, wenn ich mich richtig erinnere. Er traf sich mit einem Mann. Wie der aussah, weiß ich allerdings nicht mehr. Aber es kam zu einer lauten Diskussion am Tisch.«

»Um was ging es?«

»Ich habe nicht weiter zugehört. Irgendwas Geschäftliches, glaube ich. Aber das ist schon Monate her.«

»Und sonst?«

»Mehrmals war er mit Bürgermeister Wohlrab zusammen hier, das war vor Kurzem, vielleicht vor zwei Wochen. Sie taten recht geheimnisvoll.«

»Der Bürgermeister? Interessant.«

»Sie wissen doch, Herr Wohlrab pflegt alle möglichen Beziehungen, vorausgesetzt, sie nutzen ihm.«

»Hat sich Anton nie mit Frauen verabredet?«

»Hm.« Victoria lehnte sich zurück und dachte nach. »Warten Sie mal, doch, an einem Abend … da war er zuerst allein da, er hatte nur etwas getrunken, ich weiß nicht mehr, was. Später kam eine Frau dazu, aber sie bestellte nichts. Die beiden sprachen kurz miteinander, dann zahlte er, und sie verließen gemeinsam mein Lokal.«

»Kannten Sie die Frau? War sie von hier?«

»Ich habe sie noch nie zuvor gesehen. Ich schätze, sie war Ende 30, Anfang 40, sie hatte schulterlanges Haar, insgesamt eine gepflegte Erscheinung.«

»Sah es so aus, als ob die beiden …«, Baltasar stockte, »… was … war er … waren sie miteinander liiert?«

»Jetzt wollen Sie's aber genau wissen, oder? Also den Eindruck hatte ich nicht, da waren keine vertrauten Gesten, auch keine Berührung bei der Begrüßung. Aber das muss noch nichts heißen.«

*

Auf dem Nachhauseweg änderte Baltasar seine Pläne und entschied sich, statt die Sonntagspredigt vorzubereiten, seinen Freund Philipp Vallerot zu besuchen. Er brauchte Unterstützung von einem Spezialisten. Die Gang im Stadtpark von Zwiesel ging ihm nicht aus dem Kopf, auch der unbekannte Mann nicht. Hatte der etwas mit dem Mord zu tun? Die Zweifel ließen ihm keine Ruhe.

Philipp Vallerot war gerade damit beschäftigt, seine Langspielplatten mit einem Pinsel zu reinigen.

»Brauchst du die fürs Museum?« Baltasar klopfte ihm zur Begrüßung auf die Schulter. »Oder gehst du damit auf den Flohmarkt?«

»Du mit deinem antiken Auto musst gerade lästern«, antwortete sein Freund. »Diese Vinylscheiben sind Raritäten. Sammlerstücke, verstehst du? Das atmet die Geschichte des Rock'n'Roll. Außerdem klingen die Vinylscheiben irgendwie anders als ihre digitalen Zwillinge, direkter, authentischer. Ich kann meinen Plattenspieler anwerfen und dir Vergleichsaufnahmen vorspielen.«

»Lass nur, ich glaub's dir auch so. Trotzdem wirken Schallplatten etwas antiquiert.«

»Und was ist mit deinem Katholizismus, mit deinem Großen Außerirdischen? Das ist altmodisch!«

»Im Gegenteil, das ist moderner denn je. Das gibt Halt in dieser Welt, ein Glaube, der seit 2000 Jahren funktioniert, wo findest du das sonst?«

»Deinen Glauben wirst du jetzt auch brauchen, denn 2000 Jahre darfst du wahrscheinlich warten, bis dir deine Kirchenoberen die Renovierung des Glockenturms finanzieren.«

»Mein Vertrauen in die Kirche ist ungebrochen.«

»Und in deinen Bischof?«

»Herr Siebenhaar hat seine Eigenheiten. Aber ich gebe die Hoffnung nicht auf – so wie bei dir. Lass uns dieses Thema beenden, sonst rege ich mich auf.«

Philipp schob die Platten wieder in die Hüllen. »Wie ich dich kenne, hast du was auf dem Herzen. Lass mich raten: Du spielst wieder Detektiv?«

»Ich bräuchte Informationen über ein paar Jugendliche.«

»Warum fragst du nicht die Polizei danach?«

»Ich weiß nicht, ob diese Jugendlichen überhaupt was mit der ganzen Sache zu tun haben. Ich will niemanden zu Unrecht verdächtigen. Es geht um diese Gang aus Zwiesel, wovon ich dir erzählt habe.«

»Mit diesem Schlagring-Typen?«

»Genau. Ich gebe dir die Namen, und du mit deinem Geschick sollst mehr über sie herausfinden.«

»Erkundige dich doch vor Ort bei den Nachbarn oder in der Schule.«

»Fürs Erste wäre mir eine Recherche im Internet lieber. Vermutlich werden die in Facebook oder auf anderen Online-Plattformen zu finden sein.«

»Warum recherchierst du nicht einfach selber?«

»Ich habe nicht den Nerv, mich stundenlang damit zu beschäftigen.«

»Und was springt für mich raus?«

»Materialist!«

»Nein, Realist.«

»Ich bete dafür, dass dir das Fegefeuer erspart bleibt. So hast du zumindest die Chance, doch noch in den Himmel zu kommen.«

»Wenn ich in den Himmel will, buche ich eine Ballonfahrt.«

»Ich gebe nicht auf, irgendwann werde ich dich noch bekehren.«

»Sicher, wenn du es schaffst, dass dein Großer Außerirdischer persönlich vor mir steht und mich einlädt. Dann glaube ich an Gott. Bis dahin ...« Philipp räumte die Schallplatten zurück ins Regal. »Bis dahin mache ich lieber Frondienste für dich. Und damit du siehst, dass ich nicht nur auf meinen Vorteil aus bin, mache ich es umsonst. Normalerweise wäre eine Flasche Wein angemessen, aber da du momentan Probleme hast, Geld für deine Glocken aufzutreiben, will ich darauf verzichten. Übrigens, ein Flohmarkt wäre wirklich keine schlechte Idee für dein Finanzproblem.«

»Ich lade dich als Ausgleich zum Abendessen ein. Teresa kocht.«

Philipp erschrak. »Oh, nein danke. Dafür bin ich noch nicht reif. Also, wie heißen deine Teenies, die ich suchen soll?«

Baltasar schrieb ihm die Namen auf.

»Willst du warten?« Sein Freund steckte den Zettel ein. »Dauert aber etwas.«

»Nimm dir die Zeit und reinige erst mal deine Platten.«

»Zumindest Basisinfos wie Adressen kann ich dir gleich geben, das ist wenigstens mal ein Anfang. Falls du ernsthaft daran denkst, diesen jungen Mann mit dem Schlagring aufzusuchen, sag mir Bescheid. Dann werde ich dich begleiten.«

»Du machst dir unnötige Sorgen, Philipp.«

»Einer von uns beiden muss sich ja Sorgen machen, solange dein oberster Dienstherr dir keinen Schutz gewährt.«

19

Beim Aufräumen seines Büros fielen Baltasar die Fotos von der Mordwaffe in die Hände. Er studierte nochmals die Form des Glassplitters und versuchte, im Internet Hinweise zu finden, aber der Ursprung des Materials blieb ein Rätsel. Vielleicht war es einen Versuch wert, sich in einem Glaszentrum zu erkundigen. Ihm fiel das Einkaufsareal für Touristen in Bodenmais ein. Warum sollte er nicht auch einmal Urlauber spielen? Die Sonne schien, es war viel zu schön, um im Haus zu versauern.

*

Er fuhr die B 85 über Regen und Langdorf bis Bodenmais.

Der Ort zerfiel in mehrere Bezirke: das Zentrum mit der Kirche Mariä Himmelfahrt am Marktplatz, der Kurpark mit den Geschäftsstraßen und dann eine Ansammlung von Hotels, Pensionen und Zimmervermietungen. Glas gab es zwar überall in den Geschäften, das Glaszentrum selber jedoch war eine »Erlebniswelt« außerhalb von Bodenmais, ein riesiges Areal, das dazu diente, Besucher stundenlang wie in einem Vergnügungspark zu unterhalten – und natürlich zum Geldausgeben zu animieren.

Baltasar parkte sein Auto. Vor ihm stiegen Touristen aus einem Bus, ausgestattet mit Rucksäcken, Taschen und Digitalkameras in allen möglichen Größen.

Baltasar ging vor bis zu einer Halle, die sich als ein weitläufiges Selbstbedienungsrestaurant entpuppte, ähnlich einer Betriebskantine, nur mit mehr Auswahl. Er überlegte kurz, ob er sich einen Germknödel mit Mohn und Vanillesoße gönnen sollte, dachte an die Kalorien, und ihm verging die Lust daran. Stattdessen wählte er eine Apfelschorle.

Am Nebentisch spielten zwei Kinder U-Boot mit ihren Pommes Frites und der Tomatensoße, ihre Gesichter sahen wie blutverschmiert aus, und Baltasar musste augenblicklich an Grafs Leiche auf der Parkbank denken.

Um hinauszugelangen, musste er durch einen Nippes-Laden – eine Schatzkammer für Kitsch, bis unter die Decke vollgestopft mit sinnigen und sinnlosen Kleinigkeiten aus Glas; Seepferdchen und Delfine in transparentem Blau tummelten sich auf einer Konsole, daneben standen Miniaturausgaben von Schwänen, Enten, Schweinen, Schnecken und Elefanten, eine Farborgie in allen Schattierungen des Regenbogens, angeblich alles handgefertigt, so stand es jedenfalls auf einem Verkaufsschild.

Handgefertigt mochte schon stimmen, aber wohl kaum von Glasbläsern aus dem Bayerischen Wald, sondern vermutlich von Menschen aus Fabriken in Fernost. Genauso wie die Schnapskaraffen, Glücksamulette, Glasperlenketten und Buddhas, die ungefähr so viel Bayerisches ausstrahlten wie der chinesische Staatspräsident. Die Besucher stauten sich vor der Kasse, die Geldbörsen gezückt, Lächeln in den Gesichtern, als hätten sie soeben in einem Preisausschreiben gewonnen.

Draußen atmete Baltasar die würzige Luft ein, Glasskulpturen begrenzten den Weg zu einem noch größeren Flachbau, einem Glaskaufhaus, wie er nach dem Betreten feststellte. Damit verglichen wirkte der vorherige Laden wie ein Kiosk.

Er schlenderte durch die Reihen und ließ sich betören

durch das Schimmern und Glitzern, das raffiniert angeordnete Lichtstrahler hervorzauberten.

Eine Abteilung bot Trinkgläser in allen Formen, glatt oder geschliffen, mit Goldrand oder geätzten Bildern. Auf einer Verkaufsinsel wurden derartig viele Bierkrüge präsentiert, als gelte es, die sechs Bierzelte des Karpfhamer Volksfestes auszurüsten.

Dabei legten viele Bayerwälder Wert auf den Gerstensaft einer bestimmten Brauerei – ob obergärig oder untergärig, ob goldgelb oder naturtrüb, ob hopfig oder süßlich. Jede Variante hatte ihre Liebhaber, die ihr Getränk genau so verteidigten wie Fußballfans ihren Verein gegenüber der Konkurrenz. Was mit daran liegen mochte, dass die Zahl der Bierbrauer über die Jahrhunderte drastisch geschrumpft war. Früher hatte jedes Dorf und jedes Kloster seine eigene Sudstätte, heute gab es in der ganzen Region noch etwa eine Handvoll. Dabei war Bier in der Geschichte des Bayerischen Waldes seit jeher ein idealer und kostengünstiger Durstlöscher, neben dem Wasser. Beim Holzfällen oder bei der Ernte auf dem Feld erhielten die Arbeiter einen Krug Leichtbier als Tagesration, was sich positiv auf ihre Gemütslage auswirkte. Heute trank man im Bayerischen Wald aus anderen Gründen, aber dafür mit mehr Vergnügen, und sorgte so dafür, dass Bier unangefochten das alkoholische Getränk Nummer eins blieb.

Baltasar bewunderte die Krüge aus Kristall, schwer wie Ziegel, glattwandig oder mit Schliff, mit Motiven von Jagdszenen, Berglandschaften oder idyllischen Bauernhäusern, selbst der ewige röhrende Hirsch, inzwischen meistens so tot wie das Mammut, feierte hier seine Auferstehung.

In einer Nische lagen grüne Objekte, die seine Aufmerksamkeit weckten. Sie sahen auf den ersten Blick aus wie Abfall, scharfkantige Stücke aus durchscheinenden Glas, es gab Versionen im Format von Felsbrocken, andere waren langgestreckt und gerundet. Baltasar holte die Fotos von der Mordwaffe heraus, und sein Puls schoss hoch. Die Teile glichen der Glasscherbe auf den Fotos, wenn auch in anderer Farbe und gröber in der Machart.

Nacheinander nahm er mehrere Stücke, wog sie in der Hand und überlegte, ob sie sich für ein Verbrechen eignen würden. Einige Ecken waren scharf wie Messerklingen.

Baltasar griff ein schmales Objekt wie einen Faustkeil und vollführte einige Hiebe in der Luft, was ihm die tadelnden Blicke einer Kundin einbrachte, die eine Vase gegen das Licht hielt.

Die Objekte wären in der Tat als Waffe zu gebrauchen, dachte Baltasar, auch wenn es einige Schwierigkeiten bereiten würde, sie mit Kraft in einen Menschen zu stoßen. Aber mit der nötigen Brutalität … Konnte auch eine Frau solch mörderische Hiebe ausführen? Baltasar bezweifelte es.

Er brauchte Rat. Er sprach einen Verkäufer an, der Regale einräumte, und bugsierte ihn zu den Glasbrocken.

»Können Sie mir weiterhelfen? Was sind das für Stücke? Wozu werden die gebraucht?«

Der Angestellte las die Hinweise auf dem Preisschild. »Da steht nix.«

»Genau«, sagte Baltasar, »deshalb hätte ich gern die Information.«

»Warum wollen S' denn des wissen?« Der Mann zog die Worte wie Kaugummi.

»Mir ist nicht klar, wozu diese Objekte dienen, deshalb frage ich«, wiederholte Baltasar geduldig.

»Wenn Sie's net wissen, dann brauchen Sie das Trumm eh net. Suchen S' sich halt was anderes aus. Da finden S' jede Menge für Ihren Geschmack.«

»Könnte doch ein schönes Geschenk sein, oder nicht?«

»Mal ganz unter uns.« Der Mann sprach plötzlich gedämpft. »Halten Sie so was für schön? Wollen S' des wirklich herschenken? Damit beeindruckt man niemanden, schon gar keine Frauen. Wir haben viel bessere Sachen, ich könnte Ihnen was zeigen.«

»Mag schon sein, aber diese Objekte haben es mir angetan. Darüber möchte ich mehr erfahren.«

»Na gut.« Der Verkäufer nahm ein Stück in die Hand. »Also, es ist aus Glas.«

»Aha.«

»Ich meine, aus einem besonderen Glas. Das spürt man gleich, das fühlt sich an wie Qualität.«

»Und?«

»Es ... Es ist schwer, was zeigt, dass wir es hier mit etwas Außergewöhnlichem zu tun haben, würde ich sagen.«

»So, so.«

»Und es ist grün. Eine schöne Farbe. Passt zu Blattpflanzen und grünen Tischdecken.«

»Und zu grünen Vorhängen«, rutschte es Baltasar heraus, doch der Angestellte schien die Ironie gar nicht zu bemerken. »Sie haben eine Wohnungseinrichtung in der Farbe? Sie lieben Grün? Ja, dann ist dieses Objekt geradezu ideal für Sie. Suchen Sie sich die passende Größe aus, ich lasse es Ihnen dann einpacken.«

»Welche Firma hat die Stücke denn hergestellt?«

»Na, Sie sind mir ein anspruchsvoller Kunde.« Der Mann kratzte sich am Kopf. »Ich glaub, es ist besser, wenn ich meine Chefin rufe. Warten S' einen Moment.«

Der Moment dauerte eine Viertelstunde. Vielleicht hatte der Verkäufer gehofft, Baltasar würde aufgeben und verschwinden.

Schließlich kam eine große Frau mittleren Alters auf ihn zu.

»Sind Sie der Herr, der Näheres über unsere Angebote wissen will?«

Baltasar nickte und wiederholte seine Fragen.

»Es handelt sich um gegossene Objekte«, sagte die Frau. »Die unregelmäßige Gestalt entsteht beim Herstellungsprozess. Man bearbeitet die heiße Glasmasse mit Spezialwerkzeugen, um sie in die gewünschte Form zu bringen, und lässt sie danach erkalten. Selbstverständlich haben die Rohstoffe eine andere Zusammensetzung als beispielsweise Fensterglas.«

»Wer kauft so etwas?«

»Es wird gerne für die Gartendekoration genommen, etwa als Blickfang für die Terrasse. Manche platzieren es auch in der Wohnung, es hübscht Zimmerbrunnen auf, und durch Beleuchtung ergeben sich am Abend schöne Glanzeffekte. Haben Sie sich schon für ein Modell entschieden?«

Baltasar zeigte der Frau die Aufnahmen von der Tatwaffe, verschwieg aber diese Information.

»Eigentlich suche ich was in der Art.«

Die Frau studierte die Bilder. »Solche Objekte führen wir nicht.«

»Schade. Wo finde ich denn so etwas? Wer stellt das her?«

»Schwer zu sagen anhand der Fotos. Da müsste ich das Original sehen. Aber das ...«, sie tippte auf einige Stellen des Splitters, »... sieht mir aus wie Lufteinschlüsse, die absichtlich eingebracht wurden. Die Qualität dieses Gegenstands würde ich als sehr gut bezeichnen, die Form ist zwar abstrakt, es erinnert mich an Eiszapfen, aber auf jeden Fall nachgearbeitet. Eindeutig ein Einzelstück. Ich tippe auf die Herstellung im Bayerischen Wald.«

»Wo würde ich da fündig?«

»Die Machart ist durchaus künstlerisch. Am besten fragen Sie in kleinen Glasfabriken, in privaten Glasbläsereien oder spezialisierten Galerien nach. Oder Sie probieren es in der Glasfachschule Zwiesel. Dort gibt es auf jeden Fall Experten zum Thema. Wenn nicht dort, wo sonst?«

20

Die Idee setzte Baltasar gleich in die Tat um. Auf dem Rückweg fuhr er über Zwiesel. Die Glasfachschule lag in einer Straße, die parallel zum Großen Regen verlief, in Fußmarschnähe vom Stadtpark und dem Tatort. Er parkte den Wagen gegenüber der Schule. Sie war in einem zweistöckigen Haus mit Verbindungsbauten und Fassadenfenstern in Türkis.

Einige farbige Schalen weckten seine Aufmerksamkeit. Sie standen im Fenster eines Nebengebäudes, ausgestellt wie in einem Geschäft, und zeugten von einer Qualität, die einer Vitrine Ehre machen würde. Eine Schale war mit blauen Glasfäden überzogen, als hätte jemand sie versehentlich mit der Farbtube bespritzt. Ein anderes Modell bestand aus mehreren Schichten Glas, die teilweise wieder abgetragen worden waren und so ein Muster aus Kreisen erzeugten. Ein Objekt sah aus, als hätte das Material Blasen geworfen, was einen plastischen Eindruck hervorrief.

Durch ein Seitenfenster konnte Baltasar in eine Werkstatt mit mehreren Brennöfen und Spezialgeräten sehen. An den Arbeitstischen saßen zwei Glasfachschüler, die Gegenstände in eine Flamme hielten, ähnlich Bunsenbrennern, die er aus dem Chemieunterricht seiner Schulzeit kannte.

Er betrat das Gebäude durch den Haupteingang.

Die Vorhalle war leer, genauso wie die Schaukästen, die an der Seite aufgebaut worden waren. Schilder wiesen den Weg zur Glasbläserei, zum Apparatebau, zu Konferenzräumen und Lehrsälen.

Baltasar folgte einem Gang, der Richtung Werkstatt führte. Beim Eintreten traf ihn fast der Schlag. Der Raum war extrem heiß, und die Ursache dafür war unübersehbar: Ein Glasfachlehrer in kurzer Hose und T-Shirt hatte die Tür von einem Spezialofen geöffnet, drinnen brodelte etwas wie Lava.

Der Mann hielt in seiner Hand ein dünnes Rohr mit Mundstück und Griff, an dessen Ende eine glühende Kugel klebte, die aussah wie eine brennende Orange. Ohne Baltasar zu beachten, blies er in das Rohr, und die Masse wölbte sich wie ein träger Luftballon. Der Mann hielt sie in eine Holzform, drehte dabei unaufhörlich sein Werkzeug und zog daran. Er griff zu weiteren Formen, Dampf stieg auf, und innerhalb kurzer Zeit war eine Vase zu erkennen.

Feuer und Glas. Baltasar war fasziniert, aus welch einfachen Rohstoffen sich solche Kunstwerke zaubern ließen. Eine Mischung aus Quarz, Kalk und Pottasche reichte, um dieses durchsichtige, harte Material entstehen zu lassen, ein Material, das schon bei Ägyptern und Römern begehrt war. Die Transparenz von Glas bewunderten Menschen seit Jahrtausenden, für besondere Stücke zahlten sie damals wie heute hohe Preise.

»Guten Tag«, grüßte Baltasar.

Der Glasbläser hatte sein Werkzeug abgelegt und sah Baltasar an. »Sind Sie der neue Dozent?«

»Ich? Oh, nein, nein, ich bin nur ein Besucher.« Baltasar musterte den Mann unauffällig. Kannte er ihn nicht von irgendwo?

»Was tun Sie dann hier in der Werkstatt?«

»Ich habe Ihre Arbeit von draußen gesehen, und das hat mich so neugierig gemacht, dass ich es mir aus der Nähe ansehen wollte.«

»Ihre Neugierde in Ehren, aber das hier ist keine Touristenattraktion.« Der Mann schnaufte, und sein Atem rasselte. »Wir sind eine Schule.«

»Ich bewundere Ihre Arbeit. Wie geschickt Sie aus diesem Klumpen eine Vase geformt haben, Herr …?«

»Nun, gelernt ist gelernt.« Der Glasbläser klang versöhnlicher. »Ich bin Franz Kehrmann und unterrichte in den Basistechniken. Schon seit Jahren. Meine Schüler sind zufrieden.«

»Das glaube ich sofort. Ich muss gestehen, ich wurde hierher geschickt, weil ich hier angeblich die besten Fachleute für mein Problem finde.«

»Was heißt hier angeblich? Bei uns finden Sie die besten Experten für Glasherstellung in ganz Bayern. Aber was sage ich? In ganz Deutschland. Was für ein Problem haben Sie denn?«

Baltasar zog seine Fotos hervor.

»Nun, vielleicht wissen Sie ja, was das genau für ein Objekt ist und wer es hergestellt haben könnte.«

Franz Kehrmann betrachtete die Bilder.

»Gegossenes Glas mit künstlerischen Bearbeitungen. Sicher aus dem Bayerischen Wald.«

»Warum sind Sie da sicher?«

»Die Form, die Farben ... dieses Objekt kommt mir bekannt vor. Vielleicht wurde es sogar bei uns in der Schule produziert.« Der Mann gab Baltasar die Aufnahmen zurück. »Schade, dass Sie kein Original haben. Dann könnte ich es Ihnen genau sagen. Was interessiert Sie an dem Stück?«

»Es ist eine Erinnerung an einen alten Freund.«

»Ich wüsste einen wirklichen Fachmann für Ihre Fragen. Wenn Sie warten wollen? In zehn Minuten beginnt Louis Manrique mit seinem Unterricht. Er ist Glaskünstler. Fragen Sie ihn.«

Baltasar setzte sich in eine Ecke.

Eine Viertelstunde später betrat ein Mann den Raum, der ganz in Schwarz gekleidet war. Seine halblangen dunklen Haare mit silbernen Strähnen hatte er nachlässig hinters Ohr geklemmt, und er betrachtete seine Umgebung über den Rand einer Halbbrille hinweg.

Baltasar fragte sich, woher er auch diesen Mann kannte, er hatte ihn schon einmal gesehen, es konnte noch nicht lange her sein, doch es wollte Baltasar einfach nicht einfallen, wo.

Eine Traube von Schülern hatte sich um Louis Manrique versammelt.

Baltasar konnte Marlies Angerer, das Mädchen aus der Clique, nicht unter ihnen entdecken.

Der Meister erklärte die Aufgabe für heute und gab Anweisungen. Bald war der Raum erfüllt mit Lärm von Maschinen, Sägen und der Entlüftungsanlage.

Franz Kehrmann redete mit dem Künstler und zeigte auf Baltasar.

Louis Manrique kam zu ihm, machte eine übertrieben theatralische Verbeugung und fragte: »Womit kann ich Ihnen dienen, mein Guter?«

Baltasar hatte einen französischen Akzent erwartet, stattdessen waren die Worte bayerisch eingefärbt. Er stellte sich vor.

»Monsieur Manrique, ich danke Ihnen, dass Sie sich Zeit nehmen. Welchen Ursprung hat Ihr Name, wenn ich fragen darf?«

»Lassen Sie den Monsieur weg, mein Guter. Ich bin hier in der Gegend geboren, in Spiegelau. Habe lange in Paris gearbeitet. Jetzt hat es mich wieder zurück in die alte Heimat verschlagen.«

Der Künstler sah Baltasar mit einem seltsam abschätzenden Blick an.

»Sie arbeiten hauptberuflich an der Schule?«

»Oh, là, là, wo denken Sie hin? Mein Leben gehört der Kunst. Ich habe mich einer Mission verschrieben.«

Baltasar runzelte die Stirn. Jetzt fiel ihm plötzlich wieder ein, warum ihm der Mann bekannt vorkam: Er war einer der drei Besucher, die sich am Grab von Anton Graf so respektlos benommen hatten. Der Dreitagebart mit den grauen Stoppeln.

Was hatte dieser Manrique mit seinem Nachbarn zu tun?

Baltasar fragte sich, ob Franz Kehrmann der Zweite im Bunde und wer dann der Dritte gewesen war.

Manrique drehte sich eine Zigarette und steckte sie an einem Bunsenbrenner an. Er blies den Rauch in die Luft. Wieder dieser hochnäsige Blick.

»Meine Mission ist es, das Material Glas, Urmasse unserer Kultur, zu neuen Höhen zu führen, es spirituell zu durchdringen. Sehen Sie, mein Guter, Malerei, Bildhauerei, Fotografie – alles mündet letztlich in den ultimativen Werkstoff, das Glas, wo sich alles vereinigt und auf eine höhere Ebene gehoben wird. Dazu will ich meinen bescheidenen Beitrag leisten und die Kunst einen Schritt weiterbringen. Eine Lebensaufgabe, mein Guter, verstehen Sie?«

Er inhalierte einen tiefen Zug und blies langsam den Rauch aus.

»Darf ich fragen, was Sie von Beruf sind?«

Baltasar sagte es ihm.

»Na bitte, da sehen Sie's, denken Sie nur an die eindrucksvollen Kirchenfenster, die Künstler der früheren Jahrhunderte aus Glas geschaffen haben. Das ist Meditation in Farbe und Form. Was wären die Gotteshäuser ohne diese wunderbaren Inspirationen? Nur Glas macht das möglich.«

»Waren Sie vor Kurzem in einer Kirche? Haben Sie eine Messe besucht? Oder eine Beerdigung?«

»Ich baue mir eine Kathedrale im Kopf, mein Glaube ist die Kunst. An dieser Art von Schöpfung mag auch der liebe Gott seinen Anteil haben. Wer weiß.«

Baltasar konnte nicht einschätzen, ob Manrique ihn ebenfalls erkannt hatte. Auf dem Friedhof waren sie nur wenige Meter voneinander entfernt gestanden. Falls der Mann ihn erkannte, konnte er gut schauspielern. Seinen Fragen wich er jedenfalls aus.

»Ihre Schüler können froh sein, von einem solchen Experten unterrichtet zu werden.«

»Ich gebe mein Bestes, glauben Sie mir. Die Schule ist eine willkommene Abwechslung zu meiner Arbeit im Atelier. Und wenn ich der jungen Generation wenigstens ein Körnchen meiner Inspirationen weitergeben kann, ist es schon ein Erfolg.«

»Mir wurde gesagt, Sie könnten mir mehr über dieses Objekt hier sagen.«

Baltasar legte die Fotos auf den Tisch.

Louis Manrique sah sie kurz an, dann wischte er die Aufnahmen mit einem Schwung vom Tisch. »Das ist Schund! Ich will mir solchen Schund nicht anschauen!« Seine Stimme war lauter geworden. »Woher haben Sie das?«

»Einem guten Freund gehörte das abgebildete Objekt. Er ist leider verstorben. Ich würde gerne so ein Stück als Andenken haben.« Wieder diese Lüge, aber Baltasar wollte vor Fremden nicht die Wahrheit offenbaren. Oder kannte Manrique in Wirklichkeit das Stück, so wie er in Wahrheit Anton Graf kannte, jedenfalls höchstwahrscheinlich?

»Ich kann Ihnen etwas aus meiner Kollektion zeigen. Da sehen Sie Qualität, und ich kann Ihnen etwas zum Sonderpreis überlassen, vorausgesetzt, Sie brauchen keine Quittung. Aber das ...«, er wies auf die Fotos, die Baltasar wieder aufgehoben hatte, »... das ist unterstes Niveau. Abfall. Schund eben! Darüber mag ich mich gar nicht äußern.«

»Ich verstehe Ihre Ablehnung, Herr Manrique«, sagte Baltasar, obwohl er selbstverständlich überhaupt nichts verstand. »Verzeihen Sie, ich bin nur ein Laie, der eine

Auskunft sucht. Was genau ist in Ihren Augen so verabscheuungswürdig?«

»Sehen Sie das nicht? Die ganze Machart, die Ausführung, das ist Pseudo… das ist … Mir fehlen die Worte.«

»Heißt das, Sie kennen das Objekt auf dem Foto oder den Produzenten?«

»Dieser … Dieser Zapfen stammt sicher von jemandem hier aus der Schule. Denn die Tönung des Glases weist auf eine Sonderfarbe hin, die sehr selten und teuer ist und die hier bei uns gelegentlich verwendet wird. Eine Schande, sie für so was zu verschwenden.«

Die Worte quollen aus ihm hervor, als müsste er gleich erbrechen.

»Und der Künstler? Wer hat das hergestellt?«

»Was erlauben Sie sich, in diesem Zusammenhang von Künstler zu reden?«, donnerte Manrique. »Da war ein Pfuscher am Werk. Ich kenne ihn nicht, ich wünschte nur, er hätte sich diesen Zapfen in den A…! Aber lassen wir das, es ist unter meiner Würde. Ein armseliger Versuch von jemandem, sich als Künstler aufzuspielen. Sie haben mir den Tag vergällt. Auf Wiedersehen!«

Manrique drehte sich um und ging zu seinen Schülern.

Baltasar verließ den Raum und überlegte, warum Manrique sich dermaßen über das auf den Fotos abgebildete Glasobjekt aufgeregt hatte. Es gab weiß Gott Hässlicheres, wenn er nur an seinen Besuch im Glassupermarkt in Bodenmais dachte …

Sein nächster Plan war nun, mit Marlies Angerer zu sprechen, die angeblich Schülerin hier in der Glasfachschule sein sollte, vor allem, nachdem sie auch auf der Beerdigung von Anton Graf aufgetaucht war. Er beschloss, sich in der Verwaltung nach ihr zu erkundigen, und suchte die Gänge im Erdgeschoss ab, bis er auf eine Tür mit der Aufschrift »Sekretariat« stieß. Er klopfte und trat ein, obwohl niemand geantwortet hatte.

Das Zimmer war leer, der Schreibtisch verwaist. In einem Regal stapelten sich Aktenordner. Das Fenster gab den Blick frei in einen Hinterhof, und eine Seitentür stand offen, die zu einem weiteren Büro führte.

»Hallo? Ist da jemand?« Baltasar war unschlüssig, was er tun sollte. Aus dem Nebenzimmer vernahm er ein Geräusch.

»Einen Moment bitte«, sagte da jemand.

Eine tiefe Stimme. Nach einiger Zeit kam ein Mann mittleren Alters heraus. Er trug einen Anzug, der oberste Hemdknopf war offen, die Krawatte verrutscht. Auffällig war seine Brille mit blauem Gestell und verschnörkelten Bügeln.

»Entschuldigen Sie, meine Sekretärin ist gerade nicht da. Ich bin Rufus Feuerlein, der Schulleiter. Was kann ich für Sie tun?«

»Guten Tag. Mein Name ist Senner, Baltasar Senner. Ich suche eine Schülerin von Ihnen, sie heißt Marlies Angerer.«

»Wir haben viele Schüler bei uns im Haus. Ist sie auf der Technikerschule, der Berufsfachschule oder Berufsschule? Das finden Sie hier alles unter einem Dach.«

»Das weiß ich ehrlich gesagt nicht.«

Auf einmal fühlte sich Baltasar wie in einem schlechten Traum. Dieser Mann, dieser Schulleiter – wenn er ihn sich mit einer Sonnenbrille vorstellte, konnte er der dritte unbekannte Besucher auf Antons Beerdigung gewesen sein? Baltasar war sich in nichts mehr sicher. In seinem Kopf begann sich alles zu drehen. Welches Interesse sollten all die Menschen hier in der Schule an seinem Nachbarn gehabt haben? Und warum sprach keiner offen darüber? Welchen Grund gab es, daraus ein Geheimnis zu machen?

»Darf ich fragen, um was es geht? Es ist gerade Unterrichtszeit.«

»Nun, wissen Sie, ich bin Pfarrer von Beruf, und Marlies war neulich bei der Beerdigung eines Freundes. Ich glaube, nach dem Schock braucht sie spirituellen Beistand. Deshalb möchte ich gerne mit ihr reden.«

Baltasar hoffte, der Schulleiter würde genauer nachfragen, damit er ihn auch auf seine Anwesenheit an Antons Grab ansprechen konnte.

»Ein Todesfall? Das wusste ich nicht. So was ist immer schrecklich. Ich will sehen, was ich tun kann.«

Baltasar fragte sich kurz, ob er nachbohren sollte, doch wenn die Wahrheit nicht von selbst kam, würde es wenig nützen. Rufus Feuerlein musste der Unbekannte vom Friedhof sein.

Feuerlein setzte sich an den Computer seiner Sekretärin.

»Angerer, sagten Sie? Marlies Angerer?«

Namenslisten flimmerten über den Bildschirm.

»Da haben wir sie ja schon. Moment, ich sehe im Stundenplan nach.« Er tippte einige Befehle ein. »Sie müsste jetzt im Klassenzimmer 201 zu finden sein, gleich die Treppe hoch und dann rechts im Gang.«

Baltasar bedankte sich.

»Ich habe schon Ihre Werkstatt bewundern dürfen. Eine beeindruckende Ausstattung haben Sie hier.«

»Dann haben Sie sicher auch Herrn Kehrmann kennengelernt.«

»Und Herrn Manrique.«

»Ja, ja, unser Künstler.« Rufus Feuerlein hatte den Tonfall gewechselt. »Wir wissen, was wir an ihm haben. Er ist, wie soll ich sagen, eine ganz besondere Persönlichkeit.«

»Ich finde es bemerkenswert, dass bei Ihnen solche Fachleute unterrichten«, sagte Baltasar.

»Wir müssen den Schülern schon was bieten. Das Glashandwerk ist eher rückläufig. Sie brauchen sich nur zu vergegenwärtigen, wie viele Glashütten in den vergangenen Jahrzehnten im Bayerischen Wald geschlossen haben. Und in der industriellen Glasproduktion sieht es auch nicht besser aus.« Er klang wehmütig. »Deshalb bin ich froh um jeden, der noch einen solchen Beruf erlernen und damit die jahrhundertealte Tradition bei uns in der Region aufrechterhalten will. Und kreative Lehrende motivieren den Nachwuchs.«

»Ich finde es lobenswert, wenn sich jemand neben seinem Hauptberuf dafür Zeit nimmt.«

»Louis Manrique ist nicht der einzige Künstler, den wir engagieren. Es gibt noch zwei andere. Für sie liegt der Reiz darin, mit jungen Menschen zu arbeiten, statt allein in ihren Ateliers zu sitzen. Und das Nebeneinkommen ist natürlich auch nicht zu verachten. Schließlich verkaufen die Künstler nicht jeden Tag ihre Werke. Man muss bloß darauf achten, dass diese Herren nicht aneinandergeraten. Dann gibt es Hahnenkämpfe. Sie können sich wahrscheinlich gar nicht vorstellen, wie eitel Künstler sein können! Ein jeder von ihnen eine Primadonna, jeder glaubt, ihm allein gebührt die Krone.« Er schüttelte den Kopf. »Aber was rede ich. Sie wollten ja zu unserer Schülerin. Am besten warten Sie vor dem Klassenraum, in zehn Minuten ist die Stunde zu Ende.«

21

Baltasar ging den Gang auf und ab. Ein Gong ertönte, die Tür wurde aufgerissen, und eine Horde Jugendlicher drängte heraus.

Er hielt Ausschau nach Marlies Angerer, doch er konnte sie nirgends entdecken.

Jemand sprach ihn an: »Suchen Sie jemanden?«
»Ah, sind Sie der Lehrer?«
Der Mann nickte.
»Ich würde gerne mit Marlies Angerer sprechen.«
»Die ist gerade an Ihnen vorbei, das Mädchen mit der roten Jacke dort vorne.« Er deutete in Richtung Treppe.
»Danke.«

Baltasar beschleunigte seinen Schritt und rief ihren Namen: »Marlies!«

Eine junge Frau drehte sich um, das Haar kurz geschnitten. Es war Marlies Angerer. Er hätte sie fast nicht wiedererkannt: Sie war ungeschminkt, ihre Haare waren glatt gebürstet. In Jacke und Jeans war sie viel unauffälliger gekleidet, nur der Piercingschmuck in Nase und Lippe erinnerte an die Marlies Angerer aus dem Stadtpark.

Sie blieb stehen und wartete, bis er näher gekommen war.

»Guten Tag, Frau Angerer. Erkennen Sie mich?«

Marlies sah ihn an und schüttelte den Kopf. Dann vollzog sich jedoch eine Änderung in ihrem Gesicht, ihre Augen weiteten sich. »Lassen Sie mich, Herr Pfarrer.« Der Ton war schroff. Sie wandte sich ab und wollte gehen.

Baltasar hielt sie am Ärmel fest. »Warten Sie, bitte, Frau

Angerer. Ich würde gerne mit Ihnen reden, es ist wirklich wichtig.«

Sie riss sich los.

»Aber ich will nicht mit Ihnen reden. Gehen Sie!«

Sie beschleunigte ihre Schritte, zwängte sich durch einen Pulk von Schülern und stürmte die Treppe hinunter. Baltasar versuchte, ihr zu folgen. Er mühte sich durch die Jugendlichen, die überhaupt nicht daran dachten, ihm Platz zu machen. Als er im Erdgeschoss angekommen war, war Marlies verschwunden.

Er lief auf die Straße, hielt Ausschau nach der roten Jacke – doch es war vergebens. Er fragte einen Schüler, der gerade herauskam, nach ihr.

»Marlies? Hab ich vorhin noch gesehen.« Der Junge zeigte auf einen weißen Motorroller, der an der Seite lehnte. »Das ist ihr Gefährt, sie muss also noch in der Schule sein.«

Hatte sie sich vor ihm versteckt? Er ging zurück ins Schulgebäude, sah in den Gängen nach, in der Werkstatt. Er wartete vor den Toiletten, sah nach, ob sie vielleicht durch eine Seitentür verschwunden war. Ohne Erfolg. Sie schien wie vom Erdboden verschluckt.

Als er schließlich wieder draußen war, kam ihm eine Idee. Es war absolut nicht rechtens, was er nun vorhatte, doch Baltasar hoffte, der Herrgott möge ihm dennoch die Absolution erteilen. Er sah sich verstohlen in alle Richtungen um, dann ging er wie zufällig zu dem Roller hinüber, sah sich nochmals um – und ließ in Blitzesschnelle die Luft aus dem Vorderreifen, indem er das Ventil öffnete.

Er wartete in seinem Auto. Nach einer halben Stunde sah er die rote Jacke. Marlies Angerer klappte den Sitz des Motorrollers auf und holte den Sturzhelm heraus. Dann bemerkte sie den platten Reifen. Sie trat mehrmals dagegen, und Baltasar glaubte, ihre Flüche zu hören. Er stieg aus.

»Kann ich Ihnen helfen?« Baltasar stellte sich ihr in den Weg.

Marlies erschrak. »Sie schon wieder! Ich hab Ihnen doch gesagt, dass Sie mich in Ruhe lassen sollen.«

»Ist der Reifen zerstochen worden?« Er befühlte den Gummi.

»Keine Ahnung. Irgendwer fand das wohl lustig.«

»Schlimm, dieser Vandalismus heutzutage.«

Das Mädchen verstaute den Helm wieder. »So ein Mist! Gerade jetzt, wo ich dringend wegmuss.«

»Wohin soll's denn gehen? Ich kann Sie mitnehmen.«

»Das geht Sie nichts an! Und von Ihnen lass ich mich sicher nicht fahren.«

»Warum so abweisend? Ich will doch nur mit Ihnen reden.«

»Ich will nichts mit Ihnen zu tun haben, und damit hat sich's.«

Baltasar richtete den Motorroller auf. »Ich mache Ihnen einen Vorschlag. Ich schiebe Ihnen den Roller zur nächsten Tankstelle, dort können wir den Reifen aufpumpen. Sieht so aus, als ob er nicht zerstochen worden wäre.«

»Keine Sorge, ich find schon jemanden, der mir hilft.«

»Kann sein. Aber ich sehe im Moment niemanden hier – außer mir.«

Marlies verschränkte ihre Arme. »Dann warte ich eben.«

»Hatten Sie nicht gesagt, Sie hätten es eilig?« Ohne sie zu beachten, griff er den Lenker und begann, den Roller zu schieben. »Kommen Sie, Frau Angerer, die nächste Tankstelle ist nicht weit. Nur kurz plaudern.«

»Was erlauben Sie sich ...«

Aber nachdem Baltasar sich nicht darum kümmerte, sondern den Roller einfach weiterschob, holte sie auf und ging neben ihm her.

»Ich habe Sie in der Kirche bei der Beerdigung von Anton Graf gesehen. Anton Graf war mein Freund und Nachbar. Kannten Sie ihn?«

»Nö.«

»Sind Sie so gläubig, dass Sie Beerdigungen von Fremden besuchen, noch dazu in anderen Gemeinden? Wobei Bestattungsfeierlichkeiten trotz allem recht nett sein können, vor allem der Leichenschmaus danach ...«

»Ich will nicht darüber reden.«

»Sehen Sie, Frau Angerer, alles, was Sie mir anvertrauen, bleibt unter uns. Niemand kann mich zwingen, Dritten etwas von dem preiszugeben, was Sie mir sagen. Und Sie haben doch nichts Schlimmes zu verbergen, oder?«

»Nein ... ich ... meine Freunde ... Ich will nicht ...« Sie hielt den Blick gesenkt, während sie neben ihm herging.

»Ich bin nicht Ihr Feind. Ich bin Ihr Freund, Frau Angerer. Helfen Sie mir bitte ein wenig, in Gottes Namen!«

»Es hat etwas mit meinen Freunden zu tun, Hochwürden.« Marlies sah ihn direkt an. »Versprechen Sie mir, den anderen niemals etwas von diesem Gespräch zu erzählen?«

»Versprochen!«

»Nun, eigentlich kenne ich ... also, ich kenne diesen Mann, diesen Herrn Graf, gar nicht. Ich hab erst in der Zeitung sein Bild gesehen und darüber gelesen ... über ... über den ...«

»Mord, meinen Sie?«

Sie nickte. »Aber ich bin ihm vorher einmal begegnet …«

Jetzt blieb Baltasar stehen. »Sie haben Herrn Graf getroffen? Wann war das genau?«

»Das ist es ja eben. Es war genau an dem Tag, an dem er …«

Es durchfuhr Baltasar wie heißer Stahl. »Sie haben Anton an seinem Todestag …«

»Ja. Am Vormittag. Wir hatten uns am Spielplatz verabredet, um eine Spontanparty zu feiern.«

»Sie meinen den Spielplatz im Stadtpark, wo ich Sie letztes Mal getroffen habe, den Spielplatz in der Nähe vom Tatort?«

»Genau. Wir hatten schon einiges getankt, als der Mann, der Herr Graf, meine ich, direkt an uns vorbeispazierte. Einer der Jungs fühlte sich provoziert, was weiß ich, warum, und sprach ihn an.«

»Sie wollen sagen, Ihr Freund wurde ohne Grund aggressiv.«

»Er fühlte sich angemacht, weil ihn der Mann so komisch ansah. Es kam zu einer Diskussion, und das Ganze schaukelte sich immer weiter hoch.«

»Und dann?«

»Der Herr Graf wurde auch lauter und schubste meinen Freund weg. Daraufhin gab es ein kleines Gerangel. Und der Herr Graf … nun, der fing sich eine.«

»Eine Prügelei? So viele gegen einen? Wirklich mutig!« Die Bitterkeit in Baltasars Stimme war nicht zu überhören.

»Es … es war ja keine richtige Prügelei. Einer der Jungs hat ein- oder zweimal zugeschlagen und diesen Graf ins

Gesicht getroffen, glaube ich. Der ist dann weggelaufen. Für uns war die Sache damit erledigt.«

Baltasar dachte an die Frau, die regelmäßig mit ihrem Kind zu dem Spielplatz ging und die ihm ebenfalls über einen Streit zwischen den Jungs und einem Unbekannten berichtet hatte. Also musste Anton Graf kurz vor seinem Tod tatsächlich auf die Clique getroffen sein. Aber was war danach passiert?

»Um wie viel Uhr war das?«

»Weiß ich nicht genau. Vielleicht so um halb zwölf, zwölf.«

»Und wer war derjenige, der zugeschlagen hat?«

»Das ... das will ich nicht sagen. Das müssen Sie verstehen, Hochwürden, bei allem Respekt, aber ich kann meine Freunde nicht verraten.«

»War es Jonas Lippert?«

Marlies' Mund klappte auf. »Woher kennen Sie den Namen von ... von Jonas?«

»Nun, einem jungen Mann mit Schlagring begegnet man nicht alle Tage. Da interessiert man sich schon, was für ein Mensch er ist und wie er heißt. Also habe ich mich ein wenig umgehört.«

»Jonas ... das war saublöd, wie er sich Ihnen gegenüber verhalten hat. Wissen Sie, er hatte schon einiges intus und war hackedicht. Normalerweise ist er nicht so. Glauben Sie mir, er ist ganz in Ordnung. Nur wenn er zu viel getankt hat ...«

»Schöner Trost. Nur den Betroffenen hilft das leider nicht viel. Sie haben sich ja dann dankenswerterweise eingemischt.«

»Das war doch selbstverständlich. Jonas ging eindeutig zu weit. Und dieser Herr Graf hat mir leidgetan, nachdem ich das über ihn gelesen hatte. Dass er ermordet wurde. Und deshalb bin ich zu der Beerdigung gefahren.«

»Sind Sie allein dorthin gefahren?«

Marlies sah ihn überrascht an. »Wie meinen Sie das, allein gefahren? Natürlich bin ich allein hingefahren.«

»Weil ich glaube, dass ich auf dem Friedhof auch Herrn Manrique und Ihren Schulleiter, Herrn Feuerlein, gesehen habe. Es hätte ja sein können, dass sie Sie mitgenommen haben.«

»Ehrlich? Ich habe sie nicht gesehen. Aber ich bin nach der Kirche sofort gegangen. Klar kenne ich die beiden aus der Schule, aber mir würde nicht im Traum einfallen, bei ihnen mitzufahren.«

»Haben Sie eine Ahnung, warum der Schulleiter und der Schulkünstler zur Beerdigung gekommen sind? Oder woher die beiden Herren Anton Graf kennen könnten?«

»Was weiß ich! Ist mir auch völlig egal, was die tun oder lassen.«

»Eine andere Frage: Warum sind Sie nicht zur Polizei gegangen, wenn Sie schon von dem Verbrechen wussten?«

Baltasar hielt an. Am Ende der Straße war eine Tankstelle in Sicht.

»Die Kripo hatte doch nach Zeugen gesucht. Und Sie und Ihre Freunde waren nur wenige Schritte vom Tatort entfernt und haben obendrein das Opfer getroffen, bevor es zu dem Verbrechen kam.«

»Sie mit Ihrer Erwachsenenlogik! Also erst mal ist die Stelle im Stadtpark mit dem Brunnen ziemlich weit entfernt von dem Spielplatz. Von dort aus würde man nichts mitkriegen. Und der Vorfall mit Jonas war lange, bevor …«

»Der Kripo würde jeder Hinweis helfen, um den Täter zu finden. Und Sie könnten den Fehler immer noch gutmachen.«

»Herr Pfarrer, Herr Pfarrer, seien Sie nicht naiv. Ich werde ganz sicher nicht zu den Bullen rennen, bei meinem Leben! Und Sie haben versprochen, mich nicht zu verraten.« Ihre Stimme war lauter geworden. »Wir haben mit der Sache nichts zu tun. Das war nur ein blöder Zufall. Was glauben Sie, welchen Ärger es gäbe, wenn die Polizei meine Freunde in die Mangel nimmt? Die hatten in der Vergangenheit bereits Stress mit den Bullen. Wer würde uns glauben? Ich sag Ihnen, wer: niemand. Vielmehr wären wir plötzlich die Hauptverdächtigen, Sie wissen doch, wie das ist, die Polizei braucht einen schnellen Erfolg, und mit uns als möglichen Tätern könnte sie was vorweisen. Nein, nein, wir sind doch nicht bekloppt, wir halten uns da raus. Egal, ob Mord oder nicht!«

22

Agnes Wohlrab, die Frau des Bürgermeisters, hatte den Tisch mit Blümchendecke und Stoffservietten eingedeckt, das Porzellan hatte ein blaues Zwiebelmuster und sah aus, als würde es nur zu besonderen Anlässen benutzt.

Heute jedenfalls schien so ein Anlass zu sein: der Bibelkreis. Es war Tradition, dass man einander reihum einlud, wobei es ausschließlich Frauen waren. Die Männer aus dem Bayerischen Wald verdrehten in der Regel die Augen, wenn sie das Wort »Bibelkreis« nur hörten, und manch einer war insgeheim froh, wenn die Gattin ausging und er sich in Ruhe ein Fußballspiel ansehen konnte.

Deshalb war Baltasar das einzige männliche Wesen in der Runde geblieben. Er liebte diese Versammlungen, die jedes Mal frisch gebackene Leckereien versprachen. Schließlich wollte sich keine Gastgeberin die Blöße geben, Fertiggebäck anzubieten.

Die Bürgermeistersgattin, bewaffnet mit einem Tortenheber, verteilte Kirschkäsekuchen und Prinzregentenstücke – ein Rezept ihrer Großmutter aus Grafenau, wie sie nebenbei betonte, was Baltasar an die Kreationen seiner Haushälterin Teresa denken ließ. Leider kam der Kaffee aus einem dieser modischen Vollautomaten, die sich in der Küche wie ein Kraftwerk gerierten, sehr viel Geld kosteten und zwar kein schlechtes, aber auch kein wirklich gutes Gebräu ausspuckten. Kaffeebohnen kamen für Baltasar immer noch am besten mit der klassischen Filtermethode zur Geltung.

»Wohin hast du denn deinen Mann geschickt, Agnes?« Emma Hollerbach, heute im hochtoupierten Retrolook, spießte ihren Kuchen mit der Gabel auf.

»Der ist mit seinen Investoren essen. Du weißt doch, das geplante Altersheim. Das wird eine gute Sache, nicht wahr, Herr Pfarrer?«

Baltasar setzte seine Tasse bewusst langsam ab. So schindete er etwas Zeit, um zu überlegen, was er antworten sollte. Seniorenresidenzen waren grundsätzlich sinnvoll, jedenfalls dort, wo es Bedarf gab. Er bezweifelte jedoch, dass diese überdimensionierte Luxusversion, die dem Bürgermeister vorschwebte, zu ihrem Ort passen würde.

»Es ist noch zu früh, um darüber ein endgültiges Urteil zu fällen«, antwortete er dann, »und soweit ich weiß, sind weder die Finanzierung gesichert noch die Verträge unterschrieben.«

»Das wird schon, das wird schon.« Agnes Wohlrabs Stimme klang begeistert. »Mein Mann ist immer so engagiert, immer sorgt er sich um Wohlstand und Arbeitsplätze bei uns.«

Amen, ergänzte Baltasar stumm.

»Besitzt dein Gatte nicht auch Grundstücke in dem geplanten Baugebiet?« Emma Hollerbach fuhr die Linien des Musters auf ihrem Teller nach.

»Daran siehst du, wie uneigennützig er ist – er gibt sogar seinen Besitz für einen guten Zweck ab.«

»Er spendet das Areal? Wie nobel!« Elisabeth Trumpisch, die Frau des Sparkassendirektors, spielte mit ihrer Perlenkette. Noch mehr Perlen, groß wie Murmeln, zierten auch ihre Ohrringe.

»Aber wo denkst du hin, meine Liebe? Für Geschenke besteht kein Anlass, es wird schon ein angemessener Preis werden.«

»Apropos Spenden, wir wollten doch noch besprechen, wie wir Herrn Senner helfen können, den Kirchturm wieder instand zu setzen«, sagte Emma Hollerbach.

Alle anderen nickten. Baltasar berichtete von den geringen Erträgen bei der letzten Kollekte in der Kirche. Es wurde diskutiert, ob man einen zweiten Spendenaufruf starten und das Projekt mit Handzetteln und Plakaten bewerben sollte.

»Das bringt doch nichts«, winkte Agnes Wohlrab ab. »Die Leute sind das Spenden einfach leid, ständig die Aufrufe, den Geldbeutel zu öffnen, auch im Fernsehen. So reich sind die Bayerwälder auch wieder nicht.«

»Aber ohne Geld geht's eben kaum«, entgegnete Emma Hollerbach.

»Genau. Deshalb müssen wir einen Weg finden, damit

sie ihre Euros gerne hergeben für einen guten Zweck und dabei noch das Gefühl haben, ein Schnäppchen zu machen«, sagte Elisabeth Trumpisch. »Wenn's was billiger gibt, denken die meisten, sie würden sparen. Ihr wisst schon, was ich meine. Beim letzten Schlussverkauf hab ich ein Paar Schuhe zum halben Preis ergattert, sie waren ein echtes Schnäppchen. Ich bin erst zu Hause darauf gekommen, dass ich sie eigentlich gar nicht gebraucht hätte, weil ich fast das gleiche Paar im Schrank stehen habe.«

Agnes Wohlrab lachte. »Man kann nie genug Schuhe haben. Oder Blusen. Oder Taschen ... Aber ich verstehe, was du meinst: Die Taler fließen leichter, wenn man den richtigen guten Zweck findet – nämlich was fürs eigene Ego und fürs Wohlbefinden zu tun.«

»Deshalb lasst uns einen großen Flohmarkt veranstalten, und der Erlös kommt dem Kirchturm zugute.«

»Das ist gut, aber wir müssen ihn anders nennen, ›Flohmarkt‹ klingt zu ärmlich, wir brauchen eine schillerndere Bezeichnung dafür«, sagte die Frau des Metzgers. »Was haltet ihr zum Beispiel von Schnäppchengalerie oder Schnäppchenatelier oder Schnäppchenmesse?«

Agnes Wohlrab klatschte in die Hände. »Das ist wunderbar! Und ein Rahmenprogramm soll es geben, und die Presse wird natürlich eingeladen!«

»Wie klingt Himmelskiosk oder Kleines Engelsparadies?«, warf Emma Hollerbach ein.

Die nächste halbe Stunde verging mit Diskussionen über attraktive Bezeichnungen, die Art der Waren und die Dekoration rund um die Veranstaltung.

»Auf jeden Fall brauchen wir Speisen und Getränke«, sagte die Metzgerin. »Das kommt immer gut an.«

»Und Musik«, ergänzte Agnes Wohlrab. »Ein Kinderchor wäre ideal. Bei den süßen Stimmen spenden sie alle sofort«, sagte Elisabeth Trumpisch.

»Was haltet ihr davon, ein Glücksspiel zu machen«, fragte Emma Hollerbach, »ein Glücksrad oder eine Verlosung, bei der man was gewinnen kann.«

»Eine Tombola! Das ist es!« Agnes Wohlrab verschluckte sich vor Begeisterung an ihrem Kuchen. »Da brauchen wir nur einen Sponsor, der den Hauptpreis stiftet.«

»Schade, dass Ihr Nachbar als Sponsor ausfällt«, sagte die Frau des Bürgermeisters. »Herr Graf galt als sehr großzügig.«

»Er hat kurz vor seinem Tod noch für die Renovierung gespendet«, sagte Baltasar. Er erinnerte sich daran, dass er den Scheck noch gar nicht eingelöst hatte. Das würde er bei der nächsten Gelegenheit nachholen.

»Woher willst du denn wissen, Agnes, ob Herr Graf – Gott sei seiner Seele gnädig – in allen Dingen so großzügig war?«, fragte Emma Hollerbach. »Bei uns hat er immer nur Kleinigkeiten eingekauft und sich das Wechselgeld bis auf den letzten Cent rausgeben lassen.«

»Er lebte bescheiden«, sagte Baltasar, »aber ich hatte nicht den Eindruck, dass er geizig war.«

»Dazu kannte ich ihn zu wenig«, antwortete Agnes Wohlrab. »Er wohnte ja erst seit ein paar Jahren bei uns. Er soll früher Unternehmer gewesen sein.«

»Das hat man ihm jedenfalls nicht angesehen«, sagte Elisabeth Trumpisch. »Und ich glaube nicht, dass er ein guter Kunde unserer Sparkasse war, mein Mann hätte sicher was erwähnt, wenn Herr Graf ein Vermögen auf seinem Konto gehabt hätte.«

»Männern sieht man vieles nicht an«, sagte Agnes Wohlrab. »Manche haben eben verborgene Qualitäten.«

»Ach, wirklich?« Emma Hollerbach verzog das Gesicht. »Ich hab immer nur welche kennengelernt, bei denen ich bis heute nach verborgenen Qualitäten suche.«

»Ihr erwartet zu viel von ihnen.« Elisabeth Trumpisch grinste. »Ein Mann, der keinen Dreck macht und seine Unterwäsche aufräumt, ist ein guter Mann. Wenn er nach dem Abendessen beim Abräumen hilft, ist er sogar ein sehr guter. Mehr ist einfach nicht drin. Zumindest nicht auf unserem Planeten.«

»Und was ist mit den gewissen Nächten? Da braucht man doch jemanden, der einem ...« Agnes Wohlrab spitzte den Mund.

»Das wird überbewertet. Außerdem, muss man deswegen heiraten? Ist das den ganzen Spaß wert?«, fragte Emma Hollerbach. »Es gibt doch andere Wege ... Bitte Herr Pfarrer, hören Sie mal weg ... da muss man eben kreativ sein, wisst ihr?«

Baltasar spielte brav seine Rolle. Er dachte an seine früheren Beziehungen in der Zeit, als er noch kein Geistlicher war. Besonders an ... Aber das war Geschichte. Er hatte sich entschieden, auch wenn es nicht leicht gewesen war. Denn in seinem tiefsten Inneren hatte er das Zölibat nie akzeptieren können ...

»Fand denn jemand diesen Herrn Graf anziehend?« Agnes Wohlrab sah in die Runde. »Friede seiner Seele, aber war er für Frauen attraktiv?«

»Du meinst, ob ich mir vorstellen könnte, mit ihm ...?« Emma Hollerbach schüttelte den Kopf.

»Ich meine, ob er eine feste Beziehung hatte«, sagte die

Bürgermeistersgattin. »Mir jedenfalls ist nicht aufgefallen, dass er jemals in weiblicher Begleitung war.«

»Das stimmt, zu uns kam er immer allein«, sagte Emma Hollerbach.

»Das stimmt nicht. Ich hab ihn einmal mit einer Frau in einem Café sitzen gesehen«, sagte Elisabeth Trumpisch. »Ich erinnere mich genau, weil ich ihm durchs Fenster zuwinkte und er so tat, als würde er mich nicht kennen. Er hat sich weggedreht, als wäre es ihm peinlich gewesen, ertappt worden zu sein.«

*

Nach dem Bibelkreis fuhr Baltasar zu seinem Freund Vallerot.

Philipp dirigierte ihn sofort in sein Arbeitszimmer.

»Ich habe deinen Befehl ausgeführt, Herr Major. Hier die gewünschten Unterlagen.«

Philipp Vallerot legte einen Stapel Computerausdrucke auf den Tisch.

»Das war nur ein Wunsch«, sagte Baltasar. »Aber nett, dass du dich darum gekümmert hast. Deine verkommene Seele hat doch noch Chancen auf Rettung.«

»Gib's auf. Mir ist nicht nach einem Trip ins Paradies, wo immer das sein mag. Für mich besteht das Paradies aus einer Rockmusik-CD, einem Glas Wein und meiner Couch.«

»Wie langweilig. Ohne meine Aufträge würdest du eingehen wie eine Pflanze ohne Wasser. Rück raus, was hast du aus dem Internet gesaugt?«

»Langsam, langsam, setz dich erst mal. Also, es war eigentlich ganz einfach. Nur ein paar Verknüpfungen herstellen, ein wenig auf Online-Plattformen herumsurfen, und schwupps! – schon springen einen die Daten an. Das ist, wie wenn jemand mit heruntergelassenen Hosen herumläuft: alles zu sehen.«

Baltasar berichtete von seinem Treffen mit Marlies Angerer.

»Was hast du über sie herausgefunden?«

»Was sie dir erzählt hat, stimmt alles. Sie wohnt noch zu Hause, macht eine Ausbildung an der Glasfachschule Zwiesel, fährt einen weißen Roller, mag rot und schwarz und trägt vorzugsweise …«

Baltasar hob die Hand. »Das will ich gar nicht alles wissen. Beschränk dich bitte auf die wichtigen Details.«

»Ihre wichtigsten Freunde, abgesehen von einem Mädchen in Hamburg, stammen alle aus dem Bayerischen Wald und wohnen in Zwiesel und Umgebung.« Philipp breitete die Papiere aus. »Schaut man sich die Querverbindungen zwischen den einzelnen Freunden an und liest ihre Einträge im Internet, ergibt sich ein klares Bild über Gewohnheiten und Treffpunkte. Und die passenden Fotos gibt's gratis dazu.« Er deutete auf ein Bild. »Das ist deine Marlies auf einer Party.«

Eine offensichtlich angetrunkene Marlies stierte in die Kamera. Ihr ärmelloses T-Shirt war halb von der Schulter gerutscht, der Lidschatten verschmiert. Ein junger Mann umarmte sie, er reckte seinen Mittelfinger dem Fotografen entgegen.

»Das könnte einer aus der Clique sein«, meinte Baltasar, »aber sicher bin ich mir nicht.«

»Kein Problem. Ich habe noch mehr.« Philipp suchte weitere Ausdrucke heraus.

»Das ist einer von ihnen!« Baltasar erkannte den Jungen. Er war ebenfalls auf dem Spielplatz gewesen.

»Der Knabe heißt Valentin Moser. Ist achtzehn Jahre alt und wohnt bei seiner Mutter. Geht in Zwiesel aufs Gymnasium, müsste kurz vor dem Abitur stehen. Er scheint ein Freund von Marlies zu sein, den Einträgen und E-Mails nach zu urteilen.«

»Der mit dem Schlagring war ein anderer. Er heißt Jonas Lippert.«

»Hier hast du deinen Kleinkriminellen. Beachte die Posen.« Philipp zog weitere Dokumente hervor. Der Jugendliche auf dem Foto war eindeutig der Angreifer vom Stadtpark. Jonas Lippert. Auf dem Bild hielt er ein seltsames Gerät hoch, zwei Stöcke, verbunden mit einer Kette. Eine andere Aufnahme zeigte ihn mit einem Maschinengewehr.

»Die Hölzer sind ein asiatisches Kampfgerät«, sagte Philipp. »Machen ordentlich Kopfweh, wenn man damit einen Schlag abbekommt. Die Knarre scheint nur eine Softairwaffe zu sein«, ergänzte er, nachdem er Baltasars Reaktion bemerkt hatte. »Du weißt schon, diese Knarren, die mit Propangas betrieben werden, eine Art Luftgewehr, mit dem sich Militärfreaks gegenseitig beschießen. Als Munition dienen Kugeln aus Plastik oder welche, die mit Farbe gefüllt sind.«

»Unser Freund scheint einen fatalen Hang zu Waffen zu haben. Ob das alles nur mit Spaß und Freizeit zu tun hat?«

»Er ist ein Fan von Chuck Norris und Bruce Lee, den Karateschauspielern, außerdem von Alkohol und verbotenen Stimulanzien«, sagte Philipp, »seine Kommentare auf Facebook lassen keinen anderen Schluss zu.«

»Wo kann ich ihn finden?«

»Er bewohnt ein Zimmer zur Untermiete in einem

Kaff bei Zwiesel. Ich hab die Adresse aufgeschrieben und die Treffpunkte, wo sich dieser Jonas für gewöhnlich rumtreibt. Ansonsten ist er 17 Jahre alt, fährt ein kleines Motorrad und ist momentan arbeitslos. Er hat eine Lehre als Elektriker begonnen, aber wieder abgebrochen. Bemerkenswert ist: Der Knabe ist jetzt mit dieser Marlies zusammen. Interessante Dreier-Konstellation, oder?«

»Ich weiß nicht. Die beiden waren wohl nicht gleichzeitig mit dem Mädchen zusammen. Zumindest scheinen sie sich arrangiert zu haben, denn sie sind immer noch miteinander befreundet.«

»Woher willst du das wissen? Bisher hast du nur mit der Marlies geredet. Und ob die dir die Wahrheit gesagt hat …«

»Du glaubst, sie belügt einen Pfarrer?«

»Ich denke, für die jungen Leute bist du ein alter Sack. Pfarrer oder nicht, da gelten andere Regeln. Auf der einen Seite die Jungen, auf der anderen die Alten.«

»Jedenfalls werde ich mit diesem Jonas reden. Er ist Anton offenbar kurz vor dessen Tod angegangen. Eigentlich erstaunlich, dass die Polizei bei ihren Ermittlungen bisher nicht auf diese Gang gestoßen ist.«

»Es ist besser, ich begleite dich, wenn du zu diesem Lippert fährst. Mein Angebot steht. Der ist unberechenbar. Ich spiele sozusagen den Bodyguard für dich.«

»Danke. Aber das würde ihn erst recht misstrauisch machen. Ich gehe lieber allein.«

»Dann nimm wenigstens was aus meinem Arsenal mit, ich verfüge über einige wirksame Werkzeuge zur Selbstverteidigung. Beispielsweise hätte ich einen schnuckeligen kleinen Elektroschocker, leicht zu bedienen, bei dem werden die stärksten Kerle schwach. Oder eine handliche Pistole im Kaliber 765, wenn es zum Äußersten kommt.«

»Ich will nicht James Bond spielen. Ich vertraue auf die Kraft des Wortes – mit Gottes Hilfe natürlich.«

»Dein Großer Außerirdischer würde dir mindestens einen Flammenwerfer mitgeben. Eines dieser Dinger, mit denen er Sodom und Gomorrha abgefackelt hat.«

»Ich habe eine positive Grundeinstellung den Menschen gegenüber. Solltest du auch mal probieren. Es wird schon gehen, auch ohne Armee im Rücken.«

»Wirst schon sehen, wie weit du mit deiner Starrköpfigkeit kommst!«

23

Hallo, jemand da?«

Baltasar rief in die Gaststube und wartete. Es war zu früh am Vormittag, die »Einkehr« hatte noch nicht offiziell geöffnet. Er ging weiter in die Küche, auch dort war kein Mensch. Durch eine Seitentür gelangte er ins Treppenhaus.

»Hallo?«

Von oben hörte er ein Geräusch. Er ging hinauf in den ersten Stock, blieb stehen.

»Frau Stowasser?«

Von dem Gang gingen in regelmäßigen Abständen Türen ab. Teppichboden dämpfte den Schritt, das Muster hatte jemand entworfen, der ein Faible für Kreise und Karos hatte.

Aus einem der hinteren Zimmer hörte Baltasar Musik. Jemand fluchte. Er folgte der Musik, einem Reggae-

Rhythmus, bis zu einer Tür mit Kunststoffoberfläche, wie sie in den Achtzigerjahren modern war.

»Frau Stowasser?«

Die Wirtin fuhr hoch. »Sie sind's, Herr Senner! Ich hab Sie gar nicht gehört.« Sie schaltete das Radio aus. »Sie kommen zu einem ungünstigen Zeitpunkt, ich kann Sie jetzt gar nicht gebrauchen. Was wollen Sie denn?« Ärger lag in ihrer Stimme.

Der Grund dafür war unübersehbar. Der Fußboden war mit Zeitungspapier ausgelegt, eine Farblache hatte sich darauf ausgebreitet. Ein Eimer war umgestürzt, er enthielt ebenfalls Farbe, wenn auch nur einen Rest.

»Ich wollte mit Ihnen über den geplanten Flohmarkt für meine Kirche sprechen, es wäre wunderbar, wenn Sie einige Ihrer Leckereien beisteuern könnten.«

»Mist, Mist, Mist, dass mir das passieren muss!«, fluchte die Wirtin leise.

Victoria Stowasser trug einen alten Werkstattkittel, ihr Haar steckte unter einer Duschhaube. In der Hand hielt sie einen Farbroller.

»Sie malern selbst?«

»Sie malern selbst, Sie malern selbst ... Was für eine Frage! Das sehen Sie doch! Glauben Sie, ich mache das freiwillig?« Jedes Wort war elektrisch geladen. »Ich hab mir die Handwerkerangebote eingeholt. Bin ich Krösus? Also, was bleibt mir anderes übrig, als die Zimmer selber zu renovieren? Ich hab genug andere Ausgaben am Hals. Und irgendwann will ich auch vermieten.«

Der Raum war leer, an den Wänden waren die Spuren weißer Farbe deutlich erkennbar, die der Roller hinterlassen hatte. Victoria stellte den Eimer wieder auf.

»Jetzt darf ich auch noch den Mist wegwischen, verdammt!« Die Wirtin knallte ihr Werkzeug auf den Boden. »Und diese Wand ist nikotingelb, man muss dreimal drüberstreichen, bis es deckt. Und jetzt stehen Sie hier rum und halten mich von der Arbeit ab. Verschwinden Sie!«

»Sie haben Farbe im Gesicht.« Baltasar fand die Sprengsel auf Nase, Backen und Ohrläppchen irgendwie reizend, wie weiße Sommersprossen. Er hütete sich aber, das auszusprechen. »Darf ich?«

Ohne die Antwort abzuwarten, holte er sein Taschentuch heraus, zog Victoria zu sich heran und tupfte ihr einige Flecken von der Schläfe. Seine Fingerkuppen berührten ihr Gesicht. Die Haut fühlte sich weich und geschmeidig an. Er fuhr mit dem Stoff über die Wange, nahm die Farbe auf, arbeitete sich weiter vor zur Nase, zu den Mundwinkeln. Er wagte es kaum, auch nur sanften Druck auszuüben aus Angst, diese Balance von Weichheit und Spannung zu zerbrechen. Der Augenblick war perfekt, als hätte der Allmächtige auf die Pausetaste seiner Fernbedienung gedrückt. Das war der Beweis, dass es einen Gott gab, der einem solche Momente im Leben schenkte. Baltasar wünschte, er könnte diesen Augenblick in einer besonderen Kammer seines Inneren aufbewahren, um ihn immer wieder hervorzuholen.

Victoria stand völlig unbeweglich, sie hatte die Augen geschlossen. Er fuhr über ihre Lider. Er spürte ihren Atem, duftig und süß. Er hielt die Luft an. Die Zeit im Raum schien losgelöst von seinen Gesten. Bewegte er sich überhaupt? Es waren nur Sekunden vergangen, ihm kam es wie eine Ewigkeit vor.

Sie standen einander ganz still gegenüber, Victoria und

er. Die einzige Verbindung zwischen ihnen waren seine Fingerspitzen.

Dann öffnete sie die Augen, und ihr Blick traf ihn, ein Blick, den er bisher noch nie bei ihr gesehen hatte. Ein seltsamer Zustand erfasste seinen Körper, ein Zittern, er konnte nichts dagegen tun. Victoria.

Er ließ seinen Arm sinken, und das Taschentuch fiel ihm aus der Hand. Ohne einen Ton zu sagen, drehte er sich um und ging.

*

Baltasar suchte nach der Adresse. Er war nach wie vor fest entschlossen, mit diesem Jonas Lippert zu sprechen. Es war – zugegebenermaßen – auch ein willkommener Vorwand, um sich abzulenken und nicht weiter über Victoria Stowasser nachdenken zu müssen.

Philipp hatte ihm die Anschrift des Siebzehnjährigen gegeben, laut Straßenkarte musste die Wohnadresse am Rande von Rabenstein sein, einem Ortsteil von Zwiesel, früher eine Glasmachersiedlung, die Ende der Siebzigerjahre ihre Selbstständigkeit verlor und eingemeindet wurde.

Er parkte das Auto vor einem zweistöckigen Wohngebäude, das aussah wie ein umgebauter Bauernhof, eines dieser Sacherl, in denen die Bauern ihren Lebensabend verbrachten, nachdem sie das Erbe weitergegeben hatten. Die Fläche vor dem Haus war mit Kies aufgeschüttet, ein Holzschuppen lehnte windschief daneben. Schaufeln und eine Harke steckten in einem Sandhaufen, Pflastersteine stapelten sich an der Wand.

Auf dem Briefkasten klebte Lipperts Name. Baltasar suchte nach der Klingel, fand aber nur einen Türklopfer und betätigte ihn. Eine alte Frau mit Kleid, Schürze und Kopftuch öffnete und nuschelte etwas, was er als »Ja?« deutete. Sie behielt die Klinke in der Hand, bereit, die Tür jederzeit wieder zuzuschlagen.

»Guten Tag. Senner mein Name. Ich möchte Jonas besuchen.«

»Hat er wieder was ausgefressen.« Es war mehr eine Feststellung als eine Frage.

»Ich würde einfach gerne mit ihm sprechen.«

Die Antwort war ein Grummeln, das Baltasar mit »hinten rum« übersetzte.

»Hinten rum?«, fragte er sicherheitshalber nach.

»Der Bub wohnt im Keller, Eingang da rum.« Sie machte eine Bewegung, die andeuten sollte, dass er auf die andere Seite des Hauses gehen musste. »Wenn Sie den Bub sehen, richten Sie ihm aus, er soll seine Arbeit hier fertigmachen.« Sie zeigte auf den Sandhaufen. »Das Pflaster sollte eigentlich schon vor drei Wochen fertig sein. Saustall, das alles.«

Baltasar bedankte sich und umrundete das Gebäude. Im Hinterhof war ein Gemüsebeet angelegt geworden, die rückseitige Fassade war teilweise abgebröckelt und gab den Blick auf die Ziegelsteine frei. Eine Holztreppe führte außen hinunter zum Kellereingang.

Das war Jonas Lipperts Behausung?

Die Kellertür war nicht verschlossen.

»Herr Lippert?«

Baltasar brauchte einen Moment, bis er sich an das Halbdunkel gewöhnt hatte. Die einzigen Lichtquellen waren zwei Kellerschächte.

Plötzlich spürte er einen Arm um seinen Hals. Jemand hatte ihm aufgelauert und ihn von hinten an der Gurgel gepackt. Der Griff schnürte Baltasar die Luft ab.

»Was wollen Sie hier?«, zischte eine Stimme an seinem Ohr, die unverkennbar zu Jonas Lippert gehörte.

»Ich ... bin ... Pfarrer Senner ...«

Er hatte Mühe, die Worte hervorzupressen.

»Ich ... will ... mit Ihnen ... reden.«

Der Griff lockerte sich.

»Das ist meine Wohnung. Sie haben hier nichts zu suchen. Hausfriedensbruch nennt man so was. In Amerika könnte ich Sie jetzt auf der Stelle erschießen, und das wäre legal.«

»Gott sei Dank leben wir im Bayerischen Wald, da bewaffnet man sich allenfalls mit Mistgabeln.«

Baltasar spürte, wie die Luft wieder in seine Lunge strömte.

»Ich muss mich mit Ihnen unterhalten.«

Jonas Lippert ließ ihn los.

Baltasar rieb sich den Hals. »Kraft haben Sie, junger Mann, das muss man Ihnen lassen.«

»Selber schuld. Und jetzt hauen Sie ab. Oder glauben Sie, Sie sind was Besonderes, nur weil Sie Pfarrer sind, oder zumindest behaupten, einer zu sein?«

»Ich bin tatsächlich Geistlicher. Erkennen Sie mich nicht wieder?«

Jonas betrachtete ihn eine Weile.

»Nö, woher sollte ich Sie kennen?«

»Wir haben uns auf dem Spielplatz getroffen, im Stadtpark von Zwiesel. Sie waren mit Ihren Freunden dort. Sie hatten mir Ihr kleines Spielzeug gezeigt, Ihren Schlagring.«

Die Reaktion war anders als erwartet.

Jonas stieß Baltasar beiseite, dass er stolperte und rücklings auf einer Couch landete. Der Jugendliche stieß die Tür auf, stürmte hinaus und raste die Kellertreppe hoch.

Baltasar rappelte sich hoch und nahm die Verfolgung auf. Im Hinterhof war niemand zu sehen, nur ein Vorhang im ersten Stock bewegte sich leicht.

Beobachtete ihn die alte Frau?

Er spurtete zum Vordereingang, doch die Haustür war zu. Hinter dem Haus begann ein Feld, in der Ferne war Wald zu sehen. War Jonas in den Wald geflüchtet? Warum war er überhaupt geflüchtet?

Baltasar ging wieder hinunter in den Keller.

Nichts.

Dann hörte er Motorengeräusch. Es kam aus dem Schuppen.

In dem Moment, als Baltasar das Tor öffnen wollte, sprang es auf, und Jonas schoss auf einem Leichtmotorrad heraus. Er trug Sturzhelm und Handschuhe.

»Halt!«, rief Baltasar und stellte sich dem Jungen in den Weg. Der gab Gas und fuhr direkt auf ihn zu. Baltasar hechtete zur Seite, Jonas Lippert fuhr weiter und bog mit quietschenden Reifen in die nächste Straße ein.

Es war kein extrem schnelles Modell. Baltasar rannte zu seinem Käfer, betete, dass die Kiste aufs erste Mal ansprang, der Motor rasselte unwillig, der Gang krachte beim Einlegen – und das Auto machte einen Satz nach vorne.

Baltasar folgte dem Jungen.

Jonas nahm die Kiesslingstraße Richtung Zwiesel. Er war nur etwa 100 Meter vor Baltasar, und der Abstand wurde mit jeder Sekunde kleiner. Der Jugendliche schien seinen Verfolger bemerkt zu haben, denn er drehte sich um und machte eine obszöne Geste.

Auf einmal zog er seine Maschine nach links und lenkte sie auf einen Feldweg. Staub wirbelte auf. Das Motorrad geriet ins Schlingern, Jonas konnte jedoch einen Sturz vermeiden.

Baltasar musste wohl oder übel denselben Weg wählen. Er wurde durchgeschüttelt wie ein Gummiball und hatte Angst, die Stoßdämpfer würden nun endgültig ihren Dienst versagen.

Der Feldweg stieg an, in einiger Entfernung war der Waldrand zu erkennen. Er drückte das Gaspedal ganz durch, um Jonas vorher einzuholen. Noch zehn Meter, fünf, drei, zwei …

Jetzt lenkte der Junge seine Maschine direkt auf den Acker. Baltasar folgte ihm und dankte dem Herrgott für seine Sicherheitsgurte. Die Bäume tauchten vor ihnen auf. Mit einem Satz verschwand das Motorrad zwischen den Baumstämmen. Baltasar bremste ab, die Vorderräder gruben sich in den Schlick, der Motor erstarb. Jonas hielt kurz an, machte eine Siegerpose und verschwand endgültig im Wald.

Baltasar schlug auf das Lenkrad. Es wurmte ihn, dass er Jonas Lippert so knapp verpasst hatte. Zu allem Überfluss konnte er das Auto nicht frei bekommen, die Reifen hingen fest und wollten weder im Vorwärts- noch im Rückwärtsgang ihren Dienst tun.

Es blieb ihm nichts anderes übrig, als zu Fuß zurückzugehen, bis er einen Bauern fand, der ihn mit seinem Traktor aus der Falle befreite.

Der Bauer staunte nicht schlecht, als Baltasar ihn zu der Stelle gelotst hatte, und Baltasar musste mehrere Bemerkungen über sich ergehen lassen, ob Hochwürden es beim nächsten Ausflug nicht vielleicht mit einem elektronischen Navigationsgerät versuchen solle und dass man die Nebenwirkungen der heimischen Biere nicht unterschätzen dürfe.

Als Baltasar zwei Stunden später endlich fahren konnte, hatte sein Ärger sich verdoppelt. Jonas Lippert blieb verschwunden. Aber Baltasar wollte nicht so einfach aufgeben, von diesem Halbwüchsigen würde er sich nicht länger ärgern lassen.

Er holte Philipps Liste mit den bevorzugten Aufenthaltsorten der Clique hervor und beschloss, jede einzelne Station abzusuchen.

Seine erste Anlaufstelle war der Stadtpark in Zwiesel. Baltasar fuhr die Straße daneben mehrmals langsam auf und ab, schaute auch bei der Glaspyramide, doch weder der Junge noch sein Motorrad war zu sehen.

Das nächste Ziel war eine Tankstelle am Ortsrand. Er tankte dort auf und bemerkte mehrere junge Menschen, die, Bierdosen in den Händen haltend, zusammenstanden. Nachdem er bezahlt hatte, schlenderte er in die Richtung der Gruppe, aber es waren andere Jugendliche, er hatte sie nie zuvor gesehen.

Der dritte Treffpunkt war der Parkplatz vor dem Supermarkt. Leute mit Einkaufswagen gingen ein und aus, Fußgänger mit Taschen oder Rucksäcken – aber keine Jugendlichen.

Baltasar stellte seinen Wagen auf dem Parkplatz ab. Er ging hinüber zum Stadtplatz und suchte sich dort ein Gasthaus zum Abendessen. Der Schweinsbraten hatte eine wunderbare Kruste, nur den Semmelknödel fand Baltasar zu trocken, anders als bei Victoria.

Victoria. Da hatte sie sich wieder in seine Gedanken geschlichen. Ihr letztes Zusammentreffen erschien vor seinem inneren Auge, er konnte sich an jede Einzelheit erinnern, an den Teint ihrer Haut, an die Form ihrer Wimpern. Er zwang sich, nicht daran zu denken. Die Situation war verfahren. Er war Pfarrer. Katholischer Pfarrer. Ständig stand er in der Öffentlichkeit, ein Zugereister, immer noch argwöhnisch beäugt.

Er bestellte einen Nachtisch und ließ sich Zeit, ihn zu essen. Das Lokal verließ er erst, als es schon dunkel geworden war, die Geschäfte hatten bereits geschlossen. Er genoss die kühle Luft. Der Parkplatz lag im Dunkeln, nur die Straßenlaternen warfen Lichtflecken auf den Boden.

Als er ins Auto einstieg, bemerkte Baltasar ein Motorrad, das an der Mauer neben dem Eingang des Supermarktes lehnte. Er sah sich die Maschine aus der Nähe an. Kein Zweifel möglich, sie gehörte Jonas Lippert. Der Sturzhelm war angekettet, kein Mensch war auf dem Platz zu sehen. Baltasar entschied sich für den Fußweg in Richtung Stadtplatz. Irgendwo musste der Junge doch stecken.

Er kam an einer Kneipe vorbei, aus der Musik dröhnte. In dem Moment öffnete sich die Tür. Zwei Mädchen kamen heraus, ihnen folgte Jonas Lippert.

»Moment, Herr Lippert.« Baltasar hielt den Jungen am Arm fest und sagte zu den beiden Mädchen: »Ihr beiden geht jetzt lieber heim.«

Diese Sekunde der Unachtsamkeit nutzte Jonas. Er riss sich los und rannte die Straße hinunter. Baltasar spurtete hinterher. Der Junge verschwand in einer Passage am Stadtplatz. Diesmal war Baltasar jedoch schneller und bekam ihn am Kragen zu fassen. Jonas verlor das Gleichgewicht, stolperte und blieb am Boden liegen.

»Endstation, mein Lieber.«

Baltasar versuchte, wieder zu Atem zu kommen. Sie waren in einem Untergeschoss gelandet, aus dem es keinen zweiten Ausgang gab.

Jonas versuchte mühsam, sich aufzurichten. Er stöhnte.

»Alles in Ordnung?« Baltasar reichte ihm die Hand, um ihm aufzuhelfen. Er sah ihn an. Irgendetwas stimmte nicht mit dem Jungen.

»Haben Sie sich verletzt?«

Der junge Mann hielt sich den Magen. Baltasar konnte die Alkoholfahne riechen. Aber da war noch etwas: ein unregelmäßiges Flackern in den Augen. Er tippte auf Drogen.

»Ich glaube, es ist besser, wenn ich einen Krankenwagen rufe, Herr Lippert, Sie sehen gar nicht gut aus.«

»Nein ... Nein ... nicht ... Bloß kein Krankenhaus, Alter ... Die informieren die Polizei ... das gibt nur Action ... Bin gleich wieder auf dem Damm.«

»Was für ein Zeug hast du dir denn eingeworfen?«

»Eine Spezialmischung.«

Baltasar dachte an seine eigenen Weihrauchmischungen und deren segensreiche Wirkungen. Aber das hier war etwas anderes.

»Ein Arzt wäre jetzt aber das Richtige.«

»Nicht ... Bitte ... Ich nehm den Stoff regelmäßig ... Hab alles unter Kontrolle, nur etwas zu viel erwischt ... Noch ein paar Minuten, dann geht's wieder. Bloß keine Bullen!«

»Also gut, wir werden sehen.«

Baltasar half dem Jungen auf und stützte ihn ein paar Schritte weit bis zur Wand, damit er sich mit dem Rücken anlehnen konnte.

»Aber nur unter einer Bedingung: Du erzählst mir jetzt, was ich wissen will! Einverstanden?«

»Ich ... Ich kann nicht ...« Seine Stimme erstarb. Der Brustkorb hob und senkte sich unregelmäßig.

Baltasar schüttelte ihn. »Jetzt bloß nicht ohnmächtig werden. Also, was ist, haben wir einen Deal, oder soll ich die Sanitäter rufen?«

Jonas fluchte, also ging es ihm schon wieder besser. Er versuchte aufzustehen, doch Baltasar drückte ihn wieder an die Wand. »Es ist keine gute Idee, in deinem Zustand jetzt rumzulaufen.«

Sie schwiegen. In dem Untergeschoss waren die Geräusche vom Stadtplatz nicht mehr zu hören.

Nach einiger Zeit fragte Jonas Lippert: »Haste 'ne Kippe für mich?«

»Freut mich, dass es dir wieder besser geht. Und Zigaretten gibt's keine. Ich bin Nichtraucher.« Baltasar beobachtete den Jungen. Sein Kreislauf schien sich stabilisiert zu haben, nur seine Augen flackerten noch, und es fiel ihm schwer, deutlich zu sprechen.

»Und wie wär's mit 'nem Bier?« Jonas suchte seine Taschen ab. »Irgendwo hab ich noch einen Fünfer. Ich geb einen aus. Aber du musst das Zeug besorgen, Alter.«

War das wieder ein Trick, um abzuhauen? Baltasar war fest entschlossen, sich nicht mehr hereinlegen zu lassen.

»Ich will jetzt endlich was von dir hören, Freundchen, und zwar keine Ausreden bitte. Ist das bei dir angekommen?«

»Was willste denn wissen, Alter? Mit einem Bierchen ging's mir gleich besser.«

»Quatsch nicht! Es geht um den Vormittag, an dem mein Freund Anton Graf im Stadtpark ermordet wurde.«

»Du kennst diesen Spacko? Voll krass, der Typ.«

Baltasar packte den Jungen und zog ihn zu sich her. »Pass auf, was du sagst, mein Lieber. Da verstehe ich keinen Spaß.«

»He, Alter, krieg dich wieder ein. Der Typ war doch gestört.«

»Ich hab dir's gesagt, reiß dich zusammen. Du kennst den Mann also?«

»Ich kann Zeitung lesen, auch wenn's nicht so aussieht. Wir könnten uns einen genehmigen, was meinst du, Alter? Dann quatschen wir weiter. Ich kenn da eine Tankstelle …«

»Du bleibst hier.«

»Schon gut. War nur 'n Vorschlag. Zigaretten hast du auch nicht … dann wär ich wieder voll klar im Kopf.«

»Eure Clique ist mit Graf auf dem Spielplatz im Park zusammengetroffen. Eine Frau hat euch beobachtet. Also streit es nicht ab.«

Jonas hob die Hände. »Friede, Alter. Will doch gar nichts abstreiten, warum auch? Wir haben den Typen nicht kaltgemacht. Wir waren's nicht. Obwohl dieser Dätschenkopf eine Abreibung verdient hatte. Außerdem sind wir keine Clique, das sind einfach meine Kumpels, verstehst du? Freunde halt.«

»Schöne Freunde, die einen Wehrlosen angreifen.«

»War Notwehr, Alter, so heißt das doch? Notwehr. Der Kerl hat uns angequatscht. Das war voll die Beleidigung. Und beleidigen lassen müssen wir uns nicht, oder? Du wehrst dich doch auch, wenn dir einer in die Eier tritt, oder?«

»Anton Graf hat nur mit euch geredet. Daraufhin hast du zugeschlagen. Das ist etwas völlig anderes.«

»Der Typ ist uns angegangen, weil wir ein wenig gefeiert haben. Mit Bier und Schnaps und so, leckere Mischung. Da hat sich der Alte tierisch aufgeregt. Ob wir nichts Besseres zu tun hätten, ob wir nicht zur Arbeit oder in die Schule müssten, was diese Spackos halt so reden. Da haben wir ihm unsere Meinung gesagt. Das ist doch unser Recht als Bürger. Genauso wie das Feiern, das ist ein Menschenrecht, von der Verfassung geschützt. Was ist jetzt mit einem Bierchen? Mir ist vor lauter Labern die Kehle ausgetrocknet.«

»Lenk nicht ab. Was war weiter?«

»Wir haben gesagt, dass er sich ja nicht so haben soll und dass es ihn einen Dreck angeht, was wir machen. Da wurde der Typ lauter. Er meinte, wir sollten ihn durchlassen, er hätte noch eine Verabredung. Dann stieß er meinen Kumpel zur Seite.«

»Und da hast du deinen Schlagring herausgeholt und auf den Mann eingedroschen.«

Baltasar stellte sich die Szene vor: Anton gegen eine Meute Jugendlicher. Er war ja selbst in die Situation geraten …

»Alter, ich brauch schließlich was für meine Selbstverteidigung, du weißt ja, welches Gesindel sich auf den Straßen rumtreibt. Da darf man nicht unbewaffnet sein. Aber bei dem Typen war's nicht so.«

»Sondern?«

»Ich hab kein Problem damit, einem was aufs Maul zu hauen, der mir blöd kommt, glaub mir. Aber in dem Fall hat das mein Kumpel erledigt, nicht ich.«

»Was … Was? Du warst es nicht, der zugeschlagen hat? Wer dann?«

»Mein Kumpel. Sag ich doch gerade.«

Baltasar war überrascht. »Und wie heißt dieser Kumpel? Hat der auch einen Namen?«

»Jetzt laberst du wie ein Bulle. Hat der auch einen Namen, hat der auch einen Namen?« Er äffte Baltasars Tonfall nach. »Natürlich hat der auch einen Namen. Aber den sag ich dir nicht.«

»Warum nicht? Hast du etwa Angst? Wenn euer Vorgehen doch nur Selbstverteidigung war, wie du behauptest, dann brauchst du keine Angst vor der Polizei zu haben.«

»Ich hab keine Angst vor den Bullen. Gib mir ein Bierchen aus, Alter, und wir reden weiter.«

Baltasar spürte, dass seine Geduld rieselte wie Sand in einer Sanduhr. »Du bekommst schon was, versprochen. Aber jetzt spuck's aus!«

»He, das hat Valentin erledigt. Er war an dem Tag gut drauf, viel besser als ich.«

»Valentin Moser?«

»Du kennst ihn, Alter? Genau, mein Kumpel.«

»Wie ging es dann weiter?«

»Das war mir doch egal. Ich hab nichts mitgekriegt, sondern mir die Show reingezogen. Hätte ich Valentin gar nicht zugetraut. Und was ist jetzt mit meinem Bierchen?«

»Du bekommst was viel Besseres von mir: Ich fahre dich nach Hause.«

24

Teresa machte ihm ein Zeichen und hielt ihm den Telefonhörer hin. Sie formte ein Wort mit den Lippen, das Baltasar nicht verstand, und deutete nach oben.

»Baltasar Senner, grüß Gott.«

Eine männliche Stimme meldete sich am anderen Ende der Leitung. »Einen Moment, Seine Exzellenz möchte Sie sprechen. Ich stelle durch.«

Die Verbindung war unterbrochen. Baltasar jubelte innerlich. Hatten seine Anrufe bei der Diözese am Ende doch etwas genutzt, und der Bischof bequemte sich endlich, sich um die Renovierung des Glockenturms zu kümmern.

Es knackte. »Herr Senner? Gott zum Gruße.« Unverkennbar die gönnerhafte Stimme seines Vorgesetzten. »Wie geht's denn so bei Ihnen? Was macht die Gemeinde?«

»Exzellenz, schön, dass Sie Ihren unwürdigen Diener beehren.« Baltasar dosierte die Ironie, schließlich wollte er Vinzenz Siebenhaar nicht gegen sich aufbringen, den Geldboten ärgerte man besser nicht.

»Lassen Sie das, Senner, immer Ihre Förmlichkeit. Es ist doch normal, dass der Hirte nach seinen Schäfchen schaut. Ha, ha, ha.« Für einen Witz hatte der Bischof eine Spur zu nüchtern geklungen.

»Das freut mich, der Hirte bringt gute Sachen. Darauf habe ich schon gewartet.«

»Ich habe von dem schrecklichen Vorfall gehört. Ihr Nachbar. Das schmerzt. Mein Beileid.«

»Danke, Exzellenz.«

»Hat die Polizei schon eine Spur?«

»Ich glaube nicht, aber die Kriminalbeamten informieren einen nicht darüber, ich weiß nur, was man so hört.«

»Herr Senner, Sie werden doch nicht selbst auf Spurensuche gehen.« Der Bischof klang besorgt. »Das gehört sich für einen Priester nicht, und ich würde es Ihnen kraft meines Amtes verbieten.«

»Spurensuche ist Sache der Polizei. Meine Sorge gilt dem Gotteshaus. Schließlich ist unsere Kirche derzeit nicht vollständig, sie hat einen Defekt, wie Sie wissen, Exzellenz. Allein die Gottesdienste ...«

»Mein Guter, Ihre Messen leben von der tausendfach geprobten katholischen Liturgie und von Ihrer Überzeugungskraft bei der Predigt. Das Wort Gottes wirkt immer und überall, ob in einer Kathedrale oder vor einem Grab.«

»Aber Glockengeläut gehört dazu.«

»Die Bedeutung wird überschätzt, glauben Sie mir. Ich habe schon Messen auf dem Feld abgehalten, ich denke da an die wunderbare Erntedankfeier vor vier Jahren ... Und als ich erst unlängst auf dem Großen Arber wandern war, habe ich spontan mit meinen Begleitern eine kleine Messe vor dem Gipfelkreuz zelebriert. Es war ergreifend, sage ich Ihnen, der Himmel über uns, die herrliche Fernsicht über den Bayerischen Wald, die gesunde Luft. Mehr braucht man als Geistlicher nicht, um glücklich zu sein. Solche Momente entschädigen einen für alles, der Allmächtige gibt einem so viel zurück. Und ich sage Ihnen, eine Glocke hat in diesem Augenblick nicht gefehlt, im Gegenteil, sie hätte das Erlebnis, Gott so nah zu sein, sogar gestört. Die Musik der Natur ist viel sinnlicher als alle Glocken dieser Welt.«

»Aber meine Gemeindemitglieder wollen auf das gewohnte Läuten nicht verzichten.«

»Deswegen rufe ich an, mein Lieber. Es geht um Ihre Gemeinde. Es erwartet Sie die wunderbare Aufgabe, etwas für Ihre Gemeinde zu tun.«

»Indem ich endlich den Dachstuhl und das Gebälk reparieren lasse – mit Hilfe der Diözese.«

»Meinen Sie, die Urchristen hätten Glocken gehabt?« In Siebenhaars Stimme hatte sich Widerwillen geschlichen. »Denen genügten ein Kreuz und Brot und Wein für die heilige Feier.«

»Die mussten auch keine Riesenbehörden im Vatikan ernähren«, entfuhr es Baltasar.

»Das ist unangemessen, Herr Senner. Mäßigen Sie sich! So von dem Heiligen Vater zu reden! Aber ich will Ihnen verzeihen.« Der Bischof versuchte, freundlich zu klingen, was ihm nicht ganz gelang. »Denken Sie nur an den heiligen Franz von Assisi, der mit den Vögeln sprach und sagte, ich zitiere: ›Gar müsst ihr euren Schöpfer loben, der euch mit Federn bekleidet und die Flügel zum Fliegen gegeben hat; die klare Luft wies er euch zu und regiert euch, ohne dass ihr euch zu sorgen braucht‹. Daran sollten Sie sich ein Beispiel nehmen.«

»Ich kann mir ja ein Messgewand aus Kartoffelsäcken nähen lassen, wenn das der Wunsch der Diözese ist.« Baltasar merkte, wie sein Blutdruck stieg. Er zwang sich, dreimal tief durchzuatmen.

»Ein Bußgewand, ha, ha, ha. Sie als Bußprediger, ha, ha. Sie haben Humor, Herr Senner. Die Freude verstehe ich, denn Sie haben die Chance, was sage ich, die einzigartige Chance, hier bei uns eine Großgemeinde zu etablieren. Wie ich von Ihrem Herrn Bürgermeister gehört habe, übrigens ein freundlicher und gläubiger Mensch, soll ein wunderbares christliches Altersheim entstehen.«

»Hat Sie unser Herr Wohlrab um eine Finanzierung gebeten, oder gar um eine Beteiligung an dem Projekt?«

»Sie scherzen, die Diözese muss sparen. Die Einnahmen aus der Kirchensteuer schrumpfen kontinuierlich, aber das brauche ich Ihnen nicht zu erzählen. Diese Sorgen quälen mich, nächtelang wälze ich mich im Bett und zermartere mir das Gehirn, wie ich die Gehälter, so auch Ihr Gehalt, weiter finanzieren kann. Und Sie kommen mir mit so was Profanem wie wurmstichigen Holzbalken.«

»Eine Kirche mit kaputtem Glockenturm ist keine richtige Kirche. Was würden Sie sagen, wenn Ihr Dom in Passau plötzlich verstummen würde?«

»Jetzt machen Sie ausnahmsweise mal was richtig, Herr Senner, und sorgen Sie wie ein Missionar dafür, dass sich dieses Altersheim mit christlichen Mitbürgern und Mitbürgerinnen füllt. Die sollen aus ganz Deutschland kommen, sagt Herr Wohlrab, stellen Sie sich vor, von diesen hochverschuldeten protestantischen Bundesländern, die können Sie zur wahren Lehre bekehren, Herr Senner. Wenn die Leute den schönen Bayerischen Wald und Ihre Gemeinde sehen, treten die freiwillig in die katholische Kirche ein, weil sie glauben werden, sie sind im Paradies gelandet.«

»Da geht es nur ums Geld. Nicht um den Glauben. Das ist nichts für mich.«

»Glaube ohne Geld ist auch nichts. Also strengen Sie sich an, Herr Senner, tun Sie was fürs Altersheim. Irgendwie habe ich das Gefühl, dass es danach auch mit Ihrem Dachstuhl weitergeht. Und wie Sie selbst gesagt haben: Seien Sie ein gehorsamer Diener!«

*

Am Nachmittag kam Teresa aufgeregt in sein Arbeitszimmer, ihr Handy in der Hand. »Hochwürden, Hochwürden, mein Cousin haben angerufen!«

Baltasar wirkte offenbar etwas begriffsstutzig, denn die Haushälterin fügte hinzu: »Mein Cousin aus Krakau, der mich besuchen wollen.«

»Ja, stimmt.« Er erinnerte sich.

»Cousin ist schon in Deutschland, hat angerufen, bereits die Grenze passiert, bald hier sein!«

»Was, jetzt? Etwas überraschend ist das schon. Warum hat er nicht früher angerufen? Da sollten Sie ihm das Gästezimmer herrichten.«

»Ein Zimmer? Ich denke …« Teresa druckste herum. »Ich weiß nicht …«

»Was ist?«

»Äh … Nichts … Wir abwarten, bis Verwandter kommt.«

Der Besuch kündigte sich eine Stunde später mit lautem Hupen an. Die Haushälterin eilte hinaus, Baltasar trank in Ruhe seinen Kaffee zu Ende. Der Begrüßungslärm irritierte ihn, er war ungewöhnlich laut, es klang sogar, als ob mehrere Personen gleichzeitig sprachen. Er ging ebenfalls hinaus – und für einen Moment verschlug es ihm den Atem.

Auf dem Platz vor dem Pfarrheim parkte ein Kleintransporter, der in den Neunzigerjahren als Baustellenfahrzeug gedient haben musste. Eine Seite war verbeult, Rost hatte sich an den Kratzspuren gebildet. Ein Riss in der Seitenscheibe war mit Aufklebern kaschiert.

Teresa sprach mit einem mittelgroßen Mann, er hatte volles Haar und mochte etwa Ende 40 sein. Neben ihm standen zwei jüngere Frauen mit blondierten Haaren, die bis über die Schultern fielen. Zwei kleine Buben rannten um den Wagen herum und spielten Fangen, dabei riefen sie laut etwas auf Polnisch. Mehrere Koffer und Taschen waren bereits ausgeladen worden, weitere Gepäckstücke stapelten sich noch im Kofferraum.

Baltasar winkte die Haushälterin zu sich. »Teresa, was ist das?« Er deutete auf die Szene.

»Mein Cousin Karol. Ich Ihnen von seinem Besuch erzählt.«

»Arbeitet Ihr Cousin freiberuflich als Schlepper und Schleuser? Das sieht hier aus wie ein Flüchtlingstransport.«

»Sein Verwandte von Karol.«

»Ach so, sie fahren weiter und haben Ihren Cousin nur abgeliefert. Da bin ich aber froh.«

»Äh ... was soll ich sagen ... die würden alle gerne hier bleiben.«

»Sagten Sie nicht, Ihr Cousin käme allein?«

»Karol musste kurzfristig seine Pläne ändern. Ich Sie stellen ihm vor, dann er alles erzählen. Er kann ein wenig Deutsch. Die andern aber leider nicht.«

Karol drückte Baltasar zur Begrüßung so fest an sich, dass er keine Luft mehr bekam.

»Danke, Sie uns aufnehmen, Eure Geistlichkeit, danke, danke. Ich heißen Karol und sein aus Krakau, so wie Teresa.« Er winkte seine Passagiere zu sich. »Die Kleinen seien Pawel und Jan, zehn und zwölf Jahre alt.« Der Mann schob die Kinder an die Seite und fasste die beiden Frauen um die Hüfte. »Diese beiden Goldstücke sein meine Schwester Jana und ihre Freundin Lenka, sind Augenstern, oder nicht?«

Baltasar wusste immer noch nicht, was er sagen sollte. Wie er den Erzählungen Karols und der Dolmetscherarbeit Teresas entnahm, sei Karols Schwester plötzlich krank geworden, ein Magenleiden, er habe sie und ihre

Kinder deshalb nicht allein zurücklassen können. Lenka sei als Unterstützung mitgekommen, sie solle sich um die Kleinen kümmern, bis Jana wieder völlig gesund sei.

»Wenn Ihnen nicht passt, Eure Geistlichkeit, Sie uns wieder nach Hause schicken dürfen.« Der Mann nahm Baltasars Hand und drückte sie mehrmals. »Wir Ihnen nicht zur Last fallen, wir sein Mäuschen im Haus, Sie nichts merken von uns.« Er übersetzte das, seine beiden Begleiterinnen nickten, die Buben schien es nicht zu interessieren, denn sie widmeten sich wieder ihrem Spiel.

»Wo sollen die denn alle schlafen, Teresa?« Baltasar schwante nichts Gutes.

»Sie doch haben ein Arbeitszimmer, das ist wenig benutzt«, antwortete die Haushälterin. »Ich holen Matratzen vom Speicher.«

25

Aus der Küche drangen polnische Volksweisen ins Schlafzimmer, die Lautstärke war offenbar auf ein Maximum gedreht. Dazu wurde mitgesungen. Es klang wie ein schlecht gestimmter Kirchenchor.

Baltasar zog sich das Kopfkissen über den Kopf und hoffte, dass der Kelch bald an ihm vorübergehen würde. Vergebens. Der Gesang wurde abgelöst von Gelächter, die Kinder stritten im Arbeitszimmer, bis einer von ihnen zu weinen anfing und die Tür zuknallte.

Eine Zeitlang versuchte Baltasar, die Geräusche einfach zu ignorieren. Es gelang ihm nicht, ans Weiterschlafen war nicht mehr zu denken. Er kroch aus dem Bett, duschte sich und zog sich an.

In der Küche roch es nach Kaffee und frisch gebackenem Brot. Karol im Jogginganzug mit Streifenmuster sprang auf und begrüßte Baltasar. Er bedankte sich nochmals für die Gastfreundschaft seiner Geistlichkeit.

»Nennen Sie mich einfach Baltasar, Baltasar Senner.«

Er fragte sich, ob der Mann noch im Schlafanzug war oder seine normale Garderobe trug. Die Frauen zogen an ihren Zigaretten, verwedelten den Rauch und fragten etwas auf Polnisch.

»Sie fragen, ob draußen rauchen sollen«, übersetzte Karol.

»Wäre vielleicht besser.« Baltasar goss sich eine Tasse Kaffee ein und strich sich ein Marmeladenbrot.

Auf dem Tisch stand eine geöffnete Dose mit undefinierbarem Inhalt.

»Sind Knorpelstückchen in Schweineschmalz«, sagte Teresa. »Haben unsere Gäste mitgebracht. Delikatesse aus Polen.«

Bereits vom Zuhören braucht man einen Verdauungsschnaps, dachte Baltasar. Ihm fiel ein, dass er Teresa gar nicht gefragt hatte, wo sie ihre Gäste untergebracht hatte. Die beiden Frauen würden doch nicht mit Karol im Zimmer schlafen …?

»Und was habt ihr heute vor?«, fragte er.

»Sightseeing. Ort angucken«, sagte Karol.

Baltasar überlegte, ob der Tag nicht ideal wäre, Dinge außerhalb der Pfarrei zu erledigen und die Gäste sich selbst zu überlassen.

*

Der Scheck, den ihm Anton Graf kurz vor seinem Tod gegeben hatte, die Spende in Höhe von 15.000 Euro für die Reparatur des Kirchturms, war ihm wieder eingefallen. Nach der Ermordung seines Nachbarn standen andere Dinge im Vordergrund. Nun fragte er sich jedoch, was er mit dem Scheck machen sollte. Durfte er ihn überhaupt einlösen? Oder war das Geld mittlerweile Teil des Erbschaftsvermögens und gehörte jemand anderem, möglicherweise Quirin Eder?

Er musste der Sache auf den Grund gehen. Sein Arbeitszimmer hatten die beiden Kinder in ein Indianercamp verwandelt, aus Büchern hatten sie ein Gerüst gebaut und darüber ein Leintuch als Zelt gespannt. Die Aktenordner dienten als Zaun. Er bahnte sich seinen Weg durch das Spielzeug, das auf dem Boden verstreut lag.

Er setzte sich an seinen Schreibtisch und suchte nach dem Scheck, er war sich sicher, ihn in die oberste Schublade gelegt zu haben. Da war er jedoch nicht. Er sah in den anderen Schubläden nach – ohne Ergebnis. Er wiederholte die Suche auf der anderen Seite des Schreibtisches. Nichts. Er wurde nervös. Wo steckte der Scheck? Sollten etwa die Kinder …?

Er kroch unter die Plane des provisorischen Wigwams. Ein paar der Bücher dienten als Hocker, und in der Mitte hatten die Jungs aus Büroklammern, Stiften und Gummiringen einen Kreis gebildet: das Lagerfeuer. Darin befanden sich Papierkugeln als Holzscheite.

Baltasar sah sich jedes Knäuel an, doch sie bestanden alle lediglich aus altem Zeitungspapier. Auch der Boden war mit Zeitungen ausgelegt. Er schob die Seiten ein wenig auseinander, und da entdeckte er den Scheck. Zerknittert, aber noch ganz.

Als ausstellende Bank war auf dem Dokument eine Adresse in Regensburg angegeben.

Kurzentschlossen sagte Baltasar Teresa Bescheid, sie solle mit dem Mittagessen nicht auf ihn warten und die Gäste mit ihren Spezialitäten verwöhnen. Er selber habe außer Haus etwas zu erledigen.

*

Die Sonne hatte sich zwischen die Wolken gezwängt, der Wind hatte nachgelassen, es versprach, ein herrlicher Ausflug zu werden.

Auf der Autobahn war an diesem Vormittag wenig Verkehr. Er schaltete das Radio ein und suchte einen Sender mit Rockmusik. Seine Gedanken trieben dahin, die Landschaft rauschte an ihm vorbei.

Er nahm die Ausfahrt Regensburg Zentrum und steuerte die Tiefgarage am Bismarckplatz an.

Zuerst spazierte er die Glockengasse entlang, bog in die Krebsgasse ein und ging bis zum Haidplatz. Er liebte die Gassen der Regensburger Altstadt, die mittelalterlichen Gemäuer, die ehemaligen Adelshäuser, die Kirchen. Vor allem liebte er es, von Schaufenster zu Schaufenster zu bummeln, die Auslagen der kleinen Geschäfte zu betrachten: Souvenirs für Touristen, Raritäten für Sammler, wunderbar nutzlose, aber manchmal auch durchaus nützliche Dinge für den Alltag.

An der Steinernen Brücke kaufte er sich eine Semmel mit Bratwurst und Senf, am Alten Rathaus gönnte er sich zwei Pralinen als Dessert.

Im Dom Sankt Peter legte er eine Pause ein, studierte die Glasmalereien, die Heiligenfiguren und das Taufbecken und lauschte – ein wenig neidisch – dem Glockenschlag vom Turm.

Die auf dem Scheck angegebene Bank befand sich am

Neupfarrplatz neben der gleichnamigen Kirche aus dem 16. Jahrhundert. Der Platz war gesäumt von Gebäuden aus verschiedenen Jahrhunderten, vom Barockbau bis zum Plattenbau eines Kaufhauses. Reisegruppen flanierten umher, Touristen machten die obligatorischen Fotos, Gaststätten luden zu Mittagsmenus ein.

Baltasar betrat die Bank und stellte sich in der Schlange vor dem Schalter an. Als er an die Reihe kam, holte er den Scheck heraus und zeigte ihn der Bankangestellten.

Die sah ihn an, als ob er ihr Falschgeld andrehen wollte.

»Was beabsichtigen Sie mit diesem Papier?« Eine Spur Gereiztheit war aus ihrem geschäftlichen Ton herauszuhören.

»Diesen Scheck habe ich bekommen.«

Die Frau nahm ihm das Papier aus der Hand, hielt es zuerst gegen das Licht und strich es dann glatt.

»Es sind Schokoladeflecken darauf. Außerdem ist das Dokument zerknittert und beschädigt. Sehen Sie da, die eingerissene Ecke?« Sie tippte auf die Stelle.

»Und?«

»Der Scheck sieht mir eher aus, als gehörte er zu einem Spiel. Oder wie so ein Sammelbild aus einer Packung Cornflakes.«

Baltasar wusste nicht, ob er das als Scherz auffassen sollte.

»Sie glauben nicht, was man heutzutage mit einem Farbkopierer alles machen kann«, fuhr sie fort. »Wenn Sie wüssten, was wir jeden Tag vorgelegt bekommen ...«

»Der Scheck ist echt!«

»Ich glaube Ihnen gerne, mein Herr, dass Sie in bestem Wissen und Gewissen gehandelt haben. Man kennt seine Geschäftspartner nicht immer genau.« Sie sah ihn an.

»Also gut. Warten Sie einen Augenblick.« Sie verschwand in einen nicht einsehbaren Bereich des Schalterraumes.

Aus dem Augenblick wurde eine Viertelstunde. Die Angestellte kam ohne den Scheck zurück. »Wenn Sie mir bitte folgen wollen.« Sie führte ihn zu einer Tür, klopfte an und öffnete. »Wenn Sie bitte eintreten wollen.«

Sie betraten einen engen Raum, der gerade Platz bot für einen Aktenschrank, einen Schreibtisch mit Computer und einen Stuhl. »Nehmen Sie bitte Platz.«

Ein Mann mittleren Alters im grauen Anzug stellte sich vor.

»Schulz mein Name. Ich betreue die besonderen Fälle beim Kundenservice. Sie wollen diesen Scheck einlösen?«

Der Angestellte holte eine Lupe heraus und begutachtete den Scheck, ohne ein Wort zu sagen.

»Ich will vor allem wissen, ob damit alles in Ordnung ist«, unterbrach Baltasar das Schweigen.

»Ich verstehe.« Der Bankangestellte setzte seine Arbeit fort, ohne aufzusehen. Dann tippte er etwas in seinen Computer. Schließlich fragte er: »Wie ist es denn zu dem Zustand des Dokuments gekommen?«

Baltasar kam sich vor wie ein Schüler vor seinem Lehrer in der mündlichen Prüfung.

»Sie wissen doch, wie Kinder sind.«

»Kinder, so, so.«

Wieder herrschte Stille.

»Dürfte ich bitte Ihre Legitimation sehen, Herr …«

»Senner, Baltasar Senner, Pfarrer von Beruf.«

Er gab Herrn Schulz seinen Personalausweis.

Eine Augenbraue des Mannes hob sich. »Sie sind Geistlicher? So sehen Sie eigentlich gar nicht aus …«

»Wie sehen denn Priester Ihrer Meinung nach aus?«

Baltasar spürte ein Kribbeln unter der Haut. »Gehen Sie regelmäßig in die Kirche? Glauben Sie an Gott? Glauben Sie überhaupt an etwas?«

»Ich pflege die Religiosität auf meine Art. Aber deswegen sind wir nicht hier.«

»Weswegen denn? Schließlich geht es genau um die Frage, ob Sie glauben. Einem Pfarrer glauben. Mir glauben.«

»Was denken Sie, was ich mir für Geschichten anhören muss? Neulich war einer da, der behauptet hat, er wäre Gefäßchirurg, dabei war er Heilpraktiker.«

»Neulich habe ich einen Bankmanager getroffen, der behauptet hat, er verstehe was von Geldanlagen.«

»Nun, Herr … Senner. Wir sind als Geldinstitut dazu verpflichtet, alle Urkunden auf ihre Echtheit zu überprüfen. Dieser Scheck ist eine Urkunde, und er ist echt. Er wurde von unserer Bank ausgegeben.«

»Wunderbar. Wo liegt dann das Problem?«

»Ich würde es nicht gerade ein Problem nennen. Eher eine Auffälligkeit. Über den Zustand der Urkunde haben wir bereits gesprochen.«

»Ja und?«

»Sehen Sie, der Scheck wurde von Herrn Anton Graf ausgestellt. Ich habe gerade im Computer seine Unterschrift mit der bei uns hinterlegten Signatur verglichen, und dem Augenschein nach ist die Unterschrift original, vorbehaltlich weiterer Prüfungen, versteht sich.«

»Sagte ich doch. Und ich bin der Begünstigte.«

»Das steht auf dem Dokument, ja. Allerdings dienen solche Schecks nur zur Verrechnung. Wir könnten Ihnen das Geld nicht in bar auszahlen.«

»Das müssen Sie auch nicht. Ich will es auch nicht jetzt

haben, sondern ich wollte mich nur vergewissern, dass alles seine Ordnung hat.«

»Auffällig ist, dass der Betrag ungewöhnlich hoch ist. Normalerweise überweist man heutzutage solche Summen direkt. Das ist bequemer und geht schneller. Der Punkt ist der: Ich möchte mich bei der Kontoinhaberin rückversichern, dass diese 15.000 Euro auch ihren Absichten entsprechen.«

Baltasar horchte auf. »Kontoinhaberin? Ich verstehe nicht ganz. Was meinen Sie damit?«

»Sehen Sie, Herr Senner, das Konto läuft auf den Namen einer Frau. Herr Graf hat lediglich eine Vollmacht für dieses Konto.«

Für einen Moment blieb Baltasar die Luft weg. Sein Nachbar war gar nicht der Kontoinhaber? Und das Geld?

»Ich denke, ich weiß, was Sie denken, Herr Senner.« Der Angestellte versuchte ein Lächeln. »Das Guthaben gehört selbstverständlich der Kontoinhaberin. Sie bestimmt allein darüber. Und sie hat verfügt, dass Herr Graf Geld abheben darf. Sie kann jedoch theoretisch ihre Verfügung widerrufen.«

»Wie heißt diese Frau? Haben Sie eine Adresse? Dann kann ich mich mit ihr direkt in Verbindung setzen und die Sache klären.«

Der Mann bekam einen Hustenanfall. »Wo denken Sie hin? Wir sind eine Bank. Wir dürfen nicht so einfach Auskünfte über unsere Kunden erteilen, so leid es mir tut.«

»Das würde das Verfahren aber ungemein beschleunigen.«

»Manchmal muss man eben gründlicher vorgehen. Wie gesagt, tut mir leid. Wie sollen wir also jetzt vorgehen?«

»Wenn Sie mir freundlicherweise meinen Ausweis und den Scheck zurückgeben würden? Beides gehört mir. Ich werde sehen, was zu tun ist.«

Baltasar erhob sich.

Der Mann zögerte, dann händigte er ihm die Unterlagen aus.

Auf halber Strecke zum Ausgang kam Baltasar eine Idee. Er machte kehrt und stellte sich erneut an, jedoch vor einem der anderen Schalter als beim ersten Mal.

»Gott zum Gruße. Haben Sie eine Leselupe für mich?«, fragte Baltasar, als er an der Reihe war. Die junge Frau, offenbar eine Auszubildende, sah ihn verständnislos an.

»Wissen Sie, ich habe meine Brille vergessen und kann nicht lesen, was für ein Formular ich ausfüllen muss, um diesen Scheck einzureichen.«

Die Angestellte holte einen Vordruck und legte ihn vor Baltasar.

»Könnten Sie das für mich ausfüllen? Bitte.« Er lächelte sie an. »Ich weiß, dass Sie hier viel zu tun haben.«

Die Frau lächelte zurück. »Einen Moment.« Sie übertrug die Daten auf den Vordruck.

»Leider steht auf dem Scheck nur die Kontonummer. Könnten Sie für mich vielleicht auch noch den Kontoinhaber eintragen?«

Die Mitarbeiterin las in ihrem Monitor und schrieb einen Namen auf das Formular.

Baltasar nahm das Papier und den Scheck wieder an sich. »Oh je, jetzt habe ich doch glatt vergessen, wie meine eigene Kontonummer lautet. Ich bin so ein Schussel.« Er hoffte, seine Theateraufführung war glaubwürdig. »Entschuldigen Sie. Jetzt muss ich nach Hause fahren und dann noch mal wiederkommen. Danke jedenfalls herzlich für Ihre Hilfe!«

26

Die Angelegenheit war mysteriös. Warum war Anton Graf nicht der Inhaber des Kontos der Regensburger Bank, warum griff er auf fremdes Geld zu? Und warum umging er sein Konto bei der heimischen Sparkasse? Baltasar wusste, dass sein Nachbar dort Kunde gewesen war. Und warum um alles in der Welt räumte diese Frau Anton eine Vollmacht ein?

Sie hieß Barbara Spirkl, den Namen hatte die junge Bankangestellte auf das Formular geschrieben. Vermutlich stand ihre Adresse im Telefonbuch, ansonsten musste ihm sein Freund Philipp noch mal einen Gefallen tun ...

Baltasar wusste nicht, was er nun mit dem Scheck anstellen sollte. Einlösen? Er hatte sich bei Herrn Schulz nicht nach den rechtlichen Konsequenzen in Folge des Ablebens seines Nachbarn erkundigt. Aber wenn es nicht Antons Geld war, wurde alles noch komplizierter. Zudem schien Herr Schulz über Grafs Tod nicht informiert zu sein.

*

Noch etwas anderes brannte Baltasar auf der Seele. Er wollte die letzten Stunden seines Freundes vor dessen Ermordung rekonstruieren.

Jonas Lipperts Aussagen hatten eine ganz neue Version ergeben. Falls er den Jugendlichen, der unter Drogen und Alkohol stand, ernst nehmen konnte, war Valentin Moser der Angreifer gewesen. Und es gab nur einen Weg, das herauszufinden.

Mit etwas Glück würde er Valentin Moser nach der Schule erwischen. Er ging in die zwölfte Klasse des Gymnasiums in Zwiesel. Wie es der Zufall wollte, lag die Schule in der Doktor-Schott-Straße, nicht weit entfernt vom Tatort.

Baltasar erkundigte sich im Gymnasium nach den Unterrichtszeiten der Zwölftklässler, danach hatte er eine Dreiviertelstunde, bis die Schüler frei hatten. Er ging zum Stadtplatz und wieder zurück und kam genau gleichzeitig mit einem Pulk von Jugendlichen, die aus dem Schulgebäude strömten.

Baltasar erkannte Valentin sofort wieder. Er war in Schwarz gekleidet, hatte einen markanten Bürstenschnitt und Stecker in den Ohren. Er wirkte eher klein, fast schmächtig und sah jünger aus als 18.

»Herr Moser? Haben Sie einen Moment Zeit für mich?« Baltasar verstellte ihm den Weg.

»Wer sind Sie?«

Tat der Junge nur so, oder wusste er tatsächlich nicht mehr, wen er vor sich hatte?

»Ich bin Pfarrer Baltasar Senner. Ich habe mit Jonas Lippert gesprochen.«

»Was? Jonas? Das hätte der mir doch gesagt!«

»Tatsächlich? Vielleicht hatte er ja einen Grund, es Ihnen nicht zu sagen.«

»Jonas macht jetzt sicher keinen auf Ministrant.« Valentin lachte, Grübchen bildeten sich in seiner Wange. »Welche Ehre, einen echten Pfarrer zu treffen.« Er betonte die Worte übertrieben.

»Jonas hat mir erzählt, was an dem Vormittag vorgefallen ist, an dem mein Freund und Nachbar Anton Graf umgebracht wurde. Sie haben davon sicher in der Zeitung gelesen.«

»Ach der, den sie hier in der Nähe im Park abgestochen haben.«

»Genau der. Und zu dem hatten Sie kurz vor seinem Tod Kontakt, sagt Jonas.«

»Was der so redet! Und an was der sich überhaupt noch erinnern kann, so zugedröhnt wie er immer ist. Was soll er Ihnen erzählt haben?«

»Haben Sie Lust auf einen kleinen Spaziergang? Dann können wir uns besser unterhalten.«

»Was ist, wenn ich keinen Bock habe?«

»Niemand zwingt Sie dazu. Doch mir liegt sehr viel daran, mehr über die letzten Stunden meines Freundes zu erfahren. Sie könnten mir dabei helfen.«

»Ihr Freund war das?« Valentin sah ihn abschätzig an. »Na gut, gehen wir ein Stück, wenn's Ihnen Spaß macht. In Ihrem Alter braucht man frische Luft.«

Sie gingen von der Doktor-Schott-Straße aus in die Holzweberstraße und bogen dann ab. Schweigend gingen sie nebeneinander her, bis sie zur Glasfachschule gelangten. Vor dem Haupteingang blieben sie stehen.

»Ihre Freundin geht hier zur Schule?« Baltasar formulierte es als Feststellung.

»Warum fragen Sie, wenn Sie es schon wissen? Marlies hat mir längst erzählt, dass sie Sie getroffen hat. Wir haben keine Geheimnisse voreinander.«

»Warum auch? Sie waren ja früher mit ihr befreundet, nicht wahr?«

»Sind wir immer noch.«

»Ich meine, sie war Ihre feste Freundin?«

»Sie meinen, ob ich noch Sex mit ihr habe?« Valentin musste grinsen. »Es geht Sie zwar nichts an, aber das ist nicht mehr der Fall. Wir sind einfach nur Freunde.« Er deutete auf den Eingang. »Ich hab sie früher oft hier abgeholt.«

Täuschte sich Baltasar, oder klang leise Wehmut aus seinen Worten? »Ich war da auch schon drin. Beeindruckende Werkstatt.«

»Vor allem cool zum Feiern. Wir sind früher öfter mal abends da rein. Da bist du ungestört.«

»Wenn euch der Hausmeister nicht erwischt. Oder der Schulleiter.«

»Du musst halt aufpassen.« Valentin grinste wieder. »Der Feuerlein checkt's eh nicht.«

Sie gingen den Weg zurück und dann weiter bis zum Spielplatz im Stadtpark.

»Hier ist einer eurer Lieblingstreffpunkte, oder?«, fragte Baltasar.

»Klar, ist doch cool, Mann, was zum Sitzen, im Grünen, Geschäfte in der Nähe, Schule nicht weit weg.«

»An dieser Stelle ist Ihr Freund mich angegangen.«

Sie setzten sich auf eine Bank.

»Der Jonas scheint ein Waffenfan zu sein. Hat er immer einen Schlagring dabei?«

»Was weiß ich. Er meint es nicht ernst, ist halt ein Gag von ihm. Er ist schwer in Ordnung.«

»Erinnern Sie sich nicht an die Auseinandersetzung zwischen Jonas und mir? Sie waren doch auch beteiligt.«

»He, Mann, was soll das? Erwarten Sie von mir jetzt eine Beichte oder so was, damit Sie mir die Absolution erteilen können? Sammeln Sie Beweise für die Bullen?

Dann können wir das Gespräch gleich beenden.« Sein Ton wurde aggressiv.

»Keine Sorge, ich spreche rein privat mit Ihnen. Also, was ist, erinnern Sie sich?«

»Wir feiern oft, hier oder anderswo. Kann passieren, dass es dabei hoch hergeht und wir ein paar Schluck mehr zu uns nehmen. Ich kann mich nicht erinnern, was da gewesen sein soll. An Sie kann ich mich auch nicht erinnern.«

Baltasar hatte das Gefühl, dass er log. »Aber bei dem Vorfall mit Anton Graf haben Sie keine Gedächtnislücken?«

Er beschrieb Valentin das Aussehen seines Nachbarn.

»Ja, der Typ machte einen auf Oberlehrer. Fing an zu motzen, wir sollten keinen Lärm auf dem Spielplatz machen, und ob wir es nötig hätten, in der Öffentlichkeit zu trinken. Na klar, Mann, haben wir geantwortet, das macht Spaß, besonders im Freien. Und was es ihn überhaupt angeht, ob das Altersheim jetzt Ausgang hat und so. Wir haben uns kaum eingekriegt. Voll der Spießer.«

»Komm, lass uns weitergehen«, schlug Baltasar vor.

Sie standen auf und folgten dem Spazierweg durch den Park.

»Was geschah dann?«

»Der Typ hat sich immer weiter aufgeregt. Voll reingesteigert. Dann hat er meine Jacke gepackt und mich beschimpft und gemeint, er müsste eigentlich die Polizei holen.«

»Hat er irgendwann etwas von einem Termin gesagt?«

»Kann schon sein, keine Ahnung. Jedenfalls wurde er immer lauter, der wollte uns voll die Party vermiesen, dieser Schwachkopf. Hat mich weggeschubst. Das hab ich mir natürlich nicht gefallen lassen! Wie kommt der Typ dazu, mich zu schubsen? Bin ich sein Toy Boy oder was? Da hab ich zurückgeschubst.«

»Und zugeschlagen.«

»Hey, der Typ war voll aggressiv. Ich habe mich nur gewehrt.«

»Sie haben Anton ins Gesicht geschlagen.«

»War nur eine harmlose Watschn. Hab ihn ja nicht mal richtig getroffen. Ich lass mir doch nicht alles gefallen. Jedenfalls hat der Typ dann endlich Ruhe gegeben und sich verzogen.«

Sie waren an dem Hirtenbrunnen angekommen. Valentin Moser setzte sich wieder auf eine Bank, seltsamerweise genau die, auf der Anton Graf erstochen wurde.

»Warum setzen Sie sich ausgerechnet auf diesen Platz?«

»Was Sie alles wissen wollen! Gleich fragen Sie mich noch über meine Toilettengewohnheiten aus. Ich sitz halt gerne hier, das ist alles.«

»Genau auf dieser Bank wurde mein Nachbar ermordet. Wenn Sie etwas beiseiterutschen, sehen Sie noch die eingetrockneten Blutflecken.«

Valentin Moser blieb unbewegt. »Ist das wahr, Mann? Cool! Ein echter Tatort, das hat Thrill. Aber was kann ich dafür, dass man den Typen hier abgemurkst hat?«

Er verschränkte seine Arme vor der Brust.

»Es passierte nur etwa eine halbe Stunde, nachdem Sie ihn angegriffen haben.«

»Und wenn's fünf Minuten danach gewesen wäre. Na und?«

»Sie sind doch nicht dumm, immerhin gehen Sie aufs Gymnasium.« Baltasar stellte sich direkt vor den Jungen. »Und halten Sie bitte auch mich nicht für dumm.

Selbstverständlich ist dies wichtig, denn allein der gesunde Menschenverstand lässt vermuten, dass der Mörder wahrscheinlich bereits in der Gegend war, vielleicht sogar schon im Park, und dass er Anton Graf und auch Ihre Clique beobachtet haben muss.«

Valentin starrte vor sich hin.

»Hm. Kann sein. Kann aber auch nicht sein. Wenn's eine Zeitmaschine gäbe, würde ich zurückkreisen bis zu dem Moment, als dieser Graf zu uns kam, und auf alles achten.«

»Haben Sie nichts bemerkt? Ist Ihnen nicht vielleicht doch irgendetwas Ungewöhnliches aufgefallen?«

»Jetzt reden Sie genauso wie die Bullen. Ich sag doch, wir hatten Spaß. Und das ist auch schon alles.«

»Tut Ihnen leid, was passiert ist?«

»Wie meinen Sie das, Herr Pfarrer? Der Typ hat mich angemacht, und ich habe mich gewehrt. Was passiert ist, ist passiert. Oder meinen Sie, ob mir leid tut, dass er tot ist? Natürlich ist das schlimm. Aber wie viele Menschen sterben genau in diesem Moment bei einem Autounfall? Ich sag Ihnen was, auch wenn das für Ihre Ohren hart klingt: Es ist mir egal!«

»Aber Sie kennen diesen Platz am Brunnen?« Baltasar ging einen Schritt zur Seite. »Und die ganze Gegend hier?«

»Was für eine Frage! Ich gehe hier zur Schule. Jeder Schüler kennt den Stadtpark, ist doch klar. Auch die von der Glasfachschule. Und die Anwohner und Angestellten in der Nähe sowieso.«

»Was haben Sie und Ihre Freunde gemacht, nachdem Herr Graf weggegangen war?«

»Nichts mehr. Die Party war kurz danach zu Ende. Die

Stimmung war irgendwie nicht mehr wie vorher. Jeder ist seiner Wege gegangen.«

»Und Sie?«

»Ich bin zurück in die Schule. Hatte mir nur einige Stunden freigenommen. Das ist das Schöne, wenn man volljährig ist.«

»Sie sind nicht wieder hierhergekommen?«

»Hören Sie mir nicht zu? Ich bin in die Schule zurückgegangen!«

»Und Herrn Graf haben Sie nicht mehr gesehen?«

»Jetzt reicht's mir aber!«

Valentin Moser war aufgesprungen.

»Die Antwort ist nein. Und unsere Session ist hiermit beendet!«

27

Baltasar telefonierte mit Quirin Eder und bat ihn, ins Pfarrheim zu kommen. Und Eder kam am Nachmittag, diesmal mit einem Auto.

Seine Gäste hatte Baltasar zusammen mit Teresa zu einem Ausflug in den Nationalpark Bayerischer Wald geschickt. Er hatte etwas von Bären und Wildnis und Abenteuern erzählt, was die Kinder sofort begeisterte. Seit der Ankunft der Gäste war das ganze Haus ein Abenteuerspielplatz geworden. Jedes Zimmer wurde einbezogen, und Baltasar war froh, dass sie wenigstens sein Schlafzimmer ausgelassen hatten – bis auf ein Rennauto unter seinem Bett.

Der Grund, Eder herzubitten, war ein Brief, den Baltasar am Morgen erhalten hatte. Es handelte sich um das Schreiben eines Notars aus Grafenau, der zu einem Termin in der »Erbsache Anton Graf« einlud. Er zeigte Eder den Brief.

»Haben Sie auch eine solche Nachricht erhalten?«

»Natürlich. Es wird um die Testamentseröffnung meines Vaters gehen. Ich wusste nicht, ob er überhaupt einen letzten Willen verfasst hatte. Zumindest habe ich nichts in seinen Unterlagen … Wie auch immer, anscheinend hatte er das Testament bei jemanden deponiert.«

»Haben Sie schon mit dem Notar gesprochen? Es ist noch reichlich Zeit bis zu dem Termin.«

Quirin nahm das Glas Orangensaft entgegen, das Baltasar ihm hinhielt.

»Er sagte am Telefon nur, dass er das Testament allen Beteiligten vorlesen werde und um Anwesenheit bitte. Mehr war aus ihm nicht herauszukriegen. Ich überlege die ganze Zeit, ob ich noch mal in das Haus meines Vaters gehen soll, um eine Bestandsaufnahme der Wertsachen für den Notar zu machen.«

»Keine Chance«, sagte Baltasar. »Die Kripo hat den Eingang versiegelt. Wie ist denn der Stand der Ermittlungen?«

»Die beiden Herren haben mich nochmals befragt und sind auch zu meiner Mutter gefahren, um sie zu verhören. Zumindest scheint der Mordverdacht gegen mich ausgeräumt zu sein.«

»Seien Sie sich nicht zu sicher. Wenn die Polizei keine anderen Verdächtigen findet …«

»Sie sind zu pessimistisch, Hochwürden. Die werden schon den richtigen Täter überführen.«

»Immerhin haben Sie kein richtiges Alibi. So was macht einen in den Augen der Kripo verdächtig.«

»Bei meiner Mutter waren sie richtig lästig. Dabei weiß die Arme gar nichts darüber, was Anton in der letzten Zeit gemacht hat.«

»Glauben Sie, ich könnte einmal mit Ihrer Mutter sprechen? Mich würde interessieren, wie sie Anton früher erlebt hat.«

»Ich kann sie fragen. Sie redet nicht gerne über die Zeit. Mein Vater war damals Ihr Chef, müssen Sie wissen. Er hatte hier in der Region eine Fabrik.«

»Er war als Unternehmer ansässig im Bayerischen Wald, tatsächlich? Das wusste ich gar nicht. Erzählen Sie mir mehr.«

»Fragen Sie meine Mutter, die kann Ihnen die Geschichte besser erzählen. Ich war damals noch nicht auf der Welt und weiß alles nur aus zweiter Hand.«

»Anton traf kurz vor seinem Tod auf eine Gruppe Jugendlicher.« Baltasar nannte die Namen und beschrieb die Personen. »Sie behaupten zwar, es wäre ein spontanes Zusammentreffen gewesen, aber ich frage mich, ob es wirklich nur Zufall war. Kennen Sie jemanden von denen? Haben Sie eine Idee, ob es eine Verbindung zu Ihrem Vater gibt?«

Quirin lehnte sich zurück und trank betont langsam aus seinem Glas.

»Ich weiß nicht. Kann sein, dass mir solche Youngsters irgendwann mal über den Weg gelaufen sind, aber erinnern kann ich mich sicher nicht. Sie gehören nicht zu meinem Freundeskreis. Außerdem wohn ich ganz woanders.« Er stellte das Glas wieder ab. »Ich wüsste auch nicht, was mein Vater mit denen zu schaffen gehabt haben soll. Könnten ja seine Enkel sein.«

Quirin erzählte Baltasar, was er mit seinem Erbe plante: eine Reise, eine neue Stereoanlage, ein neues Auto. »Vielleicht ziehe ich in das Haus meines Vaters. Mir gefällt's hier. Dann sind wir bald Nachbarn.«

*

Wolfram Dix lenkte das Auto auf einen Parkstreifen am Straßenrand und schaltete den Motor aus.

»Warum halten wir?«, fragte Oliver Mirwald.

»Schauen Sie sich das an.« Der Kommissar zeigte auf eine Weide, die sich bis zum Waldrand zog. »Da.«

»Was da? Ich sehe nur Landschaft, den Bayerischen Wald in Reinkultur sozusagen. Deswegen halten wir?«

»Gucken Sie genauer hin. Dort am Zaun. Bei der Tränke.«

Eine Schweinefamilie grub gerade den Boden um. Die Ferkel drängten sich um ihre Mutter, suchten nach dem besten Platz, schoben sich gegenseitig weg.

»Ist das nicht lieb anzuschauen?« Dix strahlte.

»Das sind nur Schweine. Die sind mir als Schinken am liebsten. Fahren wir weiter.«

»Genießen Sie den Anblick, Mirwald. Freilaufende Tiere, das ist selten, sogar im Bayerischen Wald. Bei euch in Norddeutschland wachsen die vermutlich nur noch in Hallen mit Kunstlicht auf. Und hier: reine Natur, Bio-Landwirtschaft und gute Luft.«

»Das nennen Sie gute Luft?« Dix' Assistent kurbelte das Fenster wieder hoch. »Hier stinkt's nach Gülle. Das Parfum des Bayerischen Waldes.«

»Das heißt hier Odel, nicht Gülle. Ein natürlicher Dünger. Landwirtschaft duftet eben nicht nur nach Ringelblumen. Außerdem sind Schweine äußerst intelligent, viel intelligenter als Hunde. Und viel reinlicher, auch wenn es auf der Wiese anders aussieht.«

»Ihr Biologieunterricht in allen Ehren, Herr Dix, aber wir müssen weiter. Sie können mich ja später zu einem Schweinsbraten einladen und mir alle Details über die Zucht von Ferkeln oder das Wegschaufeln von Gülle, Verzeihung, Odel erzählen.«

»Ich wollte Ihnen eine Freude machen und Ihnen was Typisches für diesen Landstrich zeigen, und Sie denken nur ans Essen, Mirwald. Jetzt habe ich selber Hunger.«

Dix startete den Motor. Den Rest der Fahrt pfiff er ein Lied und hörte selbst dann nicht auf, als Mirwald das Radio lauter drehte.

Sie bogen in die Straße zum Pfarrhaus ein. Ein Auto kam ihnen entgegen.

»War das nicht dieser Quirin Eder?« Mirwald sah dem Fahrer hinterher. »Was wollte der bei dem Pfarrer?«

»Werden wir ja gleich erfahren.«

Dix parkte vor dem Eingang. Bislang war es ein netter Ausflug gewesen. Das Wetter passte, diese Region war eine Gegend zum Erholen. Er musste die Chancen einfach nutzen, die sich ihm boten, aus dem muffigen Büro in Passau herauszukommen und die verfluchten Aktenberge hinter sich zu lassen.

»Ermittlungen« – das Zauberwort, das einem Kommissar die Tür zur Freiheit öffnete. Wer wollte einen Beamten schon aufhalten, der in offizieller Mission eine Dienstfahrt machte? Als Kommissar war man niemandem Rechenschaft schuldig, selbst die Vorgesetzten hielten sich zurück, solange man Resultate vorweisen konnte. Aber wie jemand seine Ermittlungen organisierte, wen er besuchte und was er recherchierte, das blieb ihm selbst überlassen. Deshalb hatte er beschlossen, eine kleine Reise aufs Land zu unternehmen: weil ihm gerade danach war.

Sie läuteten an der Tür.

Der Gesichtsausdruck des Pfarrers verriet Dix sofort, dass sie nicht willkommen waren.

»Guten Tag, Herr Senner, schön, Sie wiederzusehen.« Die Ironie in Mirwalds Stimme war unüberhörbar. »Dürfen wir eintreten?«

»In Gottes Namen.«

Sie folgten Baltasar in die Küche.

Der Assistent wäre beinahe auf einem Skateboard ausgerutscht, das im Gang stand, nur der spontane Griff an die Garderobe rettete ihn vor dem Sturz.

»Kinder«, sagte der Pfarrer leichthin. »Sind Sie wohlauf?« Seine Worte klangen eine Spur schadenfroh.

»Haben Sie Nachwuchs bekommen?« Mirwald rieb sich den Ellenbogen. »Sind die Kleinen adoptiert, oder haben Sie ein Waisenhaus eröffnet?«

»Besuch aus Krakau, bei meiner Haushälterin. Aber Sie sind wohl nicht gekommen, um sich um meine Gäste zu kümmern, nehme ich an.«

»Wir würden uns gerne noch mal mit Ihnen unterhalten, Hochwürden«, sagte Wolfram Dix. »Es ist dienstlich.«

»Das ist wohl wieder eine der Prüfungen, die mir der Allmächtige auferlegt hat«, sagte Senner. »Also gut, setzen Sie sich. Ich mache Kaffee. Erzählen Sie mir derweil, ob Sie Anton Grafs Mörder endlich dingfest gemacht haben.«

»Nicht so schnippisch, Herr Senner.« Mirwald nahm Platz. »Wir tun unsere Arbeit. Das dauert.«

»Also haben Sie noch immer keine Spur?«

»Was wollte Quirin Eder von Ihnen?«

»Ich habe ihn gebeten, zu mir zu kommen, weil ich ein Schreiben wegen Grafs Testamentseröffnung erhalten hatte und mich darüber informieren wollte. Eder ist natürlich auch dabei. Zählt er denn noch zu Ihren Verdächtigen?«

»Mit Verlaub, das geht Sie nichts an, Herr Pfarrer.« Mirwald sagte es lauter als nötig. »Wir können nicht mit jeder Privatperson unsere Ergebnisse teilen. Ich bitte um Verständnis.«

»Wenn Sie Ergebnisse haben.« Der Pfarrer schenkte Kaffee ein.

»Jetzt aber ...« Mirwald beugte sich vor.

»Oh, dieser Kaffee duftet fantastisch!«, schwärmte Wolfram Dix und roch an der Tasse. Jetzt noch ein Stück Kuchen dazu, und der Tag wäre perfekt, dachte er. Aber er hielt sich lieber zurück, denn das Gebäck der Haushälterin ...

»Etwas dürfen wir verraten, glaube ich, das sagt schon der gesunde Menschenverstand: Eine Person, die ein Motiv und kein Alibi hat, steht auf der Liste der Verdächtigen.«

»Was haben denn die Zeugenaufrufe gebracht? Ich kann mir nicht vorstellen, dass niemand meinen Nachbarn bei dem Brunnen gesehen hat.«

»Doch. Eine Zeugin hat sich gemeldet«, sagte Dix. »Ich glaube, Sie kennen sie.«

»Ich?«, fragte Baltasar überrascht.

»Ja, es ist die Frau, die mit ihrem Kind regelmäßig auf den Spielplatz dort im Stadtpark geht. Sie haben mit ihr gesprochen, Hochwürden. Daraufhin hat sie sich offensichtlich an ihre Bürgerpflichten erinnert und eine Aussage gemacht. Ihrer Version zufolge hatte Graf eine Auseinandersetzung mit einer Gruppe Jugendlicher, kurz bevor er ermordet wurde. Wir sind zur Zeit dabei, die betreffenden Jugendlichen zu ermitteln. Deshalb sind wir hier.«

»Aber nicht nur deshalb«, ergänzte Mirwald. »Es hat sich inzwischen einiges angesammelt, alles nicht ganz gesetzeskonform. Und immer wieder taucht Ihr Name auf. Eigentlich würden Sie ebenfalls auf die Liste der Verdächtigen gehören. Ein Motiv würden wir schon finden, Streit unter Nachbarn beispielsweise. Das wäre nicht der erste Mord bei solchen Streitereien.«

»Mein Kollege macht einen Scherz, er meint es nicht ernst ...«, sagte Dix.

»Doch!« Mirwald klang trotzig.

»... aber mit Ihrer problematischen Einstellung behördlichen Hoheitsaufgaben speziell der Polizei gegenüber hat Mirwald recht, Hochwürden. Wir hatten Sie doch gebeten, sich nicht in unsere Arbeit einzumischen. Ich bin, offen gesagt, enttäuscht von Ihrem Verhalten.«

»Ihre Ermittlungen störe ich aber nicht, oder? Ich unterhalte mich nur mit Menschen, die meinen Freund gekannt haben.«

»Werden Sie nicht spitzfindig!« Mirwald stellte seine Tasse so unsanft auf dem Tisch ab, dass etwas Kaffee überschwappte.

»Ich würde mir doch niemals anmaßen, Ihre Kompetenz in Frage zu stellen.« Baltasars Miene blieb unbewegt. »Aber es gibt doch kein Gesetz, und bitte verbessern Sie mich, Herr Doktor, wenn ich falschliege, das es mir verbietet, mit Menschen zu sprechen. Auch die Themen solcher Gespräche darf ich mir hoffentlich noch selber aussuchen.«

»Solange Sie unsere Ermittlungen nicht behindern, ja«, antwortete Mirwald. »Wir haben jedoch den Eindruck, dass Sie versuchen, unsere Arbeit zu sabotieren. Und da gelangen wir in einen Bereich, wo es anfängt, ärgerlich zu werden und wo die Gesetzesparagraphen eindeutig sind.«

»Ich unterstütze Sie doch, wo ich kann!«

»Das ist genau das Problem. Ihre so genannte Unterstützung macht uns nur noch mehr Arbeit.«

»Immerhin habe ich damit in früheren Fällen ...«

»Hochwürden, bitte!« Dix rührte in seinem Kaffee. »Jetzt können Sie beweisen, dass Sie uns wirklich helfen wollen. Erzählen Sie uns alles.«

Der Pfarrer schwieg. Nach einiger Zeit sagte er: »Ich hatte gehofft, die Jugendlichen außen vor lassen zu können.«

»Wir reden hier von Mord! Da müssten Sie aber schon wissen, was wichtiger ist«, antwortete Dix.

»Also gut. Was wollen Sie wissen?«

»Beginnen wir mit den Zeugen vom Spielplatz.«

Senner berichtete über seine Begegnungen im Stadtpark.

»Du lieber Himmel!«, entfuhr es Dix. »Sie werden von diesem Halbstarken mit einem Schlagring angegriffen und versuchen, das alleine zu regeln! Hat bei Ihnen der Verstand ausgesetzt?«

»Dieser junge Mann scheint nicht durch und durch böse zu sein. Ich dachte ...«

»Überlassen Sie das Denken uns. Wir kennen uns mit Kriminellen besser aus als Sie!« Mirwald verdrehte die Augen und sah nach oben, als erwarte er von dort himmlische Unterstützung. »Herr Senner, Herr Senner, sind Sie denn von allen guten Geistern verlassen?«

»Ich glaube nicht an Geister. Und Sie sollten das auch nicht tun, Herr Doktor.«

»Aber was da hätte passieren können! Und seien Sie doch nicht so naiv: gewaltbereite junge Männer, die nur ein paar Schritte vom Tatort entfernt sind, und obendrein mehr oder weniger zur Tatzeit. Das ist für unsere Ermittlungen von herausragender Bedeutung!«

»Nun, da ist noch etwas.«

Der Priester berichtete, wie Anton Graf etwa eine halbe Stunde vor seiner Ermordung Streit mit den Jugendlichen hatte.

»Am Ende kam es zu Tätlichkeiten.«

»Tätlichkeiten?« Wolfram Dix bekam einen Hustenanfall. »Sie meinen körperliche Gewalt? Sie haben nette Untertreibungen, Hochwürden. Ich muss meinem Kollegen zustimmen. Das alles hätten Sie uns nicht vorenthalten dürfen! Diese Jugendlichen sind Verdächtige, zumindest sind sie wichtige Zeugen! Wir müssen sie sofort vernehmen. Das ist ein Durchbruch in dem Mordfall! Was wissen Sie noch? Lassen Sie bitte bloß kein Detail aus!«

Baltasar berichtete von seinen Treffen mit Jonas Lippert und Valentin Moser. »Beide waren mir gegenüber offen. Ich habe keinen Grund anzunehmen, dass sie gelogen haben. Deshalb sehe ich in ihnen keine Tatverdächtigen.«

»Mein Gott! Ein Pfarrer, der seine verlorenen Schäfchen wieder einsammeln will, wie niedlich!« Mirwald nahm einen salbungsvollen Ton an. »Dass ihr Priester unbedingt jeden vor der Hölle retten wollt! Es gibt nun mal Gut und Böse. Das ist das Leben.«

»Ich glaube an das Gute im Menschen, bis zum Beweis des Gegenteils.« Senner blieb ruhig. »Was soll daran falsch sein?«

»Laien!« Mirwald schoss das Wort wie eine Gewehrkugel ab. »Das sind die Schlimmsten! Das sag ich schon immer, und Sie, Herr Pfarrer, mit Ihrem verqueren Missionarseifer und Ihrem Aufklärungswahn, Sie gehören eindeutig zu dieser Sorte! Was haben Sie noch für Überraschungen für uns auf Lager? Mir juckt's in den Fingern, Sie mitzunehmen und zu vernehmen, bis Ihnen Hören und Sehen vergeht!«

»Mirwald, jetzt haben wir extra die Fahrt hierher gemacht«, sagte Dix. »Jetzt will ich nicht gleich wieder zurück nach Passau. Wir bleiben noch.«

»Kaffee?« Der Pfarrer schenkte nach. »Ich kann Ihnen sonst nichts anbieten. Allenfalls von gestern ist noch etwas übrig. Meine Haushälterin …«

»Danke, danke.« Mirwald hob abwehrend die Hände. »Ich hab keinen Appetit.«

Senner war aufgestanden. »Schön, dass Sie mich wieder einmal besucht haben.«

»Das könnte Ihnen so passen«, sagte der Assistent. »So schnell werden Sie uns nicht los.«

»Hochwürden, bitte setzen Sie sich wieder«, ergänzte Dix. »Wir sind noch nicht fertig mit unserem Gespräch. Es gibt noch ein Thema, das wir diskutieren sollten.« Der Kommissar holte ein Foto hervor und legte es auf den Tisch. »Erkennen Sie jemanden auf diesem Foto?«

Senner betrachtete es. »Das bin eindeutig ich, auch wenn ich aus diesem Aufnahmewinkel nicht sehr vorteilhaft aussehe.«

»Es stammt aus der Überwachungskamera einer Bank in Regensburg«, sagte Mirwald. »Der Filialleiter hat die

Polizei alarmiert. Verdacht auf Geldwäsche. Und da die Ausweisdaten vorlagen, war es nicht schwer, Sie ausfindig zu machen, Herr Pfarrer. Wieder mal haben wir Sie also bei einer Ihrer Extratouren erwischt. Und wieder haben Sie uns wichtige Informationen in diesem Mordfall vorenthalten.«

»Ich habe mich informiert, was es mit einem gewissen Scheck auf sich hat. Das hat mit Geldwäsche rein gar nichts zu tun. Außerdem ist der Betrag dafür zu niedrig.«

»Mit einem gewissen Scheck auf sich hat ...« Mirwald äffte Baltasars Stimme nach. »Ein Scheck des Opfers, den er Ihnen kurz vor seinem Tod ausgestellt hat. Und ein seltsames Konto. Wenn das nicht wichtig ist für unsere Ermittlungen, dann bin ich Jesus und wandle auf dem Wasser.«

»Dazu haben Sie nicht genug Tiefgang«, antwortete Senner. »Der Scheck hat nichts mit dem Mord zu tun. Es war eine großzügige Spende meines Nachbarn Anton Graf für die Renovierung des Dachstuhls unserer Kirche. Übrigens veranstalten wir zu diesem Zweck einen Flohmarkt mit großer Tombola. Sie sind selbstverständlich herzlich willkommen, wir können jede Unterstützung brauchen. Ich schicke Ihnen eine Einladung.«

»15.000 Euro. Das ist ein Wort«, sagte Mirwald. »Menschen sind schon wegen weniger umgebracht worden. Warum diese Großzügigkeit Ihres Nachbarn?«

»Ich war, offen gesagt, selbst überrascht. Aber Anton hatte eben ein großes Herz.«

»Mit fremdem Geld kann man leicht spendabel sein«, warf Dix ein. »Die Zusammenhänge mit der Besitzerin des Kontos werden wir noch zu klären haben. Wo ist der Scheck jetzt?«

Der Pfarrer verschwand in sein Arbeitszimmer und kam mit dem Scheck in der Hand zurück.

»Den müssen wir als Beweismittel mitnehmen.« Mirwald machte Anstalten, ihm den Scheck zu entreißen.

»Finger weg!« Senner zuckte zurück. »Das ist ein Geschenk von Graf an mich. Eine Kopie muss Ihnen reichen.«

»Wir müssen dieser Spur nachgehen. Dazu brauchen wir das Original. Bitte.« Dix drückte seine Hand auf sein Herz. »Ich verspreche Ihnen feierlich, dass Sie den Scheck zurückbekommen. Haben Sie ein wenig Geduld. Dafür kommen wir auch bestimmt zu Ihrer Tombola.«

»Welch ein Trost.« Der Pfarrer übergab den Scheck. »Da geht die Spende dahin.«

»Nachdem wir das erledigt haben, können wir gehen.« Dix stand auf. »Der Tag ist noch viel zu jung, um schon zurück nach Passau zu fahren. Auf, auf, Mirwald, wir müssen dringend diese beiden Jugendlichen vernehmen. Das ist nur ein kleiner Ausflug. Und Sie, Hochwürden, begleiten uns und zeigen uns den Weg.«

28

Während der Fahrt diskutierte Baltasar mit den Kommissaren, ob es Nötigung oder Entführung sei, dass sie ihn mitnahmen. Mirwald meinte, angesichts seiner Verstöße gegen das Gesetz sei das nur eine milde Strafe. Wolfram Dix schien die Unterhaltung nicht zu interessieren, er betrachtete die Landschaft und wies regelmäßig auf Besonderheiten der Natur hin.

Schon bei der Auffahrt zu dem Sacherl merkte Baltasar, dass etwas nicht stimmte: Das Tor des Schuppens stand offen, Jonas Lipperts Motorrad fehlte.

»Niemand da«, sagte er. »Der Junge ist unterwegs.«

»Wir vergewissern uns lieber.«

Sie stiegen aus, und Baltasar führte sie zu der Kellertür. Mirwald klopfte an. »Hallo, Herr Lippert, hier ist die Kriminalpolizei, öffnen Sie sofort die Türe!« Er öffnete seinen Pistolenhalter.

Es blieb still.

Mirwald rüttelte an der Tür und schlug mit der Faust dagegen. »Öffnen Sie! Sofort!«

Dix fiel ihm in den Arm. »Der junge Mann scheint auf der Walz zu sein. Wir kommen später wieder.«

Sie fuhren zu der Adresse von Valentin Moser, eine Wohnung im Süden von Zwiesel. Eine Frau Ende 40 öffnete, sie trug einen Rock und eine Seidenbluse.

»Ja?«

Mirwald zückte seinen Ausweis. »Kriminalpolizei Passau. Wir würden gerne Herrn Valentin Moser sprechen.«

»Ich bin Valentins Mutter, Jutta Moser. Valentin ist nicht zu Hause.«

»Wann kommt er zurück?«

»Ich weiß es nicht. Worum geht es eigentlich? Hat mein Sohn etwas angestellt? Ist es wegen seiner Freunde?« Ihre Stimme zitterte ein wenig.

Dix stellte sich vor. »Wir wollten ihn lediglich befragen. Wir brauchen ihn als Zeugen. Vielleicht kann er uns weiterhelfen. Dürfen wir reinkommen und auf ihn warten?«

Die Frau zögerte. »Äh ... Ich weiß nicht, also ... Also ... ja, meinetwegen.« Sie öffnete die Tür ganz und führte sie ins Wohnzimmer. »Wollen Sie etwas trinken? Tee, Saft?«

»Danke, nein, sehr freundlich.« Baltasar setzte sich zu den beiden Beamten aufs Sofa.

Die Einrichtung bestand aus hellen, bunt zusammengewürfelten Möbeln, der Teppich war abgewetzt, über dem Couchtisch lag ein Platzdeckchen, darauf stand eine Vase mit Blumen.

»Wissen Sie denn ungefähr, wann Ihr Sohn zurückkommt?« Dix bemühte sich um einen freundlichen Ton.

»Er wollte nur kurz in die Stadt, was erledigen«, sagte die Frau. »Es kann nicht lange dauern.«

»Hat er gesagt, was er vorhat?«, fragte Mirwald.

»Ich ... ich weiß nicht. Er ist etwas eigen, wissen Sie. Auf mich hört er nicht. Aber er ist schließlich volljährig und kann tun, was er will.«

»Was sagt der Vater dazu?«

»Wir wohnen hier zu zweit. Ich bin seit vielen Jahren geschieden. Valentin ist mein einziges Kind.«

»Darf ich fragen, was Sie beruflich machen?« Dix rutschte auf dem Sofa hin und her.

»Ich arbeite als Verkäuferin in einem Factory-Outlet-Center für Glaswaren, hier in Zwiesel.«

»Sicher nicht leicht, mit dem Gehalt als alleinerziehende Mutter durchzukommen. Allein die Miete verschlingt viel Geld. Mein Respekt«, sagte Dix mit Nachdruck.

»Es wäre einfacher gewesen, wenn mein Exmann Unterhalt gezahlt hätte, wenigstens einen kleinen Teil dessen, was er hätte zahlen müssen. Aber er ist seit Jahren arbeitslos. Das hat ihm zugesetzt, er ist psychisch angeschlagen. Ich bin nur froh, wenn der Valentin endlich das Abitur schafft und sich nach einem Job umschaut.«

»Will er denn nicht studieren?«, fragte Baltasar.

»Heute will er dies und morgen das. Mir fällt dazu nicht mehr viel ein.« Die Frau seufzte. »Er macht gerade eine schwierige Phase durch. Ich hoffe, das legt sich bald, sonst weiß ich auch nicht … Aber Sie haben mir immer noch nicht gesagt, was Sie eigentlich von ihm wollen.«

»Wir ermitteln im Mordfall Anton Graf«, sagte Mirwald.

Jutta Moser ließ ihr Glas fallen. Es zersprang am Boden, die Flüssigkeit sickerte in den Teppich. Sie beachtete es gar nicht. »Mord?« Sie wurde plötzlich blass.

Dix warf seinem Assistenten einen missbilligenden Blick zu. »Frau Moser, bitte erschrecken Sie nicht, wir wollen nur eine Auskunft von Valentin, das ist reine Routine, seine Freunde und er haben das Opfer möglicherweise kurz vor dessen Tod noch gesehen.«

»Mein Junge … Anton Graf … Ich habe davon in der Zeitung gelesen. Was … was hat mein Sohn damit zu tun?«

»Kennen Sie seine Freunde?« Dix' Stimme klang beruhigend.

»Ja, die waren ein paar Mal bei uns, aber ich habe Valentin darum gebeten, sie nicht mehr mitzubringen.«

»Warum?«

»Sie haben sich die ganze Zeit in Valentins Zimmer eingeschlossen, die Musik war auf volle Lautstärke gedreht, und die Nachbarn haben sich beschwert. Außerdem waren sie meistens betrunken.«

»Einer von ihnen speziell? Jonas Lippert vielleicht?«

»Jonas Lippert ist Valentins bester Freund. Aber ich werde mit dem Jungen nicht warm. Er ist mir unheimlich. Und seine Klamotten erst, seine ganze Aufmachung!«

»Und seine Freundin Marlies Angerer?«, fragte Baltasar.

Die Kommissare sahen ihn mit großen Augen an. Diesen Namen hatte er vorher noch nicht erwähnt.

»Marlies ... Ja. Sie war Valentins Freundin. Als die beiden noch zusammen waren, war Valentin umgänglicher ... nicht so verschlossen. Mich hat es gewundert, dass Valentin und Jonas wegen des Mädchens nicht gestritten haben. Aber Jonas und Valtentin verstehen sich immer noch gut.«

»Jonas Lippert scheint ganz schön jähzornig zu sein«, meinte Dix.

»Dazu kann ich nichts sagen. Zu mir ist er immer freundlich. Man sollte diese Dinge bei Kindern in dem Alter nicht überbewerten.«

»Kinder?«

»Ach, manchmal sind sie zwar schon wie Erwachsene, aber manchmal sind sie noch wie Kinder.« Jutta Moser stand auf. »Ich muss das Essen vorbereiten. Wenn Sie mich entschuldigen? Oder wollen Sie nicht lieber später noch mal wiederkommen?«

Baltasar gab seinen Begleitern ein Zeichen. »Wenn es Ihnen nichts ausmacht, warten wir noch ein paar Minuten, am besten im Zimmer von Valentin. Da stehen wir Ihnen bei der Arbeit nicht im Weg.«

Die Frau zögerte. »Meinetwegen, wie Sie wollen. Es ist das Zimmer links vom Gang. Aber bitte nichts anfassen, mein Sohn hasst es, wenn jemand an seinen Sachen dran ist. Das ist sein eigenes Reich, selbst ich betrete es selten.«

»Und wer macht sauber?«

Dix und sein Assistent waren ebenfalls aufgestanden.

»Sie werden es nicht glauben, Herr Kommissar, aber das erledigt Valentin alleine. Er weiß, wie man einen Staubsauger bedient.«

Valentins Zimmer war quadratisch, mit einem Bett, einem Schrank, einem Bistrotisch und drei Stühlen. In der Ecke stand ein Stereoturm, Lautsprecherboxen flankierten die Tür. Auf dem Schreibtisch standen ein Laptop und ein kleiner Fernseher, an der Wand hingen Poster von Kinoactionhelden und Rennwagen. Ein Schnappschuss im Bilderrahmen zeigte das Trio: Jonas, Valentin und Marlies. Der Hintergrund war unscharf, aber Baltasar glaubte, die Schmelzöfen in der Werkstatt der Glasfachschule zu erkennen.

»Und jetzt?« Mirwald setzte sich auf einen Drehstuhl und spielte mit dem Mechanismus.

»Wenn wir schon mal hier sind, könnten wir uns doch ein wenig umsehen«, sagte Baltasar. »Wir werden schon nichts durcheinanderbringen.«

»Nun, da uns die Mutter quasi eingeladen hat, tun wir auch nichts Ungesetzliches.« Dix rieb sich die Hände. »Wo wollen wir anfangen?«

Mirwald nahm sich das Bett vor. Er tastete die Zwischenräume und Ritzen ab. Er hob die Matratze hoch und befühlte den Lattenrost.

»Was haben wir denn da?«

Er zerrte ein Plastiktütchen mit Tabletten hervor, das mit Klebeband an einer Holzlatte befestigt war. Mirwald befeuchtete seinen Finger, fuhr über eine Tablette und kostete die Probe.

»Aspirin ist das sicher nicht«, sagte er. »Sollen wir's mitnehmen?«

»Lassen Sie mal, Mirwald. Das bedeutet nur zusätzliche Aktenarbeit und bringt nichts. Wir sind nicht vom Drogendezernat. Wir haben einen Mord aufzuklären.«

Sie durchsuchten die Schreibtischschubläden, fanden aber nur Schulunterlagen, Bücher und Fotos, die Valentin mit seinen Freunden zeigten und mit einem Mann – der Ähnlichkeit nach war es sein Vater.

Mirwald filzte sogar die CD-Hüllen, wurde aber nicht fündig. Im Schrank lagen mehr oder weniger geordnet Unterwäsche, Hemden, Socken und Hosen in den einzelnen Fächern. An der Kleiderstange hingen Jacken und Sweatshirts.

»Wenn meine Frau das sehen würde, würde sie in Ohnmacht fallen«, sagte Dix. »Wie man mit so wenig Kleidung auskommen kann!«

»Ich glaube, hier finden wir nichts«, stellte Mirwald fest.

Ein Stoffsack am Boden des Schranks zog Baltasars Aufmerksamkeit auf sich. Er nahm ihn heraus und schüttete den Inhalt auf dem Boden aus.

Mirwald hielt sich die Nase zu. »Dreckwäsche! Das stinkt ja entsetzlich! Packen Sie das sofort wieder ein.«

»Nun, die Socken sind schon länger nicht gewaschen worden.«

Baltasar stopfte sie wieder in den Sack, ebenso die T-Shirts und Unterhosen.

»Ob der junge Mann selber wäscht?« Er wollte gerade ein Sweatshirt wegräumen, als ihm Flecken auf dem Stoff auffielen. »Was ist denn das?« Er zeigte seinen Begleitern das Sweatshirt.

Dix kratzte vorsichtig daran. »Ich würde sagen, das ist getrocknetes Blut.«

Alle drei betrachteten die Flecken. »Das muss nichts

heißen«, sagte Mirwald. »Vielleicht hat er sich irgendwo geschnitten.«

»Es gibt nur einen Weg, das herauszufinden.« Dix drehte das Kleidungsstück auf die andere Seite. »Wir müssen den Stoff im Labor untersuchen lassen. Und wir müssen dringend diesen Valentin befragen.«

Kurz danach hörten sie, dass die Haustür geöffnet wurde. Es folgte ein Wortwechsel in der Küche, von dem jedoch nichts weiter zu verstehen war.

»Was hast du ihnen erlaubt?« Es wurde lauter.

Sekunden später wurde die Tür aufgerissen, und Valentin Moser stürmte herein. »Was fällt Ihnen ein? Hier drin haben Sie nichts verloren. Verlassen Sie sofort mein Zimmer! Raus hier! Sofort, sonst ...«

»Sonst was?« Mirwald war aufgesprungen. »Holst du dann deinen Schlagring heraus? Oder deinen Totschläger?«

»Das ist Hausfriedensbruch! Sie sind in meine Privatsphäre eingedrungen. Hauen Sie ab!«

Dann erkannte er Baltasar und baute sich vor ihm auf.

»Das hätte ich mir gleich denken können. Sie Verräter! Kaum spricht man mit einem Pfarrer, schon bringt der die Bullen mit. Gibt es bei Ihnen nicht so was wie ein Beichtgeheimnis?«

»Wir haben nur miteinander geplaudert. Das war keine Beichte.« Baltasar fühlte sich gar nicht wohl in seiner Haut.

»Lüge! Alles Lüge!« Valentins Stimme überschlug sich. »Raus jetzt!«

»Haben Sie wieder Ihre Tabletten eingeworfen?« Mirwald wies aufs Bett. »Setzen Sie sich. Ihre Show können Sie sich sparen. Wir sind nicht zum Spaß hier. Es geht um

Mord, und da hört der Spaß auf. Also, setzen Sie sich und beantworten ein paar Fragen, dann sind wir bald wieder weg.«

Valentin Moser ließ sich aufs Bett fallen. »Ich hab doch schon alles dem Pfarrer erzählt. Fragen Sie den.«

»Und Ihre Freunde? Haben die später etwas erwähnt, beispielsweise ob sie Herrn Graf verfolgt haben?«

»Was meine Kumpels gemacht haben, weiß ich nicht.«

»Wir wollen von Ihnen wissen, was an dem Tag des Verbrechens vorgefallen ist. Wo waren Sie zwischen halb zwölf und halb eins?«

Stockend wiederholte Valentin dasselbe, was er bereits Baltasar berichtet hatte.

»Und Sie haben Herrn Graf attackiert.« Mirwald klang wie ein Offizier in der Kaserne.

»Das war harmlos, ein kleines Gerangel.«

»Sie bestreiten also nicht, das spätere Opfer angegriffen und körperlich bedrängt zu haben?«

»Bleiben Sie ruhig, Mann.«

»Ich bin ganz entspannt, Freundchen.« Mirwald fixierte ihn. »Aber Sie weichen mir aus. Beantworten Sie endlich meine Frage!«

»Wie gesagt, es war nicht der Rede wert, Ich hab den Mann höchstens touchiert. Dann ist er gleich verschwunden, und danach habe ich ihn nicht mehr gesehen.«

Mirwald beugte sich zu Valentin vor. »Ich will Ihnen mal was sagen, junger Mann. Nämlich wie es wirklich war. Sie haben sich geärgert, dass ein Erwachsener Ihnen widersprochen hat und sich von Ihrem Benehmen nicht einschüchtern ließ. Das brachte Sie auf die Palme, und Sie steigerten sich in eine riesige Wut gegen diesen Mann hinein. Zugleich hatten Sie Angst, der Unbekannte könnte zur Polizei gehen und Sie anzeigen. Das mussten Sie verhindern, und zwar um jeden Preis. Sie verabschiedeten sich unter einem Vorwand von Ihrer Clique und gingen vermeintlich zur Schule, doch in Wirklichkeit schlichen Sie zurück, Sie kennen ja jeden Baum und jeden Busch in dem Park, und Sie verfolgten Anton Graf unbemerkt. Als der Mann vor dem Brunnen stand, nutzten Sie einen unbeobachteten Moment und stachen zu.«

»Blödsinn!« Valentin Moser spuckte das Wort aus, als wäre es giftig. »Das sind Märchen, blödsinnige Theorien, mehr nicht. Sie können überhaupt nichts beweisen.«

»Sehen Sie sich das bitte an, Herr Moser. Das haben wir in Ihrem Schrank gefunden.« Dix holte das Sweatshirt hervor. »Die Sprengsel darauf sehen aus wie Blutflecken. Haben Sie eine Erklärung dafür?«

Valentin sprang auf und schnappte nach dem Sweatshirt.

»Sie haben in meinen Sachen geschnüffelt!«, brüllte er. »Das geht Sie nichts an! Das ist illegal!«

Mirwald packte ihn an den Schultern und drückte ihn zurück aufs Bett. »Schnüffeln ist der richtige Ausdruck. Die Klamotten stinken wie aus dem Affenhaus. Waschen Sie nie? Oder warten Sie, bis Ihre Mama Zeit hat?«

»Sie ... Sie ...« Valentin Moser ballte die Faust.

»Also, wie lautet Ihre Erklärung?« Mirwald blieb unerbittlich.

»Das ... Das ... ist mir passiert, als ich mir die Finger aufgekratzt habe.« Er hob die Hand, am Nagelbett waren dunkle Ränder zu erkennen, es konnte Dreck sein oder getrocknetes Blut. »Da werd ich die Flecken herhaben.« Er wandte sich an Mirwald. »Sind Sie damit zufrieden, Miss Marple?«

Dix packte das Sweatshirt wieder ein. »Wir nehmen es mit und lassen es untersuchen, wenn es Ihnen recht ist, Herr Moser. Das wird Sie entlasten.«

»Und wenn ich das nicht will?«

»Dann nehmen wir es trotzdem mit, Sie Schlauberger«, sagte Mirwald.

»Nur unter Protest.« Valentin lehnte sich zurück.

»Ist zu Protokoll genommen«, sagte Dix. Er steckte das Kleidungsstück in eine Plastiktüte. Mirwald sah ihm zu.

Diesen Moment nutzte Valentin. Er schnellte hoch und rempelte den Assistenten um. Mirwald prallte gegen Dix und riss ihn mit zu Boden. Der Jugendliche sprang mit einem Satz über die beiden Kommissare und stürmte zur Tür. Doch Baltasar war schneller und stellte sich davor.

»Gehen Sie zur Seite, Herr Pfarrer, sonst ...«

»Weglaufen bringt nichts, Valentin. Du hättest keine Chance. Wenn du ein reines Gewissen hast, dann stell dich.«

»Sie ... Sie haben ...«

Der Rest seiner Worte ging in einem Handgemenge unter. Mirwald hatte sich aufgerappelt, war auf den jungen Mann zugehechtet und umklammerte ihn von hinten. Wieder stürzten beide zu Boden, doch diesmal kam der Kommissar auf dem Jungen zu liegen. Er bog Valentins Arme nach hinten, holte Handschellen heraus, legte sie an und ließ sie zuschnappen.

»Jetzt hat der Spaß ein Ende, Cowboy.«

29

Die Küche des Pfarrheims sah aus wie ein Pfadfinderlager. Tannenzweige lagen verstreut auf dem Boden herum, getrocknete Wurzelhölzer stapelten sich auf dem Tisch, Moose und Farne füllten das Abspülbecken. Pawel und Jan, die beiden Buben, hatten sich eine Baumrinde vorgenommen und bemalten sie mit Farbe. Teresa half ihrem Cousin Karol, ein Stück Holz mit einem Küchenmesser zu bearbeiten, es sah nach einem Schnitzwerk aus.

Baltasar bahnte sich seinen Weg durch die Flora zum Kühlschrank. Dort fand er nur eine angebrochene Tüte Milch, einen Rest Butter und zwei offene Dosen mit polnischem Etikett. Er ließ die Kühlschranktür resigniert wieder zufallen.

»Ich noch nicht Zeit hatte zum Einkaufen«, sagte Teresa, die seinen Blick bemerkt hatte. »Wir erst abends essen. Sie sehen, wir sind so beschäftigt mit unseren Fundsachen.«

»Was soll das werden? Ein wenig Brennstoffvorrat? Oder bastelt ihr eine Krippe fürs nächste Weihnachtsfest?«

»Wir haben gefunden bei Spaziergang im Wald«, sagte Karol, ohne von seiner Schnitzarbeit aufzusehen. »Wunderbare Bäume hier in der Region, so gesund und grün. Wir machen Wurzelsepp.«

»Wurzelsepp?«

»Ja, wir gesehen im Geschäft, bemaltes Gesicht auf Holz. Sehr lustig. Schönes Andenken an den Bayerischen Wald.«

»Warum? Wollen Sie schon wieder heimfahren?«

Baltasar hoffte, bald wieder seine Ruhe zu haben und Küche und Arbeitszimmer ohne Störungen benutzen zu können.

»Ach, noch nicht, es ist so schön hier. Danke für Ihre Gastfreundschaft.« Karol lächelte.

»Und wo sind Jana und Lenka?«

»Liegen noch im Bett, machen Schönheitsschlaf.«

Baltasar überlegte, dass es das Beste wäre, das Feld zu räumen und in die »Einkehr« essen zu gehen.

Da läutete es an der Haustür.

Es war Quirin Eder.

»Darf ich reinkommen, Herr Pfarrer?«

»Das ist gerade nicht so günstig. Ich habe Besuch. Aber wir können draußen reden. Oder in der Kirche.«

»Macht nichts. Ich wollte Sie nur um Ihre Hilfe bitten.« Er hob ein Gerät hoch, das aussah wie ein Handroller mit Griff. »Diesmal brauche ich nicht Ihren geistlichen Beistand, sondern Ihre praktische Mithilfe.«

»Gerne. Was kann ich tun?«

»Wir müssten noch mal aufs Grundstück meines Vaters. Ich will jetzt doch eine Bestandsaufnahme machen, für später, nur zur Sicherheit.«

»Wenn's sein muss. Aber hat das nicht Zeit bis zur Testamentseröffnung? Sie wissen doch noch gar nicht, was Ihr Vater Ihnen alles hinterlassen hat und was überhaupt zur Erbmasse gehört. Oder hat Ihnen der Notar mittlerweile eine Aufstellung zugeschickt?«

»Nein, das nicht. Und die Polizei hat sich bisher auch noch nicht darum gekümmert, obwohl ich diesen Mirwald extra angerufen und ihn gebeten habe, die Vermögenswerte meines Vaters zu recherchieren und im Zweifel sicherzustellen, damit niemand anders sich was untern

Nagel reißt. Sie wissen doch, wie gierig die Leute sind, wenn's was umsonst gibt.«

»Was hat Mirwald gesagt?«

»War ziemlich kurz angebunden, um nicht zu sagen unhöflich, offenbar wollte er mich abwimmeln. Er meinte nur, sie hätten Wichtigeres zu tun als Erbschaftssachen zu regeln. Ich sollte mich ans Amtsgericht wenden.«

»Hat er was zum Stand der Ermittlungen gesagt?«

»Dieser Mirwald, dieser Oberheini, sagte, ich solle mich nicht so aufspielen, ich sei noch nicht aus dem Schneider, sie würden mein angebliches Alibi schon noch genauer überprüfen.«

»Herr Mirwald ist eben ein spezieller Charakter. Das müssen Sie nicht so ernst nehmen. Er hat auch seine guten Seiten.«

»Die hab ich noch nicht entdeckt.«

Quirin öffnete die Gartentür zu Antons Grundstück.

»Jetzt müssten Sie das mal halten, Hochwürden.« Er drückte ihm das eine Ende des Gerätes in die Hand, es war ein übergroßes Maßband, 50 Meter lang, wie der junge Mann sagte.

Die nächste halbe Stunde musste Baltasar auf Anweisungen Quirins das Maßband mal hier, mal da hinhalten: Länge und Breite des Grundstücks, Außenkanten des Gebäudes, Abstand zur Straße, während Antons Sohn sich die Daten notierte.

Zeit, mich abzuseilen, dachte Baltasar eine ganze Zeit später. Er hatte lange genug den Handlanger gespielt.

»Ich muss los, eine Verabredung, Herr Eder.« Er drückte dem jungen Mann das Maßband in die Hand. »Weiterhin viel Erfolg mit Ihrer Unternehmung.«

Er brauchte was zu essen, und zwar in der »Einkehr«.

Auf dem Weg dahin verlangsamte er plötzlich unsicher werdend seine Schritte. Was sollte er zu Victoria sagen? Wie würde sie reagieren? Ihr letztes Zusammentreffen war anders gewesen als sonst, und er war sich nicht sicher, wie sie es wahrgenommen hatte. Er gestand sich ein, dass er nicht den Mumm hatte, sie darauf anzusprechen.

Die Gaststube war etwa zur Hälfte gefüllt. Er nahm einen Platz am Fenster und studierte die Speisekarte. Vom Tisch gegenüber winkte Xaver Wohlrab ihm zu. Der Bürgermeister saß mit zwei Herren zusammen, die Baltasar nicht kannte, vermutlich waren es die Investoren für das Altersheim. Er grüßte zurück, hatte aber nicht die geringste Lust, sich zu dem Trio zu gesellen.

Eine Bedienung kam und fragte nach seinen Wünschen. Sie musste neu sein, er hatte sie noch nie zuvor gesehen. Er gab seine Bestellung auf und erkundigte sich nach Victoria.

»Die ist nicht da«, antwortete die Kellnerin.

»Wann kommt sie denn wieder?«

»Ich weiß es nicht, ich bin hier nur die Aushilfe. Frau Stowasser sagte was von Erledigungen und dass es länger dauern würde.«

»Hat sie eine Nachricht für Herrn Senner hinterlassen?«

»Herrn wer? Nein, sie hat nur gesagt, dass, wenn sie bis zum Abend nicht zurück ist, ich schon mal die Abrechnung machen soll.«

»Gut. Dann richten Sie ihr doch bitte schöne Grüße von Herrn Senner aus. Der bin ich.«

Baltasars Laune war augenblicklich gesunken. Wollte Victoria ihn nicht mehr sehen? War ihr Ausflug nur eine Ausrede? Er schlang sein Essen hinunter, zahlte und wollte gerade wieder gehen, als der Bürgermeister ihn am Arm zurückhielt.

»Herr Senner, machen Sie mir die Freude? Darf ich Sie meinen Geschäftspartnern vorstellen?« Wohlrab zog ihn zu dem Tisch.

Baltasar fügte sich in sein Schicksal und begrüßte alle reihum mit Handschlag, vermied es jedoch, sich zu setzen.

Der Bürgermeister hob Baltasars Arbeit in der Gemeinde hervor, völlig übertrieben, wie Baltasar fand, er pries die Weitsicht und die unternehmerische Denkweise der Herren, deren Idee einer Seniorenresidenz einzigartig sei. Baltasar wurde übel bei so viel Lobhudelei, und unter einem Vorwand verabschiedete er sich.

Zurück ins Pfarrheim wollte er nicht. Schon die Vorstellung von dem Chaos in seiner Küche wirkte wie eine Stimmungsbremse. Er beschloss, die Nachforschungen über den Tod seines Nachbarn fortzusetzen – den Ermahnungen der Kommissare zum Trotz. Vor allem wollte er schneller sein als die Beamten aus Passau, denn es war nur eine Frage der Zeit, bis sie Grafs seltsame Bankverbindung überprüfen würden.

Und er hatte immerhin einen Vorsprung: Sein Freund Philipp hatte Adresse und Telefonnummer der Kontoinhaberin Barbara Spirkl schon herausgefunden. Baltasar meldete sich telefonisch bei der Unbekannten an, er erklärte ihr in aller Kürze, worum es ging. Die Frau war bereits im Bilde, sie sagte, ihre Bank habe sie schon über einen Herrn Senner informiert und er solle einfach vorbeikommen.

*

Barbara Spirkl wohnte im ersten Stock eines renovierten Bürgerhauses in der Altstadt von Regensburg, unweit des historischen Rathauses. Sie war Mitte 40, gepflegtes Äußeres, dezent geschminkt, der Kurzhaarschnitt gab den Blick auf ein Paar Smaragdohrringe frei. Dazu trug sie die passende Halskette, deren Wert wohl dem mehrfachen Monatslohn der meisten Angestellten entsprach.

»Herr Senner? Kommen Sie herein.«

Baltasar stellte sich vor und folgte ihr ins Wohnzimmer. Die Gastgeberin bot ihm einen Platz auf einem Sofa an, das er als Möbel aus der Biedermeierzeit identifizierte. Der Raum war vollgestellt mit Antiquitäten, auf dem Parkettboden lagen Orientteppiche, Ölgemälde hingen an den Wänden, eine Vitrine war gefüllt mit Porzellanfiguren, die vermutlich in Meissen hergestellt worden waren. Auf dem Beistelltisch standen Glasskulpturen, Mann und Frau in inniger Umarmung, moderne Machart.

»Murano?«, fragte Baltasar, um das Schweigen zu brechen.

»Bayerischer Wald«, antwortete Barbara Spirkl. »Viele kennen nur die Objekte aus venezianischem Glas und unterschätzen dabei die Qualität der Künstler aus unserer Region. Deren Werke sind absolut ebenbürtig mit den Leistungen der Glasgestalter aus anderen Teilen der Welt. Dagegen ist Murano nur noch Touristenramsch.«

Baltasar musste an den Hund aus buntem Muranoglas denken, den sein Onkel ihm geschenkt hatte, als er noch ein Kind war. Lange Zeit hatte das Stück einen Ehrenplatz im Regal seines Kinderzimmers gehabt.

»Ich habe kürzlich einen Glaskünstler kennengelernt, Herrn Louis Manrique, er lehrt in der Schule.«

»Ja, ja, der Johann.« Die Frau lachte. »Ich kenne ihn

gut, habe auch irgendwo eine Vase von ihm stehen, glaube ich. Eine besondere Persönlichkeit.«

»Verzeihung, der Herr heißt Manrique, Louis Manrique.«

»Hochwürden, ich verrate Ihnen ein Geheimnis: Sein echter Name ist Johann Helfer. Er ist ein Einheimischer aus Spiegelau. Johann oder Hannes, wie seine alten Freunde ihn nennen, fand vor Jahren, dass es besser wäre fürs Geschäft, wenn er sich einen Künstlernamen zulegt. Deshalb wurde aus Johann Helfer über Nacht Louis Manrique. Wenn Sie mich fragen, ich finde das ziemlich albern.«

»Aber ... er hat mir erzählt, er habe in Paris gelebt?«

»Kann schon sein. Aber das war wohl eher ein längerer Urlaub. Wie auch immer, Hannes denkt in anderen Dimensionen, er träumt von einer internationalen Karriere. Was haben Sie mit der Glasfachschule zu tun, wenn ich fragen darf?«

»Ich suchte eine Bekannte, die dort Schülerin ist. Ich hatte dort übrigens auch die Gelegenheit, mit dem Glasbläser Herrn Kehrmann zu sprechen und mit Herrn Feuerlein, dem Schulleiter.«

»Ach ja.«

Etwas in der Stimme der Frau verriet Baltasar, dass sie die Männer kannte. Er fragte direkt nach.

»Natürlich bin ich den Herren schon begegnet. Aber das ist lange her. Wenn man wie ich früher mit Glas zu tun hatte, ist es unvermeidlich, die Leute aus der Branche zu kennen.«

»Sie haben in der Glasindustrie gearbeitet?«

»Zu meiner Geschichte kommen wir gern später. Sagen Sie mir doch erst, warum Sie mich treffen wollten.«

Baltasar erzählte, woher er Anton Graf kannte, von der Beerdigung und auch von der merkwürdigen Szene mit den drei unbekannten Männern am Grab.

»Ich glaube, dass dieser Manrique, also ... Johann Helfer und Rufus Feuerlein dort auf dem Friedhof waren. Was Herrn Kehrmann angeht, bin ich mir nicht sicher. Haben Sie vielleicht eine Ahnung, warum sie zu der Zeremonie gekommen sind?«

»Es ist so lange her! Dieser Hass ....«

Barbara Spirkl starrte an die Wand.

Dann sah sie Baltasar an und sagte mit fester Stimme: »Keine Ahnung, was die drei Herren dazu motiviert hat. Ich möchte auch nicht darüber sprechen, all das ist längst Geschichte. Nur so viel: Sie sind keine Freunde von Anton.«

Sie erhob sich und servierte Tee in einer Silberkanne.

»Aber Sie sind sicher nicht hier, um mit mir über alte Zeiten zu plaudern, sondern wegen des Kontos. Meine Bank hatte mich ja informiert, dass jemand einen Scheck von Anton einlösen wollte. Haben Sie den Scheck bei sich?«

»Nur eine Kopie. Das Original hat die Polizei.« Baltasar reichte ihr das Papier. »Sie müssen damit rechnen, dass die Kriminalbeamten, die in dem Mordfall ermitteln, bei Ihnen nachfragen werden.«

»Ich bin darauf vorbereitet.« Sie sah sich die Kopie an. »Das ist eindeutig Antons Unterschrift. Ausgestellt an seinem Todestag. Was für ein makabrer Zufall. Warum hat er Ihnen das Geld geben wollen?«

Baltasar berichtete von dem Unfall auf dem Kirchturm und von den zerstörten Glockenhalterungen. »Es war als großzügige Spende für die Renovierung gedacht.«

»Anton hatte schon immer ein Herz für skurrile Projekte.« Sie gab ihm die Kopie zurück.

»Mir ist nur nicht klar, warum er ein fremdes Konto für diesen Scheck benutzte. Er war doch Kunde bei unserer Sparkasse im Ort.«

»Das ist kompliziert zu erklären.«

»Versuchen Sie es?«

Barbara Spirkl ließ einige Stücke Kandiszucker in den Tee fallen und rührte um.

»Wissen Sie, er ist ein alter Freund von mir. Wir kennen uns noch aus seiner aktiven Zeit. Ich habe ihm viel zu verdanken. Deshalb habe ich ihm eine Vollmacht für dieses spezielle Konto eingeräumt, falls er einmal einen außerordentlichen Finanzierungsbedarf haben sollte.«

»Wie definieren Sie außerordentlich?«

»Das habe ich Anton überlassen. Ich habe mit seiner Hilfe durch Investitionen sehr gut verdient. Da wollte ich mich dankbar erweisen. Es waren gewissermaßen Geschenkgutscheine, die Gutscheine waren die Schecks.«

»Hat er denn oft Schecks mit hohen Beträgen ausgestellt?«

»Meistens war es weniger, aber Summen in dieser Größenordnung waren durchaus auch dabei.«

Es klang plausibel, wie sie es erzählte, aber Baltasar hatte dennoch Zweifel. Es war höchst ungewöhnlich, einem Freund, selbst einem guten Freund, so hohe Beträge zu schenken und Blankoschecks zu akzeptieren.

»Sie sprachen von seiner aktiven Zeit. Was meinen Sie damit?«

»Ich dachte, das wüssten Sie, Hochwürden. Anton gehörte früher eine Glasfabrik im Bayerischen Wald, die Angra Gesellschaft mit beschränkter Haftung, mit Hauptsitz in Zwiesel. Sagt Ihnen der Name was?«

Baltasar konnte sich erinnern, Angra war ein Markenname für Haushaltsglaswaren.

»Wissen Sie, Herr Senner, Angra setzt sich zusammen aus den Anfangsbuchstaben der beiden Namen Anton und Graf, ganz einfach.«

Baltasar war erschüttert. Warum hatte sein Nachbar ihm nie etwas davon erzählt?

»Wie groß war seine Firma denn?«

»In den besten Zeiten waren 250 Menschen beschäftigt. Die Firma hatte einen guten Ruf weit über die Region hinaus. Dann gingen die Geschäfte immer schleppender, und Anton zog sich aus dem Unternehmen zurück. Den Markennamen verkaufte er an die Konkurrenz.«

»Und als Privatier zog er zu uns in die Gemeinde. Aber er hat niemandem je etwas über seine Vergangenheit erzählt.«

Die Wahrheit ist aber auch, dachte Baltasar, dass ihn niemand danach gefragt hatte.

»Mit seinem früheren Leben hatte er abgeschlossen. Es war für ihn schmerzhaft zu sehen, wie sein Lebenswerk in fremde Hände ging. In gewisser Weise hatte er versagt, weil er sein Unternehmen nicht aus eigener Kraft weiterführen konnte.«

»Seltsam. Natürlich kenne ich die Angra-Glaswaren, aber der Name Anton Graf ist mir dabei nie untergekommen. Auch in der Zeitung habe ich nie etwas darüber gelesen. Aber vielleicht auch nur, weil ich mich für solche Themen nicht besonders interessiere.«

»Kein Wunder.« Barbara Spirkl stand auf und brachte eine Schale mit Pralinen. »Die müssen Sie probieren, Herr

Senner, frisch gemacht und original aus Regensburg.« Sie schob ihm einen Teller hin. »Wo waren wir stehengeblieben? Ja, Anton Graf war nicht in der Geschäftsleitung tätig, sondern er war der Mehrheitsgesellschafter. Ihm gehörten mehr als 90 Prozent der Anteile an der GmbH.«

»Wer leitete dann die Firma?«

»Sie haben ihn bereits kennengelernt. Der Geschäftsführer war Rufus Feuerlein. Später übernahm der die Leitung der Schule.«

Also hatte Baltasar sich nicht getäuscht. Feuerlein war am Grab seines Nachbarn gewesen, und jetzt war er sich auch sicher, dass die beiden anderen Kehrmann und Manrique alias Helfer gewesen waren.

»Und welche Verbindung bestand zwischen Anton und dem Künstler und dem Glasbläser der Schule?«

»Ich glaube, Kehrmann war in der Firma tätig, aber genau weiß ich das nicht, dort arbeiteten wie gesagt Hunderte von Menschen. Sie sollten ihn am besten selber fragen. Und Hannes, der hat ein paar Kollektionen für die Angra GmbH entworfen.«

Baltasar schob sich eine Praline in den Mund. Nougat mit Zimt. Verführerisch, diese Dinger. Er musste sich beherrschen, nicht gleich wieder zuzulangen.

»Mir ist noch nicht klar, Frau Spirkl, wie Sie mit alldem im Zusammenhang stehen. Hatten Sie geschäftlich mit Anton zu tun?«

»Ja, sozusagen. Er gab mir die Chance, mich an der Angra zu beteiligen. Es waren weniger als zwei Prozent der Firmenanteile, aber immerhin war ich dadurch Mitgesellschafterin. Kurz bevor Anton ausstieg, habe ich meinen Anteil wieder verkauft – mit gutem Gewinn.«

»Wer hat Ihren Anteil gekauft?«

»Eine Familiengesellschaft, die bereits Minderheitsgesellschafterin war. Diese Gesellschaft gehörte mehreren Personen, die untereinander verwandt waren. Ihr Sprecher war Rufus Feuerlein.«

»Demnach war der Schulleiter nicht nur Manager, sondern indirekt auch Mitbesitzer der Glasfabrik. Ist diese Familiengesellschaft noch aktiv?«

»Ich weiß es nicht, und es interessiert mich auch nicht. Nachdem ich ausbezahlt wurde und Anton ebenfalls raus aus dem Geschäft war, habe ich mich anderen Dingen gewidmet. Das Kapitel war für mich abgeschlossen.«

»Und wie standen Sie persönlich zu Anton Graf?«

»Wir waren gut befreundet. Deshalb war ich auch so schockiert, als ich von dem Mord in der Zeitung las. Ich habe ihn in der Vergangenheit mehrmals besucht, er hatte sich ein schönes Haus gekauft …«

»… in unserer Gemeinde direkt neben dem Pfarrhof …«

»… und nur mehr privatisiert. Ein Rentner gewissermaßen. Ich glaube, er war in seiner Zurückgezogenheit zufrieden, obwohl er immer wieder auch davon sprach, nochmals durchzustarten.«

»Wie gut waren Sie mit Anton befreundet?«

Barbara Spirkl setzte ihre Teetasse ab.

»Ihre Frage zielt in Wirklichkeit auf etwas anderes. Sie wollen wissen, ob ich ein Verhältnis mit Anton hatte, nicht wahr? Herr Pfarrer, Herr Pfarrer, so etwas fragt man eine Dame nicht, und schon gar nicht als Geistlicher. Meine Antwort ist: Wir waren sehr eng befreundet. Mehr sage ich dazu nicht. Wie Sie vermutlich wissen, war Anton nie verheiratet.«

»Ja. Warum eigentlich nicht?«

»Es schien sich nie ergeben zu haben. Vielleicht hat er nie die Richtige gefunden, mit der er sein Leben teilen wollte. Andererseits war er früher in dieser Hinsicht recht unbeschwert, auch auf Frauen bezogen, er wollte sich wohl nicht fest binden. Und die Glasfabrik hat sowieso das Gros seiner Freizeit in Anspruch genommen. Sie glauben ja nicht, wie schwierig es ist, so ein Unternehmen am Laufen zu halten.«

»Aber Sie sagten doch vorhin, Rufus Feuerlein sei der Geschäftsführer gewesen. Dann hätte der doch eigentlich die Hauptverantwortung zu tragen gehabt, oder nicht?«

»Da kannten Sie Anton schlecht. Er hat sich gerne eingemischt, ob es den leitenden Angestellten passte oder nicht. Darüber hinaus saß er im Beirat der Firma, einer Art Kontrollgremium, vor dem sich auch ein Geschäftsführer rechtfertigen musste. Feuerlein war froh, als Anton sich zurückzog. Aber das ist lange her.«

30

Er verstand den Namen der Frau am Telefon nicht. Sie schluchzte und sprach nur wirres Zeug. Baltasar redete beruhigend auf sie ein und überlegte, woher er die Stimme kannte.

Die Mutter von Valentin Moser!, schoss es ihm durch den Kopf.

»Frau Moser! Wie kann ich Ihnen helfen?«

Nach einiger Zeit hatte sich Jutta Moser so weit gefasst, dass sie die Vorfälle schildern konnte.

Dix und Mirwald hatten ihren Sohn in Handschellen nach Passau mitgenommen und verhört. Vier Stunden später hatten sie ihn wieder gehen lassen. Gestern sei jedoch wieder Polizei erschienen und habe Valentin verhaftet – wegen des Verdachts auf Mord. Valentin habe die Nacht in einer Zelle in der Kriminalinspektion in Passau verbringen müssen. Er habe sie angerufen und ihr gesagt, sie solle ihn, Baltasar, um Hilfe bitten, denn er schulde ihm noch was.

»Diese Schand', Hochwürden.« Die Stimme der Mutter klang noch immer erregt. »Die Nachbarn, was sollen die von uns denken, Polizei im Haus, der eigene Sohn in Handschellen abgeführt, es wird nicht mehr lange dauern, und der ganze Ort weiß Bescheid. Herr Senner, was soll ich nur tun?«

»Es wird schon nicht so schlimm sein«, sagte Baltasar, obwohl er selber von diesen Neuigkeiten überrumpelt war. »Was hat die Kripo gesagt, dürfen Sie Ihren Sohn besuchen?«

»Sie sagten, ich könnte vorbeischauen. Sie haben mir auch geraten, einen Rechtsanwalt zu suchen. Hochwürden, bitte tun Sie mir einen Gefallen. Begleiten Sie mich auf die Polizei, ich war noch nie auf so einer Wache, mein ganzes Leben hab ich mir nichts zuschulden kommen lassen, bei meiner Seel'. Helfen Sie meinem Jungen, ich will, dass er wieder nach Hause kommt.«

»Frau Moser, das ist wirklich die Sache eines Anwalts, und nicht die eines Priesters.«

»Mein Valentin hat niemandem etwas getan, das müssen Sie mir glauben, Hochwürden. Er ist ein lieber Junge, auch wenn er manchmal etwas eigen wirkt. Bitte kommen Sie mit, ich hol Sie in einer halben Stunde ab.«

»Bedaure, Frau Moser, das …«

Doch Jutta Moser hatte bereits aufgelegt.

Eine halbe Stunde später fuhr sie auf dem Pfarrhof vor. Baltasar brachte es nicht übers Herz, sie zurückzuweisen, und ergab sich in sein Schicksal.

Während der Fahrt wiederholte Valentins Mutter nochmals die Geschichte von der Verhaftung und schwor, eine Wallfahrt nach Altötting zu unternehmen und der schwarzen Madonna eine Kerze zu stiften, wenn ihr Sohn wieder freikäme. Zwischendurch brach sie immer wieder in Tränen aus.

*

Die Kriminalpolizeiinspektion lag in der Nibelungenstraße, ein schmuckloser Betonbau in der Nähe des Passauer Bahnhofes. Sie meldeten sich am Empfang und fragten nach Wolfram Dix. Eine Frau begleitete sie ein Stockwerk höher.

Hauptkommissar Dix empfing sie bereits an seiner Bürotür. Als er Baltasar sah, entfuhr ihm ein »Was um Herrgottswillen soll das nun schon wieder?«. Er bat die Frau herein und sagte zu Baltasar: »Sie warten hier draußen!« Dann schloss er die Tür.

Baltasar ging im Flur auf und ab, sah sich um, und da niemand zu sehen war, lauschte er an der Tür. Er konnte nicht verstehen, was der Kommissar sagte, dafür hörte er das Weinen und Schluchzen von Frau Moser.

»Wenn ich es nicht besser wüsste, würde ich an einen bösen Geist glauben.«

Hinter ihm stand Mirwald, begleitet von zwei Kollegen, die Valentin Moser in ihre Mitte genommen hatten. Sie bugsierten ihn unsanft in Dix' Büro. Valentin beachtete niemanden, er hatte den Blick starr auf den Boden gerichtet. Es sah aus, als sei alle Kraft aus ihm gewichen.

»Herr Doktor Mirwald, grüß Gott.« Baltasar beschloss, sich nicht provozieren zu lassen. »Ich dachte, Sie glauben an überhaupt nichts. Wenn Sie zumindest an Geister glauben, dann ist das schon mal ein Anfang.«

»Hat die Mutter unseres jungen Freundes Sie mit hergeschleift?«

»So würde ich das nicht nennen. Sie bat um meinen Rat und wünschte ausdrücklich meine Begleitung.«

»Kommen Sie mir nicht wieder mit dieser Nummer. Das hat bei dem Sohn des Opfers funktioniert, ein zweites Mal klappt es garantiert nicht. Es gibt keinen Grund, Sie einzubeziehen. Valentin Moser ist volljährig und für sich selbst verantwortlich. Und sein Rechtsbeistand sind Sie sicher nicht, oder haben Sie über Nacht umgeschult?«

»Um einen Sinn für Gerechtigkeit zu haben, muss man nicht Jura studieren«, sagte Baltasar. »Wenn Sie das wollen, warte ich so lange.«

Ohne weiteren Kommentar schloss Mirwald die Tür hinter sich zu.

Baltasar konnte anfangs nichts hören, doch nach einer Weile wurden die Stimmen lauter. Jutta Mosers Stimme hatte eine Tonlage angenommen, die nichts Gutes verhieß.

Die Tür wurde aufgerissen, und Wolfram Dix stürmte heraus. Er zog die Tür hinter sich zu. Er war feuerrot im Gesicht.

»Diese ... Diese Bissgurke ... Was für ein hysterisches Weib!« Er sah Baltasar an. »Wenn Sie es schaffen, diese Frau wieder zur Ruhe zu bringen, dürfen Sie rein. Die raubt mir den letzten Nerv. Aber Sie setzen sich still in eine Ecke und sagen keinen Ton, verstanden?«

Baltasar nickte und folgte dem Kommissar in das Büro.

Es war ein nüchterner Raum, wie er wohl in vielen Behörden zu finden war: Funktionale, langweilige Möbel, Stahlschränke, alles wirkte ältlich, angegilbt und renovierungsbedürftig. Lediglich einige Blumenstöcke fielen auf.

Auf dem Schreibtisch stand ein Becher mit einer streng riechenden Flüssigkeit, vermutlich ein Gesundheitstee. Mirwald hub zu einer Bemerkung an, aber Dix gab ihm durch ein Zeichen zu verstehen, den Mund zu halten.

Valentin Moser saß an einer Ecke des Schreibtisches, neben ihm seine Mutter. Mirwald lehnte an der Wand.

Baltasar begrüßte den Jungen. Dieses Mal sah er ihn an. Baltasar legte der Mutter sanft die Hand auf die Schulter und sprach beschwichtigend auf sie ein. Ihr Körper bebte noch, doch sie wurde langsam ruhiger.

»Können wir jetzt weitermachen?« Mirwald wirkte wie ein gereizter Tiger. »Sie haben nun Ihren Willen, Frau Moser, der Pfarrer ist da, ich würde mich gerne wieder den Fakten widmen.«

»Also, um es zu wiederholen, wir haben Grund zu der Annahme, dass Ihr Sohn Valentin Moser Herrn Anton Graf getötet hat. Ob Totschlag oder Mord, lassen wir im Moment offen, aber vieles sieht nach niedrigen Beweggründen aus, also Mord.« Dix wandte sich an Valentin. »Ist Ihnen bewusst, was das bedeutet, Herr Moser? Nochmals empfehle ich Ihnen dringend, sich einen Anwalt zu nehmen. Lassen Sie sich beraten.«

Valentin richtete sich auf. »Ich habe nichts zu verbergen. Ich habe diesen Graf nicht umgebracht! Warum sollte ich auch? Das alles haben wir doch schon x-mal durchgekaut.«

»Überlassen Sie uns, Herr Moser, wie oft wir Sie befragen.« Jedes von Mirwalds Worten war scharf wie eine

Rasierklinge. »Solange Sie uns nicht die Wahrheit sagen, werden wir Sie verhören.«

»Nun gut, wir müssen einen Gang zulegen, um das Ganze zu beschleunigen«, sagte Dix. »Unsere Ermittlungen haben neue Erkenntnisse gebracht.« Er holte eine durchsichtige Tüte aus einer Schublade und legte sie auf den Schreibtisch. »Herr Moser, Frau Moser, erkennen Sie dieses Kleidungsstück?«

Es war das Sweatshirt, das sie im Kleiderschrank des Jungen gefunden hatten.

»Nun?«, hakte Dix nach, nachdem niemand antwortete.

»Was fragen Sie? Ja, das gehört mir«, sagte Valentin.

»Frau Moser?«

Sie nahm die Tüte in die Hand und betrachtete das Kleidungsstück. »Das ist so ein Baumwollpullover, wie mein Sohn ihn trägt, das stimmt. Was soll damit sein?«

»Sehen Sie die Flecken?« Der Kommissar deutete auf die betroffenen Stellen. »Wir haben sie untersuchen lassen. Und wissen Sie, was das ist? Ja genau. Es ist Blut!«

»Das habe ich Ihnen doch bereits erklärt. Ich habe mich gekratzt«, sagte Valentin.

»Unser Labor hat festgestellt, dass das Blut von Anton Graf stammt.«

Stille legte sich über den Raum. Totenstille. Allmählich wurde Baltasar die Bedeutung dieses Satzes bewusst. Damit war klar: Valentin Moser hatte ihn angelogen.

Die Mutter riss die Augen auf. »Was ... Was meinen Sie damit? Was soll das bedeuten?«

»Das ist nicht schwer zu verstehen«, sagte Mirwald. »Ihr Sohn hat den Mann abgepasst und ihn mit einem Stück Glas erstochen. Bei der Tat ist Blut vom Opfer auf das Kleidungsstück von Herrn Moser gespritzt. Genauso wie ich es bereits vermutet hatte. Es ist ein eindeutiger Beweis.«

»Ich war es nicht!« Valentin war aufgesprungen, doch Mirwald zwang ihn zurück auf den Stuhl.

»Wenn Sie nicht sofort Ruhe geben, Freundchen, hole ich die Handschellen wieder raus. Reißen Sie sich zusammen!«

»Das ist doch Irrsinn! Ich habe den Mann nicht umgebracht. Ich kannte ihn doch gar nicht.« Die Stimme des Jugendlichen war brüchig geworden. »Warum sollte ich ihn denn umbringen?«

»Das hatten wir doch schon, Herr Moser.« Baltasar staunte darüber, wie ruhig Wolfram Dix blieb. »Tatsache ist, Sie haben uns nicht die Wahrheit gesagt. Und das spricht nicht für Sie. Also: Welche Erklärung haben Sie für Grafs Blut auf Ihrer Kleidung?«

Wieder herrschte Stille. Valentin vergrub den Kopf zwischen seinen Händen.

Nach einer Weile sagte er tonlos: »Es stimmt.«

»Was sagen Sie?« Mirwald beugte sich zu dem jungen Mann hinunter. »Lauter bitte.«

»Es stimmt, ich habe nicht ganz die Wahrheit gesagt. Aber ich habe diesen Graf nicht umgebracht. Die Auseinandersetzung auf dem Spielplatz war heftiger, als ich zugegeben habe. Der Mann hat mich geschubst, es gab ein Gerangel, und ich schlug ihm mit der Faust ins Gesicht. Der Mann blutete aus der Lippe, er versuchte mich zu packen, da schlug ich nochmals zu. Dabei muss sein Blut auf mein Sweatshirt gelangt sein. Dieser Graf rannte weg, danach habe ich ihn nicht mehr gesehen. Ich schwöre es, bei Gott!«

»Nun bringen Sie unseren Pfarrer nicht mit einem Meineid in Verlegenheit«, sagte Mirwald. »Diese Geschichte sollen wir Ihnen abkaufen? Da müssen Sie sich was Besseres einfallen lassen.«

»So war's aber, genau so.«

»Warum haben Sie uns das nicht früher erzählt?« Dix machte sich Notizen auf einem Blatt Papier.

»Was denken Sie denn? Eine Gruppe Jugendlicher, die schon mal mit der Polizei zu tun hatte …«

»… laut Akten wegen Diebstählen von Alkohol in einem Supermarkt, wegen Einbruchs in der Glasfachschule, wegen Hausfriedensbruchs und mehrfacher Ruhestörung am Stadtplatz …«, sagte Mirwald.

»Einer von dieser Gruppe schlägt einen Mann, der kurz darauf tot ist. Denken Sie, mir hätte jemand geglaubt? Ich gebe den idealen Verdächtigen ab. Deshalb habe ich das Maul gehalten und das mit der Auseinandersetzung heruntergespielt. Aber nie im Leben habe ich den Mann ermordet! Ich dachte, der hat seine Abreibung gekriegt, und damit ist gut. Warum sollte ich später nochmals auf ihn losgegangen sein? Das ist doch hirnrissig!«

»Da ist noch ein Punkt in Ihrer Aussage, der uns Sorgen macht«, sagte Dix. »Sie behaupten, vom Spielplatz direkt zurück ins Gymnasium gegangen zu sein. Aber Ihre Unterrichtsstunde war ausgefallen, wir haben uns in der Schule erkundigt, und niemand hat Sie in dem Gebäude gesehen.«

»Aber ich war dort.«

»Gibt es Zeugen? Klassenkameraden, die Sie gesehen haben?« Mirwald verschränkte die Arme. »Lehrer, die Ihnen über den Weg gelaufen sind, irgendjemand?«

»Weiß nicht, hab ich nicht darauf geachtet.«

Das Verhör ging weiter, aber Valentin Moser wiederholte die neue Version der Geschichte.

Baltasar musste zugeben, dass seine Aussage plausibel klang. Dennoch war er hin- und hergerissen, ob er Valentin glauben sollte oder ob er nur einem Schauspiel beiwohnte. Tatsache jedenfalls war: Zwischen ein paar Faustschlägen ins Gesicht und einem Mord bestand ein großer Unterschied, so abscheulich die Attacke auf Anton Graf auch gewesen war. Wie radikal, wie brutal musste jemand sein, der einem anderen Menschen einen Glassplitter in den Körper rammte und zusah, wie er starb? Es passte nicht zu Valentin. Außerdem war der Junge nicht dumm, und das Dümmste, was ein Täter tun könnte, wäre wohl, am helllichten Tag das Opfer zu verfolgen und es zu eliminieren, wohl wissend, dass der Verdacht sofort auf ihn fallen würde. Darüber hinaus fehlte das Motiv. Morden aus Wut auf einen Fremden oder aus Rachegelüsten wegen Beleidigungen – das mochte zwar in seltenen Fällen vorkommen, doch die Realität bei Tötungsdelikten war es nicht. Valentin mochte unbeherrscht sein, aber Baltasar schätzte ihn nicht als einen Menschen ein, der völlig ausrastete und Amok lief.

»Ich finde die Aussage des Jungen glaubwürdig«, sagte Baltasar ruhig. »Ihm fehlt das Motiv. Wäre er der Täter, so hätte er mit seiner Intelligenz den Mord klüger geplant. Lassen Sie ihn frei.«

Mirwald sah ihn entgeistert an. »Was haben Sie denn plötzlich für Erleuchtungen? Ist der unheilige Geist in Sie gefahren? Sie sollten als Gast doch still sein. Wer fragt nach Ihrer Theorie? Bitte verlassen Sie sofort das Büro!«

Baltasar winkte Jutta Moser mit nach draußen.

»Ich helfe Ihrem Sohn, Frau Moser. Aber jetzt brauchen wir trotzdem schnellstens einen Anwalt für ihn.«

31

Nachdem Baltasar gemeinsam mit Valentin Mosers Mutter einen Anwalt in Passau ausfindig gemacht und sie ihm den Sachverhalt geschildert hatten, ließ er sich zurück ins Pfarrheim fahren. Er hatte Jutta Moser versprochen, sich für ihren Sohn einzusetzen.

Die Küche war in seiner Abwesenheit zu einer Art Saunaclub umfunktioniert worden: Karol stand im Bademantel am Herd und kochte etwas, das von Weitem als Schlammpackung durchgehen konnte, dem Geruch nach und bei näherem Hinsehen jedoch eine Suppe werden sollte. Karols Schwester Lenka saß am Tisch, in ein Badetuch gehüllt, das über ihren Brüsten festgeklemmt war. Sie rauchte und tuschte mit Hilfe eines Taschenspiegels ihre Wimpern. Ihre Freundin Jana hatte einen Fuß auf den Tisch gestützt und lackierte sich die Zehennägel.

Die Gäste ließen sich durch die Anwesenheit des Hausherrn nicht ablenken, sondern gingen weiter ihren Tätigkeiten nach. Lenka winkte Baltasar zu, und Jana deutete auf einen freien Stuhl, eine Aufforderung, sich zu ihnen zu setzen. Karol fragte, ob Hochwürden später einen Teller mitessen wollte, was Baltasar freundlich ablehnte.

»Ist es nicht ein bisschen spät für die Morgentoilette?«, fragte er.

»Wir waren Rad fahren«, sagte Karol. »Die Frauen waren etwas verschwitzt und mussten duschen. Teresa ist einkaufen.«

Wo die Kinder steckten, brauchte Baltasar nicht zu fragen, dem Gekreische nach tobten sie auf dem Dachboden herum.

Lenka stand auf und drängte sich an Baltasar vorbei. »'tschuldigung, ich was holen. Sie sitzen bleiben.«

Wie zufällig stützte sie sich mit einem Arm an seiner Schulter ab. Er spürte, wie sich seine Nackenhaare aufstellten.

»'tschuldigung! 'tschuldigung!« Sie sagte noch etwas auf Polnisch, Karol übersetzte mit: »Lenka meinen, Sie etwas verspannt. Lenka in Krakau als Masseurin in Therapiezentrum gearbeitet. Sie helfen.«

Baltasar wollte etwas antworten, aber schon spürte er einen festen Griff an seinen Schultern und massierende Handbewegungen, die plötzlich anfingen zu wandern, zuerst zur Brust und dann den Rücken hinunter.

Er wusste nicht, ob das jetzt Entkrampfung oder Verspannung war, aber es fühlte sich angenehm an. Sehr angenehm sogar.

Zu angenehm. Ihm wurde plötzlich unerträglich heiß. Er sprang auf.

»Ich ... muss ... ich muss noch was erledigen.«

Ohne weiteren Gruß stürzte er aus der Tür.

*

Um sich auf andere Gedanken zu bringen, stieg Baltasar ins Auto und fuhr los. Schon nach wenigen Kilometern kam ihm ein Ziel für seinen Ausflug in den Sinn: Er wollte noch einmal mit Marlies Angerer reden. Nur sie konnte ihm weiterhelfen bei der Frage, ob Valentin tatsächlich die Wahrheit gesagt hatte. Er hoffte, sie noch in der Schule anzutreffen, und nahm sich vor – wenn er schon mal dort war –, auch die drei besagten Lehrer aufzusuchen, die Anton gut gekannt hatten, wie er inzwischen wusste.

In der Eingangshalle der Glasfachschule wartete Baltasar, bis er auf eine Gruppe von Schülern traf. Er fragte nach Marlies Angerer. Einer von ihnen verwies ihn auf die Werkstatt und beschrieb ihm den Weg dorthin.

Es war ein Anbau in der Nähe der Glasbläserei. Baltasar warf einen Blick in die Halle und entdeckte Louis Manrique alias Johann Helfer, der gerade einige Werkstücke in einer Tasche verstaute.

Baltasar wartete auf dem Gang, bis der Künstler herauskam. »Herr Manrique? Einen Augenblick bitte.«

Manrique sah ihn an, als stünde ein Außerirdischer vor ihm. »Ja?«

»Erinnern Sie sich an mich?«

Baltasar stellte sich mit Namen und Beruf vor und erzählte, woher er kam. »Wir hatten über ein Objekt gesprochen, über eine Art Eiszapfen aus Glas.«

Helfers Augen verengten sich zu Schlitzen. »Aus welchem Ort, sagten Sie, sind Sie noch?«

Baltasar wiederholte den Ortsnamen.

»Nein, ich kann mich nicht an Sie erinnern.« Es klang unwirsch. »Wissen Sie, als Künstler wird man von vielen Menschen angesprochen. Tut mir sehr leid, aber ich muss jetzt gehen.« Der Mann versuchte, sich an ihm vorbeizuschieben.

Doch Baltasar blockierte ihm den Weg. »Es dauert nur eine Minute. Es ist so: Ich habe Sie bei der Beerdigung von Anton Graf gesehen, der vor Kurzem hier in Zwiesel ermordet wurde, ganz in der Nähe von dieser Schule. Ich würde gerne von Ihnen wissen, was Sie mit Herrn Graf verband.«

»Was soll das? Wird das ein Verhör? Muss ich mich vor einem Pfarrer rechtfertigen, warum ich zu Beisetzungen gehe? Und warum haben Sie bei Ihrem ersten Besuch nichts davon gesagt, dass Sie mit diesem Graf bekannt sind?«

»Sie waren nicht allein, sondern zusammen mit dem Schulleiter und Herrn Kehrmann. Und warum haben Sie und Ihre Freunde sich am Grab so despektierlich verhalten?«

»Jetzt reicht's mir aber!« Er wurde sichtlich wütend. »Das muss ich mir nicht bieten lassen! Ich bin Künstler. Und als Künstler tut man manchmal Dinge, die anderen Menschen seltsam vorkommen mögen. Dieser Graf ist Vergangenheit. Ich beschäftige mich mit der Zukunft. Und jetzt muss ich wirklich gehen!«

Er marschierte eiligen Schrittes davon.

In der Werkstatt arbeiteten mehrere Schüler an Schleifmaschinen. Einige polierten die Oberflächen von Vasen auf Hochglanz, andere schliffen Muster in Glasobjekte.

Marlies saß in einer Ecke und skizzierte Entwürfe.

»Marlies?« Baltasar tippte ihr auf die Schulter.

Sie schreckte hoch.

»Könnten wir uns noch mal kurz unterhalten? Es ist sehr wichtig.« Er zeigte nach draußen.

Sie folgte ihm unwillig hinaus in den Hof.

»Herr Pfarrer, was ist denn jetzt schon wieder? Ich bereue es, dass ich mit Ihnen gesprochen habe. Nun werde ich Sie anscheinend nicht mehr los. Machen Sie schnell, ich habe nicht viel Zeit.« Sie zündete sich eine Zigarette an.

»Wissen Sie, was mit Valentin passiert ist?«

»Mann, haben Sie schon mal was von Handys und

Internet gehört? Natürlich weiß ich, dass er von der Polizei abgeholt wurde! So was verbreitet sich wie ein Lauffeuer.«

»Ich war beim Verhör in Passau dabei. Wissen Sie, dass Valentin unter Mordverdacht steht?«

»Schmarrn! Er ist nur ein Zeuge, sonst nichts. Oder?« Ihre Stimme hatte die Sicherheit verloren.

Baltasar informierte sie über den neuesten Stand der Dinge. »Auf den ersten Blick sind diese Indizien äußerst belastend. Und er hat die Polizei vorher angelogen. Das macht sich nicht gut.«

Marlies ließ vor Schreck ihre Zigarette fallen. »Sagten Sie echtes Blut? Vom Ermordeten? Heilige Scheiße!«

»Wenigstens hat sich das noch nicht rumgesprochen, es wäre nicht gut für Valentin. Seine Mutter hat einen Anwalt engagiert, der versuchen wird, eine Entlassung zu erwirken.«

»Sie meinen, er muss sonst länger im Knast bleiben?« Sie versuchte, sich eine neue Zigarette anzuzünden, aber ihre Hände zitterten so stark, dass es erst nach dem dritten Anlauf gelang.

»Momentan ist er in einer Zelle der Kriminalinspektion Passau untergebracht. Ich weiß nicht, wann er verlegt wird. Ich weiß nur, dass wir was tun müssen, um ihn da rauszuholen.«

»Wir? Sind Sie anderer Meinung als die Bullen?«

»Sagen wir so: Ich glaube ihm und will ihm helfen. Aber glauben ist das eine. Fakten sind das andere. Die Behörden brauchen Fakten. Und da könnten Sie uns helfen, Marlies.«

Sie drückte ihre Zigarette aus. »Ich? Was meinen Sie damit?«

»Sie waren bei der Auseinandersetzung zwischen Valentin und Anton Graf auf dem Spielplatz dabei. Sie wissen, was passiert ist. Sie müssen etwas gesehen haben!«

»Ich hatte Ihnen doch schon ...«

»Das reicht nicht! Denken Sie nach. Schließlich geht es um Valentin. Also, erzählen Sie!«

»Ich habe Ihnen schon alles erzählt. Ich habe den Ablauf nicht genau mitgekriegt, der Streit mit dem Typen hatte sich hochgeschaukelt, Valentin war auf ihn los, und dann habe ich gesehen, dass dieser Graf wegrannte.«

»Ist es möglich, dass Anton geblutet hat? Dann muss der Schlag doch ziemlich heftig gewesen sein.«

»Ich hab's nicht gesehen. Aber es braucht nicht viel, bis Blut spritzt. Eins auf die Nase – und bumm. Danach tropft man wie ein Schwein.«

»Und was passierte, nachdem Anton weggelaufen war?«

»Wir hingen noch ein bisschen ab, haben geraucht, die Flasche leergetrunken und uns über den Typen lustig gemacht. Wir konnten ja nicht ahnen, was danach geschah.« Marlies lehnte sich gegen die Hauswand. »Aber wir gingen dann bald auseinander, es war ja noch früh.«

»Valentin hat ausgesagt, dass er vom Spielplatz aus zur Schule ging. Dort hat ihn aber niemand gesehen.«

»So? Hat er das gesagt?« Zweifel mischten sich in ihre Stimme.

»Wenn es anders war, dann sagen Sie es mir jetzt!« Baltasar griff sie am Arm. »Bitte. Das ist kein Spaß mehr. Es geht um Mord! Zweifeln Sie an Valentins Version?«

»Wenn er das der Polizei gesagt hat, wird es schon stimmen.«

»Marlies, wenn Sie mehr wissen, raus damit! Sie wollen Valentin doch auch helfen! Oder nicht?«

Sie starrte nach unten und zog mit ihrem Schuh Striche in die Erde.

»Marlies, bitte!«

»Ich will nichts mit den Bullen zu tun haben. Das habe ich Ihnen schon gesagt, Hochwürden. Dabei bleibt es.«

»Ich fürchte, Sie haben keine Wahl. Alles, was Valentin nun entlastet, ist wichtig.«

»Sie haben mir versprochen, dass Sie mich da raushalten. Das gilt doch noch, oder?«

»Ja, das habe ich gesagt. Aber ich appelliere an Sie, denken Sie darüber nach, was Sie da fordern. Es liegt bei Ihnen.«

Sie schwieg. Baltasar spürte ihre Anspannung und bedrängte sie nicht weiter.

»Also gut. Aber das erzähle ich jetzt nur Ihnen.« Marlies ging ein paar Schritte vor und wieder zurück. »Es ist nur ... Es ist ... Es ist persönlich.«

Baltasar nickte und wartete ab.

»Nun ... Verdammt, also meinetwegen.« Sie zog eine neue Zigarette aus der Packung. »Wo soll ich anfangen? Also, ich weiß, was der Valentin nach dem Vorfall auf dem Spielplatz getan hat.«

Jetzt war Baltasar überrascht. Er sah Marlies Angerer aufmunternd an.

»Er war ... Er war mit mir zusammen.«

»Was genau meinen Sie damit, Marlies?«

»Er ... Nun. Er ist vom Spielplatz weg, über den Fußgängersteg Richtung Gymnasium. Ich hab mich von den anderen verabschiedet und bin ihm nachgegangen.«

»Und dann?«

»Er hat auf mich gewartet. Wir sind zusammen weiter. Er war an dem Tag nicht mehr in der Schule, sondern mit mir zusammen.«

»Heißt das, ihr habt dann gemeinsam etwas unternommen?«

»Tja, so kann man es auch nennen. Wir haben einen großen Bogen um den Spielplatz gemacht und sind dann weiter am Ufer entlang.«

»Vielleicht bin ich begriffsstutzig, aber warum diese Geheimnistuerei?«

»Oh Gott, man merkt, dass Sie ein katholischer Priester sind. Weil Valentin und ich was miteinander haben.«

»Ihr seid zusammen? Ich dachte, Jonas wäre Ihr Freund …«

Mit dieser Wendung hatte Baltasar nicht gerechnet.

»Verstehen Sie meine Zwickmühle? Jonas weiß nichts davon, dass ich wieder mit Valentin rummache. Und er darf es auch nicht wissen, das wäre eine Katastrophe, eine riesige Katastrophe. Nicht auszudenken …«

»Das müssen Sie einem begriffsstutzigen katholischen Pfarrer etwas genauer erklären.«

»Ich bin früher schon mal mit Valentin gegangen. Dann habe ich mich in Jonas verliebt, in Valentins besten Freund. Da es zu der Zeit zwischen Valentin und mir eh ständig krachte, haben wir uns getrennt, einvernehmlich, so heißt das wohl, und ab dann war ich mit Jonas zusammen. Klingt vielleicht schräg, aber es gab meinetwegen zwischen den beiden keinen Stress. Sie haben sich ausgequatscht und sind immer noch beste Freunde. Und ich mag sie beide.«

»Wie man sieht.« Baltasar konnte sich die Bemerkung

nicht verkneifen. »Das ist vielleicht keine Lösung auf Dauer.«

»Da mache ich mir im Moment keine Gedanken. Ich will nur Jonas nicht verletzen. Das habe ich auch zu Valentin gesagt. Mal abwarten, wie sich alles entwickelt.«

»Du triffst sie also beide, am Vormittag den einen, am Nachmittag den anderen?«

»So, wie Sie es sagen, hört es sich schmutzig an.« Ihre Stimme war wieder unsicher geworden. »Es ist erst gerade passiert, ich muss selber noch damit klarkommen. Was soll ich machen? Ich liebe Valentin halt immer noch. Aber ich will die Freundschaft zwischen uns dreien nicht zerstören. Denn wenn Jonas jetzt dahinterkommt, ist alles vorbei.«

»Wie ging es an dem Tag weiter?«

»Wir sind spazieren gegangen und haben ein bisschen rumgeschmust. Danach ist Valentin nach Hause. Das war ungefähr um zwei.«

»Also wart ihr zur Tatzeit zusammen. Das müssen Sie unbedingt der Polizei erzählen, Marlies!«

»Geht nicht. Dann kommt alles raus. Deshalb hat Valentin wahrscheinlich nicht die Wahrheit gesagt. Deshalb werde ich auch nichts verraten. Die Polizei muss den Mörder anders finden, dafür werden die schließlich bezahlt.«

»Bitte, Marlies, was glauben Sie? Ihr Freund steht kurz vor einer Mordanklage. Wenn Sie nicht die Wahrheit sagen, wird er voraussichtlich für viele Jahre ins Gefängnis kommen. Dann haben Sie überhaupt nichts mehr voneinander.«

Sie schniefte. »Ich weiß nicht, was ich machen soll. Ich weiß nicht ...« Nach einiger Zeit sagte sie: »Meinetwegen. Ich denke drüber nach. Aber versprechen kann ich nichts. Schon wenn ich an die Bullen denke, wird mir schlecht.«

Baltasar schrieb ihr die Telefonnummern von Dix und Valentins Anwalt auf.

»Übrigens habe ich gehört, dass Valentin schon mal Ärger hatte mit der Polizei wegen Einbruchs in Ihre Schule. Ich kenne die Akten nicht – was ist da gewesen?«

»Ach, das war harmlos. Wir haben da 'ne Party gemacht. Es war eine Schnapsidee. Jemand aus der Clique meinte, wir sollten mal in der Schule einen draufmachen, das wäre doch eine geile Location. Da haben wir uns in der Glasbläserei getroffen und hatten Spaß, so lange, bis die Bullen anrückten.«

»Es war allerdings von Einbruch die Rede. Wie seid ihr in das Gebäude gekommen?«

»Ich wusste, wo der Schlüssel zum Hintereingang der Werkstatt war.« Sie hob die Hand. »Bevor Sie weiterfragen, Hochwürden, es war nichts Besonderes, das wissen viele Schüler, und es war auch nicht die erste Party dort.« Sie zeigte auf eine Seitentür. »Das ist der Eingang. Ein Notschlüssel ist in einer Mauernische auf der linken Seite deponiert. Keine Ahnung, wer ihn dort hinterlegt hat.«

»Wer hat denn die Polizei gerufen?«

»Wissen wir nicht. Wahrscheinlich irgendein Blödmann aus der Nachbarschaft wegen lauter Musik oder so. Wir haben die Bullen kommen hören und sind abgehauen, aber die haben einige von uns auf der Straße geschnappt, eben auch Valentin.«

»Wie ist die Sache ausgegangen?«

»Er konnte sich rausreden. Er hat behauptet, er wäre nur zufällig vorbeigekommen und hätte die Party mitgemacht, ohne zu wissen, dass es illegal war. Da war er ganz geschickt drin. Sie konnten ihm nicht das Gegenteil beweisen. Deshalb blieb es bei einer Verwarnung.«

Baltasar war noch etwas eingefallen. Er holte die Fotos von der Tatwaffe aus seiner Jackentasche und zeigte sie Marlies.

»Wissen Sie, was das ist?«

»Na klar, ein Eiszapfen. Ist was Besonderes an dem?«

Dieses Mädchen ist immer wieder für Überraschungen gut, dachte Baltasar. »Damit ist Anton Graf getötet worden. Sie sind die Erste, die in diesem Objekt einen Eiszapfen erkennt.«

Er zeigte ihr auch die anderen Fotos.

»Das ist die Mordwaffe? Verreck!«

»Warum sind Sie so sicher, dass es tatsächlich ein Eiszapfen sein soll? Das Ding sieht doch ziemlich undefinierbar aus.«

»Weil es hier bei uns in der Schule hergestellt wurde.«

Baltasar blieb der Mund offen stehen.

»Schauen Sie nicht so, Hochwürden. Das war mal eine Aufgabe im Unterricht. Deshalb kann ich mich noch daran erinnern, denn der Titel war total schwachsinnig, ›Winterimpressionen‹ hieß er. Wir sollten Objekte aus Glas anfertigen, die mit Winter zu tun hatten, also gegossene Stücke, die Schneekristalle darstellen sollten, oder mundgeblasene Weihnachtskugeln oder Eisblumen oder sonstigen Kitsch. Und eben Eiskristalle.«

»Wie lange ist das her?«

»Das war letztes Schuljahr.«

»Dann verstehe ich nicht, warum weder Kehrmann

noch Manrique noch der Schulleiter diesen Eiszapfen erkannt haben.«

»Echt? Da bin ich aber platt. Feuerlein und Kehrmann haben die Werke extra begutachtet. Und diese Eiszapfen ...«

»Es gab mehrere?«

»Ja. Diese Eiszapfen hat nämlich der ach so große Künstler Manrique persönlich gegossen.«

»Helfer ... äh ... Manrique?« Baltasar vermutete, dass er gerade nicht besonders intelligent dreinschaute.

»Genau der. In der Schule wissen übrigens wahrscheinlich alle, dass Manrique nur sein Künstlername ist. Feuerlein hat mal eine Bemerkung losgelassen.«

Marlies Angerer zog ihn zum Eingang.

»Kommen Sie, Hochwürden, gehen wir hinein. Also, diese so genannten Kunstwerke waren nicht besonders geglückt. Auch Manrique selber war nicht zufrieden, glaube ich.«

»Sie scheinen Manrique nicht besonders zu mögen. Könnte nicht auch einer von euch diese Skulpturen hergestellt haben?«

»Ausgeschlossen. Schauen Sie mal.« Sie zeigte auf ein Foto vom Boden des Eiszapfens. »Sehen Sie die Kratzer da?«

Baltasar nickte.

»Das sind die Initialen LM, Louis Manrique. Jemand hat drübergekratzt, deshalb sind sie kaum noch lesbar. Aber für den, der sich auskennt, ist es eindeutig.«

»Wer wollte die Signatur zerstören?«

»Was weiß ich. Ist mir auch egal.«

»Und was passierte dann mit den Stücken?«

»Wir haben unsere mit nach Hause genommen. Manrique hat sich seine Eiszapfen sonst wohin ... Wahrscheinlich landeten sie in unserer Sammelstelle, intern Gruft genannt. Der Meister konnte sich nie von seinen Kreationen trennen. Ich zeig sie Ihnen, wenn Sie wollen.«

Die »Gruft« war ein Stahlschrank in einer Ecke der Glasbläserhalle. Marlies öffnete die Schranktür. In den Fächern lagerten Glasobjekte verschiedener Formen und Farben.

»Der Schrank ist ja gar nicht abgeschlossen. Da kann also jeder ran, der sich auskennt«, sagte Baltasar.

»Wer sollte hier was klauen? Wenn es in einer Glasfachschule etwas im Überfluss gibt, dann ist das Glas!«

Baltasar nahm eine Schale und einen Aschenbecher heraus. »Die sehen eigentlich ganz schön aus.«

»Sie sind nicht kaputt oder so schlecht, dass man sie wegwerfen muss. Aber sie sind auch nicht gut genug für den Verkauf. Feuerlein will nicht, dass minderwertige Ware die Schule verlässt. Wegen dem Image. Alles, was nicht verschenkt, weggeworfen oder mitgenommen wird, landet hier in der Gruft.«

32

Er meldete sich bei der Sekretärin an. Nach wenigen Minuten Wartezeit bat sie ihn herein. Das Büro des Schulleiters war schlicht möbliert. Auffällig war nur ein riesiges Regal, in dem Dutzende Glasobjekte in allen Varianten standen. An den Wänden hingen gerahmte Urkunden, die von Siegen und Platzierungen bei Glaskunstwettbewerben kündeten.

»Sie waren doch schon einmal hier, suchten Sie nicht eine bestimmte Schülerin? Ja, ich erinnere mich wieder, Marlies Angerer hieß sie«, begrüßte Feuerlein seinen Besucher. »Herr Senner, ich wusste nicht, dass Sie Priester sind. Was führt Sie wieder zu uns?«

Baltasar sagte, woher er kam und dass Anton Graf sein Freund und Nachbar gewesen war.

Feuerlein pfiff durch die Zähne. »Daher weht also der Wind. Ihnen geht der Tod dieser Mannes nicht aus dem Kopf. Oder sind Sie im Auftrag seiner Verwandten unterwegs?«

»Hatte er denn welche?«

»Sagen Sie's mir.«

»Herr Feuerlein, was mir nicht aus dem Kopf geht, ist der Besuch von Ihnen und Ihren beiden Kollegen bei der Beerdigung meines Nachbarn. Daraus werde ich nicht schlau.«

Der Schulleiter bot ihm einen Stuhl an.

»Beim Sitzen plaudert es sich leichter. Sie wollen also wissen, warum wir bei der Beisetzung waren. Die Antwort ist ganz einfach: Wir haben Herrn Graf gekannt.«

»Normalerweise kommen Trauergäste, um dem Toten das letzte Geleit zu geben und Respekt zu erweisen. Bei Ihnen hatte ich den Eindruck, Ihre Anwesenheit war mehr als Beleidigung gedacht, wenn ich das so frei heraus sagen darf.«

»Als Pfarrer hat man mehr Freiheiten als ein normaler Mensch. Wie sind Sie zu dem Eindruck gelangt?«

»Sie riefen, wenn ich mich recht erinnere, Hadalump. Herr Kehrmann kickte mit seinem Fuß Erde in das Grab, und Herr Manrique warf etwas hinein, das wie Glasabfall aussah.«

Feuerlein lachte. Es klang wie ein Lachen von jemandem, der Zeit gewinnen wollte. »Sie sind mir einer, Hochwürden, nein, nein, was für Ideen Sie haben. Amüsant. Aber im Ernst: Sie müssen sich verhört haben. So etwas habe ich nicht gesagt. Sie standen weiter weg, da kann man sich schon mal verhören. Warum sollte ich extra aus Zwiesel zur Beerdigung fahren, wenn ich Anton Graf nicht meine Reverenz erweisen wollte? Herr Kehrmann hat vielleicht mit dem Fuß gescharrt, und es ist versehentlich etwas Erde ins Grab gefallen. Louis Manrique wollte dem Verstorbenen sicher einen letzten Gruß mit auf die Reise geben, das ist doch eine schöne Geste. Ich kann daran nichts Beleidigendes finden, ganz und gar nicht.«

»Wann haben Sie Anton Graf das letzte Mal gesehen?«

»Das ist Ewigkeiten her, ich weiß nicht mehr, wann es war. Erst vor Kurzem habe ich erfahren, dass er in Ihrer Gemeinde wohnte.«

»Umso ungewöhnlicher ist es, dass Sie dann ausgerechnet zu seiner Beerdigung gekommen sind.«

»Kurz vor seinem Tod rief Graf mich an. Er wollte etwas mit mir besprechen, hat am Telefon jedoch nicht gesagt, worum es ging. Er bestand darauf, sich persönlich mit mir zu treffen. Wir vereinbarten einen Termin. Aber dazu kam es nicht mehr. Ich habe in der Zeitung gelesen, war passiert war. Durch das Telefonat war Graf mir dann wieder ziemlich präsent, deshalb bin ich gekommen und habe meine Kollegen mitgenommen.«

»Warum haben Sie der Polizei nichts davon gesagt?«

»Ich wüsste nicht, was dieses Telefonat mit der schrecklichen Tat zu tun haben soll. Graf hat vor seinem Tod wahrscheinlich zig Telefonate und Gespräche geführt. Auch mit Ihnen, vermute ich. Sie werden der Polizei auch nicht über jedes banale private Gespräch Auskunft gegeben haben.«

»Man hat mir gesagt, dass Sie früher mit Anton befreundet waren.«

»Das ist sehr lange her. Etwas, worüber ich nicht gerne spreche.«

»Warum nicht? Es ist doch kein Geheimnis, dass Sie der Geschäftsführer der gemeinsamen Glasfabrik Angra waren.«

»Wie ich sehe, haben Sie Ihre Hausaufgaben gemacht. Das ist in der Tat kein Geheimnis, sondern in den Archiven nachzulesen. Nein, der Punkt ist ein anderer.«

Feuerlein machte eine Pause, er schien sich seine Worte sorgfältig zurechtzulegen.

»Es ist Jahre her, müssen Sie wissen. Wir waren beide noch in der Firma aktiv. Ich war der Leiter des Unternehmens, Anton Graf war der Haupteigentümer und oberste Kontrolleur. Er hat mir ständig über die Schultern geschaut. Das war sehr lästig, und er hat es sicher übertrieben. Doch im Prinzip ist es in Ordnung, dass die Geschäftsführung überwacht wird und Rechenschaft ablegen muss. In allen gut geführten Unternehmen läuft das so.«

»Aber?«

»Wir hatten beide eine Doppelfunktion, Anton als oberster Kontrolleur und Besitzer von rund 90 Prozent der Anteile, ich als Geschäftsführer und Vertreter einer Gruppe von Miteigentümern, die den Rest an der Angra hielten, von noch kleineren Anteilen abgesehen.«

»Anteile, die Barbara Spirkl hielt?«

»Die sie übertragen bekam, genauer gesagt. Von Herrn Graf. Was diese Spirkl dafür getan hat, weiß der Teufel.

Vielleicht war sie besonders gut im Bett. Fragen Sie diese ... diese Dame am besten selbst. Aber die Spirkl spielt in dem Zusammenhang keine große Rolle, obwohl sie uns ihre Anteile angedreht hat. Die Probleme lagen ganz woanders.«

»Nämlich?«

»Ich war verantwortlich für die anderen Eigentümer, es waren meine Verwandten, die mir vertrauten, dass ich mit ihrem Vermögen sorgfältig umging.«

»War es denn nicht so?«

»Sie wissen doch selbst, Hochwürden, die Glasindustrie im Bayerischen Wald geht seit Jahrzehnten den Bach runter. Es gibt praktisch keine großen Fabriken mehr, die sind alle nach Tschechien verlagert worden. Oder die Ware wird gleich aus Fernost importiert. Auch bei uns liefen die Geschäfte immer schlechter. Wir mussten Leute entlassen und haben versucht, Kosten zu sparen, wo immer es ging. Doch es reichte nicht. Am Ende mussten wir die Angra verkaufen, das Wertvollste dabei war die Marke.« Feuerlein war aufgestanden und ging im Büro auf und ab. »Sie können sich vorstellen, dass man nur einen Bruchteil des eigentlichen Wertes erhält, wenn die Umsätze mau sind und man aus Not verkaufen muss. Meine Verwandten und ich haben erhebliche Verluste verkraften müssen. Manche hatten darauf gebaut, die Anteile waren ihre Altersvorsorge gewesen. Sie standen vor dem Nichts. Die sprechen bis heute kein Wort mehr mit mir.«

»Dann hat Anton noch viel höhere Verluste verkraften müssen, denn er besaß den größten Anteil.«

»Das stimmt schon. Einerseits. Andererseits konnte er mit seinem Vermögen im Kreuz das Minus leichter wegstecken. Was ich ihm jedenfalls angekreidet habe, ist, dass er sich weigerte, Geld zuzuschießen. Das hätten wir dringend gebraucht. Neue Produktionsaufträge standen kurz vor dem Vertragsabschluss, und es war nur eine Durststrecke, die hätte überbrückt werden müssen. Aber Anton blieb stur. So war er. Aber das ist wie gesagt alles lange her.«

»Sie trugen ihm seine Entscheidung nach, nicht wahr? Kam es zum Streit?«

»Natürlich haben wir nächtelang diskutiert, was die beste Strategie für das Unternehmen wäre. Da wurde es auch schon mal laut. Schließlich ging es um kein geringes Vermögen. Und natürlich war ich nicht begeistert von seinem Handeln. Wir haben in der Folge nicht mehr miteinander geredet und sind uns aus dem Weg gegangen. Als alles vorbei war, zog er aus Zwiesel weg, und ich hatte kein Bedürfnis, den Kontakt jemals wieder aufzunehmen.«

»Als es vorbei war, standen Sie ohne Job da, oder?«

»Es gab für mich nichts mehr zu tun. Eine Zeitlang arbeitete ich als freier Unternehmensberater, dann bekam ich das Angebot, Leiter dieser Schule zu werden. Glück, sage ich Ihnen. Hier kann ich mein Wissen über die Glasproduktion einbringen, habe jeden Tag mit jungen Menschen zu tun und eine erfüllende Aufgabe. Von heute aus gesehen war es das Beste, was mir passieren konnte. Das habe ich indirekt Anton zu verdanken.«

Feuerlein setzte sich wieder hin.

»Ich habe da noch eine ganz andere Frage, wenn Sie erlauben, Herr Feuerlein.« Baltasar holte die Fotos von dem Eiszapfen heraus. »Die Aufnahmen habe ich Ihnen beim letzten Mal gezeigt. Sie sagten, Sie würden dieses Objekt nicht kennen. Inzwischen habe ich herausgefunden, dass es sich hierbei um ein Werk von Louis Manrique oder besser gesagt Johann Helfer handelt.«

»Was haben Sie nur mit diesem Objekt, Herr Senner? Ihre Hartnäckigkeit diesbezüglich ist mir schon beim letzten Mal aufgefallen.«

»Mit diesem Objekt wurde Anton Graf umgebracht.«

»Oh! Das wusste ich nicht! Daher Ihr Interesse daran. Das haben Sie nicht dazugesagt. An Ihnen ist ja ein Detektiv verloren gegangen.« Er sah sich die Fotos noch mal an. »Es könnte von Hannes stammen, sein Stil ist es, aber am besten fragen Sie ihn selbst.«

»Es soll Teil einer Aufgabe gewesen sein, Gestaltungen zum Thema ›Winterimpressionen‹. Und Sie persönlich sollen diese Werke begutachtet haben.«

»Hat Marlies Angerer Ihnen das erzählt?«

»Ja. Stimmt es denn nicht?«

»Doch, ja. Das Thema ›Winterimpressionen‹ ist ein Dauerbrenner in der Schule. Vermutlich habe ich mir auch in dem besagten Jahrgang die Resultate der Schüler angesehen. Aber was glauben Sie, Herr Senner, wie viele Stücke ich pro Schuljahr begutachte? Da kann ich mir weiß Gott nicht jedes einzelne merken.«

»Aber dieses Glaskunstobjekt ist ein echter Manrique.«

»Auch das mag sein. Aber nicht alle Kreationen von Künstlern sind so herausragend, dass sie sich einem ins Gedächtnis brennen. Gerade dieses da, ich sage das im Vertrauen darauf, dass es unter uns bleibt, das ist wirklich missglückt. Es sieht aus wie eine ungeschickte Anfängerarbeit. Da hatte Hannes nicht gerade seine schöpferische Sternstunde. Aber dass alles passt, dass einem alles gelingt, ist ohnehin selten.«

»Sie verstehen, Herr Feuerlein, dass wir diese Information der Polizei nicht vorenthalten dürfen. Es könnte wichtig für den Fall sein.«

»Wenn Sie meinen. Anton macht es dadurch auch nicht mehr lebendig.«

33

Der Bibelkreis stand unter dem Motto »Rettet die Kirchenglocken«. Die Frau des Bürgermeisters hatte eine Liste mit Aufgaben erstellt, die für die Vorbereitung des Flohmarktes und der Tombola zu erledigen waren.

»Wir brauchen Musik«, sagte Agnes Wohlrab. »Musik lockt die Menschen an und sorgt für gute Stimmung. Und gute Stimmung öffnet die Geldbeutel.«

»Aber es darf uns nichts kosten«, sagte Elisabeth Trumpisch, die Gattin des Sparkassendirektors. »Denkt daran, wir benötigen Sachen, die gratis sind, sonst bleibt am Ende zu wenig in der Kasse übrig.«

»Gute Ware ist wichtig. Kein Ramsch. Nur gute Ware bringt Geld, ich weiß, wovon ich rede«, ergänzte Emma Hollerbach. »Schön wäre es, wenn wir dekorative Dinge gespendet bekämen, die sich gut verkaufen lassen. Aber nur neue Sachen. Schaut auch alle bei euch daheim nach, ob noch irgendwo Geschenke von vergangenen Geburtstagen oder Weihnachtsfeiern herumliegen, für die ihr keine Verwendung hattet.«

»So was verschenke ich immer gleich zum nächsten Anlass«, sagte die Frau des Metzgers, »vorzugsweise an Menschen, die ich nicht besonders mag.«

Die Frauen lachten.

»Am liebsten würde ich die Häkeldecke meiner

Schwiegermutter hergeben«, sagte Agnes Wohlrab. »Aber die gute Frau würde sofort misstrauisch, wenn das wertvolle Stück bei ihrem nächsten Besuch plötzlich verschwunden wäre. Wir holen die Decke nämlich bei dieser Gelegenheit immer vom Speicher und drapieren sie auf der Wohnzimmercouch.«

»Speisen und Getränke sind auch ganz wichtig«, sagte Emma Hollerbach. »Gutes Essen macht zufrieden und spendabel. Wir brauchen Kaffee, Kuchen, Leberkäse und Bratwürstl.«

»Und was Alkoholisches«, sagte Elisabeth Trumpisch. »Bier und Wein zu moderaten Preisen im Ausschank, für die Kinder Limo und Cola.«

»Ladies, vergesst nicht, das Wichtigste sind die Besucher«, rief die Frau des Bürgermeisters in die Runde. »Ohne Gäste können wir alles vergessen und müssen unsere Kuchen selber aufessen. Jede von euch muss bei ihren Bekannten und Verwandten für unser kleines Fest trommeln. Und die müssen es dann wiederum weitersagen. Wir müssen die Werbung ankurbeln, die Lokalzeitung informieren, Veranstaltungszettel verteilen. Sie, Hochwürden, sollten die Kirchgänger vor Ende jeder Messe zu unserem Flohmarkt einladen.«

Baltasar nickte. Er ließ sich vom Eifer der Frauen anstecken.

»Ich werde jeden Einzelnen aus meiner Adressdatei anschreiben«, sagte er.

Und warum nicht auch gleich die Menschen einbeziehen, die er erst jüngst kennengelernt hatte – die Lehrer der Glasfachschule, Barbara Spirkl, Frau Moser, und, in Gottes Namen, warum nicht auch ein paar von den Jugendlichen. Und natürlich Antons Sohn und seine Mutter

Charlotte. Er nahm sich vor, die beiden später anzurufen und einen Termin zu vereinbaren. Denn den Besuch bei Charlotte Eder hatte er aufgeschoben – zu unangenehm war die Erinnerung an ihren Gefühlsausbruch bei der Beerdigung.

Er beschloss, den Bibelkreis zu verlassen, murmelte etwas von Verpflichtungen und verabschiedete sich.

*

Nachdem er zu Hause angekommen war, telefonierte Baltasar zuerst mit Quirin Eder. Anschließend fuhr er zu Philipp Vallerot und nahm zwei Flaschen Burgunder mit, den er im Tausch gegen eine Lieferung seines Spezialweihrauches von einem französischen Kloster erhalten hatte.

»Wenn du Wein mitbringst, ahne ich Böses«, begrüßte ihn sein Freund. »Das riecht nach Frondiensten. Oder willst du, dass ich etwas koche und wir die Flaschen gleich leeren?«

»Nein, danke.« Baltasar blieb im Wohnzimmer stehen. »Ich hab nicht viel Zeit. Aber selbstverständlich trinken wir den Rotwein gemeinsam.«

»Und welche Aufträge hast du dieses Mal?«

»Es geht um Antons ehemalige Firma und um ein paar Leute.« Er legte ein DIN-A4-Blatt auf den Tisch. »Hier stehen alle Details. Bitte notiere alles, was du finden kannst.«

»Man ist versucht zu glauben, du könntest keine Computer bedienen, dabei habe ich dich oft genug an der Kiste arbeiten sehen.«

»Es hat nur mit Zeitmangel zu tun. Ich würde gerne selber ...«

»Spar dir deine Ausreden. Ich kenne dich. Wenn du dich in was verrannt hast, bist du nicht mehr zu stoppen.«

»Ich habe mich nicht verrannt, Philipp, es geht mir nur gegen den Strich, dass der Mörder von Anton Graf frei herumläuft. Das ist eine Frage der Gerechtigkeit.«

»Dafür gibt es die Polizei.«

»Die tun ihre Arbeit, und ich die meine. Ich helfe ihnen nur bei ihren Ermittlungen.«

»Ein Samariter, ich hab's gewusst!« Ironie drängte sich zwischen die Worte. »Wie gut, dass es noch uneigennützige Menschen gibt.«

»Etwas Gemeinsinn täte dir auch ganz gut.«

»Ich diene dir und damit der katholischen Kirche. Wie viel mehr Gemeinsinn kann ein Mensch denn leisten? Aber im Ernst. Denk dran, dass der Täter durchaus nochmals zuschlagen könnte, wenn er sich verfolgt fühlt. Ich will nicht, dass du sein nächstes Opfer wirst.«

»Dann würdest du wenigstens zum ersten Mal in deinem Leben eine Kirche betreten, wenn's auch nur für meine Beerdigung ist.« Baltasar lachte.

»Mach keine Witze über so was, es ist mir Ernst damit«, sagte Philipp. »Du weißt, wenn du Waffen zur Selbstverteidigung benötigst, brauchst du nur deinen Freund zu fragen.«

»Vielleicht komme ich irgendwann auf dein Angebot zurück«, antwortete Baltasar. »Im Moment reichen mir deine Recherchen. Außerdem habe ich noch einen Spezialauftrag für dich, bei dem dein persönlicher Einsatz gefragt ist.«

*

Nach dem ersten Läuten dauerte es keine Minute, bis Quirin Eder aus dem Haus kam und zu ihm ins Auto stieg. Er war in Plauderstimmung und erzählte Baltasar von seinen Verkaufserfolgen als Versicherungsvertreter, von seinem Hobby, dem Radfahren, und der Idee, sich von dem Erbe ein neues Bike aus Karbon zuzulegen.

»Hat sich die Polizei wieder bei Ihnen gemeldet?«, unterbrach Baltasar schließlich den Redeschwall.

»Die Kripo scheint einen anderen Verdächtigen zu haben, das hat zumindest dieser Mirwald am Telefon gemeint, als ich angerufen habe. Das heißt, ich bin aus dem Schneider. Was anderes hatte ich auch nicht erwartet, es ist gut, wenn der Mörder meines Vaters jetzt endlich überführt wird.«

Er sagte Baltasar an, wohin er fahren sollte.

Seine Mutter wohnte am Rande des Zentrums von Spiegelau im zweiten Stock eines heruntergekommenen Geschäftshauses in einer Zweizimmerwohnung, deren auffälligstes Merkmal die Enge war. Vielleicht lag es an den Möbeln, die den Raum kleiner machten und kaum Platz zwischen Tisch, Stühlen und Stehlampe ließen. Vielleicht lag es auch an den dunklen Tapeten oder an den üppigen Grünpflanzen auf den Fensterbänken, die Licht schluckten.

»Quirin, mein Lieber, schön, dass du kommst.« Sie drückte ihren Sohn an sich.

»Du weißt doch, ich habe immer so viel zu tun.« Er löste sich aus der Umarmung. »Ich habe Herrn Senner mitgebracht. Er würde sich gerne mit dir über Anton unterhalten. Ich muss leider sofort wieder los. Bis bald!«

Charlotte Eder hatte Tee in einer Isolierkanne vorbereitet. »Oder wollen Sie Kaffee, Hochwürden? Ich kann einen machen.«

»Danke, Tee ist genau das Richtige.« Er nahm die Tasse entgegen. »Frau Eder, wir hatten uns direkt nach der Beerdigung gesehen. Sie waren auf Anton Graf gar nicht gut zu sprechen.«

»Wundert Sie das, nach allem, was mir dieser Mann angetan hat?«

»Genau das fällt mir schwer zu verstehen. Ich kannte Anton als einen netten, hilfsbereiten und sympathischen Menschen.«

»An der Oberfläche, ja. Doch wer kann schon in einen Menschen hineinschauen, Hochwürden?«

»Sie meinen, er war in Wirklichkeit anders, als er sich gab? Sie müssen viele schlimme Erfahrungen gemacht haben.«

»Ich weiß gar nicht, wo ich da anfangen soll.«

»Wie haben Sie Anton eigentlich kennengelernt?«

»Ich war Sekretärin in seiner Glasfabrik. Er wurde irgendwann auf mich aufmerksam und hat mich mehrmals für Aufträge in sein Büro gebeten, um Briefe zu verfassen, Angebote aufzusetzen und so weiter. Als es eines Abends später wurde, hat er mich zum Essen eingeladen. So fing es an. Und es ging weiter. Anton sagte, dass er mit mir neu anfangen wollte, dass er mich liebte, dass er mich heiraten und für uns beide ein neues Zuhause suchen wollte. Und ich habe ihm geglaubt, mein Gott, wie naiv ich damals war! Aber ich war jung und glaubte noch an das Gute im Menschen.«

»Wussten Ihre Kollegen von Ihrer Beziehung?«

»Anton wollte es vorerst geheim halten, er fand, es sähe komisch aus, wenn der Chef mit einer Angestellten ... er hat mich deswegen gedrängt, meinen Job ganz aufzugeben – was ich später auch getan habe.«

»Lässt sich eine solche Beziehung in einer Firma überhaupt geheim halten?« Baltasar nahm einen Schluck Tee.

»Nein. Aber das ist mir erst später klargeworden. Damals war ich im siebten Himmel. Wir waren sogar einmal zusammen im Urlaub, mit dem Auto am Gardasee.«

»Was ist dann passiert?«

»Ich wurde schwanger. Damit fing das Unglück an. Anton unterstellte mir, ich hätte nicht aufgepasst, ich sei absichtlich schwanger geworden, ich hätte vorher mit ihm darüber sprechen sollen, wir hätten gemeinsam überlegen müssen, ob wir Nachwuchs wollten oder nicht, außerdem sei es viel zu früh dafür. Wir begannen zu streiten und stritten immer öfter. Als Quirin geboren wurde, war Anton auf einer Dienstreise. Ins Krankenhaus kam er auch danach nicht, er wollte das Baby gar nicht sehen.«

»Hat er denn die Vaterschaft anerkannt?«

»Ja, das schon. Aber er hat von Beginn an bis zum Schluss auf den Cent genau so viel Unterhalt gezahlt, wie er vom Gesetz her musste. Jedenfalls war unsere Beziehung beendet, seit Quirin auf der Welt war. Er hätte sich hintergangen gefühlt, sagte er, und seine Liebe wäre erloschen. In Wirklichkeit hatte er wohl längst eine andere Frau, wie mir meine Arbeitskollegen berichtet haben, und sie wird nicht die letzte gewesen sein. Anscheinend hatte er nach mir immer nur kurze Beziehungen. Und geheiratet hat er ja auch nie. Mich hat die Trennung aus der Bahn geworfen, und ich bin in ein tiefes Loch gefallen. Sie können sich vielleicht vorstellen, eine ledige Mutter ohne Job, fast nichts auf der hohen Kante, wir mussten uns durchbeißen all die Jahre, das Geld reichte gerade so eben. Ich war froh, als Quirin endlich sein eigenes Geld verdiente. Wenn ich mir vorstelle, wie mein Leben hätte verlaufen können, packt mich noch immer die Wut, auf Anton, aber auch auf mich selber.«

»Hat Quirin sich nach seinem Vater erkundigt? Hatte er überhaupt Kontakt mit ihm?«

»Ich glaube schon, dass er darunter gelitten hat, ohne Vater aufzuwachsen, obwohl er sich nie darüber beklagt hat. Ich habe ihm erst viel später erzählt, wie das mit Anton wirklich war. Als er klein war, habe ich ihm erzählt, sein Vater lebe in Amerika und sei sehr beschäftigt und solche Sachen. In Wirklichkeit wollte Anton seinen Sohn einfach nicht sehen.«

»Sie haben sich nie getroffen?«

»Doch, manchmal schon, aber zufällig, bei Veranstaltungen oder so. Anton hat dann so getan, als wären Quirin und ich Fremde für ihn. Schließlich sind Quirin und ich nach Spiegelau gezogen. Die räumliche Distanz tat gut. Als mein Sohn älter war, hat er seinem Vater ein paar Mal aufgelauert und ihn angesprochen. Er wollte einen Kontakt zu Anton herstellen, doch der reagierte abweisend und verweigerte das Gespräch. Er wollte nichts von seinem Sohn wissen. Er hat ihn auch niemals unterstützt, nicht mal zum Geburtstag eine Karte geschickt.«

»Wie hat Quirin reagiert?«

»Nach außen tat er ganz lässig, wenn er mir von den Treffen erzählte. Aber ich denke, dass es ihn schon ziemlich getroffen hat.«

»Auf mich machte Quirin eigentlich den Eindruck, als hätte er in Bezug auf seinen Vater keinerlei Probleme, jedenfalls heute nicht mehr.«

»Sie müssen den Jungen schon verstehen, Hochwürden. Wer gibt schon gerne zu, dass sein Erzeuger eine miese Ratte ist? Jeder klammert sich doch an ein Idealbild von seinen Eltern und hofft, dass sie diesem Bild einmal entsprechen. Aber Anton war ein hoffnungsloser Fall. Einmal habe ich ihn in Ihrem Ort besucht, Herr Pfarrer. Ich wollte ein für alle Mal mit etwas abschließen oder versuchen, Vergangenes mit Anton aufzuarbeiten, damit wir zumindest ein neutrales Verhältnis haben könnten – Quirin zuliebe. Er ließ mich zu sich ins Haus, aber kaum waren wir zehn Minuten lang gemeinsam in einem Raum, kam es wieder zu einem heftigen Streit. Es war einfach hoffnungslos. Im Nachhinein habe ich mich über mich selbst geärgert. Ich hätte wissen können, dass es so laufen würde.«

»Hat Ihr Sohn Anton nochmals besucht?«

»Soviel ich weiß, wollte Quirin einmal mit ihm sprechen. Es muss spätabends gewesen sein. Anton hat wohl seinen Sohn im Dunkeln nicht sofort erkannt, was mich nicht wundert, bei dem spärlichen Kontakt. Wie Quirin erzählt hat, muss ihn sein Vater ins Haus gebeten haben, besser gesagt, nur in den Hauseingang. Vermutlich hatte er Angst, die Nachbarn könnten etwas mitbekommen, wenn sie draußen stehenblieben.«

»Wie endete die Begegnung?«

»Anton fragte Quirin, ob er Geld brauche, schickte aber gleich mit, dass er mit ihm nicht zu rechnen brauche, er habe kein Geld mehr, Quirin solle seine Mutter fragen. Als mein Sohn sich diese Unverschämtheiten verbat, hat Anton ihn hinausgeworfen.«

34

War Anton Graf wirklich der Mensch, den Charlotte Eder beschrieben hatte? Gab es einen zweiten Anton hinter dem ersten, einen, der Baltasar so fremd war, als käme er von einem anderen Stern?

Je länger Baltasar nachdachte, desto unsicherer wurde er. Er musste nochmals mit Bekannten und Weggefährten seines Nachbarn sprechen, die Zweifel ließen ihm keine Ruhe.

Da er ohnehin in Spiegelau war, wollte Baltasar noch einen Versuch wagen und den Künstler Louis Manrique aufsuchen. Manrique hatte ein Atelier in Frauenau, also nicht weit entfernt.

Baltasar fuhr über die Landstraße am Rande des Nationalparks Bayerischer Wald vorbei nordwärts.

*

Frauenau hatte sich, mehr noch als Zwiesel, ganz und gar der Glaskunst verschrieben. Stolz verwiesen die Einwohner auf Informationstafeln und -schildern auf die lange Tradition der Produktion, die erste Glashütte wurde bereits Anfang des 15. Jahrhunderts errichtet.

Manriques Atelier befand sich im Hinterhof eines Anwesens, das früher Handwerker beherbergte und dann zum Wohnhaus umfunktioniert worden war. Die Eingangstür war abgesperrt, ein Zettel – »Komme gleich wieder« – klebte daran.

Baltasar ging ins Ortszentrum, setzte sich in das Café des Glasmuseums und trank einen Espresso. Dann löste er eine Eintrittskarte und schlenderte durch die Ausstellung. Rund 2000 Jahre Entwicklung dieses Werkstoffes waren in den verschiedenen Abteilungen dokumentiert. Anschließend sah er sich die inzwischen berühmt gewordenen »Gläsernen Gärten« von Frauenau an, große Glasskulpturen internationaler Künstler, die rund um das Museum im Gelände aufgestellt worden waren: eine überdimensionierte Glasschale mit gezackten Rändern etwa, oder gläserne Schachtelhalme, hoch wie Bäume.

Beim zweiten Versuch, Manrique anzutreffen, hatte Baltasar dann mehr Glück. Die Tür zum Atelier stand offen.

Als er eintrat, wurde ihm klar, warum – es war extrem heiß drinnen.

Ein langer, aus rohen Brettern gezimmerter Tisch beherrschte den Vorraum der Werkstatt. Auf dem Tisch standen Glasflaschen, seltsam geformte Eisenwerkzeuge und etliche Zeichnungen mit Entwürfen von Vasen. Die Wände waren mit Stahlregalen zugestellt und ohne erkennbare Ordnung vollgeräumt mit Gießformen, Säcken unbestimmten Inhalts und Glasobjekten, deren Zweck sich nicht auf den ersten Blick erschloss. Aus dem zweiten Raum kam ein lautes Zischen. Heißer Dampf quoll hervor.

»Hallo? Herr Manrique? Sind Sie da?«

»Was fragen Sie? Ich arbeite gerade! Kommen Sie nur rein!«, hörte Baltasar durch die Nebelwand.

Er ging aufs Geratewohl hindurch und landete in Manriques Glasgießerei. Sie war viel kleiner als die in der Glasfachschule. Die Tür zum Schmelzofen war geöffnet, und in der rotorangefarbenen Glut steckte etwas, das wie ein Blasrohr aussah.

Louis Manrique stand in Latzhose und T-Shirt da, das Haar als Zopf zusammengebunden.

»Jetzt erkenne ich Sie erst! Sie sind der Pfarrer, der Nachbar von Anton Graf, nicht wahr? Wir hatten doch schon das Vergnügen miteinander. Was wollen Sie denn schon wieder von mir? Bestimmt nicht eines meiner Werke kaufen, oder?«

»Ich war in der Gegend, und da wollte ich gerne noch mal bei Ihnen vorbeischauen. Bei unserem letzten Zusammentreffen hatten Sie wenig Zeit.«

»Jetzt noch weniger. Sie sehen ja, dass ich arbeite.«

»Es dauert nicht lange. Sie können währenddessen ruhig weiterarbeiten. Ich gehe Ihnen zur Hand, falls Bedarf ist.«

»Ich komme zwar gut alleine zurecht, aber Sie können mir auch helfen.« Er zeigte in eine Ecke. »Dort ist ein Eimer, bitte mit Wasser füllen und mir bringen.«

Baltasar tat, was ihm angeschafft wurde.

»Es geht um die Fotos, die ich Ihnen gezeigt habe, um den gläsernen Eiszapfen, Sie wissen schon. Mit diesem Objekt wurde Anton Graf ermordet.«

»Tatsächlich? Wer sagt das?«

»Die Polizei. Als ich Sie letztes Mal gefragt habe, ob Sie dieses Objekt kennen, sagten Sie nein.«

»Mag sein, ich kann mich nicht mehr erinnern.«

»Hier sind die Fotos.« Baltasar kramte sie heraus und zeigte sie her. »Erkennen Sie jetzt das Objekt wieder?«

Manrique betrachtete die Aufnahmen kurz, und noch ehe Baltasar eingreifen konnte, warf er sie ins Feuer. Sie verglühten auf der Stelle.

»Was tun Sie da? Sind Sie verrückt?«

Baltasar geriet in Rage. Was erlaubte sich dieser Mensch?

»Schund, Schund, Schund! Niemand braucht so was. Die Skulptur war leider missraten.«

Manrique regulierte die Temperatur des Ofens.

»In der Schule wurde mir gesagt, dieser Eiszapfen sei Ihr Werk, Ihr Beitrag zu der Aufgabe ›Winterimpressionen‹, die Sie den Schülern gestellt haben. Ihr Monogramm LM war auf dem Boden der Skulptur eingeritzt. Sagen Sie jetzt nicht, Sie würden Ihre eigenen Kunstwerke nicht wiedererkennen.«

»Kann schon sein, dass der Eiszapfen von mir ist«, sagte Manrique. »Na und? Künstler wie ich experimentieren immer mit neuen Ideen. Ich suche ständig nach dem idealen Ausdruck für meine inneren Bilder, nach der passenden Form für meine Visionen. Nicht alles gelingt mir, so wie auch Picasso nicht alles gelungen ist. Missratene Experimente sind keine Kunst, ich erkenne sie nicht als meine Werke an, sie sind von mir nicht autorisiert, sie gehören vernichtet. Deshalb kann ich mit Fug und Recht sagen: Das ist kein Objekt von mir.«

»Doch der Eiszapfen wurde nicht zerstört, sondern in der so genannten Gruft in der Schule aufbewahrt.«

»Ein Verbrechen! Dieses Stück dürfte nicht mehr existieren. Ich habe seitdem so viel vollkommenere Werke geschaffen. Sie sehen es ja, auf diesem Objekt liegt ein Fluch, es wurde für eine Bluttat verwendet. Wäre es vernichtet worden, hätte es auch nicht als Mordinstrument dienen können.«

»Warum haben Sie sich ein Pseudonym zugelegt, wenn Sie so großes Vertrauen in Ihre künstlerischen Fähigkeiten haben? Warum stehen Sie nicht zu dem Ort, an dem Sie leben, sondern denken sich Wohnsitze aus wie etwa Paris? Warum haben Sie das nötig?«

»Sie haben leicht reden, Hochwürden. Sie bekommen Ihr regelmäßiges Gehalt, ob Sie nun etwas arbeiten oder nicht. Ich hingegen verdiene nur durch den Verkauf meiner Werke. Davon muss ich einen erheblichen Teil für mein Alter zurücklegen. Insbesondere für Touristen jedoch klingt ein französischer Name internationaler. Damit verbindet man eher einen Künstler als mit dem Namen Hannes Helfer. Für einen französischen Künstler ist man auch eher bereit, tiefer in die Tasche zu greifen. Abgesehen davon war ich wirklich eine Zeitlang in Paris. Es reicht heute nicht mehr, nur durch Qualität zu glänzen. Man muss sich selbst vermarkten, für sich werben. Das ist leider so.«

»Aber Sie haben doch auch ein Einkommen durch Ihre Lehrtätigkeit an der Glasfachschule.«

»Ich arbeite dort auf Honorarbasis, also nach Stunden. Das Geld ist nicht der Rede wert. Es ist eine Mission, den jungen Menschen etwas beizubringen, sie mit den Möglichkeiten des Werkstoffes Glas vertraut zu machen, sie die Glaskunst zu lehren.« Manrique sah wieder auf den Thermometer. »Jetzt ist es so weit. Wenn Sie wollen, können Sie sich nützlich machen, Herr Pfarrer.«

Er zog das Blasrohr aus dem Ofen. An dem Ende klebte etwas, das aussah wie ein glühender Ball. Manrique deutete auf einen Holzklotz, der innen zu einer Halbkugel ausgehöhlt war. »Bitte nochmals befeuchten und dann festhalten. Aber Vorsicht, kommen Sie dem Werkstück nicht zu nah, sonst verbrennen Sie sich.«

»Wie heiß wird denn die Masse?« Baltasar rückte den Block zurecht.

»Kommt drauf an, 2000 Grad und mehr. Jedenfalls reicht eine minimale Berührung mit der Haut, und es versengt Sie.«

Der Künstler legte die Glutkugel in die Holzform, versetzte das Rohr in eine gleichmäßige Drehung und blies hinein. Langsam wuchs der Umfang. Er hob die Kugel in die Luft.

»Jetzt nehmen Sie das Holzwerkzeug da, die Spachtel«, sagte Manrique, »und drücken Sie sie leicht gegen den Boden.«

Baltasar hielt das nasse Holz gegen die glühende Masse, während Manrique das Blasrohr weiterdrehte. Die Kugelform flachte sich ab.

»Das reicht. Jetzt geht's wieder zurück ins Warme.« Er tauchte das Objekt in den Schmelzofen.

»Kamen Sie durch die Glasfabrik mit Anton in Kontakt?«, fragte Baltasar.

»Die ersten Aufträge hat mir der Geschäftsführer Rufus Feuerlein, den Sie ja schon kennen, vermittelt. Ich war damals unbekannt, ein Anfänger. Aber meine Vorschläge gefielen ihm, und so durfte ich mehr Entwürfe einreichen. Später wollte Anton Graf mich dann persönlich kennenlernen.«

»Sie haben ab dann regelmäßig für die Angra gearbeitet?«

»Ich habe ganze Kollektionen für die Firma entwickelt, damit haben die Millionenumsätze gemacht. Bedauerlicherweise war ich an dem finanziellen Erfolg nicht beteiligt, sondern bekam ein fixes Honorar.«

»Hat Anton das so festgelegt?«

»Er hat behauptet, das sei branchenüblich, schließlich müsse das Unternehmen die Produktion finanzieren und trage das Risiko. In Wirklichkeit war es vor allem meine kreative Leistung, die die Angra nach vorne gebracht hat. Ich bin in den Verkaufsprospekten nicht mal als Urheber der Entwürfe genannt worden, Graf wollte das nicht. Das war kleinkariert und äußerst schäbig!«

»Aber später war die Angra wirtschaftlich nicht mehr erfolgreich. Wie hätten da üppige Zahlungen möglich sein sollen?«

»Das waren Managementfehler. Anton Graf hat sich überall eingemischt. Als Mehrheitseigentümer nahm er sich jedes Recht heraus. Rufus hat viel mitmachen müssen, es gab ständig Streit, ich bekam das oft mit. Ich schlug damals vor, auf höherwertige Ware umzusteigen, auf künstlerische Objekte, Ansätze von Studioglas. Ich hatte eine wunderbare komplette Kollektion entworfen, doch Anton wollte sie nicht. Angra sei ein Massenhersteller und müsse deshalb den Massengeschmack bedienen. Meine Ideen und Entwürfe hielt er für zu abgehoben.« Manrique spuckte auf den Boden und ging zum Schmelzofen. »Es ist so weit, die nächste Runde! Hochwürden, ich brauche die Kiste mit Sand dort unterm Tisch.«

Baltasar zog die Kiste hervor. Manrique holte das Werkstück aus dem Feuer und platzierte es auf einer Halterung. Er drehte gleichzeitig das Blasrohr und drückte mit einem Werkzeug gegen den Boden, der sich dadurch nach innen wölbte. »Jetzt das überschüssige Material wegschneiden.« Er drückte ihm eine schwere Eisenschere in die Hand. »Keine Angst, solange Sie nichts berühren, passiert nichts.«

Baltasar schnitt in das heiße Glas, es gab nach wie Knetgummi. Die Reste fielen in die Sandkiste.

»Das war's, ab in den Kühlschrank damit.« Manrique hob das Objekt mit einer Art Mistgabel an und schob es in die Apparatur. »Das ruht nun über Nacht in dem Ofen, zuerst bei etwa 500 Grad, danach wird das Gut langsam abgekühlt, was die Spannung in dem Glas vermindert.«

Die hohe Temperatur im Raum trieb Baltasar den Schweiß auf die Stirn.

»Die Hitze wäre auf Dauer nichts für mich.«

»Kommen Sie mit nach draußen, ich rauche eine Zigarette«, sagte Manrique.

Baltasar genoss die frische Luft und holte tief Luft.

»Herr Manrique, oder Herr Helfer, wie immer ich Sie nennen soll, ich …«

»Bleiben Sie bitte bei Manrique.«

»Nun, ich habe Sie zusammen mit den Herren Kehrmann und Feuerlein auf der Beerdigung meines Nachbarn gesehen. Warum sind Sie dorthin gefahren?«

»Wir fanden, dass es eine gute Idee wäre nach allem, was vorgefallen war … Es liegt zwar alles Jahre zurück. Aber für mich war es wie der finale Akt im Theater, bevor der Vorhang endgültig fällt. Das hat etwas Dramatisches, da wollte ich dabei sein.«

»Ich fand Ihr Verhalten am Grab allerdings ausgesprochen despektierlich.«

»So, fanden Sie? Nun, ich habe die Glassplitter in die Erde gestreut als Andenken an all meine Entwürfe, die Anton abgelehnt hat. Sie sollen ihn für immer an mich erinnern. Das hat doch eine gewisse Symbolik, oder nicht?«

»Wann haben Sie Ihren früheren Chef zum letzten Mal gesehen?«

»Graf war nicht mein Chef, weil ich nie bei ihm angestellt war. Auf meine Selbstständigkeit habe ich immer Wert gelegt. Um Ihre Frage zu beantworten: Anton hat früher gelegentlich bei meinen Galerieausstellungen vorbeigeschaut, in den letzten Jahren aber nicht mehr.«

Manrique rauchte und blies Kringel in die Luft. »Seltsam war nur, dass er mich kurz vor seinem Tod anrief. Er wolle etwas Geschäftliches mit mir besprechen, für mich würde dabei was herausspringen, wir sollten uns treffen.«

»Hat er nicht gesagt, worum es ging?«

»Ich habe das alles nicht ernst genommen. Nach all der Zeit hatte ich nicht mehr das geringste Interesse an irgendwelchen Geschäften mit Anton Graf. Ich sagte ihm, ich müsste es mir überlegen und er sollte sich wieder melden. Doch dazu ist es nie gekommen. Den Grund dafür kennen Sie.«

35

Das Büro war ein Geschäftslokal in einer Seitenstraße im Stadtzentrum von Regen, im Schaufenster hingen zwei Plakate mit strahlenden Menschen, die laut Werbespruch glücklich waren, ihre Familie sowie ihr Hab und Gut gut geschützt zu wissen. Ein Schild wies darauf hin, dass hier eine Versicherungsagentur ihren Sitz hatte.

Philipp Vallerot beobachtete von seinem Auto aus den Eingang.

Seit einer halben Stunde hatte die Agentur geöffnet, doch bisher war noch keine Kundschaft gekommen. Philipp überlegte, wie er vorgehen sollte. Er hatte sich von Baltasar überreden lassen, diesen Auftrag zu übernehmen, weil sein Freund in der Sache nicht persönlich auftreten wollte. Laut Adresse war dies die Versicherung, für die Quirin Eder angeblich arbeitete.

Philipp stieg aus und näherte sich dem Laden unauffällig. Durchs Schaufenster sah er einen jungen Mann am Schreibtisch sitzen und Zeitung lesen. Auf ins Gefecht, dachte Philipp und betrat die Agentur.

Der Mann, ein Mittdreißiger, blickte von seiner Zeitung auf. Offenbar hatte er in dem Besucher einen potenziellen Kunden identifiziert, denn sofort räumte er den Schreibtisch frei und setzte sein Umsatzlächeln auf.

»Nehmen Sie doch Platz, Herr ...«

»Meier, Philipp Meier. Ich komme aus Frauenau.«

»Nicht gerade in der Nähe. Was führt Sie denn zu uns? Wer hat uns empfohlen?«

»Ein Bekannter. Ich bräuchte eine Beratung.«

»Aber gern. Womit kann ich Ihnen dienen, Herr Meier?«

»Ich brauche eine Zusatzversicherung, denn ich möchte abgesichert sein, falls ich berufsunfähig werden sollte.«

»Da haben Sie vollkommen recht.« Die Aufregung in der Stimme des Versicherungsberaters war unüberhörbar, vermutlich wässerte ihm bereits der Mund bei dem Ausblick auf das fette Geschäft. »Sie glauben gar nicht, wie schnell man heute seinen Beruf nicht mehr ausüben kann, Herr Meier. Was tun Sie beruflich?«

»Angestellter. Im Büro, Großhandel.«

»Gerade als Angestellter ist man vielen Gefahren ausgesetzt, die Statistiken sind eindeutig. Millionen von Menschen sind tendenziell von Armut bedroht, weil sie nicht vorgesorgt haben. Erst letztens hat sich ein Freund von mir, Sportlehrer von Beruf, beim Skifahren verletzt. Wer rechnet schon mit so etwas? Mehrere komplizierte Brüche, mehrere Monate Reha, bis er überhaupt wieder gehen konnte. Seinen Beruf musste er an den Nagel hängen, stellen Sie sich das vor, Herr Meier. Und jetzt? Das

Geld ist knapp, kaum Rente, es reicht vorne und hinten nicht. Hätte er jedoch eine Versicherung gehabt ...«

»Solche Unfälle sind schrecklich, Sie sagen es. Deswegen bin ich hier. Ich will mich da wirklich absichern. Das ist mir viel wert. Nur ist mir nicht klar, welches Angebot das beste ist und was es mich tatsächlich im Monat kosten würde. Schließlich muss ich die finanziellen Belastungen kalkulieren können.«

»Der Monatsbeitrag ist aber nicht alles. Sie sollten auch wissen, welche Leistungen Sie dafür erwarten können. Jede Versicherung hat ihre eigenen Schwerpunkte, Bedingungen und Ausschlussklauseln. Das ist eine Wissenschaft für sich, kann ich Ihnen sagen.«

»Klingt kompliziert.«

»Machen Sie sich keinen Kopf, Herr Meier, dafür sind wir Versicherungsberater ja da. Wir erstellen Ihnen ein eigens auf Sie zugeschnittenes Angebot. Sind Sie verheiratet? Haben Sie Kinder?«

»Ich lebe allein. Ist das ein Problem?«

»Keinesfalls. Es spielt aber eine Rolle für die Berechnung des Beitrags.«

»Das Preis-Leistungs-Verhältnis sollte schon stimmen, das hat mir einer Ihrer Mitarbeiter versprochen.«

»Einer meiner Mitarbeiter? Mit wem haben Sie denn gesprochen, wenn ich fragen darf?« Der Mann rückte den Block vor sich gerade.

»Ich wurde bereits vor einiger Zeit von einem Ihrer Mitarbeiter beraten. Im Nachhinein haben sich mir dann doch noch Fragen aufgeworfen, aber der Herr war nicht zu erreichen, obwohl er versprochen hatte, sich bei mir zu melden. Wenn Sie kein Interesse an einem Abschluss haben, muss ich mich wohl anderweitig umschauen.«

Philipp erhob sich.

»Das muss ein Missverständnis sein, bitte Herr Meier, setzen Sie sich wieder.« Der Mann machte eine beschwichtigende Geste. »Wollen Sie einen Kaffee, ein Mineralwasser? Ich werde die Sache umgehend aufklären, versprochen.«

»Ihr Mitarbeiter sagte, er würde mir einen guten Preis machen. Aber bis heute warte ich auf ein konkretes Angebot.«

»Das ist kein guter Dienst am Kunden, das kritisieren Sie völlig zu Recht. Doch gerade unsere Agentur ist dafür bekannt, die Interessen ihrer Kunden in den Mittelpunkt zu stellen. Vielleicht hat sich die Berechnung des Angebots aus irgendwelchen Gründen verkompliziert. Haben Sie den Fragebogen zum Thema Gesundheit denn schon ausgefüllt? Und wie, sagten Sie gleich, hieß unser Mitarbeiter, mit dem Sie bereits Kontakt hatten?«

»Fragebogen? Was für ein Fragebogen?« Philipp tat überrascht. »Davon war nie die Rede.«

»Und wie heißt der Kollege nun, mit dem Sie gesprochen haben? Wissen Sie, unsere Agentur beschäftigt mehrere Mitarbeiter.«

»Ach so, hatte ich das noch nicht erwähnt? Quirin Eder ist sein Name. Er wurde mir von einem Bekannten empfohlen.«

»Quirin Eder.« Es war eine Feststellung, keine Frage. »Und wann soll das gewesen sein?«

»Ist das wichtig? Da müsste ich erst in meinen Kalender schauen. Es geht doch vielmehr um die Konditionen meiner Versicherung.«

»Schon, schon. Na, da werden wir doch gleich einmal nachschauen.« Er schaltete seinen PC ein. »Ihre Daten müssen ja aufgenommen worden sein. Wie wird Ihr Name geschrieben, Meier wie Eier?«

Philipp nickte. Der Mann gab den Namen ein.

»Wir haben hier nur einen Meier, Meier Hans, ist Hans Ihr zweiter Name?«

»Nein.«

»Würde auch nicht hinhauen, Hans Meier kann vom Jahrgang her nicht passen.« Der Mann kratzte sich am Kopf. »Ehrlich gesagt verstehe ich nicht, warum Sie nicht bei uns registriert sind. Unsere Mitarbeiter sind angehalten, sämtliche Kundenkontakte in unsere Datenbank aufzunehmen. Es ist sozusagen eine Vorschrift.«

»Vielleicht weil ich noch keine Versicherung abgeschlossen habe?«

»Das hat nichts damit zu tun. Wir protokollieren normalerweise jedes Gespräch mit den Kunden. Beim Abschluss eines Vertrages muss ein Beratungsprotokoll unterschrieben werden, auch das ist Vorschrift. Sie glauben nicht, wie viele gesetzliche Auflagen Versicherungsmakler zu erfüllen haben. Ansonsten sind wir in der Haftung. Jemandem schnell eine Versicherung verkaufen, das geht nicht mehr. Wir müssen nachweisen, dass wir den Kunden korrekt und umfangreich beraten haben. Deshalb die Dokumentationspflichten.«

»Vielleicht finden wir den Eintrag, wenn Sie nach dem Tag suchen, an dem Herr Eder mich beraten hat.« Philipp ließ es wie einen zufälligen Vorschlag klingen.

»Das ist eine Idee. Wir haben nämlich eine neue Software, die ihr Geld wert war. Schauen wir mal, was Herr Eder in das Terminplanmodul eingetragen hat. Auf das haben nämlich alle Mitarbeiter Zugriff, wissen Sie?« Er rief das Programm auf. »Um welchen Tag handelt es sich?«

Philipp tat, als müsste er überlegen. »Haben Sie einen Kalender zur Hand?«

Der Mann drehte den Monitor zu ihm hin. Auf dem Bildschirm war eine Monatsansicht zu sehen. »Quirin Eder« stand am Kopf der Eingabemaske. Es waren kaum Termine eingetragen.

»Jetzt weiß ich's wieder.« Philipp nannte das Datum, an dem Anton Graf ermordet worden war.

Der Mann rief den Tag auf. »Sie sehen, da steht nichts. Das Feld ist leer, also kein Gespräch. Oder Herr Eder hat geschlampt.« Er griff zum Telefonhörer. »Ich werde ihn anrufen, um das Ganze aufzuklären. So geht das wirklich nicht.«

»Lassen Sie das mal«, sagte Philipp. »Ich habe mich schon genug geärgert über die Ausreden Ihres Kollegen. Ich möchte einfach kompetent informiert werden und habe das Gefühl, bei Ihnen in guten Händen zu sein. Wenn Sie die Unstimmigkeiten mit Herrn Eder bitte später klären würden.«

Der Mann zögerte. »In Ordnung«, sagte er dann, »der Kunde steht bei uns an erster Stelle.« Er legte den Hörer wieder auf. »Es ist nur ... Es betrifft nicht Sie, Herr Meier, aber wir müssen intern natürlich korrekt abrechnen.«

»Wie meinen Sie das?«

»Nun, wer den Kunden angeschleppt ... äh ... also ... der Mitarbeiter, der einen neuen Kunden gewinnen konnte, der hat Anrecht zumindest auf einen Teil des Honorars. Schließlich müssen auch wir von etwas leben. Aber das werde ich später mit Herrn Eder direkt klären.«

»Das ist nachvollziehbar. Kann man denn von dem Geschäft leben?«

»Wenn Sie sich reinhängen und regelmäßig Ihre Kunden pflegen, schon. Aber es ist schwieriger geworden, vor allem für die freiberuflichen Berater.«

»Und auf welcher Basis arbeitet Herr Eder für Sie? Ich dachte, er wäre angestellt.«

»Alle unsere Mitarbeiter arbeiten als Selbstständige. Deshalb sind sie aber keine Kollegen zweiter Klasse. Aber wissen Sie ...« Der Mann beugte sich vor. »... eine Festanstellung mit Steuern, Sozialabgaben, Krankenkasse, bezahltem Urlaub und der ganzen Verwaltung, das können wir uns als kleine Agentur gar nicht leisten. Es wäre auch nicht im Sinne unserer Kunden, denn die wollen schließlich einen Geschäftspartner, der sparsam wirtschaftet.«

»Aber wie sieht das dann konkret aus, wie kommen Ihre Leute an ihr Geld?«

»Durch Provisionen. Ein einfaches Leistungsprinzip: Je mehr einer abschließt, desto mehr verdient er.«

»Aha, ich verstehe. In dem Falle halte ich es für nur fair, mich nochmals persönlich an Herrn Eder zu wenden. Sie brauchen sich also nicht mit ihm in Verbindung zu setzen, das mache ich schon selbst. Aber ich danke Ihnen für die ausführlichen Informationen.«

Damit verabschiedete Philipp sich von dem Versicherungsagenten und verließ das Büro.

36

Valentin Mosers Rechtsanwalt hatte Baltasar angerufen und ihn gebeten, nach Passau zu kommen, Valentins Mutter reise ebenfalls an, denn der Anlass sei erfreulich, der junge Mann werde heute aus dem Polizeigewahrsam entlassen und brauche jemanden, der ihn abhole. Die Indizien hätten sich als nicht beweiskräftig erwiesen, nachdem Valentins Freundin Marlies Angerer eine umfassende entlastende Aussage gemacht und sein Alibi zur Tatzeit bestätigt habe.

Für Baltasar bot dies die Gelegenheit, persönlich bei seinem Dienstherrn vorbeizuschauen – auch wenn's schwer fiel. Viel zu lange hatte er die Glockenturmrenovierung hintanstehen lassen und das Bistum nicht energisch genug in die Pflicht genommen.

Er rief im Sekretariat des Bischofs an, um kurzfristig einen Termin zu bekommen.

»Seine Exzellenz ist heute in einer wichtigen seelsorgerischen Mission außer Haus, es tut mir leid, Herr Senner«, hieß es. »Hinterlassen Sie dem Bischof eine kurze Notiz, wenn Sie hier sind, wir melden uns umgehend.«

Wobei mit »umgehend« in diesem Fall der Sankt Nimmerleinstag gemeint ist, dachte Baltasar. So konnte es nicht weitergehen. Er brauchte endlich eine Zusage für die Finanzierung der Renovierung, länger wollte er sich nicht hinhalten lassen, und wenn er mit dem Bischof aneinandergeraten sollte. Er rief Daniel Moor im Generalvikariat an.

»Hochwürden, Sie melden sich freiwillig im Politbüro?«, begrüßte ihn der Assistent des Generalvikars. »Zu viel an Ihrem Weihrauch geschnuppert?«

»Ich brauche Ihre Unterstützung. Ich muss dringend Herrn Siebenhaar sprechen, noch heute!«

»Sonst noch Wünsche? Da könnten Sie gleich um eine Audienz beim Papst bitten. Was glauben Sie, wie viele einen Termin mit dem Chef wollen? Sie müssen sich wie alle anderen hinten anstellen. Was ist übrigens mit der versprochenen Weihrauchlieferung? Mein Vorrat geht zur Neige.«

»Nun, dann schlage ich einen Deal vor: Sie sagen mir, wie ich den Bischof heute erwischen kann, und Sie bekommen Ihren Weihrauch.«

»Wenn Sie versprechen, bei Ihrem nächsten Besuch ein Paket von Ihrem Stoff mitzubringen, dann hätte ich da eine Idee.«

»Einverstanden, raus damit!«

»Seine Exzellenz zelebriert heute einen seiner seltenen Auftritte im Stephansdom. Eine Delegation aus Rom ist zu Besuch, deshalb findet der Gottesdienst statt. Wenn Sie sich rein zufällig unter die Besucher mischen ...«

Baltasar bedankte sich und legte auf. Wenn er sich beeilte, konnte er es zur Messe nach Passau schaffen.

*

Er fand einen Parkplatz an der Fritz-Schäffer-Promenade und ging schnellen Schrittes Richtung Dom.

Um seinen Vorgesetzten ja nicht unnötig zu provozieren, hatte er sich für gedeckte Kleidung entschieden – Hemd mit Stehkragen, schwarzer Anzug.

Der Gottesdienst hatte bereits begonnen, Orgelmusik erfüllte die Kirche, die Bänke waren gut gefüllt. Baltasar suchte sich einen freien Platz in den hinteren Reihen.

Siebenhaar saß erhöht auf dem Bischofsstuhl, sein Kopf war vorgebeugt, die Hände gefaltet, die Augen geschlossen, es sah aus, als schliefe er. Zur Feier des Tages stand ein besonders wertvolles Schmuckstück aus der Domschatzkammer auf dem Altar, eine mit Edelsteinen besetzte goldene Monstranz. Sie sei die Lieblingsreliquie des Bischofs, hieß es.

Die Gemeinde sang ein Lied zu Ende, es folgte Siebenhaars Auftritt. Er erhob sich langsam, schritt zum Altar und betete. Anschließend richtete er nach katholischem Ritus Becher und Schale her und rief die Gläubigen zum Abendmahl auf.

Eine Schlange bildete sich.

Baltasar nutzte die Chance und stellte sich dazu.

Nehmet und esset alle davon. Das ist mein Leib, der für euch hingegeben wird.

Als Baltasar an die Reihe kam, kniete er nieder. Siebenhaar erkannte ihn zunächst nicht.

»Grüß Gott, Eure Exzellenz«, flüsterte Baltasar. »Schön, Sie wiederzusehen.« Er sperrte den Mund auf, um sich die Oblate auf die Zunge legen zu lassen. Der Bischof hatte den Ablauf seiner Bewegung unterbrochen. Die Hostie zitterte ein wenig.

»Herr Senner? Was tun Sie hier?«

Beinahe ohne seine Lippen zu bewegen, ließ er die Worte durch seine Zähne gleiten. Dann legte er die Oblate auf Baltasars Zunge.

Nehmet und trinket alle daraus. Das ist der Kelch des neuen und ewigen Bundes, mein Blut, das für euch und für alle vergossen wird zur Vergebung der Sünden. Tut dies zu meinem Gedächtnis.

»Ich muss Sie unbedingt nachher sprechen«, raunte Baltasar. »Ich brauche Ihren Rat als Seelsorger. Ich bitte Sie ...«

Siebenhaar unterbrach ihn, indem er Baltasar den Kelch an den Mund drückte und anhob. Der Rest des

Weins ergoss sich in seinen Hals, Baltasar verschluckte sich und hätte fast angefangen zu husten. Rasch bekreuzigte er sich und ging wieder zurück an seinen Platz.

Die Messe verlief mit der gewohnten Routine. Als der Bischof zum Schlusssegen ansetzte, schlich Baltasar durch das Seitenschiff nach vorne und stellte sich vor den Eingang zur Sakristei.

Die Kirchgänger drängten hinaus, und Siebenhaar steuerte auf die Sakristeitür zu, die Hände immer noch gefaltet und im Schlepptau zwei Messdiener und den Domkapitular. Direkt vor Baltasar blieb er abrupt stehen.

»Sie schon wieder, Herr Senner. Überraschungen wie die vorhin gefallen mir gar nicht.« Er klang ungehalten. »Wie können Sie es wagen, meine heilige Messe so zu missbrauchen?«

»Eure Exzellenz, ich bitte um Vergebung. Aber ich wollte gern einmal das Privileg genießen, Ihrem Gottesdienst beizuwohnen und das heilige Sakrament durch Ihre Hand zu erhalten.«

»Machen Sie sich über mich lustig? Der Gottesdienst ist eine ernste Angelegenheit, das dürfte Ihnen doch bekannt sein.«

Siebenhaar versuchte, an ihm vorbeizukommen, aber Baltasar rührte sich nicht vom Fleck.

»Bei allen Heiligen, mir ist es ernst. Bitterer Ernst. Ich bitte Sie um ein persönliches Gespräch, und zwar jetzt gleich, es wird nicht lange dauern.«

»Nun gut. Aber nur zwei Minuten, mein nächster Termin wartet schon.«

Baltasar öffnete ihm die Tür in die Sakristei und ließ ihn passieren. Die Begleiter drängten hinter ihm her, doch Baltasar hielt sie zurück.

»Entschuldigung, meine Herren, das ist privat, ein seelsorgerisches Gespräch, bitte warten Sie so lange draußen.«

Er ließ die verdutzten Männer stehen, ging hinein und schloss die Türe hinter sich zu.

»Darf ich Ihnen aus dem Gewand helfen, Exzellenz?«

»Wie oft habe ich Ihnen schon gesagt, Sie sollen die förmliche Anrede lassen, zumindest wenn wir unter uns sind? Und danke, ich komme gut alleine zurecht, so alt bin ich nun auch wieder nicht, dass ich jemanden zum Umziehen brauche. Oder wollen Sie mich bereits in den Ruhestand befördern?«

Baltasar schluckte die Bemerkung hinunter, die ihm auf der Zunge lag.

»Ein schöner Gottesdienst war das«, antwortete er, denn er wollte zum Einstieg in das Gespräch etwas Nettes sagen.

»Wir haben eine Delegation aus dem Vatikan zu Gast, Sie wissen, da muss man etwas Besonderes bieten, die sind verwöhnt durch den Heiligen Vater. Ich wollte ihnen zeigen, dass wir im Bayerischen Wald auch ehrwürdige und glanzvolle Gottesdienste bieten können. Ich muss mit den Herren jetzt noch Gespräche führen, deshalb bin ich unter Zeitdruck.«

»Worüber werden Sie mit ihnen sprechen?«

»Große Politik, Senner, große Politik. Der Heilige Vater persönlich zeigt Interesse an unserer Monstranz. Eine große Ehre! Stellen Sie sich nur all die Kunstschätze im Vatikan vor, und da denkt der Heilige Vater ausgerechnet an uns. Die Sache ist heikel, aber wenn es gut über die Bühne geht, wird es das größte Projekt meiner restlichen Amtszeit. Mein Name wird in den Zimmern des Papstes bekannt werden. Das ist eine Empfehlung für unsere

Diözese.« Seine Begeisterung war nicht zu überhören. »Doch nun zu Ihnen, mein lieber Senner, wo drückt denn der Schuh?«

»Angesichts Ihrer großen Aufgaben belästige ich Sie ungern mit meinem bescheidenen Anliegen. Aber mich quält ein Mangel, und ich habe Sorge, meine Gemeinde könnte sich abwenden.«

»Ihre Gemeinde? Ich dachte, die steht treu hinter Ihnen!«

»Aber seitdem die Glocke verstummt ist, Sie wissen schon, der Unfall auf unserem Kirchturm, sind die Gläubigen unruhig, weil sie das Geläut vermissen, eine jahrtausendalte Tradition, oder nicht?«

»Ich dachte, das wäre längst geregelt. Haben Sie die Finanzierung nicht auf die Beine gestellt? Da können doch keine Unsummen erforderlich sein.«

»Mehr jedenfalls, als die Gemeinde jemals aus eigener Kraft aufbringen kann, selbst wenn sie Jahrzehnte dafür sparen würde.«

»Suchen Sie sich Spender und Sponsoren, das machen heutzutage alle.«

»Alles schon probiert, alles ohne Erfolg. Deshalb muss ich die Diözese bitten, sich darum zu kümmern.«

»Was soll ich tun?«

Siebenhaar faltete seine Stola zusammen und verstaute sie in einer Schublade.

»Soll ich Ihnen persönlich bei der Renovierung helfen?«

»Ich hatte eigentlich an die Übernahme der Reparaturkosten gedacht. Denn die Reparaturen sind dringend nötig. Wenn nichts passiert, wird das Gebäude anfangen zu verfallen.«

»Diese Ansprüche! Jesus hat auf dem offenen Feld gepredigt, und seine Zuhörer sind um ihn herumgestanden. Brauchte er dazu eine Kirche? Die Antwort lautet nein. Denken Sie an den heiligen Franziskus, der den umgekehrten Weg ging und all sein Hab und Gut aufgab, um eins mit der Natur zu werden. Wie heißt es doch im Evangelium nach Matthäus, Kapitel 19, Vers 21? ›Willst du vollkommen sein, so geh hin, verkaufe, was du hast, und gib's den Armen, so wirst du einen Schatz im Himmel haben; und komm und folge mir nach.‹«

»Ich würde ja gern mein Zelt im Freien aufschlagen und mich als Outdoor-Pfarrer betätigen, aber ich fürchte, meine Gemeinde hätte kein Verständnis für Open-Air-Gottesdienste. Zumal im Winter nicht, denn da wird es bei uns bekanntlich bitterkalt. Aber da Sie Armut ansprechen, warum verkaufen Sie nicht einen Teil des Domschatzes, zum Beispiel die Monstranz. Mit dem Geld können Sie viel Gutes tun, Herr Siebenhaar. Ich denke da an das Gleichnis in demselben Kapitel des Evangeliums nach Matthäus, nur ein wenig später, Vers 24, wo es heißt: ›Es ist leichter, dass ein Kamel durch ein Nadelöhr gehe, als dass ein Reicher ins Reich Gottes komme.‹«

Der Bischof seufzte hörbar und nahm sein Pektorale ab.

»Haben Sie nicht die Möglichkeit, Ihre Gemeinde sogar zu erweitern? In Ihrem Ort ist doch ein katholisches Altersheim in Planung. Das ist Ihre Chance, Herr Senner. Ergreifen Sie sie! Reden Sie den Bauherren gut zu, und sie werden für die Unterstützung Ihrer Gemeinde bereit sein. Und möglicherweise beteiligen sie sich sogar an den Wiederaufbaukosten der Kirche, und damit wäre Ihr Problem gelöst.«

»Wenn das aber nicht der Fall ist, werden Sie sich darum kümmern, dass die Glocken wieder läuten?«

»Versprechen kann ich nichts, Herr Senner. Aber Sie kennen mich: Ich lasse Sie nicht im Stich. Und wenn Sie mich jetzt entschuldigen, ich muss los.«

*

Baltasar traf sich mit dem Rechtsanwalt und Jutta Moser vor dem Gebäude der Kriminalpolizeiinspektion in der Nibelungenstraße. Sie meldeten sich bei Kommissar Dix an.

»Wie gut, dass die Freundin des Jungen ausgesagt hat«, meinte der Anwalt. »Damit war die Sache für die Staatsanwaltschaft erledigt. Selbst ohne die Aussage der Zeugin hätte es für eine Anklage nicht ausgereicht, denn es fehlte ein plausibles Tatmotiv. Das Blut auf dem Sweatshirt war das einzige Indiz, doch Mosers Erklärung diesbezüglich war nicht zu widerlegen. Damit ist Ihr Sohn entlastet und wieder frei, Frau Moser.«

Valentin wartete bereits im Büro des Kommissars.

»Mama!«, rief er, als er seine Mutter sah und schloss sie in die Arme. Frau Eder liefen Tränen übers Gesicht. »Bub, endlich, was hab ich mir Sorgen um dich gemacht! Bin ich froh, dich wiederzusehen. Komm, jetzt fahren wir nach Hause.«

Dix und Mirwald hatten die Szene stumm beobachtet.

»Wir müssen Ihren Sohn gehen lassen, Frau Moser«, sagte Mirwald. »Das heißt nicht, dass wir restlos von seiner Unschuld überzeugt sind.«

Er wandte sich an Valentin.

»Wir werden Sie weiterhin im Auge behalten. Unsere Recherchen sind noch nicht abgeschlossen.«

»Ich hab immer gesagt, dass ich unschuldig bin, jetzt ist es bewiesen!« Valentin ging sichtlich triumphierend zur Tür. »War's das?«
Dix nickte.

Im Gang fragte Baltasar den Jungen: »Warum haben Sie nicht früher gesagt, dass Sie zur Tatzeit mit Marlies Angerer zusammen waren? Da hätten sich alle Beteiligten viel Zeit und noch mehr Nerven erspart.«
»Marlies hat Ihnen doch erzählt, warum ich nichts gesagt habe. Die Situation war beschissen, mein bester Freund, dessen Freundin, die meine Ex ist und mit der ich wieder was habe. Ich hatte gehofft, dass sie den Mörder bald finden würden, dann wäre es alles gar nicht so weit gekommen. Und mal angenommen ich wäre der Täter, wäre ich so blöd und würde ein belastendes Kleidungsstück aufbewahren? Ein perfektes Verbrechen sähe anders aus.«
»Nun, jeder Täter macht Fehler, aber das ist ein anderes Thema. Gute Heimfahrt.«
Baltasar schüttelte allen die Hand.
»Ich bleibe noch einen Moment, ich habe noch was mit den Beamten zu besprechen.«

Die beiden Kommissare saßen am Schreibtisch.
»Herr Senner, können wir Ihnen was anbieten? Kaffee?« Wolfram Dix deutete auf eine Glasdose mit Teebeuteln. »Oder Sieben-Kräuter-Mischung aus dem Bayerischen Wald. Von meiner Frau. Hilft gegen alles, sagt sie, Prostata, Husten, Rheuma. Sie können es sich aussuchen, aber ehrlich gesagt ist dieses Gebräu nicht genießbar.«

»Danke, ich brauche nichts. Was machen die Ermittlungen?«

»Sehen Sie doch«, raunzte Mirwald. »Wir machen weiter. Inzwischen waren wir auch bei Frau Spirkl in Regensburg. Und stellen Sie sich vor, die Dame hat uns berichtet, sie hätte bereits Besuch von einem Priester bekommen!«

Mirwald verdrehte die Augen.

»Es ging um den Spendenscheck, den ich von Graf erhielt, Sie wissen schon.«

»Jedenfalls ist das eine neue Spur«, sagte Dix. »Wir werden uns noch intensiver mit Grafs Vergangenheit auseinandersetzen müssen. Vielleicht ist da ein Motiv zu finden.«

»Wohl wahr. Wie ich bisher gehört habe, hatte Anton offenbar auch seine unangenehmen Seiten.«

»Sie haben was gehört?« Mirwald verschränkte die Arme. »Ist es das, was ich vermute? Sind Sie wieder fremdgegangen, Hochwürden, wildern Sie wieder in unserem Revier?«

»Ich habe mich mit Grafs ehemaligen Geschäftspartnern unterhalten.«

Baltasar erstattete Bericht über seine Treffen mit Feuerlein und Manrique alias Helfer.

»Angra GmbH? Das ist lange her, da steckten sie in massiven finanziellen Schwierigkeiten, sie waren zahlungsunfähig«, sagte Mirwald. »Wir haben das überprüft, aber nichts entdeckt, was mit dem Mord zu tun haben könnte.«

»Da müssen Sie wohl tiefer bohren«, antwortete Baltasar.

»Überlassen Sie das einfach uns«, sagte Mirwald, »wir

sagen Ihnen ja auch nicht, welche Lieder Sie in Ihrer nächsten Messe singen lassen sollen.«

»Kennen Sie etwa katholische Kirchenlieder?«

»Haben Sie eine Ahnung!« Mirwald grinste. »Passen Sie mal auf.«

Er begann zu singen: »Ein feste Burg ist unser Gott, ein gute Wehr und Waffen.«

»Eine schöne Gesangsstimme haben Sie, Sie wären eine Bereicherung für unseren Kirchenchor. Doch muss ich Sie leider enttäuschen, das Lied ist evangelisch.«

»Was soll's? Hauptsache christlich!«

37

Der Aspekt »finanzielle Schwierigkeiten« wollte Baltasar nicht mehr aus dem Kopf gehen. Diesem Aspekt hatte Baltasar bislang keine besondere Bedeutung beigemessen, ebenso wenig wie die Polizei. Auch in den Gesprächen mit den Leuten aus Grafs damaligem Umfeld wurde das Thema bisher nur gestreift. Doch nun fragte Baltasar sich, wie ernst die Finanzprobleme, in die Anton Graf sich und seine Firma verstrickt hatte, tatsächlich waren.

Er beschloss, den Glasbläser Kehrmann noch einmal aufzusuchen, der früher bei Angra gearbeitet hatte.

Doch zunächst wollte er sich ein Mittagessen in der »Einkehr« gönnen, auch in der Hoffnung, die Wirtin diesmal wiederzusehen.

Victoria bediente gerade einen Gast, als sie ihn sah. Sie strich sich eine Locke aus dem Gesicht und lächelte ihn an.

»Grüß Gott, Herr Senner, wie schön, Sie zu sehen. Wo haben Sie denn die ganze Zeit gesteckt?«

Baltasar war überrascht. Hatte sie nach ihm gefragt? Das wäre ein positives Zeichen, und sein Herzschlag beschleunigte sich.

»Grüß Gott, Frau Stowasser, ich freue mich auch, wieder hier zu sein. Was gibt's heute Gutes zu essen?«

Sie empfahl ihm das Tagesgericht, ein indonesisch-bayrisches Fleischpflanzerl mit Shrimps und Löwenzahnsalat. Als Baltasar skeptisch dreinschaute, meinte sie nur: »Vertrauen Sie mir«, und er bestellte das Essen.

Wie sich herausstellte, schmeckte es zwar ungewohnt, aber wunderbar würzig, die Mischung war perfekt abgestimmt, auch der Salat war hervorragend. Schmunzelnd dachte er, dass jeder echte Niederbayer wohl eher seine Großmutter verleugnen würde, bevor er diese fremde Komposition äße.

»Was macht die Renovierung?«, fragte er Victoria, als sie kam, um abzuräumen.

Ihre Miene verdüsterte sich. »Erinnern Sie mich bloß nicht daran. Es ist das reinste Chaos.«

»Was ist denn passiert?«

»Wenn Sie wollen, zeige ich es Ihnen.«

Baltasar folgte Victoria in den ersten Stock. Quer im Gang lag eine Leiter, mit Farbe bespritzte Plastikfolien türmten sich zu einem Haufen, mehrere eingetrocknete Pinsel standen in einem Eimer. In zwei Zimmern hingen halb abgerissene Tapeten von den Wänden, die Decken waren vollkommen ungleichmäßig geweißt worden.

»Nun, das kann man wohl nicht als gelungen bezeichnen«, sagte Baltasar.

»Es ist zum Heulen. Am liebsten würde ich alles in

die Luft jagen.« Das klang nach einer Kapitulationserklärung. »Ich werde den Plan Renovierung und Zimmervermietung verwerfen.«

»Verlieren Sie nicht den Mut«, sagte Baltasar, obwohl er merkte, dass er nicht sehr überzeugend klang. »Mir wird schon was einfallen.«

»Das hilft nichts, ich habe keine Nerven mehr weiterzumachen. Und das Geld für die Handwerker habe ich erst recht nicht.«

»Nur Geduld, das kriegen wir schon hin.«

*

Während der Fahrt zu Franz Kehrmann dachte Baltasar über eine Lösung für Victorias Schwierigkeiten nach. Wie gern würde er ihr helfen! Da er aber zur Zeit selber ein Renovierungsproblem und auch kein Geld hatte, wollte ihm nichts Vernünftiges einfallen.

Der Glasbläser hatte sich nach Baltasars Anruf bereit erklärt, ihn noch mal zu treffen. Sie hatten sich direkt in der Glasfachschule verabredet.

Da er noch Zeit bis zu dem Termin hatte, spazierte Baltasar in den Stadtpark zum Hirtenbrunnen. Könnte dieser Hirte aus Bronze reden, dachte Baltasar, so wäre die Tat schon aufgeklärt worden.

Irgendetwas in dem Puzzle fehlte, ein Indiz, ein Hinweis. Was hatten die Kriminalbeamten und er selber möglicherweise übersehen? Suchten sie an den ganz falschen Stellen? Was war das Motiv für den Mord an Anton?

In der Schule ging Baltasar direkt auf Manrique und Feuerlein zu, die gerade den Gang entlangkamen. Sie waren in ein Gespräch vertieft und bemerkten ihn erst, als er direkt vor ihnen stand.

»Du lieber Himmel, Hochwürden, Sie wollen uns bekehren«, begrüßte ihn der Künstler, »so oft, wie Sie in der Schule auftauchen!«

»Ich bin mit Franz Kehrmann verabredet.«

»Mit dem Franz, so, so. Was wollen Sie denn von ihm?«

Feuerleins Frage hatte etwas Lauerndes.

»Was ich vorher wollte und noch immer will: meinen Freund Anton Graf besser verstehen. Herausbekommen, was er getan hat und warum er umgebracht wurde.«

»Fragen Sie lieber, was er nicht getan hat. Und warum. Aber so viel Zeit haben selbst Sie nicht, Herr Pfarrer«, sagte Manrique.

»Geben Sie auf, Herr Senner, Sie quälen sich nur selbst«, meinte Feuerlein. »Je mehr Sie in der Vergangenheit wühlen, desto verworrener wird es. Denn was Sie herausfinden werden, wird Ihnen nicht gefallen.«

»Nun, das Gespräch mit Herrn Kehrmann möchte ich jedenfalls noch führen«, antwortete Baltasar. Obwohl er nicht einmal wusste, ob diese Spur überhaupt irgendwohin führte.

Baltasar fand Franz Kehrmann in der Werkstatt. Sie gingen in einen Aufenthaltsraum, der für die Lehrkräfte reserviert war. Baltasar erzählte ihm, er habe Manrique und den Schulleiter soeben getroffen, was Kehrmann erschreckte.

»Die wissen, dass ich mit Ihnen rede?«

»Sie wissen nichts Näheres, wir haben nur in aller Kürze ein paar Worte gewechselt.«

»Ich ... Ich will nichts erzählen, was der Schule oder

den beiden Kollegen schaden könnte. Schließlich arbeite ich hier.«

»Keine Sorge, sie haben weder Ihnen noch mir Sprechverbot erteilt. Im Übrigen habe ich sowohl mit Herrn Manrique als auch mit Herrn Feuerlein bereits unter vier Augen gesprochen, es gibt also keine Geheimnisse.«

»Aber was ich Ihnen sage, bleibt unter uns, nicht wahr, Herr Pfarrer? Ich will keinen Ärger, ich mag meinen Job.«

»Seltsam. Alle wollen nur hinter vorgehaltener Hand über Anton Graf sprechen. Ich verstehe nicht, warum, zumal er tot ist und niemandem mehr etwas anhaben kann.«

»Ich fürchte mich nicht vor den Toten, ich fürchte mich vor den Lebenden!«

»Wovor haben Sie denn Angst?«

»Jemand hat den Mann doch umgebracht. Und dieser Jemand läuft noch immer frei herum. Das finde ich beunruhigend.«

Kehrmann verschränkte die Hände auf dem Tisch.

»Hatte Anton viele Feinde?«

»Wenn es ein Feind war, warum hat der ihn dann nicht schon eher umgebracht? In den letzten Jahren lebte Graf sehr zurückgezogen. Es könnte doch auch ein Fremder gewesen sein. Ein Zufall. Oder eine Frau. Aber was fragen Sie mich das, ich bin kein Polizist, Hochwürden, und ich will auch keiner werden.«

»Sie kannten Herrn Graf aus der Angra?«

»Ich war in dem Unternehmen als Meister angestellt, in der Glasbläserei. Wir produzierten Stücke, die komplett handgefertigt und entsprechend hochpreisig waren, nicht wie dieser Industrieschrott, den es heute überall gibt. Johann Helfer, also Manrique, hat damals wirklich außergewöhnliche Entwürfe für weitere exklusive Kleinserien vorgelegt, sie hatten Weltklasse. Doch als wir damit loslegen wollten, fingen die Finanzprobleme in der Firma an. Wir mussten sparen und kauften deshalb Ware aus Fernost an.«

»Wie schlimm stand es denn tatsächlich um die Angra?«

»Also eigentlich bestand Angra aus mehreren Teilen, die Muttergesellschaft, eine Produktionsfirma, eine Vertriebsfirma und noch eine Firma, die auch die Markenrechte hielt. Eines Tages sickerte durch, dass sich das Unternehmen übernommen hatte und Zahlungsausstände nicht mehr begleichen konnte.«

Kehrmann sah Baltasar an.

»Stellen Sie sich vor, Hochwürden, Sie erfahren plötzlich als kleiner Angestellter solche Hiobsbotschaften. Da sind Sie wie vor den Kopf gestoßen.« Er beugte sich vor. »Und nicht nur ich, sondern die anderen 250 Mitarbeiter waren es auch. Wir bangten und hofften, dass es weiterginge. Die Geschäftsleitung versuchte, Kooperationen einzugehen, Geschäftsanteile zu verkaufen und einen Großteil der Produktion ins Ausland zu verlagern. Doch es war alles vergebens. Die Angra war zahlungsunfähig und musste Konkurs anmelden.«

»Das Unternehmen war pleite?« Diese Information überraschte Baltasar. »Aber es gibt die Angra doch noch immer!«

»Nur der Markenname existierte weiter. Er wurde an Investoren veräußert. Aber die Gläser, auf denen heute Angra steht, kommen aus dem Ausland und haben nichts mehr mit dem Bayerischen Wald zu tun. Außerdem gingen nicht alle Firmenteile des Unternehmens pleite, sondern nur die Produktions- und die Vertriebsgesellschaft.«

Aus Kehrmanns Stimme war Bedauern herauszuhören.

»Aber das war schlimm genug: Praktisch alle Angestellten arbeiteten in der Produktion. Als dann im wahrsten Sinne des Wortes der Ofen aus war, standen 250 Leute auf der Straße. Das war ein Hammer: 250 Leute arbeitslos, auf einen Schlag.«

»Wurde denn versucht, die Arbeitsplätze zu erhalten?«

»Alle haben sich eingeschaltet: Kommunalpolitiker, Gewerkschafter, Angehörige. Man forderte Unterstützung vom Staat, suchte nach Geldgebern, die die Fabrik weiter betreiben würden. Es war umsonst. Wie findet man 250 Ersatzarbeitsplätze in einer Region wie dieser, in der es kaum Gewerbe und Industrie gibt? Das ist praktisch unmöglich. Einige wenige kamen in anderen Unternehmen unter, einige mussten die Branche wechseln, und viele fanden überhaupt keinen vernünftigen Job mehr. Kein Wunder, dass der Zorn der Betroffenen groß war.«

»Ich wusste nicht, dass die Probleme der Firma so gravierende Folgen hatten. So etwas ist schlimm, auch für die Familien der Betroffenen.«

»Die meisten machten Graf für das Desaster verantwortlich. Sie spuckten vor ihm aus, wenn sie ihn sahen, warfen ihm seine Bürofensterscheiben ein, irgendwer hat sein Auto mit Farbe beschmiert und ›Arbeitsplatzmörder‹ draufgesprüht. Es war der pure Hass. Wahrscheinlich ist Graf deshalb bald danach weggezogen und in Ihre Gemeinde abgetaucht.«

»Aber warum richtete der Hass sich nur gegen Anton Graf? Der Geschäftsführer war doch Rufus Feuerlein.«

Baltasar hätte sich ohrfeigen mögen dafür, der Firmengeschichte nicht schon früher nachgegangen zu sein. Es deutete nicht wenig darauf hin, dass hier das Motiv für den Mord an Anton verborgen war.

»Rufus stand natürlich auch im Kreuzfeuer. Er habe als Manager versagt, so lauteten die Vorwürfe aus der Belegschaft. Er habe die Probleme ignoriert, einfach weitergewurschtelt und in der Krise viel zu spät gegengesteuert. Es gab sogar eine anonyme Anzeige, woraufhin die Staatsanwaltschaft wegen Konkursverschleppung ermittelte. Soviel ich weiß, kam nichts dabei raus, das Verfahren wurde irgendwann eingestellt. Aber für Feuerlein war es schwer belastend, sein Ruf und seine Existenz standen in Frage.«

»Der Schulleiter wirkt heute ganz zufrieden mit seinem Beruf.«

»Er hatte Glück mit seinem neuen Job. Davor lag eine Durststrecke. Denn nach dem Aus bei Angra war er längere Zeit arbeitslos, dazu kam die Belastung durch das Ermittlungsverfahren, und seine Anteile an dem Unternehmen waren von einem Tag auf den anderen praktisch wertlos.«

»Woran genau entzündete sich die Kritik an Anton?«

»Zum einem haben wir alle gehofft, Graf würde zusätzliches Geld in die Firma stecken, um sie zu retten. Schließlich war es seine Firma. Aber er weigerte sich kategorisch, Finanzmittel nachzuschießen. Damit war das Schicksal der Beschäftigen von Angra besiegelt, Grafs Nein bedeutete das endgültige Todesurteil für 250 Arbeitsplätze.«

»Und zum andern?«

»Zum andern kamen Gerüchte auf, bei dem Konkurs sei nicht alles mit rechten Dingen zugegangen.«

»Wie das?«

Baltasar fand immer verwunderlicher, was Kehrmann ihm erzählte.

»Auf den Firmenkonten fehlte Geld, hieß es, Vermögensgegenstände seien kurz vorher verschoben worden. Mehr weiß ich darüber nicht, wie gesagt, es waren Gerüchte. Verhaftet wurde deshalb niemand. Obwohl es in meinen Augen ein Verbrechen wäre, sich auf Kosten von 250 Leuten zu bereichern.«

Die letzten Worte hatte Kehrmann mit unverhohlener Empörung herausgepresst.

»Und man verdächtigte Anton?«

»Als Eigentümer und Patriarch hatte er natürlich die Insiderkenntnisse und die Möglichkeiten. Aber die Gelder sind nie aufgetaucht. Wenn es weitere Mittel gab, so wäre das eine zusätzliche Sauerei, denn für die Entlassenen blieb aus der Konkursmasse für Überbrückungszahlungen kaum etwas übrig.«

»Kennen Sie eine Barbara Spirkl? Sie soll von Anton ebenfalls an der Angra beteiligt worden sein.«

»Gehört hab ich den Namen schon mal. Gekannt habe ich sie aber nicht, was nichts heißen muss, denn als Meister war ich nicht über alles informiert, was in der Chefetage lief. Außerdem war Graf für seine Frauengeschichten bekannt.«

»Was meinen Sie damit? Dass er die Partnerinnen häufig wechselte?«

»Na ja, er war jedenfalls nie länger mit einer zusammen, und von einer Ehefrau war nie die Rede. Oft waren es Frauen, die er auf seinen Geschäftsreisen kennengelernt hatte, vermutlich rührte die Beziehung zu dieser Frau Spirkl von daher. Und er hatte regelmäßig Affären mit Mitarbeiterinnen der Angra.«

»Private Geheimnisse schien es jedenfalls nicht zu geben, so wie Sie das erzählen, Herr Kehrmann.«

»So groß war die Angra auch wieder nicht. Es war wie in jeder Firma: Jemand sieht was, hört was und tratscht es weiter. Insbesondere wenn es um Liebschaften innerhalb der Firma geht.«

»Wissen Sie mehr über Anton Grafs Beziehungen?«

»Na ja, nur das, was man so mitbekam. Graf verlor relativ schnell das Interesse und trennte sich. Danach versuchte er meistens zu erwirken, dass die betroffene Frau die Firma verließ.«

»Kennen Sie eine Charlotte Eder?«

»Das ist schon lange her, ja, natürlich kenne ich sie. Sie hat später bei der Angra gekündigt.«

»Sie soll einen Sohn mit Anton haben. Quirin Eder.«

»Auch davon weiß ich nur aus Gerüchten. Aber bis vor Kurzem war er mir nicht persönlich bekannt.«

Baltasar richtete sich auf. »Heißt das, Sie haben ihn vor Kurzem kennengelernt?«

Kehrmann nickte.

»Er rückte vor ungefähr einem Monat zusammen mit Charlotte bei mir in der Werkstatt an. Ich war völlig überrascht, ich hatte Charlotte ja seit damals nicht mehr gesehen. Wir unterhielten uns ein wenig über alte Zeiten, und dann fragte sie mich, ob ich schon das Neueste über Graf wüsste, nämlich dass er beabsichtige, Vermögen zu transferieren.«

»Was haben Sie geantwortet?«

»Die Wahrheit. Was sonst? Dass ich von angeblichen

Schiebereien nichts weiß. Sie meinte, ihrem Sohn stünde ein Erbe zu. Es wäre eine Gemeinheit, das Vermögen vor ihm zu verstecken, weshalb sie und ihr Sohn mit Graf zu reden gedachten. Ich hab keine Ahnung, ob es dazu noch gekommen ist.«

38

Die Mitglieder des Bibelkreises hatten sich selbst übertroffen, um der Benefizveranstaltung einen attraktiven Rahmen zu geben.

Der Pfarrhof hatte sich in eine Kirchweih verwandelt. Vom Kirchturm hing eine Fahne herunter, auf der »Ich brauche Hilfe« stand, daneben war eine stilisierte Glocke gemalt. Die Stoffbahn bestand aus mehreren aneinandergenähten Leintüchern, die die Metzgerin Emma Hollerbach auf dem Dachboden gefunden hatte. Sie hatte eigens ihren Enkel engagiert, einen Bergsteiger, der sich vom Kirchturm abgeseilt und das Banner befestigt hatte.

Die Frau des Bürgermeisters hatte ihren Mann überredet, von Bauhof-Handwerkern kleine Bretterbuden zimmern zu lassen wie beim Weihnachtsmarkt, nur ohne Tannengrün und Glühwein. Überall standen Schilder, die darauf hinwiesen, dass sämtliche Einnahmen der Renovierung von Dachstuhl und Glocke zugutekamen.

Die Kapelle der Freiwilligen Feuerwehr spielte auf, die Metzgerin verkaufte an ihrem Stand Leberkäse, Wurstsemmeln und Bier. Victoria Stowasser schenkte Pichelsteiner Eintopf aus, dazu reichte sie Sesambrot. Karol, Jana und Lenka boten ihre Wurzelsepps feil, drapiert in Nestern aus Moos und Reisig, Pavel und Jan spielten in einer Ecke. Ministranten liefen mit Sammelbüchsen herum und baten um Spenden für den Wiederaufbau.

Baltasar hatte einen kleinen Marienaltar aufgebaut und die Holzstatue mit dem wertvollen Rosenkranz geschmückt. Selbst der liebe Gott schien das Vorhaben zu unterstützen, er hatte einen blauen Postkartenhimmel und strahlenden Sonnenschein spendiert, auch wenn es nicht besonders warm war.

Die Menschen drängten sich auf dem Platz. Die Ankündigung in der Lokalzeitung hatte offensichtlich ebenso gewirkt wie die Vielzahl der persönlichen Einladungen, die der Bibelkreis und Baltasar verschickt hatten. In der letzten Messe hatte Baltasar auf die Christenpflicht hingewiesen und alle darum ersucht, ein gutes Werk für die Gemeinde zu tun.

Besucher von außerhalb wurden möglicherweise auch angelockt durch die Gelegenheit, einen Blick auf das Haus des Mordopfers werfen zu können.

Der stärkste Magnet jedoch war zweifellos der Hinweis darauf, dass es »tolle Preise« zu gewinnen gäbe.

Das Zentrum bildeten zwei größere Ausstellungsflächen. Auf der einen war ein Stand aufgebaut, in dem Elisabeth Trumpisch Lose verkaufte. Die Gewinne waren gut sichtbar in Regalen angeordnet: ein Staubsauger, der auf den ersten Blick neu aussah, Kinderspielzeug, Vasen in allen Farben und Formen, Gläser, Wandteller, Trockengestecke, Kerzenhalter und gerahmte Kunstdrucke, Bücher, Gesellschaftsspiele, Stofftiere.

Auf der anderen Fläche stand ein Podest und darauf das Glücksrad, eine große Scheibe mit Nägeln, Ziffern und Symbolen. Man konnte die Scheibe drehen, und blieb die Bremszunge bei einem Symbol stehen, so hatte man etwas gewonnen. Agnes Wohlrab kassierte die Einsätze, bediente die Scheibe und rief dabei unermüdlich die Besucher herbei, engagiert wie eine Fischverkäuferin auf dem Wochenmarkt.

Baltasar drängte sich durch die Menge. Vor der Bude der Metzgerei stand eine lange Schlange.

»Wir brauchen dringend Nachschub, das Bier ist gleich aus«, sagte Emma Hollerbach, während sie einem Kunden zwei Schinkensemmeln einpackte und eine Flasche Bier in die Hand drückte.

»Ich habe Karol, Ihren Gast aus Polen, schon losgeschickt.« Ihr Gesicht glühte. »Wenn's so weitergeht, wird das ein fröhlicher Tag!«

Aus der Menge hörte Baltasar, dass jemand ihn rief.

»Hallo, Herr Senner!«

Es dauerte einen Moment, bis er ihn unter all den Menschen ausmachen konnte, Rufus Feuerlein, den Direktor der Glasfachschule, der ihn zu sich herwinkte. Auch Franz Kehrmann und Louis Manrique waren mit von der Partie.

»Danke für die Einladung«, sagte der Künstler. »Wir konnten nicht widerstehen und sind gekommen. Und wir haben Ihnen sogar etwas mitgebracht.«

Er überreichte Baltasar eine Pappschachtel. Baltasar öffnete sie, darin war ein abstraktes Glasobjekt.

»Eine meiner frühen Arbeiten«, sagte Manrique. »Wir hoffen, dass Sie das Geschenk weise verwenden, Hochwürden, vielleicht nehmen Sie es für eine Auktion oder finden einen Käufer, der diese Rarität entsprechend entlohnt.«

Das Stück erinnerte Baltasar an eine andere Skulptur, er wusste nur nicht, wo er sie schon einmal gesehen hatte. War es in dem Schrank der Schule, der so genannten Gruft?

»Vielen Dank! Ich weiß gar nicht, wie ich mich erkenntlich zeigen kann.«

»Beten Sie für uns Sünder«, sagte Feuerlein und lachte. Kehrmann blieb stumm und starrte zu Boden. Vielleicht bereute er bereits die Unterhaltung mit Baltasar und die Informationen, die er preisgegeben hatte.

»Da hat also Anton gewohnt.« Der Schuldirektor betrachtete das Nachbargrundstück. »Einen schönen Flecken Erde hat er sich ausgesucht, ohne Frage.«

»Sieht irgendwie unheimlich aus«, meinte Manrique. »Vermutlich wirkt das so, weil es leer steht. Oder ist schon jemand Neues eingezogen, Herr Pfarrer?«

»Nein. Die Polizei hat das Gebäude versiegelt und noch nicht freigegeben. Außerdem ist unklar, was der Erbe damit vorhat.«

»Da gibt es vermutlich etwas zu erben«, sagte Feuerlein. »Wie hoch wohl das Vermögen ist und aus was es besteht? Anton war immerhin Besitzer einer Glasfabrik.«

»Erwarten Sie sich selbst etwas aus dem Nachlass?« Baltasar stellte die Frage so, dass sich alle drei Männer angesprochen fühlten.

»Ich? Bei Gott, das ist mir egal«, meldete sich Kehrmann zu Wort. »Friede seiner Asche.«

»Wie gesagt, interessieren würde mich, wie viel es ist«, sagte Feuerlein. »Da siegt dann meine Neugierde, wenn ich mich frage, was er aus dem Desaster von damals für sich privat retten konnte.«

Manrique rümpfte die Nase.

»Fragt sich nur, ob das Vermögen, wenn es denn eines gibt, wirklich Grafs Vermögen ist.«

»Zerbrecht euch nicht den Kopf, wir erben eh nichts«, sagte Kehrmann. »Ihr könnt euch ja später bei den Begünstigten danach erkundigen.«

»Jedenfalls gehen wir nachher auf den Friedhof und besuchen Antons Grab«, sagte Feuerlein. »Nachdem Sie uns ermahnt haben, respektvoller gegenüber Toten zu sein, Hochwürden, werden wir vorher ein paar Blumen besorgen.«

»Ich bin zwar nicht sehr gläubig, aber wir könnten doch eine Messe für ihn lesen lassen oder so was«, meinte Manrique. »Oder wir stiften eine Kerze, Flammen haben etwas Symbolisches, ewiges Licht, ich habe das schon einmal in einem Glaskunstwerk zum Ausdruck gebracht.«

»Ich bringe Ihr Geschenk ins Pfarrheim. Nochmals danke für Ihre Unterstützung.«

Baltasar war froh, den dreien entkommen zu können.

Als er sich wieder in den Trubel mischte, sah er eine Gruppe Jugendlicher auf dem Boden sitzen.

»Da schau her! Dass ihr euch hergetraut habt«, sagte Baltasar, »wo doch fast nur Erwachsene und Spießer auf diesem Fest rumlaufen.«

Jonas Lippert hielt ihm zur Begrüßung eine Bierflasche entgegen. Den anderen Arm hatte er um die Schultern von Marlies Angerer gelegt.

»Wir dachten, hier gibt's was umsonst und Musik zum Abhängen.« Er nahm einen Schluck und rülpste. »Aber die Band ist voll retro, die Klamotten uncool, das Bier kostet was, und was ist mit der Party?«

»Ich spendiere Ihnen eine Cola, wenn Sie wollen«, schlug Baltasar vor.

Auf der anderen Seite neben Marlies saß Valentin Moser. Er blieb still.

»Wollen Sie mich vergiften? Dieses zuckrige Dreckszeug! Ich bleib lieber beim Bier. Ich dachte, es ist für den Herrn Pfarrer, es ist für einen guten Zweck, also soll ein Euro hin sein, oder auch zwei. Ich werd noch ordentlich trinken, Hochwürden, versprochen, damit Sie was einnehmen für Ihre ...«, wieder ein Rülpsen, »... Ihre Glocken.« Er grinste anzüglich. »Obwohl ich nicht weiß, wofür Sie Ihre Glocken brauchen.«

»Es ist genug, Jonas.« Marlies befreite sich aus seinem Griff. »Mach mal Pause, der Tag ist noch lang.«

»Hören Sie, Hochwürden, was meine Marlies sagt? Ich soll Pause machen, das sagt sie. Dabei bin ich stocknüchtern. Noch.«

»Marlies hat recht, wir sollten es langsam angehen«, sagte Valentin.

»Hören Sie sich das an, Hochwürden. Jetzt fällt mir mein Kumpel in den Rücken. Er hält zu den Frauen. Trinken wir lieber noch was, Valentin, auf die Glocken vom Herrn Pfarrer.« Er hob wieder die Flasche.

»Eigentlich wollten wir tatsächlich nicht kommen, das ist nicht unser Ding«, sagte Valentin Moser. »Aber Sie haben mitgeholfen, dass ich freikomme, dafür bin ich Ihnen dankbar. Wir werden auch ein paar Lose kaufen.«

»Sogar ein paar Lehrer von uns sind da«, sagte Marlies. »Dass die extra aus Zwiesel wegen so was kommen! Nicht falsch verstehen, Herr Senner, aber das hier ist ja keine Pflichtveranstaltung.«

»Vielleicht war es das schlechte Gewissen. Diese drei Lehrer waren auf der Beerdigung von Anton Graf. Er wohnte direkt dort drüben.« Baltasar zeigte auf das Nachbarhaus.

»Echt? Ein Totenhaus? Vielleicht eine neue Folge von Halloween?« Marlies schüttelte sich. »Ob da im Keller eine vertrocknete Mumie liegt?«

»Geil! Eine Mörderbude, so was sieht man sonst nur im Fernsehen!« Jonas gestikulierte wild herum, die Bierflasche entglitt ihm und rollte über den Weg. »Upps, jetzt ist sie weg, wir müssen uns gleich mit neuem Stoff versorgen. Sagen Sie mal, Herr Pfarrer, machen Sie eine Führung durch das Totenhaus? Wenn Sie dabei sind, würde sich sogar Marlies trauen mitzukommen.«

»Eine Führung, klasse!« Valentin schien begeistert. »Voll der Grusel, alles live.«

»Ihr habt sie ja nicht alle.« Marlies war aufgestanden. »Ich jedenfalls brauch jetzt was zum Essen. Wer kommt mit?«

Jonas und Valentin erhoben sich ebenfalls.

»Also gut, stürzen wir uns ins Getümmel und schauen wir uns um«, sagte Valentin. »Das ist mindestens so krass wie das Geisterhaus.«

Baltasar ging hinüber zum Stand seiner polnischen Gäste. »Wo ist Karol?«, fragte er.

»Bier holen.« Diese Worte hatte Jana offenbar schon gelernt.

»Wie laufen die Geschäfte?« Er deutete auf die Wurzelsepps. Sie machte in Zeichensprache klar, dass sie bereits ein Exemplar verkauft hatte, und zeigte ihm stolz den Geldschein.

»Da ist ja unser Pfarrer!« Es war die Stimme des Bürgermeisters. »Herr Senner, haben Sie einen Moment Zeit?«

Neben Wohlrab standen zwei Männer in Anzügen, er stellte sie als Vertreter der Investoren vor.

»Diese beiden Herren wollen für ihren Abschlussbericht die Infrastruktur des Ortes überprüfen, eben diese Sachen, die abgesehen von Grundstücken und Bauplänen auch wichtig sind.«

»Wissen Sie, Herr Pfarrer, unsere Seniorenresidenz ist für eine besondere Kundschaft gedacht. Die zahlt Premiumpreise und erwartet dafür natürlich auch einen Premiumservice und eine Premiumumgebung.« Die Stimme des Anzugträgers lief warm wie ein Dieselmotor.

»Unsere Ansprüche sind hoch«, kam ihm der zweite Anzugträger zu Hilfe. »Heutzutage sind bei einem Investment die Soft Facts genauso wichtig wie die nackten Zahlen. Und diese weichen Faktoren checken wir jetzt vor Ort. Wie ist die Verkehrsanbindung …«

»Sie werden es kaum glauben, aber es gibt bereits Straßen und Autos im Bayerischen Wald.« Baltasar ließ die Ironie durchklingen.

»Ach, was?« Der Mann schaute einen Moment verwirrt. »Ach so, Sie belieben zu scherzen, das ist sehr komisch, ha, ha. Doch zurück zu den Soft Facts. Sauberes Wasser, unbeschädigter Wald, Geschäfte des täglichen Bedarfs in der Nähe, die Kirche und den Friedhof nicht zu vergessen.«

»Und natürlich ist der Mikrokosmos wichtig«, sagte der andere.

»Was meinen Sie damit? Welche Insekten bei uns auf der Wiese krabbeln?«

»Nicht ganz, Herr Pfarrer. Die Frage ist, ob die Wohnstruktur intakt ist, ob die Leute hier freundlich sind und ohne Neid, ob hier sozial auffällige Elemente hausen oder nicht, kurz, ob sich ältere Menschen hier wohlfühlen können und keine Angst haben müssen, angepöbelt oder erschreckt zu werden. Aber so viel kann ich Ihnen schon sagen: Mir gefällt es hier. In dieser Gemeinde ist die Welt noch in Ordnung, gewissermaßen das Beste des Bayerischen Waldes in einem Ort. Ein Best of.«

»Unser Herr Senner hat sich bereit erklärt, die Gläubigen in der Kapelle des Altersheims zu betreuen«, sagte Wohlrab und zwinkerte Baltasar unauffällig zu.

»Nun, ich ... ich freue mich natürlich über jedes ... jedes neue Schaf in unserer Gemeinde. Es hat mich sehr gefreut, aber jetzt muss ich weiter.« Baltasar schüttelte jedem die Hand. »Viel Erfolg mit Ihrem Mikrokosmos.«

Er konnte sich des Gefühls nicht erwehren, dass diese Typen die Einwohner tatsächlich wie Insekten unterm Mikroskop studierten.

Er ging zu Victorias Stand und gönnte sich einen Teller Pichelsteiner mit Brot.

»Schon einen neuen Anlauf mit der Renovierung gemacht?«

»Liegt nach wie vor auf Eis. Vielleicht ist es mir nicht vergönnt, Zimmerwirtin zu werden. Eigentlich schade drum, die Räume sind nämlich alle vorhanden. Nur der Zustand ...« Sie schwenkte den Kochlöffel in der Luft. »Aber ich habe ja noch meine Gaststube.«

»Vielleicht kommen ja die Bewohner des Altersheims in Zukunft zum Essen«, sagte Baltasar.

»Die haben doch in dieser Seniorenresidenz all-inclusive gebucht. Warum sollten die auswärts essen?«

»Weil ihnen der Fraß aus der Heimküche nicht schmeckt, beispielsweise, und sie sich nach richtigem Schweinsbraten sehnen.«

»Dann müssen Sie einen Transportdienst einrichten. Viele alte Leute sind nicht mehr gut zu Fuß, und von dort draußen ist es eine kleine Wallfahrt bis ins Zentrum.«

Baltasar entdeckte zwei Neuankömmlinge: die Kommissare aus Passau, die soeben aus ihrem Auto gestiegen waren.

»Beeindruckend, was Sie da auf die Beine gestellt haben, Herr Senner«, sagte Oliver Mirwald, »so viel Organisationstalent hätte ich Ihnen gar nicht zugetraut.«

»Das habe ich vor allem den Damen aus dem Bibelkreis zu verdanken. Wenn Sie wollen, stelle ich Sie vor, die Damen haben selten Gelegenheit, mit leibhaftigen Kriminalbeamten zu reden, schon gar nicht mit einem, der auch noch Doktor ist.«

»Wir sind gewissermaßen halb privat, halb dienstlich hier«, sagte Wolfram Dix. »Privat, weil mein Kollege keine Ahnung vom Landleben im Bayerischen Wald hat und ich ihm im Rahmen seiner Ausbildung etwas Heimatkunde nahebringe. Dienstlich, weil wir uns umhören wollen, ob es neue Zeugen zum Mordfall Graf gibt.«

»Meinen Sie, der Täter könnte ebenfalls anwesend sein?«

»Auszuschließen ist nichts. Aber wir haben derzeit keinen Hauptverdächtigen.«

»Gibt es denn eine Spur? Haben Sie sich um die Finanzgeschichte der Firma gekümmert?«

»Herr Senner, an einem solchen Tag sollten wir nicht diskutieren«, sagte Mirwald. »Wir arbeiten alle Punkte ab, vertrauen Sie uns. Und irgendwann schnappen wir den Mörder. Sie werden es kaum glauben, aber das schaffen wir sogar ohne Ihre Hilfe.«

»Zumindest sind genug Leute hier, die Anton Graf

gekannt haben. Sogar Valentin Moser hat sich hergetraut.«

»Dieses Bürschchen mit seiner windigen Freundin, die wie Kasperl aus der Kiste auftaucht und eine entlastende Aussage macht.« Mirwald verzog das Gesicht. »Wenn das nicht stinkt.«

»Hier stinkt überhaupt nichts, Mirwald, atmen Sie ruhig mehrmals bewusst ein und aus. Spüren Sie was?« Dix machte es vor. »Selbst meine Frau wäre begeistert von dieser Landluft und dem Duft der Bratwürste und würde mir auf der Stelle eine Kur verordnen.«

Der Assistent rümpfte die Nase. »Ich rieche nur Bierdampf, Suppe und Fett.«

»Genau das ist es!« Dix klopfte ihm auf die Schulter. »Sie machen sich, Mirwald, gratuliere. Das sind die Aromen des Bayerischen Waldes, die Würze des Lebens, die dazu gehört wie Pfeffer und Salz zum Essen. Sie müssen nur lernen, zu unterscheiden zwischen dem unvergleichlichen Grundduft und den Verfeinerungen obendrauf, den Schokostreuseln auf der Torte sozusagen.«

»Wenn Sie meinen.« Der junge Kommissar sah nicht überzeugt aus.

»Wie lange bleibt das Haus eigentlich noch versiegelt?«, fragte Baltasar.

»Wir haben keine Eile. Außerdem sind die Nachlassfragen noch nicht geklärt. Bisher hat niemand seinen Anspruch angemeldet«, sagte Dix. »Hochwürden, was empfehlen Sie uns denn als Imbiss?«

»Bei uns schmeckt alles, probieren Sie einfach von allem etwas«, antwortete Baltasar. »Und gönnen Sie sich ruhig was, seien Sie nicht zu sparsam, die Erlöse fließen schließlich in die Reparatur des Glockenturms. Außerdem dürfen Sie bei unserem Glücksrad zocken.«

»Verbotenes Glücksspiel ohne Lizenz?« Mirwald simulierte einen strengen Ton.

»Erlaubtes Spenden mit göttlicher Lizenz«, antwortete Baltasar.

Ein Mann in Jeans und Lederjacke winkte ihm zu. Es war Daniel Moor, der Assistent des Generalvikars.

»Hallo, wo haben Sie den Generalvikar gelassen?« Baltasar schüttelte ihm die Hand. »Und wo bleibt Seine Exzellenz?«

»Beide lassen Sie schön grüßen, Gottes Segen von den durchleuchteten ... äh ... erlauchten Herren.« Moor grinste. »Die Herren sind untröstlich, doch leider wegen unaufschiebbarer Termine verhindert.«

»Haben unsere Würdenträger etwas zur Übernahme der Renovierungskosten verlauten lassen?«

»Herr Siebenhaar hat schon vermutet, dass Sie das fragen und lässt Ihnen ausrichten, er bete für das Gelingen des Projekts.«

»Na, dann kann ja nichts mehr schiefgehen.« Baltasar warf einen Blick gen Himmel. »Dank der Hilfe unseres Bischofs wird es morgen Goldtaler regnen.«

»Sie sagen es.« Moor lachte. »Aber deshalb bin ich eigentlich nicht gekommen. Heute ist Zahltag.«

Baltasar sah ihn fragend an.

»Nun tun Sie mal nicht so, Herr Senner. Meine Lieferung. Sie haben mir ein Paket versprochen, wenn ich Ihnen den Tipp gebe, wie Sie den Bischof zu fassen kriegen. Schon vergessen? Ihr Auftritt im Dom hat übrigens einen bleibenden Eindruck bei Siebenhaars Gästen hinterlassen, das kann ich Ihnen sagen.«

»Sie Erpresser wollen die Weihrauchlieferung jetzt gleich?«

»Genau, Sie haben's erfasst.«

»Also gut, ich habe mein Lager in der Küche. Folgen Sie mir unauffällig.«

Sie gingen ins Pfarrhaus. Baltasar holte die Pakete mit Weihrauch und suchte aus seinem Versteck die Spezialmischung heraus. »Ich habe eine Lieferung aus Großbritannien, Sorte Abbey, frisch eingetroffen. Oder eine Mixtur Arabisch extra. Im Angebot wäre auch noch eine Sorte Eritrea-Tränen.«

Daniel Moor roch an jedem Paket.

»Ich nehme die Tränen. Und bitte nicht mit der Spezialmischung geizen.«

Baltasar baute die Waage auf, legte die Tüten bereit und begann mit dem Befüllen. Plötzlich glaubte er, ein Glucksen wahrzunehmen.

»Hören Sie das, Herr Moor?«

»Nein. Was?«

»Dann habe ich mich getäuscht.«

Baltasar setzte seine Arbeit fort und wog die Zutaten ab. Ein Kichern. Jetzt war es unüberhörbar.

»Moment bitte.«

Er ging in den Hausgang, um die Quelle des Geräuschs zu orten. Es kam aus dem Gästezimmer. Er schlich sich zur Tür und lauschte. Von drinnen war ein Flüstern zu hören. Baltasar riss die Tür auf und erstarrte.

Im Bett lag Karol, offensichtlich nackt, auf dem Boden lagen Kleidungsstücke verstreut, darunter ein Büstenhalter. Neben Karol lag eine zweite Person, die sich die Decke über den Kopf gezogen hatte.

»Hallo.«

Langsam schob sich die Bettdecke nach unten, ein Kopf kam zum Vorschein – es war Teresa. Sie richtete sich auf, ihr Haar war wirr, schützend hielt sie die Decke vor ihre Brüste. Sie war ebenfalls nackt.

»Ich ... Ich ... Wir nur ...« stotterte sie.

Baltasar rang um Fassung.

»Teresa, was denken Sie sich, mit Ihrem Cousin ...?«

»Hochwürden, Sie mich erklären lassen ...« Karol hatte seine Stimme wiedergefunden.

»Da gibt es nichts zu erklären, ich hab schließlich Augen im Kopf.« Baltasar drehte sich auf dem Absatz um und schlug die Tür hinter sich zu. Er konnte es nicht fassen. Teresa. Mit ihrem Cousin. Oder war er etwa gar nicht ihr Cousin? Ein Vertrauensbruch war es sowieso. Er stürmte in die Küche, raffte seine Utensilien zusammen und drückte Daniel Moor ein Päckchen in die Hand.

»Ihr Anteil.« Er zog ihn mit sich. »Raus jetzt!«

Daniel Moor folgte ihm widerwillig. »Wenn ich's nicht besser wüsste, würde ich sagen, Sie sind dem Leibhaftigen begegnet.«

»So was Ähnliches.«

Draußen brauchte Baltasar erst einmal Ruhe. Er holte sich ein Bier, obwohl ihm viel mehr nach einer Dosis Weihrauch zumute war. Was hatte sich Teresa nur dabei gedacht? Dann genehmigte er sich ein zweites Bier.

»Wenigstens einer, der noch mit mir trinkt.«

Vor ihm stand Jonas Lippert, schon etwas unsicher auf den Beinen. »Prost.«

Er hob seine Flasche. In der anderen Hand hielt er eine Kaffeemaschine. Sie stießen an. Gemeinsam beobachteten sie den Trubel, offenbar hatte die Zahl der Besucher zugenommen. Die Feuerwehrkapelle hatte alle Mühe, den

Geräuschpegel zu übertönen. Es begann zu dämmern, und die Lichter gingen nach und nach an.

»Wo sind denn Ihre Freunde?«, fragte Baltasar nach einer Weile.

»Sie sind weg.« Jonas bereitete es einige Mühe, die Worte sauber auszusprechen. Sein Blick war glasig. »Weg, alle weg, Valentin und Marlies. Ich weiß auch nicht, wo sie abgeblieben sind. Meine Marlies ... sie ist weg ... ohne mich.« Seine Stimme klang traurig.

»Die werden nur kurz eine Runde drehen, so groß ist das Gelände doch nicht, gleich tauchen sie wieder auf.« Baltasar fragte sich, ob Jonas etwas von der neuen Beziehung der beiden ahnte.

»Meine Liebe ... sie ist weg. Jetzt habe ich nur noch meine Maschine.« Er tippte auf die Kaffeemaschine. »Das Einzige, was mir bleibt.«

»Wo haben Sie sie denn her?«

»Gewonnen. Beim Glücksrad.« Er lachte, es klang gekünstelt. »Das ist das einzige Glück, das mir heute geblieben ist – eine Kaffeemaschine. Welcher Hohn! Marlies ...« Er leerte die Flasche in einem Zug. »Ich hol Nachschub.« Kurz danach kam er zurück, zwei Flaschen in der Hand.

»Prost.«

»Warum feiert Valentin nicht mit? Ihr trinkt doch sonst immer zusammen, oder etwa nicht?«, fragte Baltasar. Das Bier tat ihm gut. Was kümmerten ihn die Frauen?

»Irrtum, Herr Pfarrer. Der trinkt nur in Ausnahmefällen.«

»Wieso das?«

»Hängt wohl mit seinem Vater zusammen, der ist Alkoholiker.«

»Aber seine Eltern sind geschieden, und er ist bei seiner Mutter aufgewachsen, oder?«

»Stimmt. Aber sein Papa hat damals die Entlassung nicht gepackt und ist abgestürzt. Lebt von der Sozialhilfe, soviel ich weiß. Hat nie Unterhalt gezahlt oder seinen Sohn unterstützt. Wer weiß, was aus Valentin hätte werden können, wenn die Familie ein normales Leben geführt hätte?« Jonas betrachtete den Inhalt seiner Flasche. »Jedenfalls fragt mein Kumpel sich das, falls er noch mein Kumpel ist.«

»Warum wurde Valentins Vater entlassen?«

»Genaues weiß ich nicht. Er arbeitete in einer Glasfabrik, und die machte Pleite.«

»Die Angra?« Baltasar war hellhörig geworden.

»So hieß der Laden. Soll damals viele getroffen haben. Aber Valentins Vater fand keinen neuen Job mehr. Ziemliche Kacke, so was.«

»Hat Valentin öfter darüber gesprochen?«

»Nur wenn er zugedröhnt war und seinen Koller hatte. Aber lassen Sie uns von was anderem reden. Ich hab für heute genug von Valentin und Marlies.«

»Kopf hoch, Junge! Liebeskummer vergeht. Versprochen.«

Baltasar entdeckte Quirin und Charlotte Eder in der Menge. »Ich muss jetzt los.«

Er ließ die Bierflasche zurück und bahnte sich den Weg zu den beiden.

»Guten Abend, schön, dass Sie kommen konnten.«

»Hochwürden, was für ein Fest!« Charlotte Eder schien angetan zu sein. »Ich wusste gar nicht, dass die Leute hier so feiern können, es ist wie auf einem Jahrmarkt.«

»Werden die Einnahmen für Ihre Kirche reichen?«, fragte Quirin.

»Das stellt sich morgen heraus. Aber Spenden können wir gar nicht genug haben.«

»Warten Sie den Termin mit dem Notar ab, dann werde ich Ihnen auch noch was für die Reparatur zuschießen.«

»Das ist nett. Wie laufen übrigens die Geschäfte?« Baltasar dachte an den Bericht seines Freundes Philipp über den Besuch in der Versicherungsagentur.

»Momentan mache ich eine kreative Pause«, sagte Quirin. »Ich will erst abwarten, was sich sonst noch so ergibt.«

»Mein Sohn plant, sich weiterzubilden«, sagte Charlotte Eder. »Nicht wahr, Quirin?«

»Ein neuer Job, das wär's.« Quirin nickte. »Oder mich selbstständig machen mit einem kleinen Unternehmen, das wäre mein Traum. Dazu fehlt mir das Startkapital. Noch.«

»Na, dann viel Glück.«

Baltasar verabschiedete sich und schaute noch mal bei Victoria Stowasser vorbei. Der Topf mit dem Pichelsteiner war leer. »Ein voller Erfolg, alles verkauft«, sagte sie. »Ich hoffe, den Kunden schmeckt's so gut, dass sie auch mal in mein Wirtshaus kommen.«

»Davon bin ich fest überzeugt. Wo kann man besser essen als bei Ihnen?«

»Sie schmeicheln mir. Aber ich nehm das Kompliment gerne an.« Victoria lächelte auf ihre unnachahmliche Weise, bei der Baltasar die Knie weich wurden.

»Ich drehe noch eine Runde«, sagte er, »bis später.«

Lana und Lenka hatten noch ein paar Wurzelsepps im Angebot, aber sie hatten immerhin vier von ihnen verkauft, wie sie ihm andeuteten. Die Kinder schienen bereits im Bett zu sein.

Emma Hollerbach hatte ihre Bude bereits geschlossen und räumte auf. Ihre Wangen glühten. »Der Leberkäs und das Bier sind weg.«

Auch fast alle Preise waren vergeben. »Den Rest verschenken wir«, sagte Agnes Wohlrab. »Das Zeug nehmen wir auf keinen Fall wieder mit nach Hause.«

Die Feuerwehrkapelle hatte ihr letztes Stück beendet, und nachdem das Bier ausgegangen war, leerte sich der Platz.

Baltasar machte sich auf den Weg zum Pfarrhaus.

Er war müde und freute sich auf sein Bett.

Als er die Eingangstür öffnete, hörte er einen Schrei. Er kam vom Nachbargrundstück. Aus Anton Grafs Haus.

39

Die Scheinwerfer eines Autos beleuchteten das Haus des Nachbarn. Eine Frau stand neben dem Auto und hielt sich die Hand vor den Mund. Der Motor lief, die Wagentür stand offen.

Auf die Hauswand war in farbigen Großbuchstaben ein Satz gesprayt worden:

DER GRATTLER HAT DEN TOD VERDIENT

Der Schrei hatte bereits mehrere Besucher angelockt. Schon bald bildete sich eine Menschentraube vor dem Gartenzaun. Einige zückten ihre Handys und machten Fotos, andere diskutierten über die Bedeutung des Graffitis, ob es ein makabrer Scherz oder eine Schmiererei von Jugendlichen war oder mit dem Mord an dem früheren Hausbewohner zusammenhing.

»Bitte gehen Sie nach Hause. Wir sind von der Polizei.« Oliver Mirwald hielt seinen Dienstausweis in die Höhe. »Machen Sie bitte den Weg frei.« Er drängte die Schaulustigen zurück auf die Straße. »Nur wer etwas gesehen hat und uns als Zeuge hilft, kann bleiben.«

Wolfram Dix sagte: »Ich habe die Kollegen verständigt, die Verstärkung sollte bald eintreffen. Wir müssen dafür sorgen, dass keiner das Grundstück betritt. Sonst werden alle Spuren verwischt. Ich hole derweil Absperrband und Scheinwerfer aus dem Auto.«

Ein paar Leute standen jedoch schon vor dem Haus und spähten durch die Fenster. Innen war alles dunkel. Ein junger Mann war im Begriff, ins Haus einzutreten, als ihn Mirwald zurückpfiff.

»Hallo! Sie! Was fällt Ihnen ein? Haben Sie nicht gehört, was ich gesagt habe? Jetzt aber schnell.« Er formte die Hände zu einem Schalltrichter. »Das gilt für alle! Verlassen Sie sofort das Grundstück! Hier gibt es nichts zu sehen!«

Mirwald scheuchte die Leute zurück und packte den Eindringling am Arm. »Raus jetzt, oder Sie verbringen die Nacht auf dem Polizeirevier.«

»Was haben Sie sich so? Die Tür ist doch offen«, maulte der junge Mann. »Ich wollte nur mal gucken.«

Dix bat Baltasar, mit den Leuten zu reden und alle heimzuschicken, die keine Zeugen waren, während er die Handscheinwerfer platzierte und das Band ausrollte. Zwei Streifenwagen trafen ein, die Polizisten errichteten eine Sperre und organisierten zusätzliches Licht. Der

Hauptkommissar beorderte zusätzlich die Spurensicherung her. Baltasar folgte Dix auf das Grundstück. Mirwald hub an zu protestieren, doch der Kommissar gab ihm ein Zeichen, still zu sein.

Durch die Beleuchtung war nun deutlich zu erkennen, dass der Eindringling recht hatte: Grafs Haustür stand ein wenig offen. Das Schloss war zerbrochen, die Metallblende hing schief an dem Griff. Das Holz des Türrahmens wies in Höhe des Schlosses ein helle Mulde auf, Holzfasern standen hervor, selbst am Boden waren Späne zu entdecken.

»Da hat jemand mit Gewalt die Tür aufgehebelt«, sagte Dix. »Bei dem Lärm nebenan brauchte der Täter keine Sorge zu haben, entdeckt zu werden, zumal es die vom Pfarrhof abgewandte Seite ist.«

Baltasar entdeckte eine Spitzhacke im Gras. »Ich glaube, wir haben das Einbruchswerkzeug.«

»Bloß nichts anfassen!« Mirwald zog sich Gummihandschuhe an und gab Baltasar ebenfalls ein Paar. »Bitte benutzen, wir wollen nicht auch noch Ihre Fingerabdrücke abnehmen.«

Er untersuchte die Spitzhacke. »Eindeutig das Einbruchsinstrument. Ich sehe Holzfaserspuren auf dem Metall. Das nehmen wir mit ins Labor.«

»Vermutlich stammt das Werkzeug aus der Holzbox hinter dem Haus«, sagte Baltasar. »Anton hat dort alle seine Gartenutensilien aufbewahrt.«

»Das heißt, der Täter könnte auch spontan gehandelt haben«, sagte Dix. »Wir wissen immer noch nicht, ob wir es mit einem Fall von Vandalismus zu tun haben oder mit einem Dieb oder mit Grafs Mörder.«

»Das halte ich für unwahrscheinlich.« Mirwald schob

vorsichtig die Haustür auf. »Welcher Mörder ist so bescheuert, in das Haus seines Opfers einzudringen und dabei, für alle unübersehbar, eine solch melodramatische Botschaft an der Hauswand zu hinterlassen?«

»Wir kennen das Motiv des Täters nicht«, entgegnete Dix. »Das ist unser Problem. Vielleicht finden wir drinnen einen Hinweis.«

Sie betraten das Haus und schalteten das Licht ein. Im Wohnzimmer im Erdgeschoss standen die Schubladen des Sekretärs offen, einige Papiere waren herausgezogen und achtlos auf die Schreibplatte geworfen worden. Baltasar drückte den Auslöser für das Geheimfach, doch der Inhalt war unberührt. Der Schreibtisch war ebenso durchwühlt worden.

Eine dunkle Stelle an der Wand markierte die Fläche, wo vorher ein kleines Ölgemälde hing.

»Hier war eindeutig ein Dieb unterwegs«, sagte Mirwald. »Wir werden anhand unserer früheren Aufnahmen der Innenräume rekonstruieren, um welches Bild es sich handelt.«

Sie gingen in den Keller. Dort schien alles unberührt zu sein, Holzkisten, von Staub überzogen, in denen Verpackungsmaterial lagerte, Regale mit leeren Einweckgläsern. Ein alter Schrank, von dem die Farbe abblätterte und der Werkzeuge enthielt.

Im ersten Stock war die Vitrine mit den Glaskunstwerken geöffnet worden, einige Objekte lagen auf dem Boden, bei manchen war durch den Aufprall Glas abgesplittert. Baltasar hob ein Stück auf und betrachtete es. Es war ein abstraktes Rechteck, am Boden war eine unbekannte Signatur eingeritzt.

»Einige Stücke aus der Vitrine fehlen«, sagte er, vermied aber zu erklären, wie er das wissen konnte. »Ich glaube, im Nebenraum lagern noch mehr Kunstwerke.«

Im nächsten Zimmer war auf den ersten Blick erkennbar, dass der Unbekannte weitere Gemälde entwendet hatte. Die Luftpolsterfolien waren aufgerissen, ein Bild lehnte im schiefen Rahmen an der Wand. Dix hob die Folien einzeln hoch und rekonstruierte die Größe der ursprünglich darin verpackten Bilder.

»Der Täter hat sich auf Kleinformate konzentriert«, sagte er. »Diese Beute lässt sich unauffällig aus dem Haus schmuggeln, selbst wenn er anderen Personen begegnen sollte, schöpft niemand Verdacht.«

»Vor allem, nachdem die Besucher des Flohmarkts allen möglichen Krempel nach Hause trugen«, ergänzte Mirwald. »Da würden zufällige Beobachter die geklauten Sachen für Tombolapreise halten.«

Der überdimensionierte Kronleuchter hing nach wie vor unter der Decke.

»Abscheuliches Ding«, sagte er. »Es passt überhaupt nicht zu der Einrichtung.«

Das Schlafzimmer war in demselben Zustand, wie Baltasar es beim letzten Besuch angetroffen hatte. Der Kleiderschrank schien unberührt, alles war an seinem Platz.

»Wir müssen herausfinden, ob es Zeugen gibt«, sagte Dix. »Es war ziemlich kaltblütig von dem Einbrecher, in der Nähe eines belebten Platzes in ein Haus einzudringen. Wie leicht hätte ihn jemand beobachten können.«

»Im Bereich der Eingangstür ist es dunkel«, sagte Baltasar, »so groß war das Risiko nicht, im Gegenteil, der Zeitpunkt war geschickt gewählt. Wo kann man sich besser verstecken als in einer Menschenmenge?«

»Schauen wir, ob sich Zeugen gemeldet haben, der Rest

der Arbeit hier bleibt für die Kollegen von der Spurensicherung.« Dix wandte sich zum Gehen.

Draußen zeigte ihm ein Polizist die Sprühdose, die am Zaun gefunden worden war. »Wir haben Farben desselben Herstellers bei den Werkzeugen gefunden«, sagte der Beamte.

»Ins Labor damit«, wies Mirwald an. »Obwohl ich bezweifle, dass wir verwertbare Spuren finden. Jetzt nehmen wir uns die Zeugen vor.«

*

Am nächsten Tag stand Baltasar früher auf als sonst. Er hatte die halbe Nacht wach gelegen, der Einbruch hatte ihm keine Ruhe gelassen. Wer war der Einbrecher? Der Mörder? Er machte sich einen Kaffee und war froh, allein in der Küche zu sitzen. Er lauschte, konnte aber nicht hören, ob Teresa in ihrem Zimmer war oder bei ihrem Cousin. Im Moment mochte er auch nicht darüber nachdenken, was er der Haushälterin sagen sollte, wenn er sie traf. Er wollte sich auch nicht damit beschäftigen, ob die Benefizveranstaltung ein Erfolg gewesen war oder nicht, ob der Dachstuhl nun endlich renoviert werden konnte oder nicht.

Er bestrich sich ein Brot mit Schwarzbeermarmelade, ein Mitbringsel der Krakauer Gäste, es schmeckte wider Erwarten gut. Im Geiste ging er die Gäste des Flohmarkts durch, überlegte, wem er die Tat zutrauen würde, und kam zu keinem Ergebnis. Es half nichts, er brauchte eine andere Umgebung, um nachzudenken. Die Kirche.

Die Stille des Kirchenraumes war Labsal für die Seele, das gedämpfte Licht tat den Augen gut, das Innere des Gotteshauses hatte eine eigene Atmosphäre, sofort bei

Betreten spürbar, sie umhüllte den Besucher und ließ ihn Abstand gewinnen von den Nöten und Sorgen außerhalb der Mauern. Baltasar setzte sich in die vordere Bank, faltete die Hände, ließ alles auf sich wirken, meditierte, betete.

Was immer die Lösung in diesem Fall war, sie lag in der Vergangenheit, und etwas hatte diese Vergangenheit wieder lebendig werden lassen. Die Folgen waren tödlich. Was hatte Anton Graf getan, dass ihn der Hass des Unbekannten traf? Oder war der Unbekannte gar kein Mann, sondern eine Frau?

Er musste sich die Unterlagen nochmals genau ansehen, alle Fakten nochmals prüfen. Seinen Freund Vallerot hatte er gebeten, alles zusammenzusuchen, was er über die Glasfirma Angra und die Menschen aus Antons Umfeld finden konnte. Am besten war es, er wühlte sich auch durch diese Dokumente. Ob Philipp bereits aufgestanden war?

Auf dem Weg zum Ausgang fiel Baltasar auf, dass die Tür zum Beichtstuhl nicht ordentlich geschlossen war. Vermutlich waren die Ministranten wieder nachlässig gewesen. Er drückte die Tür zu, aber sie federte zurück. Als er sie öffnete, wusste er, warum: Drinnen lagerten Bilder, verpackt in Zeitungspapier – die Gemälde aus Antons Haus, wie Baltasar beim Auspacken feststellte.

Anscheinend war der Einbrecher doch gestört worden und hatte einen Teil der Beute zurücklassen müssen. Das war einfach, denn die Kirche war nie abgeschlossen. Und der Beichtstuhl gab ein gutes Versteck ab, niemand würde bis Sonntag dort nachsehen, der Täter konnte später unbemerkt wiederkommen, getarnt als Kirchenbesucher, und den Rest abtransportieren.

Baltasar ging zurück zum Pfarrhaus und rief Wolfram Dix an. Der Kommissar pfiff durch die Zähne, als er den Bericht hörte.

»Bleiben Sie bitte so lange vor Ort, Hochwürden, bis die Beamten da sind«, sagte er. »Wir schicken auch noch die Spurensicherung. Das ist eine überraschende Entwicklung. Vielleicht schnappen wir den Mann, wenn er zurückkommt und das Diebesgut abholt.«

Nachdem die Polizei eingetroffen war, fuhr Baltasar zu Philipp. Sein Freund sah ihn aus verschlafenen Augen an.

»Was ist los, ist jetzt deine Kirche auch noch abgebrannt? Oder hattest du eine Heiligenerscheinung, die du mir unbedingt mitteilen willst?«

Baltasar erzählte von dem gestrigen Abend, seinem Fund in der Kirche und dass er alle gesammelten Unterlagen sichten wollte.

»Du bist richtig heiß auf den Fall«, sagte Philipp. »Ich kann es nur wiederholen: Denk dran, der Mörder schreckt vor nichts zurück. Wenn du ihm zu nahe kommst, wird er auf einen Priester auch keine Rücksicht nehmen, egal, welche Schutzengel der Große Außerirdische für dich engagiert hat. Deshalb rate ich dir, bediene dich bei meinen Vorräten, eine kleine Pistole vielleicht, unauffällig im Gürtel zu tragen, ein Elektroschocker für die Soutane oder das gute alte Pfefferspray, da bleibt kein Auge trocken.«

»Ich will nicht im nächsten Stirb-langsam-Film auftreten«, sagte Baltasar. »Erst muss ich den Täter identifizieren, ich hoffe bei Gott, ich entdecke in deinem Material etwas, was mich endlich auf die richtige Spur bringt.«

»Wir haben das Zeug doch schon mehrmals durchgesehen. Immer ohne Erfolg. Du wirst noch vor Frust vom Glauben abfallen, und das will ich andererseits auch nicht.«

»Ich dachte immer, du willst mich zum Atheisten machen. Da ist es schon ein Trost, wenn du mir meinen Glauben lässt.«

»Wo denkst du hin, Glaube ist schließlich die Voraussetzung für deinen Job. Ich will nicht dafür verantwortlich sein, dass du plötzlich arbeitslos wirst.«

»Zeig mir lieber, welche Schätze du ausgegraben hast.«

»Vorher brauche ich einen Kaffee, ich muss erst richtig wach werden, du bekommst auch einen Schluck, wenn du willst.«

Sie gingen gemeinsam die Einträge der Jugendlichen auf den Internetplattformen durch, Philipp gab Baltasar Ausdrucke von den jüngsten Kurznachrichten.

»Sieht so aus, als wende sich die Stimmung zwischen Valentin Moser, seinem Kumpel Jonas und der gemeinsamen Freundin Marlies«, sagte Philipp. »Jedenfalls hat sich der Ton zwischen den Zeilen für mein Empfinden geändert.«

»Wahrscheinlich ahnt Jonas, was läuft«, meinte Baltasar.

Sie breiteten die Fotos, die Philipp beim heimlichen Besuch in Antons Haus gemacht hatte, auf dem Tisch aus.

»Was hast du über die gestohlenen Glasskulpturen und die Gemälde herausgefunden?«

»Auf Auktionen sind die Stücke bisher nicht aufgetaucht und auch früher nicht öffentlich am Markt angeboten worden. Das heißt, die Werke müssen aus Privatbesitz stammen, wobei ich nicht ausschließen kann, dass die Bilder unter der Hand verkauft wurden. Aber sie sind nicht als gestohlen gemeldet.«

»Wie würdest du die Stücke einschätzen?«

»Bei den Glasarbeiten habe ich mich schwergetan, passende Preise zu finden«, sagte Philipp. »Das sind Unikate, der Künstler ist nicht zu identifizieren. Mehr Liebhaberei eines Glasfabrikbesitzers, würde ich sagen. Anders sieht es bei den Gemälden aus, es sind Werke aus dem 18. und 19. Jahrhundert. Vorausgesetzt, die Dinger sind echt, es sind zwei Spitzwegs dabei und ein französischer Impressionist, durchaus gute Qualität.«

»Und der Wert?«

»Einfache Frage, schwierige Antwort. Geschätzt nach den Versteigerungsergebnissen der vergangenen Jahre würde ich sagen: 1,5 Millionen Euro.«

Baltasar blieb der Mund offen. »Tatsächlich so viel, 1,5 Millionen? Ein Vermögen, und alles verpackt und gelagert in einem Haus im ersten Stock. Das ist mehr als seltsam.«

»Hehlerware ist es nicht, das zumindest ist die gute Nachricht.« Philipp grinste. »Seltsam ist allein dein Nachbar. Wenn ich solche Werte besäße, würde ich sie an die Wand hängen und mich daran erfreuen oder sie zur Sicherheit in einen Banktresor sperren.«

»Hast du mehr über die Glasfabrik und die Pleite herausgefunden?«

Philipp holte einen Karton und öffnete den Deckel. »Darin sind tonnenweise Kopien von Zeitungsartikeln und Auszüge aus dem Handelsregister oder Interneteinträgen. Ich hatte noch keine Zeit ...«

»... du meinst, keine Lust ...«

»... keine Lust, sie durchzublättern. Ich dachte, ich mache meinem Freund, dem Pfarrer, damit eine Freude, wenn ich warte, bis er mich besucht.«

»Also dann.« Baltasar holte einen Packen Papier heraus. »Das wird unsere Unterhaltung für die nächsten Stunden.«

»Bevor ich's vergesse: Einen Punkt habe ich bei meiner Suche entdeckt«, sagte Philipp. »Die Pleite dieser Angra GmbH ist noch nicht abgeschlossen.«

»Ich dachte, das alles liegt in der Vergangenheit. Aus und vorbei.«

»Nicht ganz. Ich habe einen Rechtsanwalt ausgemacht, der als Konkursverwalter immer noch die Reste des Unternehmens abwickelt. Er wurde damals vom Gericht eingesetzt. Vielleicht besuchst du ihn mal. Hier ist seine Adresse.« Philipp schrieb etwas auf einen Zettel. »Nun ans Werk!«

Sie sahen sich Bilanzen des Unternehmens an, ein undurchschaubarer Zahlensalat, sie lasen Statistiken und Listen, studierten Übersichten über die verschachtelte Struktur der Firma, blätterten in Werbeanzeigen und alten Produktkatalogen.

»Sieh an, da wurde eine Serie als ›Exklusiventwurf des Weltkünstlers Johann Helfer‹ bezeichnet.« Baltasar tippte auf die Stelle. Es war ein Objekt zu sehen, das zur Not als Vase durchging, daneben ein Foto des Künstlers. »Das würde ich mir nicht ins Wohnzimmer stellen, auch wenn hier steht, dass die Serie auf 100 Exemplare limitiert ist. Offenbar stammt es noch aus der Zeit, bevor Helfer sich in Louis Manrique umbenannt hat.«

Philipp zog drei weitere Blätter hervor. »Hier sind ähnliche Glasobjekte abgebildet, alle von Helfer, alle gleich gewöhnungsbedürftig. Wundert mich nicht, wenn die pleitegehen, bei solchen Designs.«

»Das verstehst du nicht, das versteht nur ein wahrer

Künstler.« Ironie würzte Baltasars Worte. »Hinter den Glasskulpturen wird schon eine tiefere Aussage stecken. Aber die kennt nur Helfer alias Manrique.«

»Jedenfalls waren die Dinger schon damals nicht umsonst.« Philipp wedelte mit einer anderen Kopie. »Sieh dir mal die Preise an.«

Es war ein Glasteller abgebildet, in das Material waren Goldplättchen eingearbeitet, »jedes Einzelstück von dem Künstler Johann Helfer höchstpersönlich gestaltet«, stand daneben.

Mehrere Zeitungsartikel berichteten von einer Ausstellung Helfers in München und Berlin, weitere Veranstaltungen in New York und Paris seien geplant, es gebe begeisterte Sammler. Der Autor schwärmte, der Künstler sei ein aufstrebendes Talent, dem eine Weltkarriere bevorstünde. Auf dem Foto hatte Johann Helfer noch längere Haare, er blickte freundlich in die Kamera, neben ihm ein Galerist und der Münchner Oberbürgermeister bei der Eröffnung.

»Könnten die aus Antons Haus geklauten Glasobjekte auch von Manrique stammen?«, fragte Baltasar.

Philipp holte die anderen Fotos hervor und legte sie neben die Zeitungsausschnitte. »Möglich wär's. Aber Grafs Stücke wirkten anders, sie waren von höherer Qualität. Bei diesen abstrakten Formen weiß man nie, wer der Urheber ist.«

Ein Foto zeigte Manrique, Graf und Feuerlein vor einem Schmelzofen, im Hintergrund stand Franz Kehrmann. Die Bildunterschrift erklärte, die neue Ofenanlage der Angra werde eingeweiht.

Etliche Artikel behandelten Ereignisse aus dem Geschäftsleben der Glasfabrik: neue Produkte, Jubiläen,

Ehrungen. Der Bruch in der Berichterstattung kam mit der Ankündigung von Entlassungen.

Die Lokalzeitung schrieb über Pläne, Teile des Unternehmens zu verkaufen, sie führte vor Ort ein Interview mit dem Geschäftsführer, der solche Vorhaben leugnete. Es folgten Bilder von ersten Warnstreiks, die die Gewerkschaft organisiert hatte, Menschen mit Transparenten in der Hand, auf denen »Rettet den Standort« oder »Totengräber der Arbeitsplätze« stand.

»Moment.« Baltasar bat seinen Freund um eine Lupe. Er betrachtete eines der Streikfotos genauer. »Der Mann ganz links, könnte das Franz Kehrmann sein?«

Die Aufnahme war grobkörnig. Aber derjenige, der die Faust in die Höhe reckte, war eindeutig der Glasbläser.

»Da schau an«, meinte Philipp, »ein Gewerkschaftler, das hätte ich ihm gar nicht zugetraut.«

Sie suchten weiter und fanden Kehrmann noch auf einem anderen Foto mit der Überschrift »Die Wut der Entlassenen«.

Feuerlein kam in einer Reihe von Artikeln vor, er gab mehrere Interviews, in denen er die Rettung der Glasfabrik versprach, alle Schuld für das Versagen von sich wies und die Notwendigkeit von Personaleinsparungen verteidigte.

Als die Ermittlungen der Staatsanwaltschaft gegen ihn wegen des Verdachts auf Konkursverschleppung und Untreue zu Lasten des Unternehmens bekannt wurden, geizten die Reporter nicht mit hämischen Kommentaren. Feuerlein sei nicht nur als Manager eine Niete, hieß es, sondern auch noch ein potenzieller Krimineller, der dem Unternehmen und der Belegschaft schade. Genüsslich zerpflückten die Redakteure seine früheren Aussagen und holten Stimmen von Experten ein, die die Fehler des Geschäftsführers analysierten und Ratschläge zur Sanierung gaben.

Anton Graf kam ebenfalls mehrfach zu Wort. Er gefiel sich in der Rolle des Patrons, der schwer enttäuscht war von seinem Zögling und Kompagnon Feuerlein, der die Fabrik in den Schlamassel geritten hatte. Der Haupteigentümer des Unternehmens beklagte den Niedergang der traditionsreichen Firma, die sein Urgroßvater gegründet hatte, und schwelgte in Erinnerungen an glorreiche vergangene Zeiten.

In einer Reportage ermöglichte Anton einem Reporter den Blick hinter die Kulissen der Angra, führte ihn durch die Firma und in sein privates Büro. Fast eine Seite hatte das Blatt für Fotos und Text reserviert, es wirkte wie eine Werbestrecke, Anton in der Werkstatt, Anton im Gespräch mit Mitarbeitern, Anton beim Empfang von Gästen, Anton hinter seinem Schreibtisch.

Philipp wollte die nächsten Kopien aus dem Karton holen, als Baltasar plötzlich »Stopp!« rief. Er nahm wieder die Lupe zur Hand. »Bei Gott! Sieh dir das an!« Seine Stimme überschlug sich fast. »Auf den Fotos!«

»Was meinst du? Hast du darauf den Heiligen Geist gesehen?« Philipp wurde neugierig. »Sagst du mir, um was es geht, oder ist das ein Bilderrätsel?«

»Die Lampe an der Decke in der Empfangshalle.« Baltasar zeigte auf die Stelle. »Fällt dir da was auf?«

»Ein Kronleuchter, na und? Ein hässliches Ding.«

»Es ist ... Ja, es ist der Kronleuchter, der in Antons Haus hängt, ich bin sicher. Hol die anderen Fotos!«

Sie verglichen die Darstellungen. Es war eindeutig der selbe Kronleuchter.

»Unwahrscheinlich, dass es einen Doppelgänger gibt«, sagte Philipp. »Sehen wir uns nochmals die Aufnahmen aus Grafs Büro an.«

Baltasar wunderte sich, wie sie das zuerst hatten übersehen können: In dem Büro hingen mehrere Ölgemälde, die Werke, die der Dieb mitgenommen hatte. Zwei weitere Bilder hingen im Aufgang zur Chefetage. Obwohl sie in dem Zeitungsausschnitt nur klein zu sehen waren, lieferten die Vergleichsfotos den Beweis: Anton Graf hatte sie in sein Haus mitgenommen und dort deponiert.

»Rätsel gelöst«, sagte Philipp. »Da sage noch einer, meine Recherchen seien nutzlos. Jetzt stellt sich nur noch eine Frage: Wem gehören die Kunstwerke tatsächlich?«

40

Das Büro des Rechtsanwalts war in der Adolph-Kolping-Straße in Regensburg. »Dr. Herbert Schneider & Partner« war in das Glas der Eingangstür geätzt. Die Frau am Empfang setzte ein professionelles Lächeln auf, das für Besucher reserviert war, die einem verdächtig vorkamen.

»Guten Tag, was kann ich für Sie tun?« Was wohl in Wirklichkeit so viel heißen sollte wie »Haben Sie sich in der Tür geirrt?«. Vielleicht lag es daran, dass Baltasar Jeans und Blouson trug.

»Mein Name ist Senner, ich hatte angerufen. Herr Doktor Schreiber erwartet mich.«

Sie sah in ihrer Liste nach. »Da haben wir's, Herr Pfarrer Senner.« Ihr Lächeln wechselte in den Also-gut-wenn-es-sein-muss-Modus. »Bitte folgen Sie mir.«

Das Büro des Anwalts war bestückt mit Einrichtungsgegenständen aus Glas und Chrom, selbst der Aktenschrank bestand aus einem Chromgestänge mit gläsernen Einlegeböden.

»Herr Senner, Ihr Anruf kam überraschend«, sagte Herbert Schneider. »Das Mandat liegt nämlich schon lange zurück. Aber als Sie den Namen Anton Graf erwähnten, hat es bei mir natürlich sofort geklingelt. Herr Graf war nämlich erst vor wenigen Wochen noch bei mir in der Kanzlei.«

»Anton war hier? Was wollte er?« Die Überraschung war dem Rechtsanwalt gelungen.

»Bitte immer der Reihe nach, Hochwürden. Mir ist nicht ganz klar, warum Sie der Fall interessiert und warum ich Ihnen Auskunft geben sollte.«

Baltasar lieferte eine kurze Zusammenfassung der Ereignisse und seiner speziellen Verwicklung in den Fall. »Der Mord hat unsere Gemeinde sehr erschüttert. Es sind einige Fragen offen, die wir klären möchten, das würde vielen Menschen etwas bedeuten.« Vor allem mir selber, dachte Baltasar, aber das sagte er nicht, sondern er verlegte sich auf eine spezielle Version der Wahrheit, der Allmächtige würde es ihm verzeihen. »Außerdem vertrete ich einige ehemalige Mitarbeiter der Glasfabrik, die durch den Konkurs viel verloren haben und endlich Aufklärung über die Vermögenslage des Unternehmens wünschen. Hatten Sie in der Zeitung nichts über die Ermordung Anton Grafs gelesen?«

»Natürlich habe ich die Nachricht registriert, wenn auch nur am Rande.«

»Mich wundert es ein wenig, dass Sie nicht zur Polizei gegangen sind.«

»Ich sehe da keinen Zusammenhang. Laut Artikel ist Herr Graf einem Raubüberfall zum Opfer gefallen. Wenn das mit meinem früheren Auftrag zu tun hätte, würden sich die Behörden schon bei mir melden. Außerdem erlauben Sie mir einen Vergleich: Wenn jemand Ihren Gottesdienst besucht und Tage später überfallen wird, würden Sie auch keine Verbindung zu dieser Tat herstellen.«

»Warum hat Anton Sie aufgesucht, wenn die ganze Sache längst erledigt war, wie Sie sagen?«

»Ich darf Sie korrigieren, Herr Pfarrer, der Auftrag ist lange her. Aber die Akten sind noch immer nicht geschlossen.«

»Das verstehe ich nicht.«

»Ich wurde damals vom Gericht als Konkursverwalter eingesetzt. Meine Aufgabe bestand unter anderem darin, die Vermögenswerte festzustellen, eine Aufstellung von Schulden und Ansprüchen Dritter zu machen und nach Möglichkeiten zu suchen, Aktiva zugunsten der Gläubiger zu verwerten, das heißt einen Investor zu finden, das Unternehmen als Ganzes zu verkaufen oder Teile zu veräußern.«

Der Anwalt faltete die Hände.

»Der Job ist größtenteils erledigt, aber es ist noch Restvermögen zu verwerten, einige Grundstücke der Angra, die leider kontaminiert sind, das heißt auf gut Deutsch mit Chemikalien verseucht. Finden Sie mal dafür einen Käufer! Deshalb werden Sie verstehen, dass der Fall in unserer Kanzlei ruht, bis sich wider Erwarten eine Gelegenheit bietet, die Akten endgültig zu schließen.«

»Und wie passt Herr Graf da rein?«

»Ich kenne ihn als Mehrheitseigentümer der Angra, wir hatten damals eine Vielzahl von Gesprächen. Aber ich war von seinem letzten Besuch auch überrascht, nach all der Zeit. Ganz klar war mir der Zweck nicht, am besten lässt er sich wohl mit Neuanfang umschreiben.«

»Neuanfang? In Antons Alter?«

»Er sagte, es seien noch Rechnungen offen, im übertragenen Sinn. Das wolle er klären.«

»Was meinte er damit?«

»Nun, er fragte mich, wie seine Chancen seien, Geld aus alten Forderungen einzutreiben. Und ob er weitere Markenrechte verkaufen könne, die ihm noch gehörten. Soweit ich es aus seinen Andeutungen heraushören konnte, ging es darum, jemanden wegen Schadenersatzes zu belangen, Vorauszahlungen und Kredite zurückzufordern, die er früher geleistet hatte.«

»Ich dachte, Anton hatte eigenes Vermögen?«

»Offenbar wollte er wegziehen und brauchte dafür zusätzliche Barmittel. Ich weiß aus dem Insolvenzverfahren, dass Herr Graf als Haupteigentümer einige Überbrückungskredite gegeben haben muss. Aber die Originalverträge waren nicht auffindbar, und Herr Graf wollte damals keine Angaben machen und keine Dokumente vorlegen. Wie überhaupt die Buchhaltung der Angra sehr unvollständig war.«

»Haben Sie als Konkursverwalter nicht darauf gedrängt, sich Klarheit zu verschaffen?«

»Selbstverständlich, wo denken Sie hin. Aber in der Buchhaltung waren Lücken, es roch nach Manipulation. Deshalb habe ich auch die Staatsanwaltschaft informiert, die hat die Ermittlungen aufgenommen. Aber es gab zu wenig Beweise, es reichte nicht für eine Anklage.«

»Sie meinen gegen den Geschäftsführer Rufus Feuerlein.«

»Vordergründig ja. Aber in Wirklichkeit steckte wohl auch Anton Graf in der Sache. Jedenfalls war in den Jahren vor der Pleite systematisch Geld aus dem Unternehmen gezogen worden, es wurden Scheinrechnungen ausgestellt, und die Angra überwies dann auf Konten, die Herrn Graf zugerechnet wurden oder Personen gehörten, die ihm nahestanden.«

»Wie Barbara Spirkl.«

»Für einen Pfarrer kennen Sie sich bemerkenswert gut aus, Herr Senner. Genau, der Name dieser Dame tauchte auf den Belegen öfters auf. Es sieht so aus, als ob sie Herrn Graf als Strohmann oder besser Strohfrau gedient hatte, wenn Sie mir diesen Ausdruck gestatten. Auch die Rechte an dem Namen Angra oder an gewissen Editionen erwarb eine Privatfirma, hinter der Herr Graf stand. Diese Firma war von dem Konkurs nicht betroffen.«

»Meinen Sie die Rechte an Glaskünstlerserien?«

»Unter anderem. Die Namensrechte an Johann Helfer oder Nicolai Ravens und all den anderen Kreativen, die für die Firma arbeiteten. Die Künstler hatten ihre Rechte abgetreten und dafür viel Geld erhalten.«

»Und Herr Feuerlein war darin verwickelt?«

»Er hat als Geschäftsführer die Verträge unterschrieben. Es ist doch bemerkenswert, dass er trotz der Ermittlungen der Behörden keine Aussage zu Lasten von Graf gemacht hat. Und das, obwohl er von ihm über den Tisch gezogen wurde.«

»Wie das?«

»Durch die dubiosen Manöver hat Herr Graf zumindest einen kleinen Teil seines Vermögens retten können, obwohl das meiste bei der Pleite draufging. Feuerlein und seine Familie als Minderheitseigentümer haben jedoch alles verloren, was sie in die Firma gesteckt hatten. Und der Geschäftsführer stand in der Öffentlichkeit als Buhmann da, obwohl Graf im Hintergrund die Fäden zog und mindestens genauso viel Schuld an dem Niedergang der Angra trug wie Feuerlein.«

»Warum also hielt der Geschäftsführer dann den Mund?«

»Das ist leicht zu erraten: weil er vermutlich irgendwie dafür entschädigt wurde, vielleicht ein Gegengeschäft, Privatdarlehen von Graf beispielsweise, das nie zurückgezahlt zu werden brauchte, oder etwas in dieser Geschmacksrichtung. Da gibt es viele Möglichkeiten, die Außenstehenden nicht auffallen. Nur die beiden Betroffenen müssen sich einig sein.«

»Bei all den Schiebereien vergessen Sie die Angestellten«, sagte Baltasar. »Die waren die eigentlich Leidtragenden bei der ganzen Sache.«

»Wenn Sie es so betrachten wollen ... Aber es stimmt, in der Konkursmasse blieb nicht viel übrig für einen Sozialplan, das ging zu Lasten der Mitarbeiter. Manche waren auf die Zahlungen dringend angewiesen. Ich kann die Wut der Menschen auf das Management verstehen. Nicht umsonst gab es die ganzen Proteste. Es war ein Wunder, dass alles friedlich ablief.«

»Vor allem, weil viele Angra-Beschäftigte danach überhaupt keinen Job mehr gefunden haben.«

»Arbeitsplätze sind ein generelles Problem im Bayerischen Wald, viele ziehen deswegen weg oder pendeln in andere Städte für ihre Jobs.«

»Hat Anton Ihnen erzählt, was er als Nächstes plante?«

»Er meinte nur, er wolle mit verschiedenen Leuten wieder Kontakt aufnehmen und mit ihnen neu verhandeln, er sagte, jetzt sei die Zeit reif dafür. Ich weiß nicht, was bei diesen Gesprächen herausgekommen ist.«

Baltasar holte die Fotos von den Kunstgegenständen und die Zeitungsausschnitte heraus und präsentierte sie dem Anwalt.

»Was halten Sie davon, Herr Doktor Schneider? Das sind Wertgegenstände, die früher in der Angra-Verwaltung und in Herrn Grafs Büro hingen und jetzt in seinem Haus aufgefunden wurden.«

Der Mann studierte die Fotos mehrere Minuten.

»Das ist wirklich frappierend! Es handelt sich eindeutig um dieselben Gemälde. Selbst der Kronleuchter ... Was mich noch mehr überrascht, ist die Tatsache, dass es diese Wertsachen überhaupt gibt. Davon höre ich heute zum ersten Mal. Denn in den Vermögensaufstellungen, die wir nach der Insolvenz angefertigt haben, tauchen diese Gegenstände nicht auf. Und zwar deshalb, weil sie nirgends verzeichnet waren. Entweder waren die Gemälde schon so lange im Firmenbesitz, dass sie nicht bilanziert wurden, oder jemand hat absichtlich ...«

»Wem gehören denn nun die Gemälde?«

»Ohne das abschließend rechtlich beurteilen zu können, würde ich dem Augenschein nach sagen: Diese Gegenstände gehören nicht Herrn Graf oder seinen Erben, diese Gegenstände gehören in die Konkursmasse.«

41

Das waren verwirrende neue Details. Gemeinsam mit den Informationen, die Baltasar nach und nach wie Puzzleteile zusammengetragen hatte, sollte eigentlich ein

Bild entstehen können, das Sinn ergab. Die Schwierigkeit war nur, dass er keine Anleitung hatte, um die Teile an den passenden Platz zu schieben und damit eine schlüssige Antwort auf die elementare Frage zu erhalten:

Wer hatte Anton Graf ermordet und warum?

Baltasar spürte, dass er der Lösung des Rätsels ganz nahe war. Es fehlte nur noch eine Kleinigkeit, ein zündender Impuls vielleicht, der schlagartig alles ins richtige Licht rücken würde.

Irgendetwas stimmte nicht an den verschiedenen Versionen der Geschichte, die er von den früheren Weggefährten Grafs gehört hatte. Keiner von ihnen hatte ihm die ganze Wahrheit erzählt, jeder hatte etwas dazuerfunden oder weggelassen. Doch einer oder eine von ihnen musste dabei sein, der oder die ihm die Unwahrheit nur aus einem Grund präsentiert hatte: um das Verbrechen zu verbergen. Vielleicht brachte ein Ortswechsel ihn auf die richtige Spur.

Und auf einmal wusste Baltasar, welcher Ort das sein könnte: das Haus seines Nachbarn.

*

Die Eingangstür war nur provisorisch zugezogen, das Polizeisiegel klebte über der Spalte des Rahmens. Baltasar sah sich prüfend um, ob die Luft rein war. Weit und breit war kein Mensch zu sehen. Er trat mit dem Fuß gegen das Holz, und die Tür flog auf. Vermutlich würde man später jugendliche Randalierer dafür verantwortlich machen, aber das war ihm in diesem Moment egal.

Nachmittagslicht durchflutete die Räume. Alles sah noch so aus wie am Abend zuvor. Die wenigen persönlichen Gegenstände im Arbeitszimmer gaben keinen Aufschluss über Antons Pläne. Hatte er tatsächlich umziehen wollen? Weder in Antons Terminkalender noch auf Notizzetteln hatte es Hinweise darauf gegeben, mit wem er sich an jenem unglückseligen Tag hatte treffen wollen, und auch auf seinem Mobiltelefon hatte die Polizei nichts Verwertbares gefunden.

Baltasar dachte an die Fotos von Grafs Büro in der Angra, die in der Tageszeitung abgebildet waren. Sein Nachbar war es gewohnt gewesen, fürstlich zu residieren. Verglichen damit war sein Haus hier fast spartanisch eingerichtet, von den Kunstwerken einmal abgesehen. War Anton mit diesem Leben unzufrieden gewesen? Baltasar hatte keine Antwort darauf.

Er betrachtete nochmals die leer geräumte Vitrine, die Bilder, die der Einbrecher zurückgelassen hatte, und den monströsen Kristallleuchter, so auffällig, dass ihn sicher niemand stehlen würde. Wahrscheinlich hatte der Einbrecher nicht genug Zeit gehabt, alle Kunstwerke auf einmal mitzunehmen und ins Auto zu verladen. Hatte er den Großteil im Beichtstuhl der Kirche deponiert, weil im Kofferraum zu wenig Platz gewesen war? Oder war er überrascht worden und musste deshalb auf das Zwischenlager ausweichen?

Baltasar sah sich im Schlafzimmer um. Das Bett, der Kleiderschrank. Es wirkte nüchtern wie eine Mönchszelle.

Antons Anzüge im Schrank waren maßgeschneidert, wie das Etikett verriet, alle anderen Kleidungsstücke wiesen teure Markennamen auf. Baltasar ging wieder hinunter ins Erdgeschoss, ging in die Küche, sah nochmals in den Schränken nach, konnte jedoch nichts Auffälliges entdecken.

Er beschloss spontan, in die Kirche zu gehen, so wie es der Einbrecher getan hatte.

Der Weg über den Seiteneingang war in der Tat eine gute Möglichkeit, im Schutz der Dunkelheit zur Kirche zu gelangen. Dennoch bestand das Risiko, dass das Diebesgut vorzeitig gefunden würde.

Baltasar setzte sich in den Beichtstuhl. Er schloss die Augen und ließ seinen Gedanken freien Lauf.

Was passte an der ganzen Geschichte nicht? Ein Widerhaken steckte in seinem Kopf und zwang ihn, den Sachverhalt nochmals aus verschiedenen Blickwinkeln zu betrachten. Er versuchte, die Perspektive des Täters einzunehmen, und spielte verschiedene Varianten durch. Antons überdimensionaler Kristallleuchter tauchte vor seinem inneren Auge auf, die Vision ließ sich nicht verscheuchen.

Das war's!

Baltasar sprang wie von der Tarantel gestochen auf, lief hinüber zum Pfarrhaus und holte seine Autoschlüssel.

Er hatte eine Idee, und während er zu Philipp fuhr, entwickelte sich aus der Idee eine Theorie, die alles erklärte und doch nur Spekulation war.

Baltasar brauchte Gewissheit.

Philipp wollte zuerst protestieren, aber nachdem Baltasar ihm seine Überlegungen ausgebreitet hatte, sahen sie gemeinsam die gesammelten Unterlagen nochmals durch.

»Deine These ist nicht zu erschüttern«, sagte sein Freund schließlich. »Aber du hast keine Beweise.«

»Das weiß ich«, meinte Baltasar. »Ich kann es nur mit einem Bluff versuchen. Bei Gott, ich hoffe, dass es funktioniert!«

*

Minutenlang hielt er den Hörer in der Hand, ohne sich zu rühren. Er versuchte, sich zu konzentrieren, betete, dass seine Aufführung glaubhaft würde, und bat den Allmächtigen im Voraus um Absolution für seinen kreativen Umgang mit der Wahrheit, der nun nötig sein würde.

Alles hing davon ab, dass sein Gesprächspartner ihm glaubte.

Baltasar wählte die Nummer. Das Freizeichen ertönte. Jemand meldete sich.

»Hallo?«

»Senner hier, hallo. Ich möchte etwas Persönliches mit Ihnen besprechen. Es geht um den Einbruch in Anton Grafs Haus.«

Baltasar bemühte sich, seine Stimme freundlich klingen zu lassen, gerade so, wie man es von einem Priester erwartete.

»Ich habe die Wertgegenstände im Beichtstuhl gefunden. Sie brauchen Sie nicht abzuholen.«

»Von was reden Sie?« Es klang ungehalten. Einen Moment lang befürchtete Baltasar, dass das Gespräch abgebrochen würde.

»Von Grafs Kunstgegenständen, die Sie im Beichtstuhl der Kirche deponiert haben. Das war ein klasse Versteck. Aber leider habe ich es entdeckt.«

»Was soll der Unsinn?«

»Hören Sie, damit wir uns nicht missverstehen, ich will Sie nicht der Polizei ausliefern, ganz und gar nicht. Deshalb rufe ich Sie auch privat an. Ich will mich nur mit Ihnen treffen und diese Angelegenheit aus der Welt schaffen.«

»Sie verdächtigen mich des Diebstahls? Sind Sie nicht mehr ganz bei Trost, Herr Senner?«

»Das ist kein Verdacht, sondern Gewissheit.« Baltasar atmete tief durch, bevor er weitersprach. »Ich habe gesehen, wie Sie das Diebesgut im Beichtstuhl verstaut haben.«

Am anderen Ende der Leitung blieb es sekundenlang still.

»Sind Sie noch dran?«, fragte Baltasar.

»Sie ... Sie phantasieren ja, Hochwürden. Ein Hirngespinst ist das, sonst nichts, und unverschämt ist es obendrein!«

»Ich möchte Sie über etwas informieren, das Sie nicht wissen können: Wir haben in unserer Kirche seit einiger Zeit eine Überwachungskamera mit Bewegungssensor installiert. Auf der Aufzeichnung aus jener Nacht sind Sie klar zu erkennen, ein wenig dunkel das Bild, aber es sind doch eindeutig Sie.«

»Sie gefallen mir, Hochwürden. Und diesen Schmarrn soll ich Ihnen abkaufen? Etwas Besseres haben Sie nicht auf Lager? Eine Überwachungskamera in der Kirche, dass ich nicht lache!«

»Lachen Sie lieber nicht. Sie haben in der Zeitung bestimmt von den Opferstöcken gelesen, die ein Unbekannter reihenweise aufgebrochen hat. Außerdem ist in der Kirche ein sehr wertvoller Rosenkranz ausgestellt. Deshalb hat die Diözese angeordnet, dass wir eine Kamera einbauen.«

»Und wo soll diese versteckte Kamera installiert sein?«

»Sie ist gar nicht so versteckt, wenn man weiß, wo man suchen muss. Wenn Sie unsere Kirche betreten, sich umdrehen und dann nach oben schauen, sehen Sie über dem Portal eine geschnitzte Putte. Statt einer Fahne hält sie seit einiger Zeit eine kleine Videokamera im Arm. Ich zeige sie Ihnen, wenn Sie wollen, können Sie sofort herkommen.«

»Sie können mich mal!« Die Stimme hatte an Schärfe zugenommen. »Was wollen Sie von mir, Hochwürden?«

»Ich kann es gern noch mal wiederholen: Ich will die Angelegenheit privat regeln, wir beide unter uns, ohne Polizei. Ich gebe Ihnen als Priester mein Wort darauf. Schlagen Sie einen Treffpunkt vor, ich komme dorthin, und wir werden gemeinsam eine Lösung finden.«

»Ich soll Ihnen trauen?«

»Wem auf der Welt können Sie sonst trauen, außer einem Geistlichen? Mir liegt nichts an materiellen Dingen. Ich bin nur interessiert an der Wahrheit. Und dazu brauche ich Sie.«

»Und wenn Sie mir eine Falle stellen? Wenn womöglich jemand dieses Telefonat mithört?«

»Sie können mir glauben, dass dieses Gespräch nur zwischen Ihnen und mir stattfindet. Niemand hört mit.«

Baltasar hielt einen Augenblick inne, bevor er weitersprach. »Außerdem glaube ich zu wissen, wo Sie die anderen Kunstgegenstände einstweilen untergestellt haben.«

»Sind Sie jetzt auch noch Hellseher?«

»Nein. Es war nicht schwer herauszufinden. Sie würden nicht so dumm sein und das Diebesgut ...«

»Diebesgut? Was reden Sie?«

»... und die Stücke bei sich daheim aufbewahren. Das wäre viel zu gefährlich. Natürlich könnten Sie sie irgendwo vergraben. Aber dazu fehlte Ihnen nach dem Einbruch die Zeit. Und deshalb bin ich davon überzeugt, dass Sie die Beute dort versteckt haben, wo sie garantiert niemand suchen würde.«

»Sie sind ein verdammter Besserwisser!«

»Ich mache Ihnen einen Vorschlag. Ich werde jetzt zu diesem Ort fahren, und ich hoffe, dass Sie ebenfalls kommen. Ich verspreche Ihnen, dass ich allein da sein werde. Und damit wir uns nicht falsch verstehen: Ich werde dort nach den Kunstgegenständen suchen. Wenn ich sie finde, übergebe ich sie der Polizei.«

*

Das Licht der Straßenlaternen reichte nicht bis in den Hinterhof. Baltasar ließ die Taschenlampe dennoch lieber aus. Wie ein Einbrecher kam er sich vor, der er ja gewissermaßen auch war, schließlich wollte er sich unbefugt Zutritt zu dem Gebäude verschaffen. Er tastete in die Mauernische auf der linken Seite und atmete auf – der Schlüssel war noch an seinem Platz. Er sperrte auf und öffnete die Tür zentimeterweise, um keinen Lärm zu machen.

Es dauerte ein wenig, bis er sich an die Dunkelheit im Gang gewöhnt hatte. Seine Erinnerung ließ ihn nicht im Stich, er fand den Weg zur Werkstatt auf Anhieb. Vor der Tür blieb er einen Moment stehen und lauschte, doch es blieb still. Totenstill. Nur ein Wummern störte diese Ruhe. Es kam von dem Schmelzofen. Er betrat den Raum, die Wärme schlug ihm entgegen. Die Stahltür des Ofens stand offen, die glühende Masse im Innern warf gelbe und rote Lichtflecken in den Raum.

Es war zumindest so hell, dass Baltasar sich ohne Probleme orientieren konnte. Er suchte die Regale mit den Werkstücken nach ungewöhnlichen Objekten ab, doch alles, was er fand, waren Übungsarbeiten von Anfängern.

Sein nächstes Ziel war die Gruft. Sie war vollgestopft

mit Vasen, Tellern und Skulpturen. Baltasar räumte einzelne Teile heraus, stellte sie auf einer Werkbank ab und suchte in den verborgenen Winkeln weiter.

»Sie werden nichts finden, Herr Senner. Sie sind zu spät dran!«

Eine Stimme, scharf und klar wie Kristall.

Baltasar drehte sich um.

Vor dem Schmelzofen stand Louis Manrique.

»Herr Manrique, oder soll ich sagen Herr Helfer? Schön, dass Sie doch hergefunden haben.« Baltasar rührte sich nicht vom Fleck.

»Schön ist das falsche Wort in dieser Situation«, sagte der Künstler. »Ich habe Sie beobachtet, Sie sind tatsächlich allein gekommen.«

»Das war so ausgemacht. Ich halte mich an meine Versprechen.«

»Gut, gut, das höre ich gern. Ihr Anruf hat mich etwas nervös gemacht, das gebe ich zu.«

»Sie haben ein riskantes Spiel begonnen, glauben Sie ernsthaft, damit haben Sie immer Glück?«

»Wie sind Sie darauf gekommen, die Gegenstände könnten hier in der Schule sein? Das interessiert mich wirklich, die pure Neugierde.«

»Der Kronleuchter in Antons Haus hat mich darauf gebracht.«

»Der Kronleuchter?« Der Künstler schüttelte den Kopf. »Wirklich?«

»Genauer gesagt, die Umstände. Niemand würde einen so sperrigen und auffälligen Kronleuchter mitnehmen. Das ist klar. Dann ist mir aber aufgefallen, dass an dem Einbruch etwas nicht stimmte: Warum ließ der Dieb ausgerechnet die kleinen Gegenstände zurück im Beichtstuhl? Gegenstände, die überdies die wertvollsten Stücke im Haus waren? Stattdessen waren lediglich die Glasskulpturen aus der Vitrine im ersten Stock verschwunden, schwere, unhandliche Stücke. Ich als Einbrecher hätte diese Objekte jedenfalls zurückgelassen und mich dafür auf die Gemälde konzentriert.«

»Sie sind aber kein Einbrecher.«

»Das ist richtig. Warum handelte der Dieb so unlogisch?, fragte ich mich. Darauf gab es nur eine Antwort: Er hatte es von vornherein nur auf die Glasskulpturen abgesehen, auf sonst nichts. Der Diebstahl der Gemälde diente nur zur Tarnung. Sie waren Ballast, deshalb ließen Sie sie in der Kirche zurück. Sie hatten nie vor, diesen Teil der Beute später zu holen.«

»Was für eine blühende Phantasie Sie haben, Hochwürden. Sie sollten auf Märchenerzähler umschulen. Warum sollte ich es gerade auf die Glaskunst abgesehen haben?«

»Ganz einfach: weil es Ihre Werke waren. Unikate, entstanden in der Blütezeit Ihrer Schaffensperiode, wahrscheinlich sogar die besten, die Sie je entworfen haben. Mir war aufgefallen, dass die schlichteren Glasskulpturen in Antons Haus achtlos zu Boden geworfen worden waren, denn Sie erachteten sie für minderwertig.«

»Dafür haben Sie keinerlei Beweise.« Manrique betastete einige Werkzeuge, die an der Wand hingen, ließ Baltasar währenddessen jedoch nicht aus den Augen.

»Jetzt noch nicht, da haben Sie recht. Aber Ihre Werke wurden fotografiert, und ich bin mir sicher, dass die Polizei auf Belege stoßen wird, die Ihre Urheberschaft nachweisen, wenn sie die Archive der Angra durchforstet.«

»Wenn es meine Werke wären, Herr Pfarrer, dann hätte ich Graf ja nur bitten müssen, sie mir zurückzugeben.«

»Wahrscheinlich haben Sie genau das getan, mehrmals sogar, wie ich vermute. Aber Anton Graf blieb stur, er wollte sie um jeden Preis behalten. Vermutlich wussten Sie zuerst nicht, wo er sie aufbewahrte, deshalb mussten Sie sich durch einen Einbruch Klarheit verschaffen und haben dann die Chance ergriffen.«

»Das ist doch unlogisch. Weshalb sollte ich etwas stehlen, was ohnehin mir gehört?«

»Jetzt kommen wir zu dem entscheidenden Punkt. Sie hatten die Originalentwürfe und die Rechte daran gegen einen üppigen Vorschuss an Herrn Graf beziehungsweise an die Angra verkauft. Sogar Ihren Namen Johann Helfer haben Sie verkauft, damit das Unternehmen damit werben konnte. Bedauerlicherweise verschwanden Ihre Entwürfe in der Versenkung, Ihre Kunstserien wurden nie produziert, ich denke, weil sie Anton oder Herrn Feuerlein nicht gut genug waren für die Vermarktung.«

»Sie haben doch gar keine Ahnung! Solche Entwürfe wie meine hatte die Firma vorher noch nie gesehen. Sie waren einzigartig! Doch statt sie publik zu machen, blieben die Skulpturen weggesperrt von der Welt, für immer. Und das nur, weil ein einzelner Herr es so beschlossen hatte.«

»Immerhin besaß Herr Graf die Rechte an den Werken und konnte damit tun und lassen, was er wollte.«

»Aber dazu hatte er kein Recht! Dazu nicht! Warum sollten meine Werke unter Verschluss gehalten werden, wenn die Angra längst pleite war? Dafür gab es keinen Grund. Ich hatte schon genug für dieses Unternehmen geopfert. Ich hätte ganz Europa erobern können mit meiner Kunst – Johann Helfer war ein Name, der damals über die Ländergrenzen hinaus einen Klang hatte.

Doch Graf wollte mich nicht aus dem Vertrag entlassen. Deshalb konnte ich meinen eigenen Namen nicht weiterverwenden, stellen Sie sich das vor, Hochwürden, meinen eigenen Namen! Ich musste mich umtaufen in Louis Manrique, musste meine Identität als Künstler ändern. Natürlich kannte niemand diesen Manrique aus dem Bayerischen Wald, ich fing wieder bei null an, ein Unbekannter mit einem französischen Namen. All meine Bemühungen und Erfolge der vergangenen Jahre waren vernichtet!«

»Daran hätten Sie denken sollen, bevor Sie wegen des Geldes Ihre Seele verkauften.« Baltasar überlegte, wie er sich unauffällig in Richtung Ausgang bewegen könnte. »Aber das war noch nicht das Ende der Geschichte. Anton nahm Kontakt mit Ihnen auf. Dann erst eskalierte die Situation.«

»Reine Spekulation. Ihnen fehlen die Beweise.«

Helfer nahm eine Eisenlanze aus der Halterung und steckte die Spitze in die Glut des Ofens.

»Es gibt einen Zeugen, mit dem Graf kurz vor seinem Tod gesprochen und dem er seine Pläne erzählt hat.« Baltasar wusste, dass sich dies nicht ganz mit der Wahrheit deckte.

»Mal rein theoretisch: Stellen Sie sich vor, Ihr früherer Geschäftspartner meldet sich nach Jahren wieder bei Ihnen und will Sie erpressen.«

»Graf hat Sie erpresst?«

»Wie würden Sie das denn nennen, wenn er nochmals Geld dafür verlangt, dass er Gegenstände herausgibt, die sowieso mein Eigentum sind, Rechte hin oder her? Dieser Bastard wollte tatsächlich Geld aus mir herausquetschen, das war der Gipfel der Unverschämtheit!« Helfer drehte die Lanze in der Glasmasse des Ofens. »Ich hatte mich längst mehr oder weniger mit dem Verlust abgefunden. Und da kommt dieser Mensch, der Geld genug hat, und provoziert mich. Nach all den Jahren!«

»Anton Graf wollte alte Schulden eintreiben. Waren Sie ihm etwas schuldig?«

»Schuldig? Ich ihm? Dankbar hätte er mir sein müssen! Was habe ich alles für seine Firma getan! Und er? Hat den ganzen Profit eingestrichen. Was wäre Angra ohne meine Ideen gewesen? Nur durch meine Arbeit hat das Unternehmen so lange überlebt. Anton Graf stand tief in meiner Schuld. Doch er besaß die Unverschämtheit, Geld von mir zu verlangen. Sonst würde ich meine frühen Werke nie mehr wiedersehen, das waren seine Worte. Da hätte er mir gleich das Herz aus dem Leib reißen können!«

»Jedenfalls wollte Anton Ihnen einen Deal vorschlagen. Er brauchte Geld, weil er wegziehen wollte. Für ihn waren die Kunstwerke nur totes Kapital. Und deshalb haben Sie sich mit ihm getroffen.«

»Er sagte, es wäre meine letzte Chance, die Entwürfe zu bekommen. Sonst würde er alles vernichten. Er schlug einen Treffpunkt vor.«

»Den Hirtenbrunnen im Stadtpark von Zwiesel.«

»Der Ort war ideal, nur wenige Meter von der Schule entfernt. Ich konnte für kurze Zeit verschwinden, ohne dass es jemandem auffiel.«

»Und Ihren Eiszapfen aus der Gruft haben Sie mitgenommen.« Baltasar bewegte sich langsam Richtung Ausgang.

»Das war Zufall. Die Skulptur lag in Reichweite, sie war eines meiner wenig geglückten Werke und hätte längst vernichtet gehört. Außerdem ließ sie sich problemlos unter der Jacke hinausschmuggeln.«

»Hatten Sie zu dem Zeitpunkt schon geplant, Anton Graf umzubringen?«

»Ich wollte ... etwas dabeihaben, eine Art Waffe, zur Selbstverteidigung.«

»Das klingt aber nicht sehr überzeugend. Was passierte dann?«

Johann Helfer drehte die Lanze im Ofen und zog sie heraus. An der Spitze klebte ein glühender Ball.

»Sehen Sie sich diese Masse an, Hochwürden. Ist sie nicht faszinierend? Ihr habe ich mein ganzes Künstlerleben gewidmet. Diese Farbe, dieses Leuchten! Doch würde eine kleine Berührung mit der menschlichen Haut diese Schönheit in ein Brenneisen verwandeln, das das Fleisch sekundenschnell bis auf die Knochen verdampfen lässt. Kunst ist mein Leben. Niemand wird das zerstören. Anton Graf nicht, und Sie auch nicht.«

»Sie trafen sich am Brunnen und dann ...«

Baltasar machte zwei weitere Schritte nach links.

»Herr Graf kam gleich zur Sache, er hielt sich nicht lange mit Smalltalk auf. Er forderte eine horrende Summe als Ausgleich für gezahlte Honorare, dafür, dass ich meine Werke zurückerhalte, und für die Rechte an dem Markennamen Johann Helfer. Er bezeichnete das als ›Angebot‹.«

Der Künstler kam näher, spielerisch drehte er die Eisenlanze.

»Dieser Idiot! Hätte er mir dieses ›Angebot‹ früher gemacht, wäre ich in einer schwachen Stunde vielleicht sogar darauf eingegangen. Aber jetzt, nach all der Zeit? Es war eine Beleidigung. Eine Schmähung sondergleichen.

Mir wurde plötzlich klar, wie viele Jahre ich seinetwegen verloren habe. Dass er allein schuld war an meiner ruinierten Karriere. Bayerischer Wald statt Paris. Dieses so genannte Angebot machte mich unfassbar wütend.«

»Und dann haben Sie zugestochen.«

»Anton konnte es zuerst nicht glauben, er sah an sich herab und versuchte, den Glaszapfen aus seinem Körper zu ziehen. Er wankte ein paar Meter, und ich sage Ihnen, Herr Senner, es war ein Genuss, ihn sterben zu sehen. Ja, das war es. Dann ging ich zurück in die Schule. Ich bereue keine Sekunde lang, was ich getan habe.«

»Gut. Ich denke, wir haben genug geplaudert. Ich gehe jetzt.« Baltasar machte einen Schritt weiter Richtung Tür. »Wenn Sie Frieden mit sich schließen wollen, gehen Sie zur Polizei und stellen Sie sich.«

»Aber wo bleiben die Beweise? Ich habe noch viel vor im Leben. Ich lasse mich von niemandem davon abhalten, auch von Ihnen nicht, Herr Senner.«

Baltasar machte einen Satz zur Tür. Doch Johann Helfer war schneller. Er wirbelte seine Lanze in Baltasars Richtung und schnitt ihm damit den Weg ab.

Baltasar duckte sich und fiel nach hinten, fing sich aber gleich und kam wieder auf die Beine. Er wich zurück hinter eine Werkbank.

»Sehen Sie die Ironie, Hochwürden, dass der Glasfabrikant durch ein Glasmodell seines Künstlers starb? Wie würden Sie am liebsten sterben? Denken Sie darüber nach.«

Mit der glühenden Lanze kam Helfer direkt auf Baltasar zu. Baltasar wich noch weiter zurück. Seine Hände berührten etwas. Es war Glas. Es waren die Objekte, die er aus der Gruft geräumt hatte. Er griff nach einer Vase und schleuderte sie in Helfers Richtung. Doch der konnte ausweichen und kam unbeeindruckt näher. Baltasar ließ einen Teller folgen, dann einen Becher. Auch diese verfehlten das Ziel und zerschellten an der Wand.

»Schade um die Stücke.«

Helfer stieß zu und streifte Baltasars Ärmel.

Baltasar roch den verbrannten Stoff. Er tastete nach hinten, bekam eine Flasche zu fassen und schlug zu.

Es war ein hässliches Geräusch, als das Gefäß Johann Helfers Schläfe traf. Die Flasche zerbarst. Später erinnerte Baltasar sich daran, dass ihm das Muster in dem Glas aufgefallen war, Sprengsel in Gold und Schwarz, durchsetzt mit kleinen schwarzen Quadraten.

Johann Helfer lag reglos am Boden. Blut rann von seiner Schläfe hinunter.

Irgendwie fand Baltasar den Weg nach draußen.

»Da bist du ja endlich«, rief Philipp Vallerot. »Ich dachte schon, ich bin zu spät dran.«

»Gott sei Dank, du bist mir doch gefolgt«, sagte Baltasar mit schwacher Stimme. »Ich hatte es dir zwar verboten, aber ich bin sehr froh, dass du dich nicht daran gehalten hast. Da drinnen liegt Johann Helfer. Er ist bewusstlos.«

»Mach dir keine Gedanken. Warte hier. Ich seh mal nach und rufe die Polizei.«

Philipp verschwand im Gebäude.

Baltasar schleppte sich zum Auto und ließ sich auf den Sitz fallen. Das alles hatte ihn weitaus mehr beansprucht, als er sich eingestehen wollte.

Irgendwann kam Philipp zurück.

»Schlechte Nachrichten. In der Werkstatt ist niemand. Johann Helfer ist verschwunden.«

42

Er hatte die Sorte Maydi aus Somalia genommen und die Mischung mit Weihrauch aus dem Bayerischen Wald, dem Harz von Fichten, angereichert. Ein kräftiger Duft entströmte dem Turibulum, das der Ministrant neben ihm schwenkte. Baltasar inhalierte unauffällig, eine Prise seiner Spezialzutat wäre jetzt ideal, aber das konnte er den Kirchenbesuchern nicht zumuten.

Die Bänke waren gefüllt, es hatte sich herumgesprochen, dass der Fall Anton Graf abgeschlossen war. Wahrscheinlich erwarteten sie von seiner heutigen Predigt saftige Details über den Mörder und seine Motive und wie er zur Strecke gebracht worden war – ein willkommener Stoff für das nächste Schwätzchen beim Einkauf.

Baltasar hatte Glück gehabt, nicht selbst verletzt worden zu sein, dafür dankte er Gott. Im Nachhinein kam es ihm leichtsinnig vor, wie er den Täter herausgefordert hatte. Aber was hätte er sonst tun können, um ihn aus der Reserve zu locken?

Jedenfalls wollte er diese Messe als Bußgottesdienst gestalten. Er stimmte ein passendes Lied an:

> *Herr, willst du ins Gerichte gehen,*
> *der du unendlich heilig bist,*
> *Herr, wer wird dann vor dir bestehen,*
> *wenn er auch sonst unsträflich ist?*
> *Dein Auge, das nicht fehlen kann,*
> *trifft überall noch Fehler an.*

Baltasar erhob die Hände zum Gebet und hielt sie einen Moment in der Luft – eine Methode, um die Aufmerksamkeit des Publikums zu gewinnen. Bürgermeister Wohlrab und seine Frau saßen wie immer in der ersten Reihe, daneben Sparkassendirektor Alexander Trumpisch mit Gattin. In der Mitte konnte er Barbara Spirkl ausmachen, die allein schon durch ihre teuer aussehende Kleidung auffiel. Wolfram Dix und sein Assistent Oliver Mirwald hatten ganz hinten Platz genommen. Nur Teresa und ihr Besuch waren nirgendwo zu sehen.

Und – das versetzte ihm einen Stich – auch Victoria war nicht gekommen.

Sein Blick wanderte zur Putte über dem Eingangsportal. Wäre es nicht tatsächlich eine gute Idee, dort eine Überwachungskamera zu montieren? Doch irgendwie ging ihm diese Vorstellung gegen den Strich. Eine Kirche war ein offenes Haus, das jeder besuchen konnte, ohne sich ständig beobachtet fühlen zu müssen. Und der Allmächtige sah sowieso alles.

> *Und ach, mir wird die Welt zu enge,*
> *wenn des Gesetzes Donner schlägt*
> *und bei der Übertretung Menge*
> *sich ängstlich mein Gewissen regt,*
> *das dich als einen Richter scheut,*
> *der Rechnung heischt und Strafe droht.*

Er stieg auf die Kanzel. Eine Bußpredigt hatte er sich vorgenommen. Damit wollte er die Menschen aufrütteln, vor allem auch sich selbst ermahnen.

Er hatte in seinem Hochmut vieles falsch eingeschätzt. Sein Nachbar war nicht der liebe, freundliche Mensch gewesen, sondern jemand, der seine Vergangenheit und seine wahren Motive verborgen hatte. Jemand, der sich auf Kosten anderer bereichert und der dem Unternehmen illegal ein Vermögen entzogen hatte. Und der seinen späteren Mörder erpresst hatte. Nichts anderes war es gewesen.

Baltasar sprach über die Fehlbarkeit der Menschen, über den Unterschied zwischen Schein und Sein, über Lügen und Wahrheit, über Schwächen und Fehler jedes Einzelnen und die Notwendigkeit, dafür Buße zu tun und auf die Vergebung und die Gnade des Herrn zu hoffen.

> *In deiner Hand steht Tod und Leben,*
> *du bist es, den man fürchten muss;*
> *doch, Herr, du kannst und willst vergeben*
> *aus deiner Gnade Überfluss.*
> *Dein Wort, das Wort des Lebens, spricht,*
> *du willst den Tod des Sünders nicht.*

Er beendete seine Predigt mit einem Lob an die Gemeinde. Der Erfolg der Benefizaktion sei überwältigend gewesen, dank des Engagements und der Spendierlaune der Gäste, der Grundstock für die Renovierung des Glockenturms sei gelegt.

Auch wenn sich mit der Summe die Reparatur noch nicht finanzieren ließ – doch das behielt Baltasar für sich. Er brachte es nicht übers Herz, die Freude, die er in den Gesichtern der Gemeindemitglieder sah, zu dämpfen.

Nach dem Gottesdienst standen die Menschen in kleinen Gruppen zusammen und tauschten die Neuigkeiten aus.

»Weiß man schon, was aus Grafs Haus wird?«, fragte der Sparkassendirektor.

»Das Testament ist noch nicht verlesen. Wahrscheinlich wird sein Sohn Quirin Eder der Erbe.«

»Wenn Sie mich rechtzeitig informieren könnten? Ich wäre Ihnen sehr dankbar«, meinte Trumpisch. »Unsere Bank bietet eine Reihe von Dienstleistungen rund ums Kaufen und Verkaufen von Immobilien, wie Sie wissen. Ein Tipp sollte Ihnen nicht zum Schaden gereichen.«

»Ich werde es weitergeben.« Baltasar wandte sich an den Bürgermeister. »Warum sind die Investoren heute nicht dabei? Denen würde so eine Messe mit den Einheimischen sicher gefallen.«

»Die sind abgereist. Sie haben das Projekt ganz aufgegeben.« Xaver Wohlrab sah verdrießlich drein. »Die ganze Arbeit, für nichts.«

»Was hat denn die Meinungsänderung bewirkt?«

»Die Soft Facts waren ihnen zu hart. Nachdem der Einbruch in Anton Grafs Haus publik wurde, die Schmierereien an der Wand zu sehen waren und die Tatsache sich bis zu den Investoren herumsprach, dass Graf einem Mord zum Opfer gefallen war, meinten sie, unser Ort wäre wohl doch nicht das richtige Umfeld für ihre Klientel. So etwas würde sie abstoßen, es gebe genug andere Gemeinden, die nur so danach lechzten, eine Seniorenresidenz beherbergen zu dürfen.«

»Was werden Sie jetzt tun?«

»Mir wird schon was einfallen. Ich werde eine Kerze für die Heilige Jungfrau Maria anzünden, vielleicht habe ich dann eine Eingebung.«

»Und ein Gebet dazu. Das erhöht die Chancen.«

Baltasar lächelte. Er sah Barbara Spirkl auf sich zukommen.

»Frau Spirkl, grüß Gott. Ich freue mich, dass Sie aus Regensburg den Weg in unsere Kirche gefunden haben.«

»Ich wollte Ihnen nur etwas geben.« Sie öffnete ihre Tasche und drückte ihm ein zerknittertes Papier in die Hand. »Für Ihren Glockenturm.«

Baltasar wusste, dass es Antons Scheck war. Er strich ihn glatt und las nochmals die Summe: 15.000 Euro.

»Ich habe Rücksprache mit der Bank gehalten. Sie können den Scheck einlösen. Anton hat es so gewollt.«

Doch Baltasar gab ihr den Scheck zurück. »Ich kann dieses Geld leider nicht annehmen.«

»Aber … Aber warum nicht?«

»Der Betrag gehört eigentlich der Glasfabrik und den damals dort Angestellten. Dorthin sollte das Geld fließen. Sorgen Sie bitte dafür.«

Er verabschiedete sich.

Hauptkommissar Wolfram Dix und Oliver Mirwald winkten ihm zu.

»Herr Senner, wie immer eine schöne Predigt. Deshalb verzeihen wir Ihnen, was Sie sich mit Ihrem Alleingang in der Glasfachschule wieder geleistet haben.«

»Immerhin haben Sie jetzt Ihren Mörder. Das kommt bei Ihren Vorgesetzten sicher gut an.«

»Noch haben wir ihn nicht verhaftet«, sagte Dix. »Aber Johann Helfer alias Louis Manrique ist zur Fahndung ausgeschrieben. Es ist nur noch eine Frage der Zeit.«

»Trotzdem. Sie hätten uns vor Ihrem Abenteuer informieren müssen. Wir haben die Mittel und die Fachleute, die für solche Einsätze ausgebildet sind«, sagte Mirwald. »Die wissen, wie man mit solchen Leuten umgeht.«

»Ich werde mich bessern.«

»Warum glaube ich nicht daran?« Dix verdrehte die Augen.

»Direktor Feuerlein hat sich übrigens beschwert, dass in der Werkstatt mehrere unwiederbringliche Kunstwerke zerstört wurden. Wir konnten ihn soweit beruhigen, dass er keine Anzeige erstatten wird«, sagte Mirwald. »Er hofft, dass wir im Gegenzug der Presse unterschlagen, dass der Täter als Lehrer in der Schule tätig war. Das sei schlecht fürs Image, meinte er.«

Baltasar schüttelte ihnen die Hände. »Wenigstens konnten Sie heute den Ausflug aufs Land und die gute Luft genießen. Bis zum nächsten Mal.«

»Bloß kein nächstes Mal!« Mirwald erschrak. »Bitte konzentrieren Sie sich lieber auf Ihre Gemeindearbeit. Da gibt's genug zu tun für Sie.«

43

Sonnenstrahlen fanden den Weg durchs Fenster und malten Lichtflecken auf dem Mahagonitisch. Auf einem Silbertablett standen Flaschen mit Wasser und Saft, eine Assistentin servierte Kaffee. Der Notar verlas die Namen der Anwesenden und erklärte die Formalien.

»Ich verkünde nun den letzten Willen von Herrn Anton Graf«, trug er mit geschäftsmäßiger Stimme vor. »Ich werde Ihnen den Text des Testaments vorlesen.«

»Können Sie nicht gleich zur Sache kommen?«, fragte Quirin Eder, der schon die ganze Zeit auf seinem Stuhl hin und her rutschte.

Seine Mutter saß neben ihm und nickte bekräftigend.

»Vielleicht zuerst eine Zusammenfassung in einfachen Worten?«

Der Notar sah die Gäste an.

Baltasar, Barbara Spirkl und Rufus Feuerlein gaben ihre Zustimmung.

»Also gut. Ich verzichte vorerst auf die Verlesung und informiere Sie über die Regelungen, die der Verstorbene getroffen hat.« Er blätterte in seinen Papieren. »Herr Rufus Feuerlein, ›mein geschätzter Geschäftspartner‹, wie es Herr Graf formuliert hat …«

»Scheinheiliger Hadalump!«, entfuhr es dem Schuldirektor.

»Bitte mehr Respekt.« Der Notar sah ihn tadelnd an. »Der Erblasser hat bestimmt, dass Herr Feuerlein seine Kunstbücher erhält sowie zwei Glasskulpturen, ›Adam und Eva‹, aus seiner Sammlung.« Er räusperte sich. »Leider muss ich Ihnen mitteilen, dass diese Gegenstände laut Aussage der Polizei bei einem Einbruch zerstört wurden. Es sind nur noch die Einzelteile …«

Feuerlein sprang von seinem Stuhl auf. »Dieser Saftsack! Selbst im Tod ärgert er mich noch!«

Er ging zur Tür.

»Auf diesen Schrott lass ich einen fahren!«

Die Tür knallte zu.

»Wir nehmen zu Protokoll, dass Herr Rufus Feuerlein auf das Erbe verzichtet«, sagte der Notar, ohne seine Stimmlage zu ändern. »Nächster Punkt: Nachlass für Herrn Baltasar Senner. Herr Pfarrer, Sie erhalten ein Kruzifix, 18. Jahrhundert, unbekannter Künstler, befindlich in der Küche des Verstorbenen.«

Baltasar kannte das Kreuz. Eine Holzschnitzerei.

»Kann ich das Erbe überhaupt annehmen? Wer sagt

denn, dass es Anton tatsächlich gehört hat und nicht zum Inventar seiner ehemaligen Glasfabrik zählte?«

»Da kann ich Sie beruhigen, Hochwürden, das Stück gehörte der Familie Graf seit Generationen, was in diesen Aufzeichnungen hier vermerkt ist.« Der Notar sah in seinen Unterlagen nach. »Frau Barbara Spirkl, wohnhaft in Regensburg, erbt einen Goldring mit Perlen, ebenfalls aus dem Familienbesitz, und eine dazu passende Halskette. Der Schmuck soll sich in einem Bankschließfach befinden, zu dem Sie Zugang haben, gnädige Frau. Ist das korrekt?«

Barbara Spirkl bejahte.

»Außerdem hat Herr Graf eine etwas seltsame Bemerkung in sein Testament geschrieben, ich zitiere. ›Was Barbara bisher pro forma gehörte, gehört ihr nun ganz.‹ Können Sie mit dieser Aussage etwas anfangen?«

Sie nickte stumm.

»Frau Charlotte Eder erhält ein Album mit Fotos aus der gemeinsamen Zeit, ebenfalls im Bankschließfach deponiert, ›zur Erinnerung an vergangene Tage‹, wie es Herr Graf formulierte.«

Charlotte Eder sagte nichts und senkte den Kopf. Eine Träne lief ihr über die Wange, ob aus Trauer oder aus Enttäuschung, das wusste nur sie allein.

»Nun zu Herrn Quirin Eder, dem unehelichen Sohn des Erblassers.«

Quirin sah den Notar erwartungsvoll an.

»Herr Eder ist der Haupterbe und erhält das verbliebene Vermögen von Herrn Graf.«

»Ja!« Ein Grinsen machte sich im Gesicht des jungen Mannes breit. »Ich wusste es! Haben Sie eine Aufstellung über sein Vermögen?«

»An dieser Stelle muss ich zu einer etwas umfangreicheren Erklärung ausholen«, sagte der Notar. »Eine Liste der Vermögensgegenstände ist in den Akten, aber hier ergeben sich einige Unstimmigkeiten.«

»Unstimmigkeiten? Was reden Sie? Ist doch alles klar.« Quirin wurde ungeduldig.

»Nun, wir haben ein Schreiben von den Anwälten der Kanzlei Schneider & Partner erhalten, die sich als Konkursverwalter der Angra ausgewiesen haben.«

»Na und?«

»Die Kanzlei meldet Rechte auf Wertgegenstände an, die im Besitz von Herrn Graf waren, die aber zum Konkursvermögen der ehemaligen Glasfabrik gehören. Die Rechtsanwälte haben Nachweise beigefügt. Möchten Sie die Dokumente sehen?«

»Uns interessiert nur, was das konkret bedeutet, nicht wahr, Mutter?«

Charlotte Eder nickte.

Der Notar zog ein Schriftstück hervor.

»Sämtliche Gemälde, die Glasskulpturen und der Kronleuchter gehören Herrn Graf nicht. Sie müssen an die Kanzlei als Verwerter des Angra-Vermögens zurückgegeben werden. Ihnen, Herr Eder, bleiben die Möbel und alle Einrichtungsgegenstände im Haus, ebenso natürlich Dinge wie Gläser, Geschirr und persönliche Wertsachen.«

»Was ... Was ... soll das heißen?« Quirin Eders Gesicht hatte die Farbe gewechselt. »Bin ich enterbt worden?«

»Im Gegenteil, Sie sind der Haupterbe. Nur ist eben wenig Erbmasse vorhanden.«

»Und das Haus?«

»Die Immobilie ist Eigentum von Frau Barbara Spirkl.

Herr Graf hatte lediglich ein Wohnrecht auf Lebenszeit.«

»Das ist korrekt«, sagte Barbara Spirkl. »Anton wollte es so.«

»Das lasse ich mir nicht bieten. Man will mich reinlegen!« Quirin war aufgesprungen, sein Stuhl kippte um, er beachtete es nicht. »Komm, Mutter, wir gehen. Sie werden von unserem Anwalt hören.«

*

Die Straße zum Pfarrhof war von zwei Lkws blockiert. Baltasar hupte. Nichts tat sich. Er stieg aus, ging zur Fahrerkabine und gab dem Mann drinnen ein Zeichen.

»Würden Sie bitte weiterfahren? Ich muss da rein, ich wohne hier.« Baltasar zeigte auf den Pfarrhof.

Der Fahrer stieg aus.

»Sind Sie Pfarrer Senner?«

Baltasar bestätigte es.

»Wunderbar, das Warten hat ein Ende. Wir kommen wegen des Kirchturms.«

»Wie bitte?«

»Seine Exzellenz hat uns geschickt. Wir sollen mit der Renovierung der kaputten Glockenhalterung beginnen.«

Baltasar warf einen Blick auf die Ladefläche. »Haben Sie da Eisenbahnschienen geladen?«

»Wo denken Sie hin, Hochwürden? Das sind T-Stahlträger, da können Sie zehn Elefanten dranhängen, die bewegen sich keinen Millimeter.«

»Und was hat das mit unserem zerstörten Gebälk zu tun?«

»Wir ziehen die Stahlträger oben im Turm ein, hängen die Glocken dran, und – klingeling – haben Sie wieder den gewohnten Sound. Der andere Lastwagen hat einen Kran geladen. Wir fangen gleich an abzuladen und aufzubauen.«

»Langsam, langsam.« Baltasar konnte es immer noch nicht fassen. »Sie wollen das historische Gebälk durch Eisenschienen ersetzen?«

»Ganz genau.« Der Mann strahlte. »Sie haben es verstanden!«

»Wie kam Herr Siebenhaar denn auf diese Idee?«

»Die Teile sind auf einer anderen Baustelle übrig geblieben. Weil die Rechnung schon bezahlt war, verlangte Seine Exzellenz, dass wir die Reste hier bei Ihnen anbringen. Mein Chef hat nach einigen Verhandlungen nachgegeben. Wer kann schon einem Bischof was abschlagen?«

Baltasar wollte sich das nicht länger anhören. Er stürmte ins Haus und lief Teresa direkt in die Arme.

»Herr Pfarrer, ich mit Ihnen sprechen muss.«

Er seufzte. »Kann das nicht warten?«

»Der Kommissar hat angerufen, Herr Dix. Die französische Polizei hat Johann Helfer aus einem Zug geholt. Er hatte eine Fahrkarte nach Paris in der Tasche.«

»Gute Nachricht. Aber war das so eilig?«

»Ich ... wollen beichten.«

»Also gut, ich höre.«

»Das mit ... Karol tut mir leid. Ich muss Ihnen gestehen, er ist gar nicht mein Cousin.«

»Sondern?«

»Mein früherer Freund aus Krakau. Wir längst haben Schluss gemacht. Aber er hat angerufen und gesagt, er will mich sehen. Da bin ich schwach geworden.«

»Warum haben Sie nicht gleich die Wahrheit gesagt?«

»Ich ... Ich hatte Angst, Sie würden nein sagen, wenn

ich meinen Freund einlade. Darum habe ich die Geschichte erfunden.«

»Und was ist mit Jana und Lenka, mit Pavel und Jan, wie stehen die zu Ihnen?«

»Das sind Verwandte von Karol, wirklich. Wollten die Gelegenheit nutzen, wenn sie mitfahren durften. Verzeihen Sie mir?«

Baltasar schwieg einen Moment lang und sagte dann: »Ja, ich verzeihe Ihnen. Aber künftig bitte keine Lügen mehr. Und bitte sag deinen Gästen, dass sie sich, wenn sie noch länger bleiben wollen, ein Quartier suchen müssen. Aber ich brauche meine Räume ab sofort wieder für mich.«

»Aber ...«

»Keine Widerrede. Helfen Sie ihnen beim Packen.«

Zwanzig Minuten später standen die fünf Gäste mit hängenden Köpfen vor dem Auto und verstauten ihr Gepäck im Kofferraum.

»Ich komme mit«, sagte Baltasar, »alles einsteigen!«

Alle starrten ihn verwundert an, trauten sich jedoch nichts zu sagen. Die Fahrt war nur kurz – Baltasar hielt vor dem Gasthaus »Einkehr« an.

»Bitte alles aussteigen, die Reise ist beendet.«

Victoria Stowasser kam aus dem Lokal.

»Das sind also die Gäste, von denen Sie mir erzählt haben, Herr Senner?« Sie schüttelte allen die Hand, auch Teresa. »Herzlich willkommen, bitte treten Sie ein!«

In der Gaststube klärte Baltasar sie über seinen Plan auf: Er hatte mit Victoria vereinbart, die polnischen Gäste könnten hier bei freier Kost und Logis wohnen. Als Gegenleistung müssten sie der Wirtin bei der Renovierung der Gästezimmer helfen.

»Ist das ein Angebot?«

Karol und Teresa strahlten, die anderen lächelten. Schnell holten sie ihr Gepäck aus dem Auto.

»Jetzt habe ich noch einen Grund mehr, Sie zu besuchen«, sagte Baltasar zu Victoria.

»Jetzt habe ich noch einen Grund mehr, mich zu freuen«, antwortete Victoria.

Wolf Schreiner

wurde 1958 in Nürnberg geboren. Er wuchs in Oberbayern in der Nachbarschaft zum katholischen Wallfahrtsort Altötting auf und studierte in München Politik, Volkswirtschaft und Kommunikationswissenschaft. Wolf Schreiner arbeitete als Journalist für Zeitschriften, Rundfunk und Fernsehen, bevor er seine Leidenschaft für Krimis entdeckte. Er lebt heute in München.

Wolf Schreiners Baltasar-Senner-Krimis
in chronologischer Reihenfolge:

Beichtgeheimnis. Ein Krimi aus dem Bayerischen Wald
(🕮 auch als E-Book erhältlich)
Stoßgebete. Ein Krimi aus dem Bayerischen Wald
(🕮 auch als E-Book erhältlich)

Stefanie Zweig
Das Haus in der Rothschildallee

Das Schicksal einer Frankfurter Familie

Keine dunkle Wolke scheint das Leben von Johann Isidor Sternberg und seiner Familie an Kaisers Geburtstag, am 27. Januar 1900, zu trüben. Doch die harmonische Idylle erfährt bald ihre ersten Brüche …
Mit einer Fülle an historischen Details beschreibt Stefanie Zweig das Schicksal einer Familie in Frankfurt von der Jahrhundertwende bis zum Jahr 1916. Es gelingt ihr auf meisterhafte Weise, die Tragik der Zeit durch Wärme und eine gute Portion Humor zu einem Lesevergnügen zu machen.

»*Stefanie Zweig findet mit nachtwandlerischer Sicherheit stets die den Leser bewegende Metapher und die einzig richtige Satz-Architektur.*«
Frankfurter Neue Presse

280 Seiten, ISBN 978-3-7844-3103-1
Langen*Müller*

Lesetipp

BUCHVERLAGE
LANGENMÜLLER HERBIG NYMPHENBURGER
WWW.HERBIG.NET

Jürgen Alberts

»Jürgen Alberts Figuren machen Zeitgeschichte lebendig.« **Weserkurier**

978-3-453-40476-2

Familienfoto
978-3-453-40008-5

Familiengeheimnis
978-3-453-40072-6

Um die ganze Welt des
GOLDMANN Verlages
kennenzulernen, besuchen Sie uns doch
im Internet unter:

www.goldmann-verlag.de

Dort können Sie
nach weiteren interessanten Büchern *stöbern*,
Näheres über unsere *Autoren* erfahren,
in *Leseproben* blättern, alle *Termine* zu Lesungen und
Events finden und den *Newsletter* mit interessanten
Neuigkeiten, Gewinnspielen etc. abonnieren.

Ein *Gesamtverzeichnis* aller Goldmann Bücher finden
Sie dort ebenfalls.

Sehen Sie sich auch unsere *Videos* auf YouTube an und
werden Sie ein *Facebook*-Fan des Goldmann Verlags!

www.goldmann-verlag.de
www.facebook.com/goldmannverlag